Der schwarze Abt //
Der Hexer

Ins Deutsche übertragen
von Gregor Müller

Mit einem Nachwort
von Melanie Krötz

MEISTERWERKE DER KRIMINALLITERATUR

EDGAR WALLACE

Reader's Digest

Inhalt

Der schwarze Abt

1

Thomas!“

„Mylord?“

Der Diener – in schwarzer Livree, mit wenig einnehmendem Gesicht – wartete, während der blasse Mann hinter dem Schreibtisch ein Häufchen Papiergeld sortierte. Den abgenutzten Stahlkasten, dem er es entnommen hatte, füllte bis zum Rand ein hoffnungsloses Durcheinander von Banknoten und Coupons.

„Thomas!“, erklang es von Neuem.

„Mylord?“

„Stecken Sie das Geld in jenes Kuvert – nicht das, Sie Dummkopf! Das graue! Ist es adressiert?“

„Jawohl, Mylord.“

„Kleben Sie es zu, lassen Sie es einschreiben! Wo ist Mr Richard? In seinem Arbeitszimmer?“

„Nein, Mylord. Er ging vor einer Stunde fort.“

Harry Alford, der achtzehnte Graf von Chelford, seufzte. Er war Anfang Dreißig, hatte das weiche, blasse Gesicht des geistig Arbeitenden und pechschwarzes Haar, das die Blässe noch unterstrich.

Die Bibliothek, in der er arbeitete, war ein hoher Raum, den auf drei Seiten eine Galerie umlief, zu der eine Wendeltreppe hinaufführte. Von der Decke bis zum Fußboden bedeckten Bücherregale die Wände, ausgenommen über dem mächtigen Kamin. Dort hing in Lebensgröße das Bild einer wunderschönen Frau.

Niemand, der Seine Gnaden sah, konnte auch nur einen Augenblick bezweifeln, dass es das Porträt seiner Mutter war. Die gleichen feinen Gesichtszüge, dunklen Augen, das gleiche schwarze Haar. Lady Chelford war sehr bekannt gewesen, ihr tragisches Ende hatte seinerzeit großes Aufsehen erregt.

Der Diener zögerte an der Tür.

„Weiter nichts, Mylord?"

„Das ist alles." Doch als der Mann sich anschickte, geräuschlos zu verschwinden, kam ein neues: „Thomas!"

„Mylord?"

„Ich hörte zufällig ein paar Worte Ihrer Unterhaltung, als Sie heute Morgen mit dem Reitknecht unter meinem Fenster vorbeigingen – äh …"

„Filling erzählte mir vom Schwarzen Abt."

In dem bleichen Gesicht zuckte es. Sogar am hellen Tag, wenn die Sonne durch die bunten Fenster fiel und rote, blaue und amethystfarbene Arabesken auf das Parkett malte, ließ schon die bloße Erwähnung des Schwarzen Abtes Harry Alfords Herz schneller schlagen.

„Jeder, der über den Schwarzen Abt spricht, wird sofort entlassen. Teilen Sie das dem gesamten Personal mit, Thomas! Ein Gespenst? Großer Gott, seid ihr alle verrückt?" Sein Gesicht war jetzt gerötet, die Schläfenadern schwollen an, ärgerlich kniff er die Augen zu. „Kein Wort mehr darüber, verstehen Sie? Es ist eine Lüge, eine niederträchtige Lüge, wenn behauptet wird, dass es in Fossaway spukt! Irgendein Lümmel hat sich einen schlechten Scherz erlaubt."

Er winkte dem Diener, sich zu entfernen, und widmete sich wieder dem Studium des alten Bandes, der am Morgen aus Deutschland eingetroffen war!

Vor der Bibliothekstür angelangt, verzog sich das glatte Gesicht des Dieners zu einem hämischen Grinsen. In jener Geldkassette mussten wenigstens tausend Pfund liegen – für den zehnten Teil dieser Summe hatte Thomas einst drei Jahre gesessen. Aber darauf war selbst Richard Alford nie gekommen, der sonst doch so ziemlich alles wusste.

Thomas musste noch einen Brief schreiben; er unterhielt eine Gewinn bringende Korrespondenz mit jemandem, der an Fossaway ein ganz besonderes Interesse hatte. Vorher jedoch wollte er Mr Glover, dem Butler, das eben Erlebte mitteilen.

„Mich kümmert's nicht, was Seine Gnaden sagt – das Gespenst existiert, und alle möglichen Leute haben es gesehen!" Der würdevolle Greis schüttelte den silbergrauen Kopf. „Ich würde nachts nicht für fünfzig Millionen allein durch die Ulmenallee gehen. Und Seine Gnaden glaubt im Geheimen auch ... Er sollte heiraten. Dann würde er sicher umgänglicher werden."

„Und wir würden den verflixten Mr Alford los, was?"

Der Butler schnupfte.

„Manche mögen ihn, andere nicht", orakelte er. „Mir hat er noch nie ein grobes Wort gesagt ... Thomas, es läutet!"

Der Diener lief in die Halle und öffnete die schwere Haustür. Unter dem Portal stand eine junge Dame – hübsch, keck, sehr teuer gekleidet.

Thomas schenkte ihr ein halb vertrauliches Lächeln.

„Guten Morgen, Miss Wenner! Das nenne ich eine angenehme Überraschung!"

„Ist Seine Gnaden zu Hause, Thomas?"

„Das wohl – aber ich darf Sie nicht anmelden. Ich kann nichts dafür, Miss – Befehl Mr Alfords!"

„Befehl Mr Alfords!", wiederholte sie bissig. „Soll das heißen, dass ich den ganzen Weg von London hierher umsonst gemacht habe?"

Doch Thomas gab den Weg nicht frei. Er selbst empfand zwar Sympathie für die frühere Sekretärin Seiner Gnaden, die nie vornehm getan hatte, und er würde sie gern eingelassen haben, umso mehr, als er vermutete, auch seinem Herrn wäre der Besuch nicht unwillkommen gewesen. Indessen konnte jederzeit irgendwo aus dem Hintergrund Dick Alford auftauchen, ein kurz angebundener Mann, nicht nur imstande, ihm die Tür zu weisen, sondern ihn auch gleich durch sie hinauszubefördern.

„Tut mir sehr leid, Miss, aber Befehl ist Befehl!"

„So – ich werde also von der Schwelle des Hauses gewiesen, das mein eigenes hätte werden können, Thomas!"

Er versuchte, eine teilnahmsvolle Miene aufzusetzen, aber außer einem ziemlich blöden Gesichtsausdruck kam dabei nichts zustande. Trotz ihres Ärgers lächelte sie ihm zu, beehrte ihn mit einem Händedruck und wandte sich zum Gehen.

„Miss Wenner –", berichtete er dem Butler in der Dienerstube, „die Alford an die Luft setzte, weil er fand, sie gefiele Seiner Gnaden zu sehr. Und ..."

Ein Klingelzeichen rief ihn in die Bibliothek.

„Wer war die Dame, die ich weggehen sah?"

„Miss Wenner, Mylord."

Ein Schatten flog über Harry Alfords Gesicht.

„Baten Sie sie, einzutreten?"

„Nein, Mylord. Mr Alford befahl ..."

„Aber natürlich. Ich hatte es vergessen. Danke."

Den grünen Schutzschirm auf die Augen herabziehend, denn er arbeitete hier auch am Tage bei künstlichem Licht, nahm er die Lektüre wieder auf. Aber es fiel ihm schwer, seine Gedanken auf den Inhalt des Folianten zu konzentrieren. Er erhob sich und ging, die Arme verschränkt, mit gesenktem Kinn eine Weile hin und her, bis er vor dem Bild seiner Mutter haltmachte. Mit einem Seufzer kehrte er zum Schreibtisch zurück. Dort lag ein Artikel, den er aus einer Londoner Zeitung ausgeschnitten hatte und den er, teils geschmeichelt, Gegenstand von Pressekommentaren zu sein, teils erzürnt, zum dritten Mal las.

Chelfordbury, ein verschlafenes Dorf in Sussex, frönt dem aufregenden Sport der Gespensterjagd. Der Schwarze Abt von Fossaway ist nach einer längeren Ruhepause wieder aufgetaucht. Die Legende besagt, dass vor siebenhundert Jahren Hubert von Redruth, Abt von Chelfordbury, auf Befehl des zweiten Grafen von Chelford ermordet wurde. Seitdem hat man von Zeit zu Zeit seinen Geist gesehen. In den letzten zehn Jahren liefen in der Gegend Gerüchte von einem Wesen um, das auf grausige Art schrie und heulte, in der vergangenen Woche jedoch will man das Gespenst auch wieder gesehen haben. – Mit Fossaway ist außer dieser Gespenstergeschichte noch eine andere Legende verknüpft. Vor vierhundert Jahren wurde irgendwo auf dem Besitztum ein Goldschatz vergraben, und zwar so gut, dass er nie entdeckt werden konnte, obwohl die Grafen von Chelford stets eifrig nach dem Hort der Ahnen forschten. – Der jetzige Graf von Chelford, der mit Miss Leslie Gine, der einzigen Schwester des bekannten Rechtsanwalts und Notars, verlobt ist, teilte unserem Korrespondenten allerdings mit, dass die Erscheinung des Schwarzen Abtes lediglich auf einen taktlosen Scherz junger Leute aus der Nachbarschaft zurückzuführen sei.

Er wollte den Zeitungsausschnitt zerreißen, besann sich aber und legte ihn unter einen Briefbeschwerer. Der letzte Passus des Artikels klang ja recht beruhigend, doch so sehr Harry Alford auch seine Skepsis beteuerte – im Geheimen war er felsenfest von der Existenz des Schwarzen Abtes überzeugt.

Nervös drückte er auf die elektrische Klingel.

„Ist Mr Richard zurück?“

„Nein, Mylord.“

„Wohin, zum Kuckuck, geht er nur jeden Vormittag?“ Ärgerlich klopfte er mit der Hand auf die Schreibtischplatte.

Thomas tat – klugerweise – so, als hätte er nichts gehört.

2

Das letzte Getreide war gemäht; wie gelbe Grabsteine standen die Garben auf dem kahlen Boden. Jenseits der Felder, wo die alte, graue Kirchturmspitze hinter vollen Baumkronen hervorragte, lag Chelfordbury, und dahinter begannen die grünen und weißen Dünen von Sussex.

Dick Alford saß auf einem Zaun auf einer Hügelkuppe, von wo aus man fünfzehn Meilen im Umkreis das offene Land überblickte. Eine kleine Drehung des Kopfes, und er konnte den Gutshof, die grünen Dächer und Kuppeln von Fossaway, die breiten Rasenflächen und kunstvoll gestutzten Eibenhecken sehen. Doch weder Kornfelder noch Dünen, weder Herrenhaus noch Lustgarten interessierten ihn im Augenblick. Er beobachtete eine junge Dame, die eilig den sich windenden Pfad heraufkam, der zu seinem Sitzplatz führte.

Sie sang etwas und ließ dazu, wie ein Tambourmajor den Stab, ihre Reitpeitsche im Takt auf und nieder tanzen. Seine Lippen kräuselten sich zu einem Lächeln. Gleich würde sie ihn bemerken – und vielleicht Ärger zeigen, weil er sie beobachtet hatte? Bisher war er Leslie Gine nur bei offiziellen Gelegenheiten begegnet, wenn es galt, sich liebenswürdig konventionell zu geben.

Der Gesang brach ab. Sie hatte ihn erblickt, stutzte aber nicht, sondern kam im gleichen Tempo auf die Anhöhe, unterwegs noch schnell eine hohe Brennnessel köpfend.

„Duckmäuser!“, begrüßte sie ihn vorwurfsvoll.

Leslie war ein hübsches Mädchen, nicht groß, aber durch ihre Schlankheit wirkte sie größer, hatte ein fein geformtes Gesicht und dunkelgraue Augen.

Sie stellte sich vor ihm auf, breitbeinig, in hohen Stiefeln, eine Hand auf die Hüfte gestützt, während die andere mit der Reitpeitsche fuchtelte. Der schwarze Reithut saß ein wenig schief.

Dick Alford schob einen Grashalm zwischen die Zähne und blickte von seinem vorteilhaften Platz auf der obersten Zaunlatte wohlwollend auf sie hinab.

„Sind Sie geritten, Leslie?"

„Auf einem Pferd", verkündete sie feierlich.

Unschuldig umherblickend fragte er: „Wo ist das liebe Tier?"

Ein argwöhnischer Blick traf ihn. Kein Muskel zuckte in seinem Gesicht.

„Als ich abstieg, um ein paar Blumen zu pflücken, rannte das Tierchen weg. – Sie sahen es!", klagte sie ihn plötzlich an.

„Etwas, das einem Pferde glich, sah ich in Richtung Willow-Haus laufen. Ich dachte, es hätte Sie abgeworfen!"

„Wegen dieser Vermutung werden Sie es jetzt suchen! Ich warte hier auf Sie." Als er mit einem Seufzer vom Zaun sprang, fuhr sie fort: „Diesen Auftrag wollte ich Ihnen ohnehin geben. Als ich Sie sah, sagte ich mir: Dort sitzt ein Müßiggänger, der Bewegung braucht! Zudem wissen Sie vielleicht, dass zukünftige Schwägerinnen Vorrechte genießen."

Er verzog das Gesicht. Vermutlich hatte sie es bemerkt, denn sie hielt ihn mit ausgestreckter Hand auf.

„Nein, lassen Sie es, Dick! Mein Reitknecht kann das Pferd suchen. Das Biest ist so verfressen, dass es sicher zum Stall gelaufen ist. Setzen Sie sich wieder, ich möchte mit Ihnen reden." Ein Schwung, und sie saß auf dem Platz, den er verlassen hatte. „Richard Alford, mir scheint, dass Ihnen die Aussicht, mich als Herrin in Fossaway einziehen zu sehen, nicht gerade angenehm ist?"

„Oh, ich zähle die Tage!"

„Antworten Sie vernünftig!"

Er zog ein verbeultes silbernes Etui aus der Tasche und zündete sich eine Zigarette an.

„Meine liebe Leslie …“

Sie schüttelte unwillig den Kopf.

„Wahrscheinlich denken Sie, dass ich mich überall einmischen werde. In die Leitung des Gutes – ich weiß, dass Harry nicht einmal mit einem kleinen Bauernhof fertig würde – und in alle möglichen Sachen. Aber eine solche Befürchtung wäre falsch.“

Dick blies blaue Ringe in die Luft.

„Ich wünschte im Gegenteil, Sie würden die Leitung übernehmen. Für mich wäre es ein Segen. Wenn das Gut erst einmal Ihr Geld im Rücken hat – verzeihen Sie das rüde Wort! –, kann irgendein Angestellter die geschäftlichen Dinge ebenso gut erledigen wie der zweite Sohn des Hauses!“

Sie hörte ihm stumm zu. Er sprach ohne Bitterkeit und Selbstbedauern.

Richard Alford entstammte einer zweiten Ehe. Als der alte Lord Chelford starb, fiel das Vermögen, der Titel, ja selbst der Wagen, den Dick benutzte, an den ältesten Sohn. Der jüngere musste sich mit einem kleinen Hof in Hertfordshire, der jährlich zweihundert Pfund abwarf, mit etlichem altem Schmuck seiner verstorbenen Mutter und tausend Pfund bescheiden. Und selbst die tausend Pfund erhielt er nie. Auf mysteriöse Weise versickerten sie damals, als Arthur Gine den Nachlass ordnete.

Dick fühlte sich wohler, wenn er an die tausend Pfund nicht dachte. Dennoch kamen sie ihm jetzt irgendwie in den Sinn. Und Leslie, als ob sie seine Zurückhaltung instinktiv mit ihrem Bruder in Verbindung brächte, fragte: „Sie mögen Arthur wohl nicht?“

„Wie kommen Sie darauf?“ Er war ehrlich überrascht. Nie hatte er seine Abneigung gegen den stutzerhaften Anwalt zu erkennen gegeben.

„Ich spüre es. Auch mich bringt er manchmal zur Verzweiflung, und ich kann mir gut vorstellen, dass er einem Mann wie Ihnen unausstehlich sein muss."

Dick lachte.

„Harry findet ihn keineswegs unausstehlich, und er ist der Mann, auf den es hier ankommt."

„Harry ... Es kommt mir so unwirklich vor, dass ich ihn heiraten soll. Seine Werbung war so komisch, Dick, so formell ..."

Dick versuchte sich auszumalen, wie sein Bruder, dieser Neuling in Liebessachen, sich ausgedrückt haben mochte. Einmal, an einem warmen Juniabend, hatte Dick ein Tête-à-Tête unterbrochen, das in einem Antrag der unternehmungslustigen jungen Sekretärin an Harry gipfelte. Der verwirrte Harry würde ihren Einflüsterungen bestimmt unterlegen sein, wenn nicht zufällig sein Bruder dazugekommen wäre, der die spekulierende Miss Wenner zu einer überstürzten Abreise von Fossaway zwang.

„Ich frage mich oft, ob seine Wahl auf mich gefallen wäre, wenn ..." Leslie stockte.

„Wenn Sie nicht so schrecklich reich wären", vollendete Dick. „Sie machen mit dieser Auffassung Ihrem Verlobten nicht gerade ein Kompliment!"

Sie streckte die Arme aus, und er hob sie von ihrem Sitz herunter, wozu bei ihrer Gewandtheit freilich kein Anlass vorlag.

Sie stiegen nebeneinander den Hügel hinab.

„Dick, was soll ich tun?"

„Inwiefern?"

„In Bezug auf Harry. Mein Bruder ist sehr erpicht auf diese Heirat, und auch ich bin eigentlich nicht abgeneigt, wenigstens kommt es mir so vor."

„Schlimme Sache, eine reiche Erbin zu sein!", neckte er.

„Bin ich's denn?" Sie musste lachen, als sie sein fragendes, bestürztes Gesicht sah.

„Etwa nicht?"

„Ich weiß nicht. Mein Onkel hinterließ mir vor vielen Jahren eine Menge Geld. Wie viel, kann ich nicht sagen. Arthur hat mein Vermögen von jeher verwaltet. Jedenfalls habe ich immer alles, was ich brauche."

„Dann maulen Sie nicht!", verwies er sie vergnügt.

„Wahrscheinlich kommen die Ehen der meisten vermögenden Mädchen auf diese Weise zustande, und bis vor Kurzem fand ich mich auch damit ab wie mit etwas Unvermeidlichem."

„Und warum haben Sie Ihre Meinung geändert?", erkundigte er sich und sah, wie ihr das Blut in die Wangen schoss.

„Das weiß ich nicht", antwortete sie schroff.

Verstohlen sah sie im Gehen zu ihm hinüber. Unwillkürlich musste sie an ihren Verlobten denken, diesen dürren, leicht reizbaren jungen Mann, der alles hatte, ausgenommen Männlichkeit. Ein Schwächling mit gefolterten Nerven, der bald bat, bald lärmend einzuschüchtern versuchte, unbekümmert um den Eindruck, den er auf die Frau machte, die sein Leben teilen sollte.

Ein paar Minuten später, auf dem Rückweg nach dem alten Willow-Haus, quälte sie sich mit einem Problem, das unlösbar schien.

3

Dick Alford schlenderte langsam in entgegengesetzter Richtung. Von Weitem bemerkte er die schmächtige Gestalt seines Bruders am Ende der Ulmenallee. Der Wind hob die Schöße seines Gehrocks, und wie er so dastand, leicht vornübergebeugt und den Kopf vorgestreckt, glich er einem großen, plumpen Vogel. Mit zornverzerrter Miene kam er Dick entgegen.

„Ich überlasse dir vieles, Richard, aber meine Liebesaffären regle ich allein!" Seine Stimme schrillte in kindischer Wut. „In meine Privatangelegenheiten hast du dich nicht zu mischen, verstanden? Ein Mädchen hast du schon weggeschickt – nimm dich in Acht mit Leslie!"

„Wie kommst du nur …"

„Du willst nicht, dass ich heirate", schnitt ihm Harry das Wort ab. „Ich bin kein Dummkopf, Dick! Du bist der nächste Erbberechtigte … Doch diese Verlobung wirst du nicht hintertreiben!"

Die Brutalität und Ungerechtigkeit der Anklage verschlugen Dick im ersten Augenblick den Atem. Dann lachte er laut auf. Szenen dieser Art spielten sich fast täglich ab, nie zuvor jedoch war Harry Alford so weit gegangen. In zehn Minuten würde der Sturm sich ausgetobt haben, Harry wieder der liebenswürdigste Mensch sein – trotzdem, es war nur schwer erträglich.

„Warum diese Vorwürfe?", verteidigte er sich. „Ich ließ die Wenner gehen, weil sie keine Frau für dich war."

„Ich soll überhaupt nicht heiraten, das willst du!", keifte Harry. „Du wartest darauf, in meine Fußstapfen zu treten. Eine neue Gräfin von Chelford ist das Letzte auf der Welt, das du sehen möchtest!"

Dick schwieg. Weiß Gott, sein Bruder sprach die Wahrheit! Ein schwarzer Tag, an dem Harry Alford in dieses Haus eine Frau brachte, die das wie eine Wolke über Fossaway hängende Geheimnis teilen musste.

4

Dick Alford saß in dem kleinen Zimmer, in dem er meistens arbeitete und das durch die vielen Mappen und Briefordner ein büromäßiges Aussehen bekam. Die auf den Garten hinausgehenden Fenster standen weit offen. Die Septembernacht war so warm, dass er den Rock ausgezogen hatte.

Wenn zwischen Lord Alford und seiner Mutter eine große Ähnlichkeit bestand, so hätte auch der schärfste Beobachter keine Spur einer solchen zwischen Dick Alford und seinem Halbbruder entdecken können. Ein breitschultriger Athlet mit wettergebräuntem Gesicht – seine blauen Augen musterten mit einem spöttischen Lächeln den Diener, mit dem er sich gerade unterhielt. Er schob die Schreibmaschine beiseite und steckte sich die Pfeife wieder an.

„Der Schwarze Abt? O Gott! Haben Sie ihn gesehen, Thomas?“

„Ich nicht, Sir. Aber Mr Cartwright …“ Und Thomas lieferte einen anschaulichen Bericht über das gräuliche Erlebnis des Dorfkrämers. „Wer weiß, ob der Schwarze Abt nicht auch an dem Feuer schuld ist, das während der Erholungsreise des Vikars im Pfarrhaus ausbrach?“

„Das genügt, Thomas! Was Mr Cartwright betrifft – entweder war er betrunken, oder er sah einen Schatten …“ Er blickte auf den Rasen hinaus, den das bläulich weiße Licht des Vollmonds übergoss. „Bei solchem Mondlicht bildet man sich häufig ein, seltsame Dinge zu sehen. – Hat Lord Alford übrigens nicht jede Diskussion über den Schwarzen Abt verboten?“

„Jawohl, Sir.“

„Dann halten Sie also den Mund!“

An seiner Pfeife saugend schlenderte Dick zur Bibliothek.

Der dreiarmige Kronleuchter war nicht angedreht. Nur die beiden grün beschirmten Lampen rechts und links auf dem Schreibtisch brannten und machten den Raum noch düsterer.

Beim Anblick des Bruders furchte Lord Alford die Stirn.

„Wirklich, Dick, mir wäre es sehr lieb, wenn du im Hause nicht in Hemdsärmeln und Breeches herumliefest! Es sieht scheußlich aus."

„Ist aber hübsch warm heute Abend." Dick setzte sich. „Können deine Nerven den Geruch von anständigem Tabak vertragen?"

Harry rutschte unbehaglich auf dem Stuhl und zog ein goldenes Zigarettenetui hervor.

„Lieber einen Pfeifenkopf Shag als hundert deiner Stänker", grinste Dick. „Gegen Zigaretten will ich nichts sagen, aber parfümiert!"

„Wenn sie dir nicht gefallen, kannst du ja wieder gehen! Äh – hast du diesen Zeitungsartikel gelesen? Er ist zwar nicht unfreundlich gegen mich, aber wie konnte der Reporter das Ganze überhaupt in Erfahrung bringen?"

Dick überflog die Zeilen.

„Weiß ich's? Unser Spuk macht uns jedenfalls berühmt!"

„Kannst du überhaupt nichts ernst nehmen?", erboste sich Harry. „Du siehst, wie es mich aufregt, kennst den Zustand meiner Nerven – aber was kümmert's dich?"

„Gut, ich bin jetzt ganz ernst. Du siehst total erschöpft aus. Hast du für heute nicht genug gearbeitet?"

„Lass den Blödsinn!" Verdrossen wandte sich Harry ab, spielte nervös mit den Seiten des vor ihm liegenden Buches und warf dann einen bezeichnenden Blick zur Tür.

Aufstehend beugte Dick den Kopf über das aufgeschlagene Buch. Aber der Text war althochdeutsch, und Dicks Fremdsprachenkenntnisse beschränkten sich auf Hotel-Französisch.

Lord Alford lehnte sich mit einem Seufzer zurück und wies mit ausladender Geste auf die Bücherregale.

„Du hältst mich wohl für einen Narren, weil ich meine Zeit darauf verwende – anstatt mich mit Leslie zu amüsieren?"

„Stimmt. Vom Bräutigam merkt man nicht viel bei dir!"

Harry lächelte überlegen.

„Was würdest du sagen, wenn ich dir erklärte, dass ich auf halbem Wege bin, den Chelfordschatz aufzuspüren?" Er zog eine Schublade auf und entnahm ihr ein in Pergament gebundenes, vergilbtes Bändchen. „Hör zu: –

Am Fünfzehnten des Monats, dem Tag des heiligen Jacobus, kehrte Sir Walter Hythe von seiner Kreuz- und Querfahrt in den Spanischen Meeren, für deren Unkosten ich erstmalig dreitausendachthundert Pfund und dann nochmals achttausend Pfund bei dem Lombarden Bellitti aufgenommen hatte, zurück. Mit sich brachte Sir Walter Hythe auf zehn Wagen eintausend Barren Gold, jeder fünfunddreißig Pfund schwer, die von den spanischen Schiffen Esperanza und Escurial stammten. Diese Barren soll er, wenn die Trockenheit andauert, an den sicheren Platz schaffen, da es mich unklug deucht, den Lordkanzler hiervon in Kenntnis zu setzen – wegen der Habsucht der Königin. – Des Weiteren brachte er das Kristallfläschchen voll Lebenswasser mit, das ein Priester des Aztekenvolkes dem Don Fernando Cortez überreichte, und von dem ein Tropfen auf die Zunge genügt, um selbst Tote aufzuwecken, wie Pater Pedro von Sevilla geschworen hat. Dieses Fläschchen will ich selbst mit großer Achtsamkeit im Schatzlager verstecken. Sir Walter Hythe erlaubte ich, einhundert Barren für sich zu behalten, was er mit höflichem Dank tat. Sodann stach er von Chichester in See. Sein Schiff scheiterte an der Küste von Kent, wobei Sir Walter Hythe, sein Kapitän und die ganze Besatzung ertranken. Dies war sein schrecklicher Untergang. – Die Sorge um meinen wahren Souverän, Mary, bringt mich in Gefahr …"

„Hier endet die Niederschrift“, sagte Lord Alford. „Doch ist es keineswegs sicher, dass er beim Vergraben des Schatzes von Soldaten Elisabeths gestört wurde, die ihn der Teilnahme an der Verschwörung zugunsten Marys verdächtigte.“

„Wo ist nun aber das Gold?“, fragte Dick. „Nach dem, was man über Elisabeth weiß, hat sie es bestimmt eingesteckt. Sonst hätten unsere Vorfahren nicht seit vierhundert Jahren vergeblich danach …“

Sein Bruder unterbrach ihn mit einer ärgerlichen Handbewegung.

„Gold! Gold! Wenn du es findest, kannst du es behalten. Ich will das Fläschchen!“ Sein Gesicht wurde feucht, er flüsterte: „Dick, ich habe Angst vor dem Tod. Diese Angst – wenn ich hier sitze, und …“

Dicks Miene blieb ernst.

„Siehst du nicht ein, dass dein Glaube an ein Lebenselixier absurd ist?“

„Warum?“ Harrys Augen glänzten fiebrig. „Warum sollten die Alten es nicht entdeckt haben? Wäre das etwa wunderbarer als drahtlose Telegrafie oder Atomzertrümmerung? Noch vor hundert Jahren betrachtete man das Fliegen als ein Wunder. Ich will die Flasche – den Lebenstrank! Das Gold? Ich will das Leben – verstehst du?“ Er trocknete seine nasse Stirn und keuchte nochmals: „Das Leben – Ende der Angst …“

Dick konnte die ganze Zeit den Blick nicht von diesem Gesicht abwenden. Und so etwas sollte Leslie Gines Gatte werden?

5

Der Honourable Richard Fallington Alford schenkte dem Grund und Boden, den er wartete und hütete, eine Treue und Hingabe, auf die manche Dame hätte eifersüchtig sein können. Die Pächter schworen auf sein Talent, das Getreide auf dem Halm abzuschätzen. Über das alte Herrenhaus, seine Vorzüge und Schwächen, wusste er besser Bescheid als der Gutsarchitekt. Er konnte zeigen, wo die Fundamente durch die Bauleute zu Elisabeths Zeiten verpfuscht worden waren, wie die Wälle der alten Burg verliefen, die Richard von York dem Erdboden gleichgemacht hatte, nicht ohne hierbei den vierten Grafen wegen Verrats im großen Torweg, von dem noch immer ein verwitterter Pfeiler aus wuchernden Kletterrosen hervorragte, aufzuknüpfen.

An diesem frischen Herbstmorgen wanderte Dick quer durch den Park zur Abteiruine. Nur wenig war von ihr noch vorhanden. Ein vom Blitz getroffener, verstümmelter Turm, der halbe Bogen eines hohen Erkerfensters, ein Wust von Schutt und Stein, den Cromwells Soldaten hinterlassen hatten, und unter dem Grasteppich da und dort sichtbar ein gepflasterter Boden.

Eine bleiche Sonne versuchte den Nebel zu durchdringen. Herrlich schmeckte der Tabak in der kühlen Morgenluft. Ein prosaischer Rundgang – der Knecht hatte die Erkrankung einer Kuh gemeldet. Da war der wie ein Fragezeichen anmutende Fensterbogen der Ruine. Eines Tages, wenn der Chelfordschatz zum Vorschein kam, oder wenn jene Kohlenader sich als abbaufähig erwies, oder wenn Harry seine reiche Frau heimführte, würde man ans Restaurieren der Abtei gehen.

Plötzlich stockte er.

Zwischen den Ruinen bewegte sich jemand – eine Frau. Obwohl sie ihm den Rücken zukehrte, kam sie ihm bekannt vor. Er verließ den Weg und bog zur Ruine ab. Sie hörte ihn nicht kommen, und als er sie anrief, fuhr sie mit einem Schrei zusammen und drehte sich um.

„Sie, Miss Wenner –? Guten Morgen! Sie sind sehr zeitig auf …"

Ihre Augen funkelten ihn hasserfüllt an, aber sie bezwang sich.

„Guten Morgen, Mr Alford! Ich logiere im Dorf und wollte mir bei der Gelegenheit noch einmal das Gemäuer ansehen."

„Gestern versuchten Sie meinen Bruder zu sprechen."

„Und?"

„Obwohl ich Ihnen damals zu verstehen gab, dass es für uns alle wünschenswert wäre, wenn Sie Fossaway fernblieben."

„Wie sehr bedaure ich, dem Tugendhüter der Familie lästig gefallen zu sein! Aber zum Mindesten hätte Lord Alford mich empfangen können, nach allem, was sich zwischen uns zugetragen hat."

„Das Einzige, was sich zutrug, Miss Wenner, war Auszahlung und Empfang Ihres wöchentlichen Gehalts."

Dicks Ruhe brachte sie aus der Fassung.

„Er machte mir einen Antrag und hätte mich ohne Ihr Dazwischentreten geheiratet. Wegen seines Wortbruchs könnte ich Tausende aus ihm herausholen, wenn ich nicht eine Dame wäre! Doch Sie speien Gift gegen mich – Sie sollten sich schämen!"

Aber Dick schien es zu amüsieren.

„Sie haben mein Leben ruiniert!", keifte sie weiter. „Drei Jahre lang habe ich Lord Alford bei seinen Nachforschungen nach dem Schatz unterstützt, und er selbst versicherte, noch nie eine so tüchtige Sekretärin gehabt zu haben."

„Das mag ja richtig sein, aber es handelt sich im Augenblick auch nur darum, dass Ihre Anwesenheit hier unangebracht ist."

„Das heißt, ich soll verschwinden?"

„Ich bringe Sie bis zur Dorfstraße“, schlug er zuvorkommend vor, und sie war zu sehr mit ihrem Ärger beschäftigt, um es zurückzuweisen.

Was hat sie in aller Herrgottsfrühe in den Ruinen zu schaffen; grübelte er, machte sich aber zugleich klar, dass es zwecklos wäre, ihr diese Frage zu stellen.

Sie stiegen den Abhang zum Ravensrill hinab, dem Flüsschen, das seit tausend Jahren die Grenze von Fossaway bildete. Miss Wenner drehte sich halb um und rief über die Schulter: „Nicht für eine Million Pfund würde ich ihn jetzt nehmen! Er soll getrost Leslie Gine heiraten. Von mir aus viel Glück!“

„Ich werde ihm Ihre freundlichen Wünsche ausrichten“, versprach er ironisch.

„Aber er soll aufpassen, dass er sie nicht wieder verliert“, schürte sie weiter. „Jeder weiß, dass auch der zweite Sohn in sie vernarrt ist! Schöne Aussichten für Lord Alford!“

Er blickte ihr nach, bis sie bei der Biegung zum Dorf verschwand.

Jeder wusste, dass er Leslie Gine liebte – nur er selbst wusste es erst seit diesem Augenblick!

6

In London gab es kaum ein Privatbüro, das an Luxus mit dem Arthur Gines konkurrieren konnte. Ein großes, weiß getäfeltes Gemach mit silbernen Wandleuchtern, deren Licht blassrote Schirme dämpften. Der Fuß versank in einem dicken Teppich, rosafarben wie die schweren Samtvorhänge, die, stets zugezogen, die grässliche Welt ausschlossen, die draußen in Holborn fieberte und hastete. Jedermann, der den eleganten Rechtsanwalt besuchte, wurde vor der Tür seines Allerheiligsten gebeten, drinnen nicht zu rauchen, denn dort duftete es nach Rosen. Mr Gine hatte eine Vorliebe für köstliche Parfüms, die er regelmäßig von einer ersten Londoner Firma bezog.

Er selbst war blond, mit zartem Teint und kleinem, gelbem Schnurrbart, eine lebende Reklame für seinen Schneider und Wäschelieferanten. Der Gehrock, die graue Weste, die dunkel gestreiften Beinkleider, die korrekte Krawatte – alles war von überwältigender Symmetrie.

Selten plädierte Mr Gine persönlich. Sein Bürovorsteher, ein ergrauter Fünfziger, den Mr Gines Kollegen für das Hirn der Firma hielten, gab den vor Gericht auftretenden Anwälten die notwendigen Instruktionen. Der Chef kümmerte sich nur um ganz wichtige Klienten.

An einem dieser Septembermorgen fuhr der schwere Rolls-Royce geräuschlos vor. Der neben dem Chauffeur sitzende junge Diener sprang heraus und hielt die Wagentür. Eine weiße Rosenknospe zierte Mr Gines Knopfloch. Jeder Passant, der ihn – mit Zylinder, blitzenden Lackschuhen, cremefarbigen Handschuhen – sah, musste ihn für einen Bräutigam unmittelbar vor dem Gang zur Kirche halten.

Der Lift brachte ihn zum ersten Stock hinauf, wo unter ehrerbietiger Verbeugung ein Portier die Tür zum Büro aufriss, während der Diener mit Stock und Hut verschwand.

Die bereits geöffnete Post auf seinem Schreibtisch beiseiteschiebend drückte Mr Gine zweimal auf einen Onyxknopf. Sekunden später zeigte sich der Bürovorsteher mit einem Stoß Akten in der Tür.

„Morgen, Gilder. Was haben Sie?"

„Meist Vorladungen."

„Für mich?" Der Anwalt blätterte einige Schriftstücke durch.

„Sie werden Unannehmlichkeiten haben, in einigen dieser Fälle ist mit einer Klage zu rechnen. Bis jetzt ist es mir gelungen, Ihre Gläubiger zurückzuhalten, aber wenigstens drei müssen umgehend befriedigt werden. Verloren Sie viel beim letzten Rennen?"

„Acht- oder neuntausend Pfund. Genau weiß ich es nicht."

„Weil Sie es gar nicht bezahlt haben", bemerkte Gilder grob.

„Ein paar von denen, die am meisten drängten, habe ich bezahlt." Gine legte die manikürte Hand auf die Akten. „Ist hier – etwas Wichtiges?"

„Diese Angelegenheit ist sehr ernsthaft." Der Bürovorsteher zog ein Aktenstück aus dem Stoß hervor. „Die Nachlassverwalter des Welmanschen Vermögens wollen Sie auf Rückzahlung von dreitausend Pfund verklagen – das Darlehen, das Sie von Welman erhielten."

„Können Sie das nicht regeln?"

„Unmöglich, es ist eine Nachlassforderung, das wissen Sie ja auch! Es wird höchst brenzlig, wenn es zur Verhandlung kommt."

Arthur Gine zuckte die Schultern.

„Was soll da schon brenzlig sein, bei einem Darlehen –?"

„Aber Sie waren der Anwalt Welmans, dessen geistiger Zustand ihn auch für die kleinste geschäftliche Transaktion unfähig machte. Ich sage Ihnen, die Sache sieht hässlich aus, und die Anwaltskammer dürfte Sie mit unangenehmen Fragen behelligen."

„Was noch?"

„Eine Forderung von zwölfhundert Pfund, Möbel für das Willow-Haus, und eine weitere des Verkäufers für den Rest der Kaufsumme."

Arthur Gine lehnte sich zurück.

„Alles zusammen?"

„Ungefähr sechstausend Pfund. Können Sie sie beschaffen?"

„Nein."

„Ein Wechsel?"

„Wer sollte für den bürgen?"

Gilder kratzte sich am Kinn.

„Vielleicht der Graf von Chelford?"

Gine lachte leise.

„Was würde er wohl sagen, wenn ich ihm mit einem solchen Vorschlag käme? Sie scheinen vergessen zu haben, mein Teuerster, dass ich für ihn der Bruder einer jungen Dame bin, die an ihrem fünfundzwanzigsten Geburtstag annähernd eine halbe Million Pfund erbt. Und ich bin nicht allein ihr Bruder, sondern auch der Treuhänder. Obendrein verwalte ich das Vermögen der verstorbenen Lady Alford. Nein – Harry Alford ist ein Trottel, doch immerhin kein so großer, dass er nichts merken würde, ganz abgesehen davon, dass alles Geschäftliche vom zweiten Sohn abgewickelt wird."

„Sie meinen Richard Alford? Warum nennen Sie ihn so?"

„Weil er seit seiner Kindheit als der zweite Sohn bekannt ist! Ein listiger Teufel – manchmal frage ich mich, ob er nicht vermutet, dass Leslies Vermögen nichts weiter als Dunst ist."

„Dunst?", wiederholte Gilder.

„Das sollten Sie doch wissen – seit acht Jahren leben wir davon! Die Croupiers von Monte Carlo haben eine ganze Menge davon zusammengerecht, und verschiedene Buchmacher bauten sich schöne Landhäuser von ihrem Vermögen. Dunst? Nicht vor zehn Jahren – da waren es zweihunderttausend Pfund. Aber heute?"

„Was erhoffen Sie sich eigentlich von dieser Heirat? Geld gibt's da doch nicht."

Mr Gine schmunzelte.

„Bevor ich Zeit und Geld darauf verwandte, ein Haus unweit von Fossaway zu kaufen und Leslie mit dem Grafen in Verbindung zu bringen, habe ich mich als vorsichtiger Mensch natürlich eingehend über seine Lage orientiert. Bargeld besitzt er wenig, aber nur, weil sein Bruder in keinen größeren Landverkauf einwilligt. Grob taxiert ist Harry Alford eine Viertelmillion Pfund wert – nicht mitgerechnet den vergrabenen Schatz."

Ein Schreiber trat ein, um ein Dokument unterzeichnen zu lassen. Als er wieder gegangen war, fragte Gilder: „Und Ihre Schwester glaubt immer noch, eine reiche Erbin zu sein?"

„Sie gibt sich dieser Illusion hin! Oder können Sie sich vorstellen, dass sie sonst diese Schaumschlägerei dulden würde? – Sechstausend Pfund! Augenblicklich eine höllische Menge Geld für mich! Und als Black Satin im Drayton Handicap um einen Kopf geschlagen wurde, verlor ich dreimal so viel! Das Einzige, was mir übrig bleibt, ist, die Hochzeit zu beschleunigen."

„Ist mit dem Gut in Yorkshire nichts zu machen?"

Gine schnitt eine Grimasse.

„Der Handel hätte mir zwanzigtausend Pfund eingebracht, denn ich überzeugte mich persönlich vom Vorhandensein eines starken Kohlenflözes. Aber der zweite Sohn – der Teufel möge ihn holen! – ließ meine Strohmänner glatt abfahren."

Ein langes Schweigen.

„Und was nun?", wagte Gilder schließlich zu fragen.

„Ich bin am Ende mit meiner Kunst. Haben Sie keinen gescheiten Einfall?"

„Geben Sie mir fünf Minuten Zeit zum Überlegen", erwiderte Gilder und verließ den prunkvollen Raum.

7

Als er in sein eigenes Büro kam, händigte ihm die Stenotypistin einen Brief aus, der von einer wenig schreibgewohnten Hand an ihn persönlich adressiert war. Ohne irgendeine Einleitung begann er:

Seine Gnaden studiert Tag und Nacht ein Buch, das vergangenen Dienstag aus Deutschland kam und sehr alt sein muss, denn der Druck ist so verzwickt, dass ich den Titel nicht entziffern konnte. Auch sandte ihm sein Londoner Antiquar einen Plan der früheren Fossaway-Burg. – Mr Alford verkaufte die Red Farm für 3500 Pfund. – Bei dieser Stelle lächelte der Bürovorsteher. – Miss Gine kam gestern zum Tee und ging hinterher mit ihrem Verlobten im Park spazieren. Es wird viel vom Schwarzen Abt gesprochen. Zuerst wurde er von Thomas Elvin, dem etwas blöden Sohn des Kuhhirten gesehen, dann vom Krämer Cartwright, beide Male bei der Ruine. Ein Käufer für das Yorkshire-Gut wurde auf Mr Alfords Rat abschlägig beschieden. Als ich den Tee servierte, äußerte Seine Gnaden den Wunsch, dass die Hochzeit im Oktober stattfinde, doch Miss Gine sagte, ihr sei ein Termin nach Weihnachten lieber. Dann schlug Mr Alford vor, die Vermögensauseinandersetzungen gelegentlich der Heirat den Notaren des verstorbenen Lord Alford, Sampson & Howard, anzuvertrauen, während Lord Harry hierfür Mr Gine bestimmte. Mehr hörte ich nicht, da Mr Richard mich hinausschickte. – Miss Wenner, die einstige Sekretärin Seiner Gnaden, traf gestern von London ein, wurde aber auf Befehl Mr Alfords nicht vorgelassen …

Auch noch anderes von geringerer Bedeutung berichtete der Spion an Mr Fabrian Gilder, der sich noch ein paar Minuten an seinem Schreibtisch beschäftigte, um dann ins Privatbüro des Chefs zurückzukehren.

„Was ist das?“, fragte Mr Gine, als ihm der Vorsteher ein Papier vorlegte.

„Ein Sechsmonatswechsel über siebentausend Pfund. Ich setzte gleich tausend Pfund mehr ein, als Sie dringend brauchen. Mit Ihrer Unterschrift und der Lord Alfords ist es bares Geld."

„Das – das riskiere ich nicht", sträubte sich der Anwalt.

„Warum ihm auf die Nase binden, dass es ein Wechsel ist? Machen Sie ihm irgendetwas vor – Sie lassen sich ja auch sonst immer etwas einfallen! Oder erklären Sie ihm einfach, dass Sie seine Unterschrift benötigen, um von einer Liegenschaft Ihrer Schwester eine Hypothek abzulösen."

Gine drehte das Papier unschlüssig hin und her.

„Aber am Verfalltag?"

„In sechs Wochen ist er verheiratet. Wenn sich Ihre Lage inzwischen nicht gebessert hat, muss er die Sache eben vertuschen und bezahlen. Bedenken sind nicht am Platz – Sie stehen am Rande des Abgrunds! Und schließlich geht es auch um meine Lebensstellung!"

„Sie stehen sich besser als ich", knurrte Gine, als er nach der Feder griff, um zu unterschreiben.

„Weil ich weniger ausgebe."

„Vielleicht hätten Sie selbst mir diese Summe vorstrecken können?"

„Gewiss. Aber ich verstehe mit Geld umzugehen, und Ihnen etwas zu borgen halte ich nicht für eine gute Anlage", erklärte Gilder ungeschminkt.

Wenige Minuten, nachdem er das Zimmer verlassen hatte, kam er zurück und schloss behutsam die Tür hinter sich.

„Kennen Sie eine Miss Wenner?", fragte er gedämpft.

„Ja. Was wünscht sie?"

„Sie möchte Sie in einer dringenden Angelegenheit sprechen. Ist sie eine Ihrer – hm, Freundinnen?"

„Nein. Ich lernte sie in Fossaway kennen, sie war dort Sekretärin. Können Sie nicht herausbekommen, was sie will?"

„Ich habe es schon versucht, ohne Erfolg. Soll ich sie abweisen?“

Arthur Gine überlegte eine Weile.

„Lieber nicht. Führen Sie sie herein.“

Er ging ihr ein paar Schritte entgegen.

„Ein unerwartetes Vergnügen, mein Kind – jedes Mal, wenn ich Sie sehe, sind Sie hübscher geworden!“

Sie setzte sich familiär auf eine Ecke des Schreibtischs.

„Ich bin in Fossaway gewesen“, berichtete sie.

„Ich glaubte, das wäre endgültig begraben? Sie müssen sich jetzt zusammennehmen, Harry Alford wird meine Schwester heiraten.“

„Überrascht mich nicht – ich sah doch, wie Sie Ihre Fäden zogen!“ Sie legte ihre Hände auf seine Schultern. „Arthur, ich habe das Tippen satt! Und außerdem möchte ich Dick Alford, diesem kaltschnäuzigen Hund, furchtbar gern eins auswischen. Einmal bin ich an die Luft gesetzt worden, weil ich einem Mann einen Antrag machte – jetzt will ich's zum zweiten Mal riskieren! Sagen Sie, sind wir beide nicht immer gut miteinander ausgekommen?“

Bestürzt murmelte er ein paar Worte.

„Arthur, schlagen Sie eine gute Sache nicht so ohne Weiteres aus! Heiraten Sie mich, und ich werde Ihnen eine Mitgift bringen, die das Vermögen Ihrer Schwester weit übersteigt.“

Er starrte sie an. „Sie? Mitgift?“

„Heiraten Sie mich! Und ich führe Sie zu einem Platz, wo Sie Ihre Hand auf fünfzehn Tonnen Gold legen können!“

Fünfzehn Tonnen Gold! Zweieinhalb Millionen Pfund Sterling!

Arthur Gine traute seinen Ohren nicht. Doch das aufgeregte Gesicht und die glänzenden Augen Mary Wenners verrieten, dass es ihr ernst war.

„Fünfzehn Tonnen Gold! Mary, Sie sind übergeschnappt!“

„Übergeschnappt? Oh, Sie werden Ihre Ansicht bald ändern. Ich habe nämlich den Chelfordschatz gefunden."

Ungläubig staunend ließ er sich in den Sessel zurückfallen.

„Quatsch!", brach er endlich los. „Es gibt keinen Chelfordschatz! Die lange Zusammenarbeit mit Harry hat Sie gleichfalls um den Verstand gebracht."

„Meinen Sie? Allerdings hat er mir drei Jahre lang von morgens bis abends mit dieser Schatzaffäre in den Ohren gelegen. Noch jetzt kann ich keinen Pergamentband sehen, ohne dass mir übel wird. Aber eines Tages traf von seinem Londoner Antiquar ein Bündel alter Pläne von Chelfordbury und Fossaway ein, und da Harry verreist war und ich nichts zu tun hatte, machte ich mich daran, die Pläne zu katalogisieren. Auf dem dritten fand ich etwas, das mich die Augen aufreißen ließ."

„Und was war das?", erkundigte sich Arthur möglichst gleichgültig.

Sie musterte ihn ruhig und lächelte.

„Bis ich Ihnen das verrate, muss sich erst allerlei ereignen! Arthur, wenn ich Ihnen den Schatz oder einen Anteil daran gebe, werden Sie mich dann heiraten?"

„Schon für eine halbe Million würde ich Sie heiraten, selbst wenn Sie das hässlichste Geschöpf der Welt wären. Stattdessen sind Sie das niedlichste ..."

„Sparen Sie sich diesen Schmus für später auf!" Sie fingerte in ihrer Handtasche und zog ein Papier heraus.

Doch wenn er erwartet hatte, sie würde ihm nun das Geheimnis des Chelfordschatzes ausliefern, erlebte er eine böse Enttäuschung.

„Ich verstehe zwar nicht viel von juristischen Sachen", begann sie, während sie das Papier auseinanderfaltete und auf seine Schreibunterlage legte, „aber ich denke, dass dies für beide Teile verbindlich sein dürfte."

Mit verdrießlichem Gesicht las er das Folgende:

Mit Rücksicht darauf, dass ich, Arthur Gine, Willow-Haus, Chelfordbury in Sussex, die Hälfte des Chelfordschatzes erhalte, verpflichte ich mich, Mary Wenner einen Monat nach Auffindung und Teilung des Schatzes zu ehelichen.

„Mein liebes Kind ...“, setzte er in seiner süßlichsten Weise an.

„Hören Sie zu, Arthur“, unterbrach sie ihn schroff. „Hier handelt es sich klipp und klar um Ja oder Nein. Wir sind nicht ineinander verliebt, aber ich will ein Haus und eine Stellung in der Gesellschaft! Wenn ich auch keine Lady bin, so bin ich immerhin ladylike und habe lange genug unter erstklassigen Leuten gelebt, um keinen Schnitzer zu begehen.“

Arthur studierte von Neuem das Papier.

„Alles ganz schön. Nur gehört der Schatz Lord Alford.“

„Oh!“, protestierte sie. „Das Gesetz bestimmt, dass ein nach hundert Jahren aufgefundener Schatz zwischen dem Staat und dem Entdecker geteilt wird.“

Er wiegte lächelnd den Kopf.

„Mary als Juristin! Was Sie da sagen, trifft zu, wenn kein Eigentümer vorhanden ist. Aber – aber – das brauchte uns im Ernstfall ja nicht zu kümmern. Man kann doch nicht verlieren, was man nie besessen hat, nicht?“

Mary stieß einen Seufzer der Erleichterung aus. Er sah ihr nachdenklich in die Augen.

„Was mich einzig und allein interessiert ist, wann und wo Sie den Schatz gesehen haben.“

„Vor zwei Tagen.“

„Vor zwei Tagen –?“

„Jawohl, vor zwei Tagen. Doch bevor ich Ihnen sage, wo, müssen Sie unterschreiben.“

Als er keinerlei Anstalten dazu machte, faltete sie das Blatt zusammen und steckte es wieder in ihre Handtasche.

„Warum so hastig?“, fuhr er hoch. „Sie müssen mir doch wenigstens einen Augenblick zum Überlegen gönnen. Vergegenwärtigen Sie sich überhaupt, was Sie von mir verlangen? Komplizenschaft bei einem Diebstahl!"

„Gott, wenn Ihr Gewissen so zart besaitet ist …" Sie stand auf.

Mit einem Sprung war er an ihrer Seite.

„Seien Sie nicht albern! Sie fordern viel, Mary, und …"

„Ich bringe ja auch viel – zweieinhalb Millionen Pfund sind kein Pappenstiel! Wollen Sie unterschreiben?"

Noch einmal überflog er den Text, machte eine kleine Verbesserung und unterschrieb.

„Was haben Sie noch hineingesetzt?", fragte sie misstrauisch.

„Einen Notausgang für Arthur Gine! Jetzt steht da: ‚Mit Rücksicht darauf, dass ich – und so weiter – die Hälfte des Chelfordschatzes für Rechnung meines Klienten Lord Alford erhalte …'"

Zuerst verstand sie nicht, dann aber zog ein bewunderndes Lächeln über ihr Gesicht.

„Arthur, manchmal sind Sie wirklich gescheit!"

Er legte den Arm um ihre Hüften und führte sie zum Fenster. Ketten von Wagen zogen sich in beiden Richtungen hin. Ein großer Lastwagen mit der Aufschrift 5 TONNEN ratterte vorbei. Und drei solcher Ungetüme würden notwendig sein, um das Chelfordgold fortzuschaffen …

„Wollen Sie mir jetzt verraten, wo das Gold ist, Mary?"

„In den unterirdischen Gewölben der Abtei", erwiderte sie halblaut.

Stumm blickten sie sich an.

„Sind Sie für Ihre Schwester zu sprechen, Mr Gine?", erklang hinter ihnen eine Stimme.

Mit einem Fluch fuhr Arthur Gine herum. Geräuschlos hatte der Bürovorsteher das Zimmer betreten. Ob er die letzten Worte gehört hatte oder nicht, war seinem Gesicht nicht anzumerken.

8

Leslie Gine hatte zu Hause allerlei Pflichten. Wenn ihr Bruder auch kein allzu großes Haus führte, gab es doch öfters exquisite Dinners oder gelegentlich einen Ball, und im Laufe des Winters bewirtete Arthur, dessen Ehrgeiz es schmeichelte, Master der Grafschaftsmeute zu sein, die prominenten Jagdreiter der Gegend. Bei all diesen Gelegenheiten repräsentierte seine Schwester und leitete auch sonst den Haushalt, was nicht immer leicht war, da Arthur zwar das Beste auf seinem Tisch verlangte, mit Geld jedoch knausrig war.

Den Entschluss, nach London zu fahren, hatte Leslie heute Morgen ganz plötzlich gefasst. Es behagte ihr irgendwie nicht, den Lunch allein einnehmen zu müssen. Einen Augenblick erwog sie, nach Fossaway zu gehen, erinnerte sich aber, dass Dick immer am Mittwoch seine Pächter aufsuchte. Einen Lunch allein mit ihrem Verlobten? Dann lieber noch ganz einsam! Also in die Stadt – rasch kleidete sie sich an, der Gärtner holte den kleinen Zweisitzer aus der Garage, und zehn Minuten später flitzte sie zur Bahnstation. Sie hatte Zeit im Überfluss, würde wahrscheinlich eine halbe Stunde auf den Zug warten müssen.

Kurz vor der Gutsgrenze sah sie in etwa zweihundert Meter Entfernung eine bekannte Gestalt querfeldein wandern. Ihr Herz klopfte schneller. Ein Hohlweg nahm ihr die Sicht, doch als sie herauskam, sah sie, dass sie sich nicht getäuscht hatte. Sie stoppte.

Dick Alford öffnete ein Gatter, trat hinaus und winkte ihr zu. Aber zu ihrer Verblüffung wäre er wortlos weitergegangen, wenn sie ihn nicht angerufen hätte.

„Schlechter Laune, Dick?“

„Stimmt. Etwas gibt’s, was ich wie die Pest hasse – wenn

nämlich unsere Farmen in kleine Landsitze für die Städter zerstückelt werden. Ich verkaufte vergangene Woche die Red Farm an Mr Leonard, in der Meinung, dass der alte –", er verschluckte einen derben Ausdruck – „hm, Gentleman seinen Besitz abrunden wolle, obgleich mir schleierhaft war, warum er gerade auf den ärmsten Boden verfiel."

„Und was tat der alte – hm, Gentleman?", neckte sie.

„Er hat sie weiterveräußert, obwohl ein solches Geschäft zu seiner Gültigkeit meiner Zustimmung bedarf, an irgendeinen Schnüffler aus London übrigens, der schon den ganzen Sommer über ein kleines Wochenendhäuschen hier in der Nähe bewohnte."

„Etwa am Ravensrill?", fragte sie interessiert.

„Ja, ja, das ist der Bursche. Ich hielt ihn für einen vorübergehenden Sommergast, stattdessen stellt sich jetzt heraus, dass er die Farm kaufte, um dort so einen Kasten mit Erkern und Türmchen bauen zu lassen. Und bestimmt legt er auch gleich noch einen künstlichen Teich und einen Rosengarten an!"

„Warum sollte er nicht? Sie sagen ja selbst, dass es der ärmste Boden in unserer Gegend sei, und wenn er schon unbrauchbar für die Landwirtschaft ist, kann er doch wenigstens schön aussehen. Ich liebe künstliche Teiche und Rosengärten!"

Trotz seines Ärgers musste er lachen.

„In dem Fall werden Sie wohl bei Mr Gilders Einweihungsfeier nicht fehlen?"

Sie stutzte.

„Wie heißt der Mann?"

„Mr Gilder – vermutlich ein neureicher Städter. Konnte er sich nicht anderswo ankaufen? Was Leonard betrifft, so habe ich ihm schon gesagt, dass ich seinem Begräbnis fernbleiben werde!"

„Dick, Sie sollten sich schämen! Der arme alte Mann! – Kennen Sie seinen Vornamen?"

„Wessen? Leonards?“

„Mr Gilders natürlich!“

„Der heißt Fabrian. Komischer Name!“

Ob Arthur von diesem Unternehmen seines Angestellten etwas wusste? Für den Moment hielt sie es für ratsam, das Thema zu wechseln.

„Dick, wenn Sie nett und schwägerlich sein wollen, dann kommen Sie mit zum Bahnhof und nehmen meinen Wagen in die Garage zurück!“

Er stand unentschlossen da, und in ihr begann es beim Gedanken an eine Ablehnung schon zu kochen.

„Na ja“, sagte er endlich, „zuweilen muss die Pflicht mit dem Vergnügen verquickt werden. Aber lassen Sie mich fahren – Frauen am Steuer sind mir nicht geheuer!“

„Sie sind ungezogen!“ Sie rückte zur Seite. „Wie geht es Harry?“

„Gut. Er probiert gerade ein neues Patentmittel aus. Sind Sie jemals – verzeihen Sie die indiskrete Frage – in seinem Schlafzimmer gewesen?“

Sie schüttelte den Kopf, während es in ihren grauen Augen lustig aufblitzte.

„Dort stehen achthundertfünfzig verschiedene Allheilmittel. Einmal in jedem Vierteljahr findet ein großes Aufräumen statt, bei dem der ganze Bestand hinausfliegt. Augenblicklich braut er einen Trank für seine Nerven.“

„Armer Harry!“, murmelte sie sanft.

Sie fand es seltsam, dass Dick nie über die Zeit sprach, wenn sie Herrin auf Fossaway sein würde. Jetzt zum Beispiel, wäre es nicht ganz natürlich gewesen, wenn er gesagt hätte: Nach der Hochzeit werden Sie ihn hoffentlich von diesem Unsinn kurieren? – Aber dann war sie auch wieder froh über seine Zurückhaltung.

Sie durchfuhren ein Wäldchen, herbstlich gelb, braun, purpurrot. Gleich darauf langten sie beim Bahnhof an.

„Haben Sie wieder Besuch vom Schwarzen Abt gehabt?“, erkundigte sich Leslie auf dem Bahnsteig.

„Nein. Die Polizei stellte gestern Abend Nachforschungen an, und so wird es wohl Schluss mit den Besuchen sein. Unerklärlich, wie Harry sich von diesem Spuk ins Bockshorn jagen lässt! Sobald es heißt, der Abt gehe um, traut er sich nicht mehr hinaus.“

„Und Sie, Dick?“

„Wenn ich ein Gespenst mit meinen eigenen Augen sehe, dann will ich daran glauben. Bis dahin – nein.“

Als der Zug aus der Station fuhr, streckte sie den Kopf aus dem Fenster und winkte ihm zu. Stocksteif stand er immer noch an der gleichen Stelle und starrte dem entschwindenden Wagen nach.

Leslie fröstelte.

9

So seltsam dies sein mochte, noch nie hatte Leslie Gine bisher das Büro ihres Bruders in Holborn betreten. Und heute tat sie es nur eines prosaischen Missgeschicks wegen. Sie hatte das Willow-Haus ohne einen Penny in der Tasche verlassen und bemerkte es erst, als der Bahnbeamte ins Abteil trat und sie aus ihren Träumereien riss. Weder Geld noch Billett! Sie gab ihm ihre Karte und nahm in London ein Taxi.

Im Wartezimmer ihres Bruders trat ihr ein stattlicher Herr mit ergrautem Haar und energischem, nicht unsympathischem Gesicht entgegen, in dem sie den einsamen Angler erkannte, den sie in diesem Sommer so oft am Ufer des Ravensrill bemerkt hatte. Das also war Mr Gilder, den Arthur häufig als tüchtigen Angestellten erwähnte. Sie hatte nie Neugierde verspürt, ihn kennenzulernen. Ein Bürovorsteher! Jetzt musste sie sich eingestehen, dass er durchaus nicht dem üblichen Typ entsprach. Mächtige Schultern, ein viereckiges Kinn, zusammengepresste Lippen, durchdringende graue Augen unter buschigen Brauen erweckten den Eindruck von Energie und Kraft.

„Miss Gine, nicht wahr? Die Ähnlichkeit mit Ihrem Bruder ist unverkennbar!"

Mit dieser Begrüßung versetzte er ihr einen kleinen Schock, denn Arthurs gutes Aussehen war von einer Art, die weder ihre Bewunderung noch ihren Neid erregte.

„Er ist im Moment beschäftigt. Nehmen Sie bitte einen Augenblick Platz, ich werde ihn gleich wissen lassen, dass Sie hier sind."

Unwillkürlich kam ihr eine oft in Romanen gelesene Wendung in den Sinn – verzehrender Blick! Gilder starrte sie allerdings nicht direkt an, es war vielmehr die Konzentration, die durchbohrende Intensität seiner hellgrauen Augen, was ihr Unbehagen verursachte. Mit raschem Blick vermerkte sie, welch peinliche Sorgfalt er auf sein Äußeres verwandte. Hatte Arthurs Vorliebe für Eleganz auch seinen Stab angesteckt?

„Ich hörte, dass Sie sich in unserer Nähe niederlassen wollen, Mr Gilder", bemerkte sie.

„Oh – ja, allerdings", gab er, unangenehm überrascht, zu. „Ich – ich habe eine Vorliebe für die Gegend."

„Nett für Arthur, Sie als Nachbar zu haben. Vermutlich ging die Anregung für diesen Kauf auch von ihm aus?"

Mit nervöser Geste zupfte er an einem nicht vorhandenen Schnurrbart.

„Das gerade nicht – er weiß noch gar nichts von dem Kauf. Ich will jetzt sehen, ob Ihr Bruder frei ist …"

Vor der Tür des Privatbüros rang er einige Sekunden um Haltung, bis er die Klinke niederdrückte und eintrat. Die Worte, die er dann zu hören bekam, ließen ihn von Neuem wie angewurzelt stehen bleiben.

10

Meine Schwester?“ Arthur Gine blickte von Gilder zu Mary Wenner. „Kommen Sie später wieder“, sagte er gedämpft. „Gilder, lassen Sie Miss Wenner durch den Nebenausgang hinaus!“

Als er sie durch den Korridor führte, fragte der Bürovorsteher kurz: „Wo wohnen Sie?“

Es lag so viel Autorität in seiner Stimme, dass Mary Wenner ohne zu überlegen antwortete: „Cranston Mansion Nummer 73. – Warum?“

„Weil ich mit Ihnen sprechen muss. Kann ich Sie abends aufsuchen?“

Miss Wenner schreckte etwas zurück.

„Ja, nur – ich werde eine Freundin bitten …“

„Was ich Ihnen zu sagen habe, ist nicht für fremde Ohren bestimmt.“

Sie war neugierig, was dieser Mann eigentlich von ihr wollte.

Er begleitete sie zum Lift und nahm ihr das Versprechen ab, dass sie ihn allein empfangen werde. Darauf begab er sich ins Wartezimmer und führte Leslie Gine hinein.

„Du bist ein Gänschen, ohne Geld in die Stadt zu fahren!“, rügte Arthur, als er drei Geldscheine aus seiner Brieftasche zog. „Hier hast du Geld, damit kannst du dich bis zu deiner Hochzeit amüsieren!“

„Meinst du, fünfzehn Pfund reichen hin?“ Sie lachte, zog die Handschuhe an und wollte gehen. Aber dann fiel ihr die Red Farm ein.

Arthur Gine hörte ungläubig zu, als sie ihm die Geschichte erzählte.

„Gilder hat sich in Chelfordbury angekauft? Unmöglich. Das

würde er mir gesagt haben. Wozu braucht er einen Landsitz. Überhaupt fehlt ihm das Geld für einen solchen Kauf."

„Bist du sicher, dass er kein Geld hat?"

„Schön, vielleicht hat er etwas. Aber gleich ein Haus in Chelfordbury! Ich bildete mir immer ein, er kenne die Gegend gar nicht."

„Den ganzen Sommer hindurch hat er das Wochenende im Ravensrillcottage verbracht."

„Ach, der Angler!" Er pfiff leise. „So ein Geheimniskrämer! Lebt ein halbes Jahr in unserer nächsten Nähe und lässt nichts davon verlauten!"

„Und besitzt sogar ein Auto! Dick Alford ist wütend über den Verkauf."

Gine grinste.

„Ich kenne ihn in dieser Hinsicht! Als ich ihm einmal vorschlug, eine der nördlichen Besitzungen für Villen zu parzellieren, sprang er mir beinahe ins Gesicht. Er glaubt blind an die Zukunft der Landwirtschaft. Ich kann mir lebhaft vorstellen, wie er bei dem Gedanken schäumt, dass ein Bürovorsteher sich als Krautjunker etabliert."

„Er schäumte nicht mehr, als ich mich von ihm verabschiedete."

„Wann?"

„Heute Vormittag – er begleitete mich zum Bahnhof." Sie konnte eine kleine Verwirrung nicht ganz verbergen.

Er sah sie forschend an. Langsam stand er auf, legte ihr die Hände auf die Schultern und rüttelte sie ein wenig.

„Mädchen, schlag dir den Mann aus dem Kopf! Natürlich kommt Harry bei einem Vergleich mit seinem Bruder schlecht weg. Aber Dick ist und bleibt arm wie eine Kirchenmaus. Und von deinem hübschen Gesichtchen kannst du nicht leben ..."

„Was soll das heißen?", fuhr sie ihn an. „Und mein Vermögen?"

Es dauerte eine Weile, bis er eine passende Antwort fand.

„Natürlich – ja, aber ich möchte, dass du dir eine führende Stellung in der Grafschaft erringst. Gräfin von Chelford bedeutet etwas! Dick Alford ist tipptopp, aber einen armen Menschen zu heiraten …"

Unter dem Blick ihrer grauen Augen stockte er.

„Arm! Arm! Etwas anderes kannst du wohl überhaupt nicht denken? Als ob es darauf ankäme, dass mein zukünftiger Gatte Vermögen besitzt? Deine Logik mutet etwas sonderbar an."

Er lachte, aber es geriet zu lang und lustig, um überzeugend zu wirken.

„Du hättest Anwalt werden sollen, Leslie! Mein Wort, die weiße Perücke und die Robe würden dir fabelhaft stehen. Jetzt aber, mein Mädchen, hinweg mit dir! Ich habe unheimlich zu tun."

Als sich die Tür hinter ihr schloss, atmete er erleichtert auf. Stürmisch drückte er auf den Onyxknopf.

„Schicken Sie Mr Gilder zu mir!", befahl er dem Schreiber.

11

Gilder wusste, als es ihm ausgerichtet wurde, warum sein Chef ihn zu sehen wünschte.

Obwohl es ihm nicht an Mut fehlte, kostete es ihn doch einige Überwindung, der Aufforderung sofort nachzukommen.

„Gilder, was bedeutet dieser Kauf der Red Farm?“, fragte Gine ohne Umschweife.

„Warum sollte ich sie nicht kaufen?“

„Ich habe ja auch nichts dagegen, nur berührt es mich seltsam, dass Sie nicht eine Silbe darüber verlauten ließen.“

„Es ist gar nicht seltsam. Ich befürchtete, dass Sie meinem Plan nicht sehr gewogen sein würden, denn Arbeitgeber pflegen es nicht gern zu sehen, wenn sich Angestellte in ihrer Nähe niederlassen. Monatelang habe ich in einem Häuschen bei Chelfordbury gehaust, und manchmal war ich versucht, bei Ihnen vorzusprechen, doch hielt mich mein Instinkt davon ab, Ihnen gesellschaftlich nahezutreten. Sie haben mich in all den Jahren nicht ein einziges Mal aufgefordert, das Wochenende bei Ihnen zu verbringen. Nun, und darum sah ich auch keine Veranlassung, Sie über den Kauf zu informieren.“

„Und das Geld? Ich wusste nicht, dass es Ihnen so gut geht!“

„Warum sollte ich Sie über die Höhe meines Bankkontos orientieren?“

„Von Ihrem Gehalt, das – ich gebe es offen zu – nicht fürstlich ist, konnten Sie jedenfalls das Geld nicht zurücklegen, um die Farm zu kaufen. Und bauen wollen Sie ja auch.“

Als Antwort zog Gilder ein Lederportefeuille aus der Tasche, auf dem in goldenen Buchstaben der Name des Buchmachers stand, bei dem sein Chef die größten Sätze anlegte.

„Trebman –?“ Arthur Gine furchte die Stirn. „Was hat das mit Ihrem Kauf zu tun?“

„Ich bin Trebman“, sagte der Bürovorsteher.

Gine stierte ihn an. Trebman! Der Buchmacher, dem er Tausende und Abertausende bezahlt hatte!

„Dann ist das Geld – mein Geld?“, stieß er nach einer Weile hervor.

„Ihr Geld? Wenn Trebman Ihre Wetten nicht angenommen hätte, so wäre irgendein anderer Buchmacher dazu bereit gewesen. Vor fünf Jahren beklagten Sie sich einmal, dass sich kein Buchmacher bereitfände, große Wetten noch fünf Minuten vor dem Rennen telegrafisch entgegenzunehmen. Dies gab mir zu denken, ich sah, dass Sie zu diesen …“

„Dummköpfen“, warf der Anwalt ein.

„Nein – Pechvögeln gehören, die ungeachtet aller Verluste das Wetten nicht lassen können. So trat Trebman ins Leben und benachrichtigte Sie durch Prospekte, dass er jede Summe auf telegrafische Order annehmen würde. Wissen Sie, wie viel Sie in den letzten fünf Jahren verloren haben?“ Der andere schüttelte bleich vor Wut den Kopf. „An Trebman allein dreiundsechzigtausend Pfund.“

Die Farbe kam und wich in Arthur Gines Gesicht. Trotzdem wusste er, dass sein Zorn unberechtigt war. Bisher war Trebman für ihn ein Name auf einem Depeschenformular gewesen, eine Adresse irgendwo im Westend, an die er seine verlustreichen Telegramme schickte. Nie hatte er sich dafür interessiert, wer der Mann sein mochte.

„Sie sind doch nicht etwa auch Rathburn & Co?“, fragte er.

Zu seinem grenzenlosen Erstaunen nickte Gilder.

„Nicht nur Rathburn & Co, sondern auch Burton & Smith. Das heißt also, dass ich identisch bin mit den drei Buchmacherfirmen, an die Sie innerhalb der letzten fünf Jahre zirka dreißigtausend Pfund jährlich verloren. Machen Sie kein so finsteres Gesicht, Gine! Ich habe mir nichts vorzuwerfen, die paar Male, als Sie gewannen, ist Ihnen Ihr Gewinn korrekt ausbezahlt worden. Ich nahm das Risiko auf mich – mein Glück gegen das Ihrige. Als ich begann, setzte ich mein ganzes Vermögen, in jahrelangen Mühen ersparte dreitausend Pfund, aufs Spiel. Hätten Sie Glück gehabt, wäre ich ruiniert gewesen."

„Sie haben absolut recht. Nur – ich muss diese Neuigkeit erst ein wenig verdauen!"

Er forschte in dem verschlossenen Gesicht Gilders, versuchte krampfhaft, seine Einschätzung dieses Mannes, in dem er bis jetzt nur einen gehobenen Angestellten gesehen hatte, zu berichtigen. Plötzlich kam ihm das Groteske der Sachlage zum Bewusstsein, und er lachte laut auf.

„Was werden Sie nun mit Ihrem Geld anfangen, Sie Krösus?"

„Mich auf dem Lande niederlassen und heiraten."

„Ausgezeichnet!", lobte Arthur mit einem ironischen Unterton. „Und wer ist die glückliche Dame?"

„Ich habe die Absicht, mich mit Miss Leslie Gine zu vermählen."

Nichts regte sich im Gesicht des Anwalts, nur ein böser Funke traf Gilder, der ein wenig erschrak. War er zu weit gegangen?

„Das ist sehr interessant." Gine lächelte geheimnisvoll. „Sehr – unternehmungslustig von Ihnen, Gilder! Leider habe ich andere Pläne."

Er kam hinter dem Schreibtisch hervor und pflanzte sich, die Hände in den Hosentaschen, vor dem Bürovorsteher auf. „Was würden Sie übrigens für das Privilegium, mein Schwager zu sein, zahlen?"

„Die Hälfte Ihrer Rennverluste aus den letzten fünf Jahren."

„Das langt nicht!"

„Die Löschung der vier auf Lord Alford gezogenen, unterschriebenen Wechsel, bei denen seine Unterschrift ausnahmslos gefälscht ist …" Und als Arthur Gine mit kreidebleichem Gesicht zurückfuhr: „Mit anderen Worten, Gine – fünfundsiebzigtausend Pfund oder fünf Jahre Zuchthaus!"

12

Leslie langweilte sich bald in der Stadt und bedauerte, dass sie auf den Vorschlag ihres Bruders, gemeinsam mit ihm nach dem Willow-Haus zurückzufahren, eingegangen war. Sie hatte alle Einkäufe erledigt. Warum sollte sie also nicht mit dem nächsten Zug nach Chelfordbury zurückkehren? Aber Arthur machte Einwendungen, als sie ihm diese Absicht telefonisch mitteilte.

„Ach was! Du fährst viel bequemer mit mir im Wagen zurück. Bleiben wir bei der ersten Verabredung! Nur komm anstatt um fünf schon um halb fünf ins Büro – Gilder hat uns zum Tee eingeladen. Tu mir den Gefallen und nimm die Einladung an!"

„Mr Gilder?"

„Da er unser Nachbar wird, ist es vielleicht ganz gut, wenn wir ihn nett behandeln", argumentierte er.

Am liebsten hätte sie Kopfschmerzen vorgeschützt, und nur, weil ihr Bruder sie so selten um eine Gefälligkeit bat, stimmte sie zu.

Als sich Leslie Gine um halb fünf im Privatbüro einfand, saß ihr Bruder, den Kopf in die Hände gestützt, am Schreibtisch.

„Fühlst du dich nicht wohl, Arthur?", erkundigte sie sich.

„Glänzend! Ich habe nur einen strengen Tag hinter mir. Gilder kommt gleich. Bitte, sei nett zu ihm, er ist eine nützliche Arbeitskraft. Seine Wohnung liegt am Regents Park. Übrigens ist er Junggeselle."

Sie zuckte die Achseln. Was interessierte es sie, ob Gilder Junggeselle war oder nicht!

„Erstaunlich, was du für einen wohlhabenden Bürovorsteher hast – Landsitz in Chelfordbury, Wohnung im vornehmsten Londoner Viertel ..."

„Er wird dir gefallen." Arthur drückte auf den Onyxknopf. „Ganz amüsant."

Amüsant war nun allerdings nicht das richtige Wort, aber das Einzige, das ihm eingefallen war.

Als hätte er nur auf das Klingelzeichen gewartet, betrat Gilder, einen leichten Überzieher über dem Arm, in der Hand einen grauen Borsalino, das Zimmer.

Während der Fahrt bestritt Mr Gilder die ganze Unterhaltung. Er hatte eine tiefe, angenehme Stimme und eine gefällige Art zu plaudern. Arthur sah den Mann, mit dem er tagtäglich zusammenarbeitete, in neuem Licht. Ungezwungen sprach Gilder über alles Mögliche, schnitt jedes Thema an, für das er Interesse vermutete – Flugwesen, Rundfunk, Literatur und Weltkrieg, russischer Kommunismus und italienische Renaissance, amerikanisches Theater und Polospiel.

Die Wohnung nahm das gesamte erste Stockwerk eines der teuren Häuser am Parkrand ein und war sehr luxuriös eingerichtet. Von meinem Geld!, dachte Arthur Gine, in dem der Ärger wieder aufstieg. Nach dem Tee führte der Hausherr die Gäste in die Bibliothek, um ihnen seine Raritäten zu zeigen.

Gilder machte die junge Dame gerade auf eine kostbare Erstausgabe aufmerksam, als sich etwas sehr Eigenartiges ereignete.

„Entschuldige mich für ein paar Minuten, Leslie", sagte Arthur plötzlich, „ich will nur schnell zu einem Bekannten, der ganz in der Nähe wohnt."

Seine Stimme klang auffallend unnatürlich, und seine Schwester schaute ihn fragend an.

„Wenn wir rechtzeitig zum Dinner zu Hause sein wollen, dann müssen wir …" Sie warf einen Blick auf ihre Armbanduhr.

„Ich bleibe höchstens eine Viertelstunde!" Er sprang auf und verschwand, bevor sie noch etwas einwenden konnte.

Wie sonderbar und ungewöhnlich! Trotz des Unbehagens, das sie beschlich, hätte sie es nie für möglich gehalten, dass ihr

Bruder sie absichtlich mit diesem grauhaarigen Mann allein lassen würde. Warum aber hatte er, dessen Egoismus sich doch stets sträubte, auf jemanden, der von ihm abhing, Rücksicht zu nehmen, den plötzlichen Wunsch, seinem Bürovorsteher gefällig zu sein?

Als sie allein waren, stellte Fabrian Gilder den Band behutsam an seinen Platz zurück.

„Nächstes Jahr werde ich mein neues Heim beziehen. Ich hoffe, Sie dann häufiger zu sehen, Miss Gine! Ich wünschte mir schon immer, meinen beiden Liebhabereien, Fischen und Lesen, in Ruhe nachgehen zu können. Glücklicherweise bin ich in der Lage, den Beruf an den Nagel zu hängen. Ihr Bruder hat Ihnen wahrscheinlich gesagt, dass ich unabhängig bin. Und – nun ja, ich bin fünfzig, ein gutes Alter, und ich bilde mir ein, eine Frau glücklich machen zu können."

Leslie hatte ein peinliches Gefühl und eine trockene Kehle, sie musste sich räuspern, bevor sie antworten konnte: „Hoffentlich werden wir dann das Vergnügen haben, Ihre Gattin gelegentlich bei uns zu sehen."

Gilder antwortete nicht, aber unter dem hartnäckigen Blick seiner grauen Augen wurde ihr heiß und kalt. Unversehens, bevor sie ausweichen konnte, ergriff er ihre beiden Arme.

„Leslie ..."

„Lassen Sie mich los!", schrie sie und riss sich verzweifelt aus der Umklammerung.

„Für Sie, Leslie, habe ich gearbeitet, Pläne geschmiedet ..."

Ein Klopfen an der Tür – seine Züge verzerrten sich vor Wut.

„Herein!"

„Mr Richard Alford möchte Sie sprechen", meldete das Mädchen.

13

Dick Alford, der im Herrenzimmer wartete, überlegte gerade, wie er diese Unterhaltung, die sehr unangenehm zu werden versprach, einleiten sollte, als die Tür aufflog und eine junge Dame mit kalkweißem Gesicht auf ihn zustürzte.

„O Dick, Dick!"

„Um Gottes willen, was ist geschehen? Wie kommen Sie hierher?"

Doch Leslie kam gar nicht dazu, zu antworten. Im Türrahmen stand die imposante Gestalt Mr Gilders. Die Wut in seinen Augen loderte geradezu.

„Was wollen Sie?", brüllte er.

Dick Alford beachtete ihn gar nicht.

„Warum sind Sie hier, Leslie?"

„Arthur brachte mich hierher, und – und ..."

Langsam dämmerten Dick die Zusammenhänge.

„Arthur brachte Sie hierher? Und ließ Sie dann allein mit diesem Herrn? Ist er ein Freund von Ihnen?"

„Nein, nein", wehrte sie heftig ab. „Ich begegnete ihm heute zum ersten Mal."

Diesen Augenblick wählte Arthur Gine für seine Rückkehr. Man hörte die Türglocke klingeln, schnelle Schritte kamen durch die Diele. Sein Gesicht erblasste, er zwang sich zu einem verkrampften Lächeln.

„Hallo, Kleine! Was ist los?"

„Sie täten gut daran, Leslie sofort nach Hause zu bringen!", fuhr ihn Dick an.

„Darf ich mir erst einmal die Frage gestatten, mit welchem Recht Sie über meine Gäste verfügen?", sagte Gilder scharf.

Aber Dick beachtete ihn auch jetzt nicht.

„Kümmern Sie sich um Ihre Schwester, Gine! Ich werde mir erlauben, heute Abend bei Ihnen vorbeizukommen."

Er führte Leslie in die Diele, Arthur folgte, und Dick wartete, bis die beiden gegangen waren. Erst jetzt wandte er sich dem ergrimmten Hausherrn zu.

„Ich kam geschäftlich zu Ihnen, Gilder, aber das hat nun Zeit. Zuerst möchte ich von Ihnen wissen, was Sie Miss Gine gesagt haben."

„Das geht niemand etwas an."

„Es ist Ihnen sicher bekannt, dass Miss Gine mit meinem Bruder verlobt ist?"

Gilder fuhr sich mit der Zunge über die trockenen Lippen.

„Das interessiert mich nicht." Er überlegte kurz. „Warum Versteck spielen? Ich habe Miss Gine um ihre Hand gebeten."

„So! Und wie stellte sie sich dazu?"

„Sie ließen ihr ja keine Zeit, mir eine Antwort zu geben. Aber ich glaube kaum, dass Schwierigkeiten zu überwinden sind."

„Sie meinen wohl, Schwierigkeiten vonseiten Mr Gines?", fragte Dick ironisch. „Auf alle Fälle, Schwierigkeiten haben Sie von Miss Gine zu erwarten – und von mir."

„Von Ihnen? Sind Sie etwa mit der Dame …"

„Ich bin Miss Gines Freund. Was jedoch Sie betrifft, habe ich den Eindruck, dass Sie bedenklich im Trüben fischen. Gott weiß, was für Zwangsmittel Sie gegen Gine in der Hand haben. Trotzdem, Sie werden Leslie Gine nicht heiraten, Gilder!"

„Ist das eine Drohung?"

„Fassen Sie es auf, wie es Ihnen beliebt. Und jetzt zu unserer geschäftlichen Angelegenheit! Sie erwarben unsere Red Farm von Leonard für dreitausendfünfhundert Pfund. Wollen Sie von dem Kauf bei einem Profit von fünfhundert Pfund zurücktreten?"

„Wie käme ich dazu? Ich beabsichtige, dort Wohnsitz zu nehmen, und wüsste nicht, was mich daran hindern sollte."

„Ich hatte mich gefragt, warum Sie gerade auf unsere Nachbarschaft verfielen. Jetzt sehe ich klar. Doch Sie haben Pech. Leonard benötigt zum Weiterverkauf die Zustimmung meines Bruders, das heißt, die meinige, da ich Generalvollmacht besitze. Als Jurist sind Sie vielleicht mit den verzwickten Bestimmungen über sogenannte Lehngüter, zu denen die Red Farm gehört, vertraut und wissen, dass Sie, falls ich zum Prozess gezwungen werde, unweigerlich verlieren. Also gutwillige Regelung?"

„Nein."

„Vielleicht kommen Sie bei ruhiger Überlegung zu einem andern Entschluss." Dick griff nach seinem Hut. „Und auch in Bezug auf Miss Gine sollten Sie sich nicht auf Ihre Absichten versteifen."

„Wenn ich es dennoch tue?"

„Werden Sie es sehr bedauern", erwiderte Dick gelassen.

14

Leslie ließ kein Wort über das Erlebnis mit Gilder fallen, und auch ihr Bruder vermied das Thema ängstlich. Auf der Fahrt sprach er über geschäftliche Dinge und versank zwischendurch in Grübeln.

Mit seinen Nerven schien es nicht zum Besten zu stehen. Als Leslie eine belanglose Frage an ihn richtete, zuckte er erschrocken zusammen.

„Ach, entschuldige, was meintest du? Ich war in Gedanken."

„In unangenehmen, Arthur?"

„Ja, verdammt unangenehmen."

Sie hatten Chelfordbury fast erreicht. Erst jetzt sagte sie das, was ihr die ganze Zeit auf den Lippen gelegen hatte.

„Arthur, weißt du, was Mr Gilder von mir wollte?" Und als er stumm blieb: „Er machte mir einen Antrag."

„Tatsächlich? Sieh mal an!"

„Arthur, hast du es gewusst, als du uns allein ließest?"

„Eine absurde Idee!", wich er aus. „Natürlich ist er kein schlechter Kerl, und man kann es einem Mann ja auch nicht als Verbrechen anrechnen, wenn er sich in ein Mädchen verliebt und es heiraten will."

„Soll das heißen, dass du … Aber du weißt doch, dass ich mit Harry verlobt bin, gerade du wolltest mich partout als Gräfin sehen!"

Normalerweise fehlte es Arthur Gine nicht an Zungenfertigkeit, um sich aus heiklen Situationen herauszulügen. Doch jetzt ließ ihn seine Schlagfertigkeit im Stich, und seine Ausflüchte kamen ihm selbst banal vor.

„Mein liebes Mädchen, es macht mir wirklich nichts aus, wen du heiratest, sofern du nur glücklich wirst. Gilder ist sicher ein tüchtiger Mann und besitzt obendrein ein schönes Vermögen …“

Wild fuhr sie auf ihrem Sitz herum und blitzte ihn an.

„Geld! Vermögen! Dauernd betonst du es, nichts anderes bewegt dich! Wo ist mein eigenes Geld?“

Die Frage schoss förmlich aus ihr heraus. Arthur riss sich zusammen, um der neuen Situation gewachsen zu sein.

„Dein Geld? Das ist sicher angelegt – in allen möglichen Rentenbriefen und Aktien …“ Vergeblich versuchte er, einen überzeugenden Ton zu treffen.

„Wie viel Geld besitze ich?“, fragte sie unerbittlich.

„Etwa eine halbe Million Pfund. Aber komm, reden wir nicht vom Mammon!“

„Ich will davon reden, Arthur! Habe ich überhaupt noch etwas? Ich kann mir nicht helfen, ich glaube, ich habe gar nichts mehr. Du hast seit Jahren das Geld allein verwaltet, und irgendwie komme ich von der Vorstellung nicht los, dass deine Geschäfte nicht gutgegangen sind.“

„Soll das heißen, dass ich dich bestohlen habe?“

„Das sage ich ja nicht. Aber vielleicht hast du das Vermögen unklug angelegt, vielleicht ist es kleiner und kleiner geworden. Ist es so?“

Einen vertrauensseligen Augenblick lang erwog er, ihr die Wahrheit zu gestehen. Doch Eitelkeit und Zurückschrecken vor der Wirkung, die diese Mitteilung auf einen Menschen haben musste, für den er immerhin ein Quäntchen Liebe empfand, verhinderte die Beichte.

„Verschone mich mit solch lächerlichen Fragen und geschmacklosen Verdächtigungen!“

Der Weg zum Willow-Haus lief am Park von Fossaway entlang. Arthur Gine sah den zerfallenen Bogen der Abtei, rot in der untergehenden Sonne, ein feuriges Fragezeichen, das auffallend zu seiner eigenen Gemütsverfassung, seinen Zweifeln und Hoffnungen, passte. Wenn es gelang, den Chelfordschatz zu heben, könnte er den Druck Gilders abschütteln, die vier Wechsel bezahlen, für das vergeudete Vermögen seiner Schwester Ersatz leisten ... Aber es war ein Strohhalm, nach dem er griff.

Zu Hause angekommen, verschwand er sofort in sein Schlafzimmer, um sich zum Dinner umzuziehen.

Zu seiner Erleichterung war Leslie bei Tisch in fröhlichster Laune; der Vorfall mit Fabrian Gilder schien vergessen zu sein.

„Du könntest mir einen großen Gefallen tun, Schwesterchen", begann Arthur, als der Kaffee serviert wurde. „Erinnerst du dich an Harrys Sekretärin Mary Wenner?"

„Gewiss. Dick kann sie nicht leiden. Er erzählte mir neulich ..."

„Zum Kuckuck – sollen wir unser Leben nach seinem Geschmack einrichten?" Als er ihren erstaunten Blick auffing, sagte er hastig: „Entschuldige, meine Nerven ..."

„Was ist also mit Mary Wenner?"

„Ich möchte, dass du sie zum Wochenende einlädst. Ich habe unheimlich viel Arbeit, und sie ist eine ausgezeichnete Stenotypistin."

„Warum nicht! Gib mir ihre Adresse, damit ich ihr schreiben kann. Dick hat ihr wohl vor allem ihren Flirt mit Harry verübelt."

„Den hat sie vergessen. Ich muss sagen, sie ist gar nicht so übel – natürlich keine Dame, aber was bedeutet das heutzutage schon? – Also, bis nachher, Leslie, ich habe noch zu tun."

Die Aussicht, den Abend allein verbringen zu müssen, störte sie nicht sehr. Es gab vieles, über das sie nachdenken, in das sie Ordnung bringen wollte.

Bald darauf schrillte die Haustürglocke. Sie lief in die Halle und machte Licht. Draußen stand Dick. Sie riss die Tür auf und begrüßte ihn mit weitausholender, zeremonieller Gebärde.

„Tretet ein, Richard von Chelford!" Sie führte ihn ins Wohnzimmer. „Wollen Sie mit Arthur sprechen? Er arbeitet. Dick, es war reizend von Ihnen, heute Nachmittag dort aufzutauchen!“

„Gilder machte Ihnen, wie ich hörte, einen Antrag?“

„Erzählte er es Ihnen?“ Sie stieß einen schweren Seufzer aus. „Ja. Seltsam. Und furchtbar eilig schien er es zu haben!“

„Hat Ihr Bruder Ihnen vorher einen Wink gegeben?“

„Arthur kann unmöglich etwas geahnt haben. Gilder wollte uns seine Wohnung zeigen, und ich ging eben mit, obwohl mir die Einladung nicht behagte.“

„Ihrem Bruder zuliebe, nicht wahr?“

„Oh!“, rief sie vorwurfsvoll. „Ein bisschen weibliche Neugier sollten Sie mir denn doch zutrauen, Dick! Eine Junggesellenwohnung macht einen immer gespannt.“

„War Arthur wütend, als er von Gilders Benehmen erfuhr?“

„Vielleicht. Sie wissen ja, er zeigt seine Gefühle kaum.“

„Das kann man wohl sagen!“, versetzte Dick trocken. „Kann ich ihn fünf Minuten sprechen?“

„Aber nicht streiten, Dick!“ Sie sah ihn bittend an.

„Ich will ihm nur ein paar Fragen stellen.“

Wortlos durchquerte sie die Halle und klopfte an die Tür des Arbeitszimmers.

„Was will er denn von mir?“, murrte Arthur Gine. „Eine Rücksichtslosigkeit, bei Nacht und Nebel aufzukreuzen!“

„Du solltest ihn wirklich empfangen, damit die Sache aus der Welt geschafft wird.“

Er warf einen schnellen Blick auf seine Schwester.

„Welche Sache?“

„Solltest du es etwa nicht wissen, Arthur?“

„Schon gut, schon gut, schick ihn her!“, befahl er ungnädig.

Er hielt es nicht für nötig, sich vom Sessel zu erheben, als Dick eintrat und die Tür hinter sich schloss.

„Nehmen Sie Platz, Alford. Leslie sagt, dass Sie mich sprechen wollen?“

„Das wussten Sie ohnehin – ich kündigte Ihnen bereits heute Nachmittag an, dass ich am Abend herüberkommen werde. Gilder machte Ihrer Schwester einen Antrag …“

„Ja. Ich vernahm es auf der Heimfahrt.“

„Ich nehme an, dass Sie dem Mann morgen kündigen werden?“

„Meines Erachtens liegt dafür kein Grund vor. Ein hübsches Mädchen um seine Hand zu bitten ist ja kein Vergehen. Selbstverständlich ist er nicht das, was ich mir für Leslie wünschen würde.“

„Was für Druckmittel hat er?“, fragte Dick ruhig.

„Zum Teufel, was soll das heißen?“

„Genau, was ich sagte. Sie würden nie dulden, dass Gilder seine Augen zu Ihrer Schwester erhebt – ganz abgesehen von der Beleidigung, die damit der künftigen Gräfin von Chelford zugefügt wird –, wenn er Sie nicht fest in seinen Krallen hätte. Ganz offensichtlich ist Ihre Furcht vor möglichen Konsequenzen größer als Ihre Entrüstung.“

„Wie melodramatisch, mein Teuerster!“, nahm Gine Zuflucht zur Spöttelei. „Selbstverständlich sähe ich Leslie lieber mit Ihrem Bruder verheiratet, würde ihr jedoch auch kein Hindernis in den Weg legen, wenn sie ihr Herz an einen anderen hängen sollte.“

„Das heißt, an Gilder!“ Die Frage, die Dick Alford nun stellte, ließ Gine von seinem Sessel hochspringen. „Handelt es sich um die Wechsel?“

„Die – was?“, stammelte er.

„Die vier Wechsel, auf denen das Akzept meines Bruders gefälscht wurde. Ich sah sie auf der Bank, erhob indessen glücklicherweise – ich meine, glücklicherweise für Sie – keinen Einspruch. Als ich sie mir einige Tage später nochmals vorlegen lassen wollte, waren sie eingelöst, vermutlich von Mr Fabrian Gilder, den das etwas über fünftausend Pfund gekostet und der den Betrag bestimmt nicht aus purer Selbstlosigkeit geopfert hat."

Arthur Gine holte tief Luft.

„Ich – ich erfuhr es auch erst heute. Das Geld stand mir zu, für – für Anwalts- und Notariatsunkosten. Lord Alford war damals krank ..."

„Ist es – eine Handhabe gegen Sie?"

„Wenn Sie es wissen wollen, ja. – Alford, ich bin ruiniert! Dieser Bursche kann mich ins Zuchthaus bringen."

Dick schüttelte den Kopf.

„Setzen Sie ihn morgen vor die Tür. Wenn er die Wechsel vorlegen sollte, will ich mich dafür verwenden, dass Harry die Unterschriften anerkennt."

In das kalkweiße Gesicht kam wieder etwas Farbe.

„Das wollen Sie tun? Großer Gott, Sie ahnen nicht, was es für mich bedeutet! Sie sind großartig, Alford! Morgen Vormittag fliegt Gilder."

Die Hand, die er Dick hinstreckte, nahm dieser mit einigem Widerstreben. Viel hatte er von diesem Mann nie gehalten, doch jetzt ...

„Ich will Ihrem Bruder jeden Penny zurückzahlen", versicherte Gine, „was mir ohne Weiteres gelingen wird, da ich einen großen Coup vorhabe, der mich wieder flottmacht."

Dass der große Coup, der ihm auf die Beine helfen sollte, ein glatter Diebstahl am Eigentum Harry Alfords war, störte ihn nicht. Auch ging ihm anscheinend die Ironie der Situation nicht auf. Hauptsache, dass die Affäre mit den vier Wechseln erledigt war – in Zukunft würde er auf geraden Wegen wandeln! Seine guten Vorsätze vermochte auch der Umstand nicht zu trüben, dass sich in seiner Tasche noch ein fünftes derartiges Papier befand, von dem Dick Alford freilich nichts ahnte.

„Ja, und diese Heirat – wollen Sie sie nicht beschleunigen, Alford? Setzen Sie sie, wenn es geht, auf nächsten Monat fest.

Leslie ist ein schnurriges kleines Ding und sucht das Unvermeidliche hinauszuschieben – na, vielleicht ist das Mädchenart. Stecken Sie es hinter Harry!"

„Die Entscheidung darüber muss Ihrer Schwester überlassen werden", stellte Dick kurz und unwiderruflich fest.

Zusammen verließen sie das Arbeitszimmer. Leslie, die sie besorgt erwartete, sah das entspannte Gesicht ihres Bruders und atmete erleichtert auf. Dick griff nach seinem Hut.

„Sie wollen schon wieder gehen?"

„Spielen wir Mah-Jongg!", forderte ihn der Hausherr auf.

Doch Arthur Gine gegenüberzusitzen war mehr, als er sich an diesem Abend zumuten wollte.

„Ah, hier habe ich etwas für Sie!", rief Gine gemütlich und zeigte auf einen Dolch an der Wand, lang und schwarz, der Griff vom Gebrauch geglättet, die Klinge gekerbt und zackig. „Es gehört eigentlich nach Fossaway – der echte Dolch, mit dem Hubert von Redruth, der echte Schwarze Abt, umgebracht wurde. Sehen Sie sich das Wappen auf dem Griff an!"

„Ich habe es früher schon gesehen", erwiderte Dick kurz und wandte sich an das Mädchen. „Ziehen Sie Ihren Mantel an, Leslie, ein kleiner Spaziergang wird Ihnen guttun."

Und Arthur, der in der momentanen Verfassung jeden Vorschlag Dicks unterstützt haben würde, redete ihr gleichfalls zu.

15

Eine dunkle Nacht, der Mond brach nur dann und wann durch die treibenden Wolken. Leslie schob ihre Hand unter Dicks Arm, als sie die stockfinstere Allee hinab zur Straße gingen.

„Habt ihr euch gezankt?“, wollte sie wissen.

„Das gerade nicht – es fielen ein paar unverblümte Worte, die die Luft reinigten. Morgen wird Gilder entlassen.“

Sie schwieg eine ganze Weile und schien nachzudenken.

„Ist das klug? Mir ist ein wenig Angst vor dem Mann.“

„Ein gefährlicher Feind, sicher, aber zu fürchten doch nur, so weit seine Macht reicht.“

„Kann er Arthur nichts anhaben?“

„Nicht mehr – und Ihnen bestimmt nicht. Übrigens hat mich Ihr Bruder gebeten, die Beschleunigung Ihrer Heirat zu betreiben, was ich ablehnte. – Sie sehen Harry sehr selten, Leslie?“

„Er vermisst mich wirklich nicht, Dick! Die Suche nach dem Schatz und dem Lebenselixier nimmt ihn völlig in Anspruch.“

„Hat er mit Ihnen darüber gesprochen?“

„Natürlich. Was halten Sie von dem Schatz?“

„Die Grafen von Chelford haben in den letzten vierhundert Jahren für die Suche mehr ausgegeben, als der Schatz wert ist. Und außerdem bin ich überzeugt, dass die gierige Bess sich bis zum allerletzten Goldbarren alles angeeignet hat.“

„Ich bin anderer Meinung“, widersprach Leslie überraschend. „In letzter Zeit habe ich mich ein wenig mit Elisabeths Geschichte beschäftigt. In dem Jahr, als das Gold versteckt wurde, herrschte in den Kassen der Königin eine solche Ebbe, dass sie von den Lombarden Geld leihen musste.“

Er blieb stehen.

„Stimmt das wirklich?“

„Ja. Wenn Sie nicht ein so unverbesserlicher Skeptiker wären und etwas mehr lesen würden, wüssten Sie, dass die Königin im Jahre 1582 bankrott war!“

Beim Hohlweg bog Dick nach links ab. Auf einem kleinen Pfad näherten sie sich der Abtei.

„Sie sollen die Ruinen einmal im Mondschein sehen, Leslie! Es hat unbedingt einen romantischen Reiz.“

Im Mondlicht warf das zerfallene Gemäuer lange, unwirkliche Schatten. Wenn die Überlieferung stimmte, hatte in grauer Vorzeit hier ein Opferstein gestanden, lange bevor die normannischen Mönche den Meißel an die Blöcke für ihre Abtei legten. Leslie sah im Geist die schwarzen Kutten der Mönche sich hin und her bewegen. Links unten am Hang spiegelte sich der Mond im Ravensrill, ein Gekräusel von gleißendem Silber. Am Ufer des Flüsschens hatten die frommen Männer einst mit ihren Angelruten gesessen. Zu Staub waren sie geworden, und ihre prächtige Abtei zerbröckelte zu Schutt.

Da – ein Trugbild? Sie hätte schwören können, dass etwas im Schatten der Turmruine vorübergehuscht war.

„Was gibt's?“, fragte Dick, der ihren raschen Atem hörte.

„Ach nichts! Wahrscheinlich Einbildung – es kam mir vor, als ob sich drüben jemand bewegte.“

„Das könnte zu dieser Nachtstunde höchstens der Schwarze Abt sein“, scherzte er. „Und den fürchten wir beide doch nicht?“

Im gleichen Augenblick hörten sie ein Ächzen, ein langes, schrill beginnendes, die Skala abwärtslaufendes Stöhnen, das leise verhauchte.

„Was war das?“, flüsterte sie, Dicks Arm umklammernd.

Er antwortete nicht. Seine Augen bohrten sich ins Dunkel zwischen den Mauerresten.

Wieder der Laut, diesmal in einem Schrei endend. Dick zog das Mädchen an sich – er hatte eine Gestalt gesehen, die von den Ruinen zum Wasser hinabschlich. Eine hohe, schwarze Gestalt –

„Bleiben Sie bei mir, Dick", flehte Leslie, als er Anstalten machte, die Verfolgung aufzunehmen.

Die Erscheinung hastete weiter, drehte sich einige Male um, fuchtelte wild mit den Armen und verschwand, bald aufheulend, bald stöhnend und röchelnd, zwischen den Bäumen beim Flüsschen. Weit weg erklang noch einmal ein heulendes Jammern, dann hatte die Nacht den Spuk verschluckt.

„Entsetzlich! War es der Schwarze Abt?", flüsterte Leslie schaudernd.

„Ein Dorfbewohner, dem der Alkohol zu Kopf gestiegen ist!", versuchte er sie zu beruhigen.

„O nein, Dick! Es war ... Kommen Sie, gehen wir nach Hause."

Als sie langsam dem Willow-Haus zuschritten, schaute er ein- oder zweimal zurück.

„Glauben Sie, dass der – dass jemand uns nachschleicht?", fragte sie zähneklappernd.

„Bewahre! Ich bildete mir ein, einen Wagen zu hören, aber ich muss mich getäuscht haben."

Er hatte sich nicht getäuscht – und wusste es. Ganz kurz hatte er einen Strahl der Scheinwerfer erhaschen können und das leise Surren des Motors gehört. Aber da ein Wenden auf dem schmalen Weg unmöglich war, musste der unbekannte Fahrer jetzt mit abgedrehten Lichtern irgendwo im Dunkeln stehen und warten.

„Lassen Sie sich mal anschauen!" Dick blieb stehen und drehte Leslies Kopf so, dass das Mondlicht auf ihr Gesicht fiel. „Sie sehen verflixt bleich aus und täten gut daran, sich schnurstracks ins Bett zu legen. Und erzählen Sie Ihrem Bruder nichts von dem Erlebten. Ich möchte nicht, dass etwas darüber bekannt wird."

In der Nähe des Hauses nahmen sie, um das Knirschen des

Kieses zu vermeiden und einer geräuschvollen Begrüßung durch Arthur zu entgehen, ihren Weg über den Rasen. Mit einem kleinen Seufzer ließ Leslie Dicks Arm los und murmelte: „Er war doch schön – der Spaziergang …“ Das Schweigen, das folgte, war für beide ein wenig verwirrend. „Dick, wollen Sie, dass ich Harry heirate?“ Sie erhielt keine Antwort. „Wollen Sie es wirklich?“

Er stand im Schatten der großen Zeder, die sich direkt vor der Haustür emporreckte, und sie konnte seinen Gesichtsausdruck nicht sehen.

„Meine Wünsche spielen doch gar keine Rolle“, wich er aus. „Niemand darf Sie in Ihrem Entschluss beeinflussen.“

„Wollen Sie, dass ich ihn heirate?“, beharrte sie.

„Darauf kann ich nicht antworten.“

„Und ich werde diese Frage nie wieder stellen. Gute Nacht!“

Verzweifelt und sich selbst verwünschend lief er bis zum Hohlweg zurück. Mit der Taschenlampe, die er abends immer bei sich hatte, leuchtete er den Boden ab. Ein wenig befahrener Weg, den außer ihm und dem Anwalt höchstens gelegentlich ein Händler benutzte. Dick sah die Reifeneindrücke von Gines Rolls-Royce und von Leslies kleinem Wagen. Dazwischen entdeckte er die Spur eines fremden Reifens mit auffallendem Muster. Die Stelle, wo der Wagen gestoppt hatte, war deutlich zu erkennen. Der Unbekannte schien gar nicht den Versuch gemacht zu haben, umzudrehen, sondern war ein Stück rückwärtsgefahren. Dick folgte der Spur, bis sie den Weg verließ und über freies Feld zu einem Gatter führte.

„Red Farm“, murmelte er, das Gattertor aufstoßend. Er musste nicht lange suchen. Im Schutz einer Hecke stand ein Wagen, unbeleuchtet, aber mit noch warmem Motor. Es war ein amerikanischer Sportwagen mit Londoner Nummer.

Dick ging zum Tor zurück, schwang sich auf die oberste Latte und wartete. Seine Geduld wurde auf keine harte Probe gestellt. Von seinem Sitz aus sah er die Kuppe des Hügels und den Turm der Abtei. Fünf Minuten, nachdem er seinen Platz eingenommen hatte, hob sich eine schwarze Silhouette vom Horizont ab, die hügelabwärts auf ihn zukam.

Den Park von Fossaway umschloss ein weitmaschiges Drahtgitter, das niemandem, der es übersteigen wollte, ein Hindernis bot. Der Fremde jedoch schien mit dem Gelände nicht vertraut zu sein, denn Dick hörte einen Draht klirren und vernahm einen Fluch. Dann kletterte der Mann darüber. Allmählich kam er näher.

„Guten Abend, Mr Gilder!“, grüßte Alford höflich. „Sehen Sie sich Chelfordbury an?“

„Wer, zum Henker, sind Sie?“ Ein Lichtstrahl schoss auf und leuchtete Dick Alfords Gesicht ab. „Ach, Sie! Wie können Sie einen so erschrecken! Ich habe Ihre Ruinen im Mondschein bewundert – und ließ den Wagen hier auf dem Feld, damit er den Verkehr nicht behindert.“

„Der Verkehr hierzulande ist zwischen zehn Uhr abends und Mitternacht nicht gerade überwältigend. Worauf läuft das Spiel hinaus, Gilder?“

„Was meinen Sie mit Spiel? Ist es vielleicht unstatthaft, eine Mondscheinnacht zu genießen?“

„Unstatthaft ist, völlig ungeniert das Besitztum meines Bruders zu betreten. Darum nochmals: Worauf läuft das Spiel hinaus?“

„Ich verstehe Sie nicht. Wollen Sie mich gefälligst durchs Tor lassen? Ich möchte nach Hause.“

Dick Alford kletterte langsam von seinem Sitz herunter.

„Sie sind ein verdächtiger Patron, Gilder!“

„Verdammt noch mal, was soll das heißen?“

„Ich finde es sehr eigentümlich, dass Sie sich zu dieser Stunde im Park von Fossaway herumtreiben, besonders nach dem, was sich heute Abend ereignete.“

„Halten Sie mich vielleicht für den Schwarzen Abt?“, zischte Gilder.

Dick lachte amüsiert.

„Ihnen traue ich allerhand interessante Fähigkeiten zu. Was suchten Sie in der Abtei?“

„Ich sagte Ihnen bereits, dass ich nur ihren Anblick bei Mondschein genoss. Wenn das ein Vergehen ist, so zeigen Sie mich an.“

Gilder ließ den Motor an. Dick, die Hände in den Hosentaschen versenkt, beobachtete ihn.

„Der richtige Platz, um die Abtei zu bewundern, ist oben auf dem Hügel, auf keinen Fall in den Ruinen selbst. Morgen wird übrigens das Verfahren wegen Ungültigkeitserklärung Ihres Kaufs eingeleitet.“

„Das ist eine Angelegenheit, die ich nur vor Gericht diskutiere!“

Mit einem Ruck sprang der Wagen an. Bald verschwanden die Lichter hinter der Krümmung der Straße.

16

Dick Alford wanderte an den Ruinen vorbei zum Herrenhaus. Eines der mächtigen, bleigefassten Bibliothekfenster stand offen, sodass er einen flüchtigen Blick auf Harry werfen konnte, der, den Kopf in beide Hände gestützt, am Schreibtisch las. Mit einem Seufzer wandte er sich ab und ging in sein eigenes Arbeitszimmer. Er klingelte.

„Bringen Sie mir Kaffee!", befahl er dem eintretenden Thomas.

Als der Diener gegangen war, schloss er die Posttasche auf, die jeden Abend von der Station gebracht wurde, schüttelte den Inhalt auf den Tisch und öffnete als Erstes einen Brief mit dem Aufdruck NEW SCOTLAND YARD, der in der Handschrift eines alten Schulfreundes adressiert war.

Lieber Dick,
besten Dank für Deinen etwas ungewöhnlichen Brief, aber ich fürchte, dass wir offiziell nichts für Dich tun können. Privatdetektive gibt es zwar in Hülle und Fülle, doch kann ich Dir Folgendes vorschlagen. Hier im Präsidium ist ein Sergeant namens Puttler – vielleicht entsinnst Du Dich seiner aus der Hatton Garden Affäre, ein sehr fähiger, zur Beförderung eingereichter Mann, dem die Natur allerdings ein so komisches Äußeres bescherte, dass wir ihn im Yard mit dem Spitznamen „der Affe" bedachten, was seiner Beliebtheit übrigens keinen Abbruch tut. Dieser Puttler pflegt sich auch während seiner Ferien stets mit kriminalistischen Studien zu beschäftigen. Ich habe heute eingehend mit ihm gesprochen, und er ist bereit, den ihm zustehenden sechswöchigen Urlaub mit Einwilligung des Chefs, den ich über Dein Anliegen informieren musste, in Fossaway zu verbringen. Wie gesagt, eine komische Erscheinung, dazu Antialkoholiker und frommer Christ mit sehr heftig verfochtenen Ansichten über Kirchenmusik. Auf die Diskretion des Man-

nes kannst Du Dich unbedingt verlassen. Ich bot ihm in Deinem Namen zehn Pfund wöchentlich an, abgesehen von der Erstattung aller Unkosten, und hoffe, dass Deine Sorgen in sechs Wochen behoben sind.

Dick überflog die übrige Post und ging in die Bibliothek hinüber.

„Hallo! Was gibt's Neues?“, begrüßte ihn Harry.

Ohne zu antworten schloss Dick das Fenster, durch das er vorhin seinen Bruder am Schreibtisch gesehen hatte.

„Warum das?“, murrte Lord Alford.

„Unser Mönchsspuk hat sich gezeigt, lass darum das Fenster lieber nicht offen stehen.“

„Und die Polizei? Wofür bezahlen wir sie? Unglaublich, dass die Gegend terrorisiert wird durch ... Dick, kannst du nichts dagegen tun?“

„Vielleicht schon bald. – Nun leg endlich mal deinen Schmöker beiseite und lass uns miteinander reden! Ich machte heute Leslie einen Besuch.“

Widerstrebend schloss Harry den vor ihm liegenden Band und nahm seine Hornbrille ab.

„Leslie? Sahst du auch ihren Bruder? Er ließ sich telefonisch bei mir für morgen Vormittag anmelden. Ich soll einige Urkunden unterzeichnen. Wir wollen die beiden an einem der nächsten Tage zum Dinner einladen, Dick. Ich bin Arthur sehr verpflichtet. Netter Junge!“

„Sicher.“ Dick stopfte seine Pfeife, und als er auf der mit Büchern und Papieren bedeckten Tischplatte nach der wappengeschmückten silbernen Steichholzschachtel suchte, entdeckte er das kleine Büchlein, das ständig in Harrys Reichweite lag – das Tagebuch jenes Grafen von Chelford, der als Rebell erhängt worden war. Langsam durchblätterte er die vergilbten Seiten mit den blassen Schriftzügen, wobei sein Bruder ihm mit triumphierender Miene zusah. – „,Diese Barren soll er, wenn die Trockenheit andauert, an den sicheren Platz schaffen …‘ Ich möchte bloß wissen, was die Trockenheit mit dem Versteck zu schaffen hat! Klingt ja fast, als ob Regen den Plan unseres Ahnen durchkreuzt hätte.“

Harry lachte hektisch.

„Aha, jetzt hat es dich auch gepackt! Künftig wirst du ein ebenso eifriger Schatzsucher sein wie ich.“ Mit glänzenden Augen beugte er sich über den Schreibtisch vor. „Soll ich dir sagen, wo das Gold versteckt wurde? Es ist nicht einfach vergraben worden, es muss in einem Hohlraum in irgendeinem unterirdischen Gewölbe liegen. Das Tagebuch erwähnt an drei Stellen ein Chesil, das ist ein Brecheisen.“ Er nahm Dick das Büchlein aus der Hand und wendete aufgeregt die Seiten um. „Hier: ‚Heute brachte mir Tom Goodman den Chesil von Brightelstone‘, und weiter unten: ‚Der Chesil liegt jetzt in der Nähe des Verstecks.‘“

„Das muss ein ganz besonderes Brecheisen gewesen sein!“, schmunzelte Dick. „Steht nichts da über seine Länge oder sein Gewicht?“

„Leider nein. Aber hör zu – hier …“

Es klopfte leise, Thomas trat ein.

„Soll ich Ihren Kaffee hier servieren, Sir?“

„Nein, in meinem Zimmer.“

„Willst du denn noch arbeiten?“, fragte Harry.

Dick kehrte in sein kleines Arbeitszimmer zurück, wo ihn außer dem Kaffee eine Menge administrative Arbeit erwartete. Briefe mussten beantwortet, Kontobücher durchgesehen, Rechnungsbelege und Berichte der Pächter kontrolliert werden. Erst gegen drei Uhr morgens stand er steifbeinig auf, reckte sich und ging, die ebenerdige Fenstertür aufstoßend, hinaus auf den Rasen.

Die Luft war frisch und rein, er holte tief Atem, bevor er seine Pfeife anzündete. Zu Bett gehen? Während er noch unschlüssig dastand, sah er sekundenlang in der Feme ein Licht – ein weißes Flackern, das aufsprühte und sofort wieder verlosch.

„Wenn das nicht eine Taschenlampe war ...“, murmelte er, eilte ins Zimmer zurück, griff mit der einen Hand nach der Flinte und steckte sich mit der anderen einige Patronen in die Rocktasche.

In letzter Zeit hatten sich Wilddiebe unangenehm bemerkbar gemacht, Kerle, die kurzerhand losschossen, wenn sie gestört wurden. Alford war allerdings kein prinzipieller Feind von Wilderern. Über seine Ansicht, das „Schießen für den Kochtopf“ sei verzeihlich, hatte sich schon der grauköpfige Grafschaftsrichter entsetzt.

Die Bäume und Büsche der Parkanlagen verdeckten die Aussicht, und erst ein fünfminütiger Dauerlauf brachte ihn an eine Stelle, die einen freien Ausblick bot. Wohl eine Viertelstunde stand er regungslos hinter einem Strauch und wollte schon umkehren, als es von Neuem aufzuckte. Seltsam, es kam von der Abtei, also kein Wilddieb – der würde sich nicht dort herumtreiben, wo es nichts gab außer wilden Kaninchen und den Forellen im Ravensrill.

Behutsam legte Dick das Stück Weg zurück, bald konnte er die Umrisse der Ruinen erkennen. Im Osten kroch eine Ahnung von Dämmerung am Horizont hoch, ein kühler Morgenwind erhob sich. Auf dem Hügelkamm machte Dick halt und spähte.

Wieder blitzte das Licht auf und zeichnete den Schatten eines Mannes ab, der den Boden absuchte.

„Etwas verloren?“, fragte Alford.

Der nächtliche Besucher schoss mit einem Aufschrei herum.

„Wer sind Sie?“

Dick erkannte die heisere Stimme sofort. Es war Arthur Gine.

„Ich – ich konnte nicht schlafen“, stotterte er.

„Suchten Sie hier vielleicht nach einem Schlafmittel?“, erkundigte sich Dick. „Sie hätten doch zu uns ins Haus kommen können, mein Bruder verfügt über einen ganzen Drogenladen und würde Ihnen gern geholfen haben."

„Lassen Sie diese Witze! Da ich nicht schlafen konnte, machte ich einen Spaziergang, und zwar hierher, weil mich die Abtei interessiert."

„Ich wusste gar nicht, dass Sie Archäologe sind, noch dazu ein nächtlicher! Die Gegend wimmelt seit Neuestem geradezu davon. Vielleicht sind Sie aber auch Nachtfalterjäger? Oder wollen die Nachtigall belauschen? Die Jahreszeit ist leider ungeeignet dafür."

„Hören Sie zu, Alford! Ich liebe es nicht, dass man sich über mich lustig macht. Sie finden es sonderbar, dass ich zu dieser Stunde herumschlendere, gut – nur, Sie sind ja gleichfalls hier!"

„Ich verwalte das Gut. Das wussten Sie wohl bisher nicht? Und sehen Sie, zu meinen Pflichten gehört es auch, verdächtigen Individuen mit Taschenlampen nachzuspüren."

„Dachte ich's mir doch, dass jemand das Licht sehen könnte!", rief Gine, der seine Unverfrorenheit zurückgewonnen hatte, aus. „Um die Wahrheit zu gestehen, Alford, ich hatte einen scheußlichen Traum, in dem mir der Schwarze Abt erschien. Der Traum war so eindringlich, dass es mich, als ich darüber erwachte, förmlich an diese Stelle hinzog, wo er aufzutreten pflegt."

„So, also ein Spukjäger! Das erklärt ja alles. Und Sie kamen sogar bewaffnet hierher, wie ich sehe! Außerordentlich umsichtig." Arthur Gine hielt nämlich ein Stemmeisen in der Hand, vergeblich hatte er innerlich gefleht, dass es dem Spötter entgehen möge. „Aber den Schwarzen Abt, den sahen Sie wohl nicht?", plauderte Dick weiter. „Nein? Ich dachte es mir. Unsere Familiengespenster begeben sich zeitiger zur Ruhe. Durchwegs respektable Leute! Auch der Abt war ein hochachtbarer und sogar religiöser Mann, wenn auch nicht unberührt von einem schrecklichen Skandal."

Im Sprechen waren sie zum Hohlweg gelangt, wo Gine stehen blieb.

„Ich will nicht mit Ihnen streiten, Alford, und Ihnen auch Ihren Spott nicht verübeln. Sie haben mir gestern Abend einen großen Dienst erwiesen. Gute Nacht!"

Dick wartete, bis Gine im schwachen Morgendämmer verschwunden war.

Was bedeutete dies alles? Wie kam es, dass die Ruinen auf einmal eine solche Anziehungskraft auf die verschiedensten Leute ausübten? Erst Mary Wenner, dann Gilder, und nun Arthur Gine. Was mochte den verweichlichten Anwalt, der jede Unbequemlichkeit hasste, bewegen, um drei Uhr morgens das Bett zu verlassen, um mit einem Stemmeisen und einer Taschenlampe die Ruinen zu durchstöbern? Was suchte er? – Den Schatz natürlich.

Als Dick Alford sich dies klargemacht hatte, setzte er sich auf den nächsten Sandsteinblock und lachte, lachte, bis ihm die Tränen kamen.

Der Schatz! Harry hatte diese prosaischen Leute mit seiner Besessenheit infiziert. Doch wie? Überträgerin war vermutlich Mary Wenner, die, wie er sich erinnerte, fast ebenso viel von dem mythischen Schatz gefaselt hatte wie ihr Arbeitgeber. Sie musste Arthur Gine, mit dem sie auf ziemlich vertrautem Fuß stand, angesteckt haben, und dieser wiederum hatte Gilder unterrichtet. Der Chelfordschatz also war der große Coup, von dem sich Arthur Gine die Rettung aus seiner finanziellen Misere erhoffte!

Das Lachen über die grotesken Schatzsucher lag noch auf seinen Zügen, als er das Herrenhaus von Fossaway erreichte und die Treppe zu seinem Schlafzimmer hinaufstieg. Fünf Minuten später schlief er tief.

17

Aus der Halle unten drang eine geängstigte Frauenstimme herauf: „Dick! Dick!"

Er drehte sich unruhig im Schlaf herum.

„Dick! Dick!"

Endlich erwachte er. Mit einem Satz sprang er aus dem Bett, stand im Korridor, beugte sich über das Treppengeländer.

„Wer ruft?"

„Ich bin's – Leslie! Kommen Sie schnell, Dick!"

Alford schoss die Stufen hinab. Unten, im Dämmerlicht der Halle, wartete Leslie Gine, ohne Hut, in Pantoffeln, nur einen Mantel übergeworfen.

„Irgendetwas Schreckliches ist passiert, Dick! Ich sah Arthur mit einem Mann vor unserer Haustür im Handgemenge, und da ich es erst einfach nicht glauben wollte, ging ich, um mich zu überzeugen, hinüber in sein Schlafzimmer. Sein Bett war unberührt. Nun sind beide verschwunden."

„Arthur? Ich sprach mit ihm noch vor ein oder zwei Stunden, genau kann ich es nicht sagen, ich weiß nicht, wie lang ich inzwischen geschlafen habe. Warten Sie einen Moment, ich ziehe mich schnell an!"

Fünf Minuten später ließ er den Motor ihres kleinen Zweisitzers anspringen.

„Wie kamen Sie ins Haus, Leslie?"

„Durch Ihr Arbeitszimmer. Ich läutete zuerst, doch vergeblich, und dann entdeckte ich, dass eins Ihrer Fenster offen stand."

„Wann passierte die Sache mit Ihrem Bruder?"

„Vor einer halben Stunde. Ich erwachte vom Lärm und eilte zum Fenster. Unter den Bäumen sah ich undeutlich zwei

Gestalten, von denen eine nur Arthur sein konnte. Wo haben Sie ihn denn getroffen?"

„Bei der Abtei."

„Was mag das alles nur bedeuten?", fragte sie verwirrt.

„Das weiß der Himmel! Ich wünschte, Puttler wäre schon hier."

Sie fuhren durch den Hohlweg, dann schoss der Wagen die lange, gerade Allee auf das Willow-Haus zu.

„Da ist ja Ihr verloren gegangener Arthur!", rief Dick plötzlich, auf einen Mann zeigend, der gleichfalls dem Haus zustrebte.

Arthur, ja – wenn auch in einem jämmerlichen Zustande! Die zerschundene Nase blutete heftig, das linke Auge war blau unterlaufen und halb geschlossen. Unter anderen Umständen würde sich Dick nicht wenig über den verunstalteten Dandy amüsiert haben. Doch Leslie war über die Verletzungen ihres Bruders derart beunruhigt, dass ein Lachen taktlos gewesen wäre. „Nichts von Bedeutung!", wehrte Arthur ihre eindringlichen Fragen ab. „Ich hatte eine kleine Auseinandersetzung mit einem Wilddieb."

Die Knie seiner eleganten Knickerbocker starrten vor Schmutz. Sein rechtes Handgelenk war stark angeschwollen. Er schien sich in seiner Verfassung sehr unbehaglich zu fühlen, denn als sie das Haus erreichten, verschwand er, jede Hilfeleistung zurückweisend, in seinem Schlafzimmer, während Alford dankbar die schnell zubereitete Tasse Kaffee annahm.

„Was kann sich wohl zugetragen haben, Dick?", fragte Leslie, als sie allein waren.

„Er sagte es ja – ein ganz gewöhnliches Handgemenge mit einem Wilderer. Eine jener peinlichen Situationen, denen auch der beste Mann nicht immer auszuweichen vermag."

„Glauben Sie wirklich? Mein Instinkt sagt mir, dass es überhaupt kein Wilderer war, sondern dass er mit Gilder zusammengeriet."

Auch er hatte diesen Gedanken schon erwogen.

Zu Fuß kehrte Dick nach Fossaway zurück und begab sich geradewegs hinauf in sein Schlafzimmer, um noch einige Stunden zu schlafen.

18

Am nächsten Morgen wurde die gesamte Praxis von Gine & Gine durch den Umstand, dass Mr Fabrian Gilder zum ersten Mal seit fünfundzwanzig Jahren nicht zum Dienst erschien, in größte Aufregung versetzt. An diesem Vormittag erhielt der älteste Angestellte einen Brief von ihm mit der Weisung, ein bestimmtes Fach in seinem Schreibtisch zu öffnen und den Inhalt durch Boten in die Wohnung am Regent's Park bringen zu lassen.

Das Schreiben enthielt folgenden Nachsatz: *Es ist sehr unwahrscheinlich, dass ich noch einmal ins Büro kommen werde, da ich meine Entlassung eingereicht habe und beabsichtige, mich nur noch Privatgeschäften zu widmen.*

Telegrafisch ernannte Arthur Gine den ältesten Angestellten zum Nachfolger Gilders, was den Beförderten nur zum Teil befriedigte, da seit einiger Zeit unerquickliche Gerüchte über die Firma im Umlauf waren.

Der Anwalt selbst ließ sich an diesem und am nächsten Tag nicht im Büro blicken, und das Rätsel um Mr Gilders Ausscheiden blieb ungelöst, als auch der Bote, der die verlangten Papiere hintrug, nichts Näheres über den plötzlichen Entschluss in Erfahrung bringen konnte. Er wurde nicht, wie man allgemein gehofft hatte, von Mr Gilder persönlich empfangen; der Hausherr hätte, so hieß es lediglich, einen Autounfall gehabt und müsste das Bett hüten.

An diesem gleichen Vormittag fand Dick Alford, als er gebadet und rasiert zum Lunch erschien, einen Gast vor, in dem er unschwer Sergeant Puttler erkannte. Ein Hüne mit tief liegenden braunen Augen, deren sanfte Melancholie an einen kranken, bekümmerten Schimpansen erinnerte. Seine Stirn war niedrig, die Oberlippe sehr lang, die Arme reichten fast bis zu den Knien. Der arme Puttler musste wissen, wie wenig einnehmend, ja eigentlich abstoßend sein Äußeres auf Fremde wirkte.

„Nun, Mr Alford“, begrüßte er Dick mit einem verlegenen Augenzwinkern, „wie gefalle ich Ihnen? Es gibt Leute, speziell romantische, die bei meinem Anblick in Ohnmacht fallen.“

„Das beabsichtige ich nicht zu tun – aber vermutlich bin ich auch nicht romantisch veranlagt.“

Der Diener allerdings, der gerade eintrat, zuckte beim Anblick des seltsamen, langarmigen Gastes sichtlich zusammen.

„Zeigen Sie Mr Puttler das Zimmer!“, befahl ihm Alford.

Als der verdutzte Thomas den Fremden hinaufgeleitet und den Handkoffer abgestellt hatte, fragte er kleinlaut: „Haben Sie noch Befehle, Sir?“

Sergeant Puttler sah ihn forschend an.

„Danke, nein. Wie heißen Sie?“

„Thomas Glück.“

„Thomas Unglück wäre passender. Weiß Ihr Herr, dass Ihr richtiger Name Sleisser lautet und dass Sie eine Gefängnisstrafe hinter sich haben?“

„Nein.“

Als Thomas sich, Mordlust in den Augen, verzogen hatte, suchte Mr Puttler Dick Alford auf.

„Ist das Zimmer wirklich für mich bestimmt? Mein Leben lang wollte ich einmal in einem Himmelbett schlafen! Ja – doch nun, Mr Alford, was kann ich für Sie tun?“

„Zuerst muss ich Sie mit meinem Bruder bekannt machen. Er ist ein sehr nervöser Mensch, und aus diesem Grund habe ich Sie als Buchprüfer angekündigt, der die verzweigte Buchhaltung der ganzen Besitzungen in Ordnung bringen soll.“

Mr Puttler hatte dagegen nichts einzuwenden, und so wurde er in der großen Bibliothek dem Grafen von Chelford vorgestellt, der, an mancherlei Gäste seines Bruders gewöhnt, keinen Anstoß an der affenartigen Erscheinung Puttlers zu nehmen schien.

„Mr Puttler wird sechs Wochen hierbleiben“, eröffnete ihm Dick. „Du musst dich nicht wundern, wenn er seine Nase überall hineinsteckt. Es ist wichtig, dass er sich von allem ein genaues Bild machen kann.“

„Er soll den Schwarzen Abt unter die Lupe nehmen“, meinte Harry gezwungen scherzhaft. „Überhaupt würden wir eher einen tüchtigen Polizisten brauchen!“

Nach der Begrüßung in der Bibliothek führte Dick Alford den Gast ins eigene Arbeitszimmer.

„Rauchen Sie?“

Mr Puttler kramte in seiner Tasche nach einer schwarzen Stummelpfeife.

„Sie ist nicht aristokratisch, aber es ist mir lieber als Zigarren oder Zigaretten.“

„Mir auch“, versicherte Dick.

Nachdem er etwa zehn Minuten, von gelegentlichen Zwischenfragen Puttlers unterbrochen, dieses und jenes berichtet hatte, kam durch den Korridor Thomas geschlichen und presste sein Auge ans Schlüsselloch. Er konnte gerade noch das eine Sofaende und den Oberkörper des Gastes erspähen. Nun legte er das Ohr ans Schlüsselloch, und obwohl die beiden drinnen gedämpft sprachen, hörte er Mr Alfords Stimme sagen: „Mein Bruder hat keine Feinde, was ich von mir nicht behaupten kann.“ Dann schnappte der Lauscher noch die Worte „Arthur Gine“ und „Schatz“ auf, ohne den Zusammenhang verstehen zu können. Thomas hielt es jetzt für ratsam, sich erst durch einen kleinen Rundgang zu vergewissern, ob die Luft rein war, um nicht Gefahr zu laufen, auf seinem Lauscherposten überrascht zu werden. Als er zurückkam, war es wiederum Dick Alford, der des Längeren irgendetwas erklärte, von dem

Thomas zu seinem Verdruss nichts aufschnappen konnte. Nur einmal glaubte er seinen Namen zu unterscheiden – oder …

Fort! Von Weitem hörte er die gemessenen Schritte des alten Butlers. Thomas flitzte davon.

19

Der Lunch verlief ziemlich still.

Lord Alford hatte die hässliche Gewohnheit angenommen, zu den Mahlzeiten ein Buch mitzubringen, in das er sich auch jetzt ohne Rücksicht auf den Gast vertiefte.

Doch Mr Puttler schien weder diese Unhöflichkeit zu bemerken noch den entfalteten Pomp – drei Diener in Livree servierten unter dem dirigierenden Auge des majestätischen Butlers. Unberührt davon erzählte er eine Reihe lustiger Geschichten, die er mit völlig ernstem Gesicht vortrug.

Einmal unterbrach Dick Alford die Lektüre seines Bruders.

„Leslie telefonierte, dass sie zum Tee komme."

Harry blickte auf, und seine Züge umwölkten sich.

„Ach, das ist zu dumm, ich wollte den ganzen Nachmittag dem Pater Hiekler widmen. Er schrieb ein interessantes Werk über die Zeit, die er, unter Elisabeths Regierung, in der Abtei zubrachte. Unsere Abtei gehörte zu den wenigen, die sowohl Heinrich der Achte als auch Elisabeth unbehelligt ließen, wahrscheinlich deshalb, weil die schwarzen Mönche von Chelfordbury Gegner der Jesuiten waren."

„Es genügt ja", entgegnete Dick, „wenn du wenigstens den Tee in unserer Gesellschaft trinkst. Leslie wird nichts dagegen haben, wenn du dich nachher wieder mit deinem Pater Hiekler beschäftigst, der übrigens, dem Namen nach, ein Deutscher gewesen zu sein scheint."

„Ja, er war ein Deutscher, den seltsame Motive zu uns führten."

„Wissen Sie", warf Mr Puttler ein, „dass Robinson Crusoe auch ein Deutscher war?"

Dick Alford hielt die Bemerkung des Sergeanten für einen lahmen Witz, während Lord Alford sie ernsthaft aufgriff.

„Ich bin mit Robinson Crusoe nicht sehr vertraut, möchte aber behaupten, dass solche Charaktere typisch englisch sind."

„Trotzdem handelt es sich um einen Deutschen", beharrte Puttler. „Gleich auf der ersten Seite stoßen Sie auf den Satz: ‚Mein Vater war ein Bremer Kaufmann.' Wenn Bremen nicht in Deutschland liegt, will ich Holländer sein! War der Vater aber ein Deutscher, so ist es der Sohn ebenfalls, denn in jenen Zeiten gab es noch keine Naturalisierung."

Nach diesem literarischen Intermezzo wandte sich Mr Puttler wieder dem Thema zu, das Dick durch seine Ankündigung von Leslie Gines Besuch unterbrochen hatte und bei dem es um die Mängel der neuen Kirchenmusik ging.

Bald darauf verließ Harry die Tafel, kehrte jedoch nach wenigen Minuten mit einem dicken Band unter dem Arm zurück.

„Sie haben recht mit Robinson Crusoe, Mr Puttler! Unglaublich, wie man ein Leben lang von falschen Annahmen ausgehen kann."

Beeindruckt von solcher literarischer Findigkeit, änderte der Hausherr seine Haltung dem Gast gegenüber, den er bis jetzt auf die gleiche Stufe mit dem Milchmann, dem Postboten und dem Krämer gestellt hatte. Nun fasste er ihn wohlwollend am Arm und zog ihn in die Bibliothek, um ihm das Tagebuch des Ahnen zu zeigen.

Dick Alford aber, der Puttler für geraume Zeit versorgt wusste, trieb sich unterdessen im Freien herum. Als er in der Ulmenallee Leslies Zweisitzer begegnete, sprang er auf das Trittbrett des fahrenden Wagens.

„Ich trainiere für meinen neuen Beruf", rief er ihr ausgelassen zu. „Sobald Sie als Herrin in Fossaway einziehen, werde ich Straßenbahnschaffner!"

„Wann wird das wohl sein, Dick?"

„Hoffentlich nie!“ Die Worte entschlüpften ihm, bevor er seine Zunge, wie er es sonst tat, im Zaum halten konnte.

Leslie ließ sich nichts anmerken, sie blickte geradeaus und steuerte ihren Wagen vor das ehrwürdige Portal.

Dick half ihr beim Aussteigen.

„Passen Sie auf, Sie werden einen merkwürdigen Kauz kennenlernen.“

„Wer ist es?“

„Ein Buchprüfer, sehr unterhaltsam und belesen.“

In Gegenwart seiner Verlobten legte Harry Alford eine Nervosität und Befangenheit an den Tag, die allenfalls bei einer ersten Begegnung zu verstehen gewesen wäre. Ihre Hand ließ er sofort wieder los.

„Wie geht es, Leslie? Darf ich vorstellen – Mr Tuttler …“

„Puttler“, verbesserte der Detektiv. Ein melancholischer, sehnsüchtiger Blick der braunen Augen traf Leslie.

„Kommst du, Harry?“, fragte Dick. „Der Tee wird im Blauen Salon serviert.“

„Ja, ja. In ein paar Minuten.“

Als Leslie Gine und Dick Alford sich im Blauen Salon, von dessen Fenster man auf lange Beete gelber Chrysanthemen hinaussah, am Teetisch niederließen, stellten sie fest, dass sie ganz allein waren. Mr Puttler hatte sich in der Halle heimlich davongemacht, um, wie er nachträglich behauptete, den Park einer Besichtigung zu unterziehen.

„Haben Sie sich ausgeschlafen nach den Aufregungen der Nacht?“, fragte Dick.

„Nein, ich konnte nicht schlafen. Ich habe Arthur noch nie so aufgeregt gesehen. Meine Vermutung, dass der Mann, mit dem er sich geprügelt hat, Gilder war, hat sich bestätigt. Aus Andeutungen Arthurs konnte ich entnehmen, dass Gilder ihm irgendwohin gefolgt ist.“

„Nach den Ruinen vermutlich! Ich will Ihnen etwas verraten.

Leslie, das ich sogar vor Harry geheimhalte. Vielleicht kann es Sie in den dunklen Stunden der Nacht ein wenig beruhigen. Puttler ist nämlich Detektiv, ein Mann von Scotland Yard."

„Aber wozu nur …"

„Es tragen sich hier Dinge zu, die mir nicht gefallen. Wenn ich mir auch zutraue, mit allem Möglichen fertig zu werden, so brauche ich doch täglich meine sieben Stunden Schlaf, und ich muss mich auch in dieser Zeit auf jemanden verlassen können."

„Ist es der Schwarze Abt, der Ihnen Kopfzerbrechen macht?"

„Ja und nein. Glauben Sie an den Schatz, Leslie?"

„Den Chelfordschatz? Es ist doch wohl nicht zu bestreiten, dass vor Jahrhunderten Gold nach Fossaway gebracht wurde."

„Das schon. Aber glauben Sie, dass er heute noch irgendwo hier existiert? Ich habe nämlich die Erfahrung gemacht, dass außer Harry noch andere Leute von seinem Vorhandensein überzeugt sind."

„Glauben Sie jetzt etwa selbst daran?"

„So weit bin ich noch nicht." Dick holte tief Atem. „Aber meinem Unglauben ist ein Stoß versetzt worden. Ich zweifle – und Zweifeln ist die schlimmste Verfassung, in die ein Mann geraten kann. Oder doch beinahe die schlimmste."

Leslies schöne Augen funkelten mutwillig.

„Weiß Harry von Ihrer Bekehrung?"

„Er ahnt es."

„Kommen Sie hinaus auf die Terrasse", schlug sie vor. „Ihre Blumen sind herrlich."

„Alles, was dieser Garten bietet …", setzte er feierlich an, um sogleich vor ihrem drohenden Zeigefinger zu verstummen.

„Wenn Sie geschmacklos werden, gehe ich Puttler suchen!"

An die graue Steinbalustrade gelehnt, schaute sie hinab auf die windbewegte Fläche goldener Chrysanthemen, jede Blütendolde von der Größe eines Tellers. Aber nicht alle waren golden, es gab dazwischen auch solche von sattem Rot, schneeigem Weiß, flammendem Orange; und jenseits dieser Pracht, am Gartenende, eine Hecke von Rosen, deren Duft bis zum Haus herüberwehte.

„Ein wunderschönes Besitztum! Es wundert mich nicht, dass Sie es lieben. Wie lange gehört es Ihrer Familie?"

„Achthundert Jahre. Der erste Graf von Chelford hackte dem ursprünglichen Besitzer den Kopf ab und ernannte sich selbst zum Eigentümer. Seine Nachfolger stahlen noch einige Tausend Hektar von den Bauern, bis der heutige Besitz komplett war."

„Sie haben wenig Illusionen, Dick!"

„Ich hoffe, gar keine." Irgendwie verletzte sie diese Antwort.

Zweimal mussten sie nach Harry schicken, ehe er zu erscheinen geruhte, und als er endlich auftauchte, merkte man ihm an, wie sehr ihn Puttlers Fehlen verdross.

„Ein äußerst intelligenter Mensch!", lobte er. „Ungewöhnlich bewandert in der Geschichte, speziell in der englischen. Leider liest er nicht Deutsch, aber ich habe ihn überredet, sich mit dem Studium dieser Sprache zu befassen." Im gleichen Atemzug kam er, in der Annahme, Leslie damit einen Gefallen zu tun, auf die Hochzeit zu sprechen. „Diese ganzen pompösen Zeremonien – Schleier, Brautjungfern und Orangenblüten – halte ich für ein wenig geschmacklos und barbarisch. In Amerika soll es, wie ich hörte, Sitte geworden sein, sich im Salon trauen zu lassen. Ob sich das nicht auch hier arrangieren ließe, Dick? Der alte Bischof ist doch ein recht gefälliger Gentleman."

„Frage Puttler", riet Dick. „Er ist eine Autorität auf dem Gebiete des Rituals."

„Auf manch anderen Gebieten gleichfalls", versetzte Harry mit ungewohntem Enthusiasmus. „Er machte mich zum Beispiel darauf aufmerksam, dass möglicherweise ein Kryptogramm mit einem direkten Fingerzeig auf das Versteck des Schatzes vorhanden sei. Seines Erachtens kommen als Versteck besonders Verliese in Betracht, wovon wir ja genug haben. Ich werde dem einmal nachgehen und die Böden auf hohle Stellen hin untersuchen."

„Die Verliese, wie du sie nennst, sind Weinkeller. Wenn Puttler in der Nähe des Portweins herumzubuddeln beginnt, ist's mit unserer Freundschaft vorbei!", ereiferte sich Dick. „Außerdem bin ich überzeugt, dass kaum einer der Vorfahren es unterlassen hat, die Decken deiner Verliese aufzubrechen! Einer ließ sogar große Mauern umlegen, und es kostete unseren Vater an die tausend Pfund, um den durch diesen Goldsucher angerichteten Schaden wieder gutzumachen."

20

Leslie hatte, ohne sich an der Unterhaltung zu beteiligen, in steifer Haltung zugehört und wurde erst wieder munter, als Lord Alford sich mit einer matten Entschuldigung zurückzog.

„Erzählen Sie mir mehr von Ihrem Detektiv, Dick. Mir gefällt er, Ihr Schutzengel! Er soll seine Untersuchungen auch auf das Willow-Haus ausdehnen – ich stelle ihm sogar meinen Wagen zur Verfügung."

„Sind Sie ängstlich, Leslie?"

„Ja – doch. Der Schwarze Abt ist ja sehr romantisch, aber furchterregend. Fürchtet Harry ihn auch?"

„Ein wenig."

„Warum wohl?"

„Weil er sehr nervös veranlagt ist. Es wäre ungerecht, bei solchen Menschen von Feigheit zu sprechen. Wenn Sie mich hinter dem Schwarzen Abt herjagen sähen, würden Sie glauben, ich sei ungeheuer tapfer, während die Sache ganz einfach so liegt, dass ich weder von Nerven noch von der Einbildungskraft geplagt werde."

„So einfach ist es auch wieder nicht, das wissen Sie selbst am besten, Dick!"

„Kommen Sie, da unten promeniert Puttler – wir wollen ihm etwas Gesellschaft leisten."

„Ein herrlicher Fleck Erde!", gab Puttler seiner Bewunderung Ausdruck, als die beiden zu ihm stießen. „Noch nie habe ich so viele Rosen beisammen gesehen, außer auf dem Markt von Covent Garden."

„Zu Ihrer Orientierung, Mr Puttler – ich habe Miss Gine Ihren wirklichen Beruf verraten."

Der Detektiv runzelte die Stirn.

„Sie kennen Miss Gine besser als ich, Mr Alford. Im Allgemeinen glaube ich, dass sich solche Dinge leichter abwickeln lassen, wenn man den Mund hält. Das soll jedoch kein Vorwurf sein.“ Er blieb unter einem hohen Baum stehen. „Da hatten wir zum Beispiel in Scotland Yard einen gewissen Carter, der …“

Peng!

Eine Kugel zischte an Puttlers Gesicht vorbei und schlug ganz am Rande in den Stamm ein, sodass die Rinde absplitterte. Über einem etwa zweihundert Meter entfernten Rhododendrongebüsch schwebte ein blaues Wölkchen.

„Hinlegen!“, schrie Dick heiser und zog das Mädchen zu Boden. Nicht eine Sekunde zu früh …

Peng!

Die zweite Kugel schlug tiefer ein. Ein Stückchen Rinde flog gegen Leslies Ohr.

Jetzt rannte Mr Puttler, einen großkalibrigen Browning aus der Gesäßtasche reißend, gebückt auf das Gebüsch zu.

Ein dritter Schuss dröhnte. Der vorwärtsstürmende Mann fiel vornüber aufs Gesicht und blieb liegen.

Dick rannte auf den regungslosen Körper zu und drehte ihn auf den Rücken. Die Augenlider zuckten krampfartig, aber abgesehen von Schürfungen im Gesicht, die vom Aufprall am Boden stammten, konnte er keine Verwundung sehen. Doch dann entdeckte er, dass die Sohle des rechten Schuhs abgerissen und die Socke blutgetränkt war. Als er hinter sich ein Kleid rauschen hörte, fuhr er herum.

„Stellen Sie sich augenblicklich hinter den nächsten Baum!“, schrie er.

Diesmal gehorchte Leslie nicht. Sie war bleich, zeigte aber keine Furcht, als sie neben dem Bewusstlosen niederkniete und seinen Kragen zu lösen begann.

„Gottlob, er ist nur ohnmächtig“, murmelte Dick. „Zuerst dachte ich, er wäre erledigt.“

Langsam versuchte er, den Schuh abzustreifen, und obwohl er größte Vorsicht walten ließ, musste der Verwundete heftige Schmerzen spüren, denn er zuckte zusammen und öffnete die Augen.

„Hallo! Was ist geschehen, Mr Alford? Hat der Bursche mich getroffen?“

„Sie haben Glück gehabt – eine Fleischwunde an der Ferse. Warten Sie, nur einen Augenblick!“

Puttler tastete nach der ihm beim Sturz entfallenen Pistole, während Alford ohne weitere Erklärungen zum Rhododendronbusch lief.

Angsterfüllt blickte ihm Leslie nach, jeden Moment eines vierten Schusses gewärtig.

Ein paar Minuten später kam er mit einem Fund zurück.

„Der Kerl gebrauchte eine Lee-Enfield, das übliche Armeemodell. Hier sind die Hülsen. Natürlich ist er entwischt, das Unterholz zieht sich hier vom Westflügel bis zum Hügel hinauf. Wir gehen jetzt besser ins Haus und versuchen, etwas für Ihre Wunde zu tun, Puttler.“

Auf halbem Wege kam ihnen Harry entgegen.

„Wer veranstaltete diese Knallerei?“, zürnte er. „Dick, du weißt genau, dass eine Meile im Umkreis nicht geschossen werden soll. Meine Nerven ertragen es nicht, und du könntest wohl etwas Rücksicht darauf nehmen!“

Leslie öffnete schon die Lippen, um den Sachverhalt wahrheitsgemäß zu berichten. Da traf sie Dicks Blick, und geistesgegenwärtig murmelte sie eine Ausrede von einem wilden Tier, das ihr Angst gemacht habe.

„Ich allein bin schuld daran, Harry“, beteuerte sie.

„Gut, gut, das ist was anderes – nur …“ Ohne zu Ende zu sprechen, drehte sich Harry unvermittelt um und ging davon.

Dass die beiden den Sergeanten stützend untergefasst hielten, war ihm völlig entgangen.

„Fast hätte ich eine Dummheit begangen“, meinte Leslie zerknirscht. „Die Wahrheit hätte ihn zu Tode erschreckt. – Aber wer könnte die Schüsse abgegeben haben, Dick? Ein unglückseliger Zufall?“

„Zufall? Ausgeschlossen!“, entschied Puttler. „Mr Alford, werden Sie den Vorfall der Ortspolizei melden?“

Dick überlegte ein Weilchen.

„Nein. Ich glaube, es unterbleibt besser. Finden Sie nicht?“

Zu Leslies Überraschung teilte der Mann von Scotland Yard diese Meinung.

Sie brachten Puttler ins Haus, Leslie streckte ihm die Hand zum Abschied hin und wandte sich dann an Dick.

„Ich habe Arthur versprochen, früh zurückzukommen“, entschuldigte sie sich. „Sie brauchen mich nicht zu begleiten, Dick, ich fürchte mich nicht!“

„Ich auch nicht!“ Er lächelte etwas gezwungen, ließ sich aber nicht davon abbringen, sie nach Hause zu fahren.

Als er vom Willow-Haus zurückkam, hatte Puttler schon einen kleinen Verband auf die Wunde gelegt, und Dick suchte ihm ein Paar große, bequeme Hausschuhe heraus.

„Ganz geringfügige Schramme!“, versicherte Puttler. „Natürlich hätte es auch anders ausgehen können. Jedenfalls bin ich froh, dass die Kugel mich und nicht die Person, für die sie bestimmt, war, getroffen hat.“

„Für wen war sie bestimmt?“

Ohne Zögern kam die Antwort: „Für Miss Gine. Ich dachte, Sie wüssten es.“

Dick Alford erwiderte nichts, aber er zweifelte nicht, dass Puttler recht hatte.

21

Fabrian Gilder, gewesener Bürovorsteher der Firma Gine & Gine und nunmehr Privatier, konnte in gewissem Sinne als harter Mann angesehen werden. Er vergab nicht die kleinste Kränkung und ließ es sich Zeit und Geld kosten, um mit einem Beleidiger abzurechnen. Und Arthur Gine hatte ihn mehr als jeder andere gekränkt.

Bis vor einigen Tagen glaubte er, das Schicksal des Anwalts in Händen zu haben. Doch die Wechsel, die er durch seine Bank präsentieren ließ, wurden anstandslos honoriert. Also musste er neue Rachepläne ersinnen.

Vor zwei Tagen, einige Stunden nach der nächtlichen Auseinandersetzung mit Dick Alford, war Gilder nochmals zu den Ruinen zurückgekehrt. Dort war er noch auf einen anderen gestoßen, den es nach dem Schatz gelüstete, und unsichtbarer Zeuge des Auftritts zwischen Arthur Gine und Dick Alford geworden.

Darauf war er Gine zum Willow-Haus gefolgt, und zwar zunächst in der freundschaftlichen Absicht, seine Hilfe bei der Schatzsuche anzubieten. Doch wie wurde seine Hilfsbereitschaft aufgenommen? Der Anwalt, noch kochend vor Wut über den Sarkasmus Alfords und voller Misstrauen über das Auftauchen seines Angestellten, hatte ihn Knall und Fall entlassen!

Wenn Gine schlechter Laune war, pflegte er Ausdrücke zu gebrauchen, die kein Mensch mit ein wenig Selbstachtung hinnehmen konnte. Mochte Gilder auch Buchmacher sein, ein Dieb war er deshalb noch nicht!

Es dauerte zwei Tage, bis der Riss in der Lippe, den er bei dem Handgemenge davongetragen hatte, zusammenheilte. Am Abend des zweiten Tages zog er sich besonders sorgfältig an und suchte die Adresse auf, die er sich genau notiert hatte.

Mary Wenners Wohnung in der Baker Street lag im obersten Stockwerk und bot eine unbehinderte Aussicht auf die Stadtbahn und den regen Straßenverkehr.

Es gab keinen Aufzug in dem Haus, und Mr Gilder fluchte innerlich, als er die vielen Treppen erklomm und schließlich außer Atem oben ankam.

Marys Personal bestand aus einer ältlichen Witwe, die, ein kleines weißes Häubchen kokett auf dem Kopf, Mr Gilders Karte entgegennahm, um ihn gleich darauf in den Salon zu führen.

„Welch unerwartetes Vergnügen, Mr Gilder", begrüßte ihn Miss Wenner. „Nehmen Sie bitte Platz."

Sie trug ein einfaches Hauskleid und sah recht hübsch aus. Das Zimmer war geschmackvoll, doch nicht kostbar möbliert und sah ganz so aus, als ob sie es mit eigenem Geld nach und nach eingerichtet hätte. Das gefiel ihm. Denn Fabrian Gilder war eine Mischung von Puritaner und Abenteurer.

„Ich bin eben erst heimgekommen und wollte gerade Tee trinken. Darf ich Ihnen ein Tässchen anbieten?"

„Arbeiten Sie wieder?", fragte er.

„Nein, ich bin zurzeit nicht tätig." Auf das letzte Wort legte sie eine gewisse Betonung, als wollte sie ihn korrigieren. Nach ihrer Meinung „arbeiteten" nur die gewöhnlichen Leute, die feineren „waren tätig".

Sie verschwand durch eine Art Schranktür. Er hörte das Klappern von Geschirr und das „Plom" beim Anzünden der Gasflamme. Als sie nach einer Weile mit dem Tee wieder eintrat, plauderte sie munter drauflos.

„Ich bekomme selten Besuch, Herrenbesuch schon gar nicht, darin kann man nicht vorsichtig genug sein, finden Sie nicht, Mr Gilder? Der gute Ruf … Das habe ich auch stets zu Harry gesagt – entschuldigen Sie, ich meine Lord Alford, den Grafen von Chelford. Wir waren nämlich so gute Freunde, dass ich ihn beim Vornamen nannte."

„Und waren Sie mit Richard Alford auch so gut befreundet?“, fragte er mit dezentem Spott.

„Der –?“ Sie rümpfte die Nase. „Von Dick Alford nahm ich nicht mehr Notiz als von den übrigen besseren Dienstboten. Er mag tausendmal in Eton und Harrow erzogen worden sein – ich beurteile einen Mann nach seinen Manieren und nicht nach seiner Erziehung. Und Dick Alford hat Manieren wie ein Stallknecht …“

„Sie sind mit Gine befreundet, nicht wahr?“, warf Mr Gilder ein, während er die Teetasse zum Munde führte.

Mary Wenner senkte verwirrt die Augen.

„Ja, gut befreundet, mehr nicht. Er hat mich stets als Dame behandelt. Warum fragen Sie?“

„Ich habe gekündigt“, erklärte er kurz. „Wir hatten eine Meinungsverschiedenheit – ja, man kann es auch eine stürmische Auseinandersetzung nennen, die sogar in Schläge ausartete, wie ich Ihnen offen gestehen will, da Sie es wahrscheinlich doch früher oder später von ihm selbst erfahren.“

Mary war entsetzt, und wenn sie entsetzt war, hielt sie immer ihre weiße Hand vor ihren etwas groß geratenen Mund.

„Schläge, sagen Sie? Gott, wie gewöhnlich!“

„Ich habe mit Ihnen über Gine zu sprechen“, schnitt Gilder weitere Kundgebungen der Entrüstung ab. „Glauben Sie nicht, dass ich ihn schlechtmachen will. Es ist nur so, dass ich mich jetzt, nachdem wir uns getrennt haben, nicht mehr verpflichtet fühle, ihn in Schutz zu nehmen und mich zwischen ihn und seine Schulden zu stellen, wie ich es bisher tat. Sie kennen ihn ebenso gut wie ich – seine maßlose Eitelkeit, seine Unaufrichtigkeit. Sie wissen, wie unzuverlässig er ist, wie er sich aus jeder Zusage, die er macht, herauszuwinden versteht, selbst wenn man sie schwarz auf weiß besitzt.“

Er hatte sie beim Sprechen nicht aus den Augen gelassen und sah nun, wie sie die Stirn runzelte.

„Wirklich?“, fragte sie kühl. „Ich verstehe nicht, wie sich jemand, ob Gentleman oder nicht, von einer schriftlich festgelegten Verpflichtung lösen kann.“

„Dann kennen Sie Arthur Gine doch nicht so gut, wie ich ihn kenne! Ich bin überzeugt, dass Gine, selbst wenn man ihn aus einer Kanone abfeuerte, einen Zickzackkurs einschlagen würde. Doch das ist nicht der springende Punkt – ich kam nicht hierher, um ihn anzuschwärzen oder in Ihren Augen herabzusetzen, vielmehr … Wie verhält es sich eigentlich mit dem Chelfordschatz?“

Im Nu saß sie steif und kerzengerade da.

„Sie wissen davon?“

„Allerdings. Sie wollen ihm helfen, das Gold zu finden, wofür er …“ Er machte eine Pause, obschon er über die Art von Arthur Gines Gegenleistung keinen Zweifel hegte. Eine junge Dame wie Mary Wenner, die um jeden Preis aus ihrem Milieu herauswollte, konnte nur eine einzige Forderung gestellt haben: „Wofür er Ihnen die Ehe versprach“, ergänzte er endlich.

Ihr verlegenes Gesicht bewies ihm, dass seine Menschenkenntnis ihn nicht im Stich gelassen hatte.

„Hoffentlich nehmen Sie nicht an, Mr Gilder“, stammelte sie ein wenig kleinlaut, „dass ich mich ihm an den Hals geworfen habe? Das würde ich selbst beim besten Mann der Welt nicht tun! Im Übrigen ist Arthur Gine Gentleman genug, um sein Versprechen zu halten.“

„Und wann soll die Heirat stattfinden? Doch wohl erst nach Entdeckung des Schatzes, vermute ich. Darf ich fragen, welches Pfand er Ihnen gegeben hat?“

„Sein Ehrenwort“, antwortete Mary Wenner.

„Hm! Das ist alles? Ich frage in Ihrem Interesse. Sie sind eine junge Dame, die ihr Brot allein verdient und vielleicht niemand hat, der sich selbstlos um sie kümmert.“

Mr Gilder spürte, dass er sich auf dem richtigen Weg befand.

„Ich habe auch ... Einen Augenblick, ich kann Ihnen außerdem etwas Schriftliches zeigen."

Sie holte aus dem anstoßenden Schlafzimmer ihre Handtasche und suchte aus einem Wust von allerlei Sächelchen einen Zettel hervor. Gilder las ihn, auch die von Gines Hand vorgenommene Änderung.

„Es ist ein vollkommen wertloses Papier", versicherte er, wobei Mary Wenners Gesicht größte Bestürzung zeigte. „Bei dieser Erklärung handelt es sich, juristisch ausgedrückt, um ein unter Zwang gegebenes Versprechen. Er kann jederzeit behaupten, dass er diese Verpflichtung eingehen musste, um von Ihnen für seinen Klienten wertvolle Informationen zu erlangen."

Miss Wenner biss sich nervös auf die Lippe.

„Was soll ich tun, Mr Gilder? Raten Sie mir, Sie sind Jurist. Können Sie nicht ein Dokument aufsetzen, das ihn absolut bindet? Natürlich bin ich viel zu sehr Dame, um mich einem Mann gegen seinen Willen aufzuzwingen, doch ..."

„Ein solches Dokument könnte ich zwar abfassen, nur bezweifle ich, ob es Ihnen wirklich helfen würde. Trauen Sie ihm nicht?"

„Aber wem soll ich trauen? Die Männer sind so voll Trug, Mr Gilder, und die jungen sind die schlimmsten! Mir scheint, ein Mann von fünfundvierzig –" (sie nahm ein unsichtbares Krümchen von ihrem Kleid) „oder fünfzig wäre das Richtige. Arthur ist noch so unbeherrscht. Außer Ihnen würde ich es ja niemandem erzählen, aber er versuchte mich unzählige Male zu küssen, und einmal in Fossaway wollte er sogar ..."

„Ich verstehe, ich verstehe", beeilte sich Gilder zu beteuern. „Nun hören Sie mich an, Miss Wenner. Sie sind ein kluger Mensch, und deshalb kann ich mit Ihnen sprechen wie mit wenig anderen ..." Diese dick aufgetragene Schmeichelei, die sogar intelligenten Menschen gegenüber selten ihre Wirkung verfehlt, veranlasste auch Mary Wenner, den Ausführungen ihres Gastes gespannt zu lauschen. „Was würden Sie sagen, wenn ich Ihnen verriete, dass Gine schon jetzt versucht, Ihnen zuvorzukommen?“

„Wie bitte?“

„Dass er das Gold ohne Ihre Hilfe zu finden versucht.“

„Das wagt er nicht!“, stieß Mary hervor.

„So, meinen Sie? Nun, ich überraschte ihn in der vorletzten Nacht mit einem Stemmeisen in den Ruinen der Abtei.“

„Oh, der Hund!“ Damenhaft war diese Ausdrucksweise nicht, der Augenblick freilich auch nicht dazu angetan, an gesellschaftliche Formen zu denken. „Dieser schmutzige, diebische, falsche Schleicher!“, tobte sie weiter. „In der Abtei mit einem Stemmeisen? Soll er kratzen und herumstochern, so viel er Lust hat – finden wird er nichts!“ Sie lachte schrill. „Er hat mich betrogen! Ich gab ihm alles, was eine Frau einem Mann geben kann – verstehen Sie mich recht, Mr Gilder, ich meine in Bezug auf den Schatz. Um alles in der Welt möchte ich nicht, dass Sie mich missverstehen, ich habe mich immer als Dame benommen!“ Nach einer Weile wurde sie ruhiger. „Wem kann ich trauen?“, fragte sie flehend.

Und Gilder griff das Stichwort auf.

„Mir!“, sagte er sanft.

Marys Blick streifte ihn. Eigentlich war er eine recht annehmbare Erscheinung, das graue Haar gab ihm sogar etwas Distinguiertes.

„Bei mir würden Sie kein legales Dokument benötigen.“

„Doch. Das auf jeden Fall“, widersprach sie entschieden. „Ich traue keinem Mann.“

„Nun, Sie könnten auch jedes gewünschte Dokument von mir haben. Ich bin sogar bereit, mich rettungslos zu kompromittieren.“

Sie hüstelte.

„So weit möchte ich nicht gehen“, wehrte sie, ihn missverstehend, verschämt ab.

„Ich meinte, dass ich das Risiko der Entdeckung auf mich nehmen würde, ohne mir, wie Arthur Gine, den Rücken zu sichern."

Sie betupfte sich mit einem winzigen Taschentuch die Augen.

„Mr Gilder, obwohl ich Sie erst so kurz kenne, sind Sie mir lieb und wert geworden. Am Dienstag sagte ich noch zu meiner Freundin: ‚Mr Gilder ist ein Gentleman durch und durch!' Wie heißen Sie eigentlich mit Vornamen?"

„Fabrian."

„Fabrian ..." Wie eine Liebkosung wiederholte sie es. „Ich würde Sie Fabe nennen. Klingt das nicht nett?"

„Ich möchte, dass wir heute Nacht hinfahren."

Ihre Miene verdüsterte sich.

„Zur Abtei? Nachts?"

„Mit meinem Wagen sind wir in anderthalb Stunden dort, und falls nicht zu viel zu graben ist ..."

„Überhaupt nicht", fiel sie ihm ins Wort. „Aber nachts?"

„Warum nicht? Mein Häuschen liegt knapp einen Kilometer von der Abtei entfernt. Wenn das Gold wirklich dort ist, an einem erreichbaren Platz, könnten wir genug davon mit uns nehmen, um als sehr reiche Leute ein neues Leben zu beginnen."

Mary Wenner ließ eine lange Minute verstreichen.

„Sie werden natürlich denken, dass ich eine schreckliche Person bin. Trotzdem, Mr Gilder – oder besser, Fabe – möchte ich etwas schwarz auf weiß in Händen haben."

Sofort, ohne Widerrede, verfasste Fabrian Gilder ein Dokument, das, wie er scherzend sagte, genügte, um ihn an den Galgen zu bringen, und das sogar die misstrauische Mary Wenner von der Ehrlichkeit seiner Absichten überzeugte. Er schrieb mit seiner eigenen Füllfeder, einem ganz neuen Fabrikat, die mit einer Tinte gefüllt war, für die der Verkäufer garantiert hatte, dass sie innerhalb von sechs Stunden von jedem Papier wieder verschwinde.

„Gut, Fabe, wann fahren wir?"

„Halb zehn."

„Und bitte kein Stemmeisen!", rief sie ihm boshaft nach. „Das Handwerkszeug, das wir brauchen, ist in meiner Handtasche."

22

Gegen Abend hatten sich im Westen schwere, dunkle Wolken zusammengeballt. Ein feiner Regen rieselte, als Fabrian Gilder seinen Wagen zum verabredeten Treffpunkt in der Marylebone Road steuerte.

Es überraschte ihn selbst ein wenig, mit welcher Bestimmtheit er an das Vorhandensein des Schatzes glaubte. Er hatte nämlich, um Platz für das Gold zu schaffen, nicht nur alles Entbehrliche aus dem Wagen geräumt, sondern auch Berechnungen über das Gewicht angestellt, das er bei jeder Fahrt fortschaffen könnte.

Es wurde jedoch zehn Uhr, bis Mary Wenner erschien und sich mit einem Schwall von Entschuldigungen neben ihm niederließ.

„Beinahe wäre ich überhaupt nicht gekommen. Wirklich, ich spreche im Ernst – sobald Sie mich verlassen hatten, musste ich dauernd an den grässlichen Schwarzen Abt denken!“

„Sie glauben doch nicht etwa an solchen Hokuspokus?“

Der Wagen zog scharf um die Ecke der Baker Street.

„Ich weiß nicht. Ein- oder zweimal wurde er in der Zeit, die ich in Fossaway zubrachte, gesehen. Aber nach den Zeitungen soll er auch neulich wieder aufgetaucht sein.“

„Keine Angst“, beruhigte er sie und klopfte auf seine Manteltasche. „Hier steckt etwas, das sowohl schwarzen als auch weißen Äbten nicht gut bekommen würde! Fühlen Sie sich nun sicherer?“

„Ja, Fabe“, hauchte sie.

Behutsam ließ er durchblicken, dass es ihm lieber wäre, wenn sie ihn mit seinem richtigen Taufnamen anreden würde. Ob sie seinen Wunsch zu respektieren gewillt war, konnte er nicht erkennen, denn sie schwieg sehr lange. Völlig abrupt äußerte sie dann: „Ich halte nichts von langen Verlobungen. Und Sie?"

„Ich auch nicht."

Beide lachten. Sie fuhren durch die verödete Dorfstraße von Dorking. Der Regen peitschte jetzt von der Seite her unter das Verdeck.

„Scheußliche Nacht!", klagte sie.

„Im Gegenteil. Eine bessere hätten wir uns gar nicht aussuchen können. Bei dem Wetter vergeht Mr Alford bestimmt die Lust, draußen herumzustöbern."

Zwei Kilometer vor Fossaway schaltete er die Lichter aus. Seine Begleiterin fürchtete, der Wagen müsse jeden Moment mit einer der vorbeiflitzenden Telegrafenstangen zusammenprallen.

„Seien Sie unbesorgt", tröstete er sie, „ich bin diesen Weg hundertmal gefahren. Gleich hinter dem Willow-Haus liegt mein Cottage."

Bei der Red Farm stoppte Gilder, sprang heraus, um das Gatter zu öffnen, und stellte den Wagen neben der gleichen Hecke ab, wo ihn vor einigen Nächten Dick Alford entdeckt hatte.

„So, da wären wir!"

Er nahm Mary Wenners Arm. Sie zitterte, und als sie sprach, hörte er, wie ihre Zähne zusammenschlugen.

„Mein Gott, wäre ich doch nicht gekommen! Was ist das – dort, vor uns?"

„Eine gekappte Weide, Sie Hasenfuß!"

Sie kamen durch das niedrige Parktor, das, wie immer, unverschlossen war, stiegen den Hang hinauf, bis sich vor ihnen, gespenstisch in der Dunkelheit, die Ruinen erhoben.

„Ich möchte kein Licht machen", sagte er leise, „damit hat sich nämlich Gine verraten. Finden Sie den Weg im Dunkeln?"

„Wir müssen zum Turm", wisperte sie. „Aber, um Himmels willen, lassen Sie meinen Arm nicht los!"

Ein paar Meter weiter stolperte sie über einen Stein und würde aufgeschrien haben, wenn seine Hand sich nicht sofort auf ihren Mund gelegt hätte.

„Mein Gott, seien Sie doch still!“, schalt er. „Wohin nun?“

„Kommen Sie!“

An der Rückwand des Turmes blieb sie stehen und flüsterte nahe an seinem Ohr: „Geben Sie mir Ihre Hand! Es ist sehr eng – Sie müssen sich durchzwängen. Dieser Eckstein schwingt herum und öffnet sich wie eine Tür. Hier schlüpfte auch der Abt hinaus, wenn es ihn zur Gräfin von Chelford trieb. Sie hörten doch von dem kleinen Skandal?“

Der „kleine Skandal“ war siebenhundert Jahre alt, aber für Mr Gilder eine Neuigkeit.

Als sie sich durch den Spalt gezwängt hatten, ertönte Marys Stimme etwas beherzter aus der Finsternis.

„Jetzt können Sie getrost Ihre Lampe anknipsen.“

Er tat es und sah, dass sie sich in einem winzigen Gelass mit gewölbter Decke befanden, die aus einem einzigen Stein gehauen zu sein schien. Auch die Mauern waren von ungeheurer Stärke.

Seine Führerin zog ihn weiter.

Über feuchte, moosbedeckte Stufen ging es abwärts. Fünfundzwanzig zählte Gilder, dann standen sie in einem großen, unterirdischen Raum, der mit seinem verwitterten, bröckligen Mauerwerk eher einer natürlichen Höhle glich.

„Dort ist es …“ Mary Wenner sprach noch immer im Flüsterton, obgleich sie kaum mit einem Lauscher zu rechnen hatte.

In die Wand gegenüber waren zwei schmale Türen eingelassen. Sie erinnerten Mr Gilder an die Zellentüren des Zuchthauses von Dartmoor, und diese Ähnlichkeit wurde noch unterstrichen durch ein Gitter im oberen Teil der linken Tür.

Gilder ließ den Strahl seiner Taschenlampe durch die Zwischenräume fallen. Er sah in ein tiefes, enges Gelass, an dessen beiden Längswänden Steinbänke entlangliefen. Und auf diesen Steinbänken lagen und standen zahlreiche walzenförmige Behälter, die, wie man bei den zunächstliegenden erkennen konnte, an beiden Enden mit seltsamen Siegeln versehen waren.

Fabrian Gilders Herz schlug schneller. Er rüttelte an dem lottrigen Schloss, stemmte sich gegen die morsche Tür, die schon nach dem dritten Versuch kreischend nachgab. Im Begriff, sie ganz aufzustoßen, spürte er, wie Mary Wenners Hände seinen Arm umkrampften.

„Sehen Sie! Oh, mein Gott! Sehen Sie!“, schrie sie wie wahnsinnig, sodass er herumschnellte.

Auf der untersten Stufe der Wendeltreppe stand eine Gestalt in schwarzer Kutte, das Gesicht durch die Kapuze verhüllt. Zwei fieberhaft glühende Augen – entsetzlich! Drohend überwachte der Schwarze Abt ihr Treiben.

Mit einem Fluch riss Gilder seinen Revolver aus der Tasche, wobei das Licht der Lampe sekundenlang von der Treppe abwich. Als er, schussbereit, den Strahl wieder auf die Stelle richtete, war die Erscheinung verschwunden.

„Gehen Sie nicht! Gehen Sie nicht!“, jammerte Mary Wenner, sich an seinen Arm hängend. „Oh, Mr Gilder! Oh, Fabrian, verlassen Sie mich nicht!“

Er stieß sie rücksichtslos zur Seite, rannte zur Treppe, stieg vorsichtig aufwärts, hörte den keuchenden Atem des Mädchens, das ihm auf den Fersen folgte.

„Lassen Sie mich nicht allein in der schrecklichen Dunkelheit“, schluchzte sie.

Er stieg höher, langsam, spähend – keine Spur von einer schwarzen Kutte! Der kleine Raum oben war so, wie sie ihn verlassen hatten. Der Steinquader, mit dem der schmale Durchgang verschlossen wurde, stand nach außen offen.

Mary strauchelte und torkelte ins Freie. Dort brach sie in die Knie. Ihr hysterisches Geschrei gellte durch die Nacht.

„Bringen Sie mich fort! O Gott, hätte ich mich doch nie in dieses Unternehmen eingelassen!“

Fluchend schwang Gilder den Pfeilerstein zurück. Dann schleppte er, Wut und auch ein gut Teil Furcht im Herzen, die reglos im Gras Liegende den Hügel hinab zum Wagen.

Der Regen strömte unvermindert nieder. Gilder schlug das Verdeck zurück, damit Wind und Regen die Ohnmächtige rascher wieder zu sich brachten. Er konnte seine Zeit nicht mit ihr vertrödeln, musste sie sofort in ihrer Wohnung absetzen, um nach Chelfordbury zurückzufahren und jene Behälter zu untersuchen.

Der Schwarze Abt? Er atmete ein wenig schneller, wenn er an die schreckliche Gestalt dachte, aber dass sie ein Wesen von Fleisch und Blut war, bezweifelte er nicht.

Beim Dorf Horsham kam Mary Wenner, bis auf die Haut durchnässt, zu sich und war auch bald wieder zum Plaudern aufgelegt. Doch ihr Begleiter gab ihr nur einsilbige Antworten oder erwiderte überhaupt nichts.

„Mein Gott, ich dachte, mich rührt der Schlag! Haben Sie gesehen, wie unheimlich seine Augen funkelten, Fabe?“

„Fabrian!“, korrigierte er ärgerlich.

„Nicht einmal auf Bildern hab ich je so was Schreckliches gesehen. – Können wir nicht das Verdeck hochziehen, Fabe, Pardon, Fabrian?“

Er hielt mit einem Ruck an und schloss wütend das Verdeck.

„Was wollen wir jetzt machen?“, erkundigte sie sich.

„Ich fahre Sie nach Hause. Morgen Nacht werden wir einen zweiten Versuch unternehmen. Auf welche Weise haben Sie eigentlich den Eckstein zum Drehen gebracht?“

„Das kann ich Ihnen nicht sagen“, erklärte sie unumwunden „Es ist mein einziger Trumpf gegen Sie.“

„Seien Sie nicht albern! Sie gebrauchten etwas Spitzes, eine Ahle oder dergleichen. Ich bemerkte, dass sich zwischen zwei Steinen ein kleiner künstlicher Zwischenraum befindet."

„Meine Schere", gestand sie. „In jener Fuge ist der Mechanismus versteckt, eine eiserne Klammer ..."

Jetzt wusste Gilder alles, was er wissen wollte, und konnte Mary Wenner von weiterer Mitarbeit dispensieren. Er schlug ihre Einladung, einen heißen Tee bei ihr zu trinken, aus und sauste, sobald die Haustür hinter ihr zuschnappte, zurück nach Sussex.

Auf halbem Weg ging ihm das Benzin aus. Er musste lange auf einen vorbeikommenden Wagen warten, die Nacht war schlecht, es gab kaum Verkehr auf der Landstraße. Schließlich überließ ihm ein Fahrer etwas Treibstoff.

Das Leuchtzifferblatt seiner Armbanduhr zeigte zwei Uhr, als er wieder auf dem Hügel stand. Das letzte Stück legte er äußerst vorsichtig, Schritt für Schritt, zurück, mit Auge und Ohr das Dunkel erforschend. Nichts – kein Laut, keine Spur vom maskierten Spuk!

Er fand den Eckstein des Turms, presste mit seinem Taschenmesser die Klammer zurück, zog an dem Stein – der Eingang lag frei.

In der rechten Hand den Revolver, in der linken die Taschenlampe, stieg er die Wendeltreppe hinab. Als er in das schmale Gelass hineinleuchtete, durchzuckte ihn ein kalter Schreck – die Behälter waren verschwunden.

Schweißtropfen standen auf seiner Stirn. Was für ein Schurke hatte seine Pläne durchkreuzt?

Er versuchte die zweite schmale Tür zu öffnen, die aus einem einzigen kompakten Stück bestand und oben kein Gitter aufwies wie die andere. Umsonst, sosehr er sich anstrengte, sie gab nicht nach. Voll Zorn und Ohnmacht stieg er endlich die Wendeltreppe wieder hinauf. Er erreichte den kleinen Vorraum oben und wollte gerade seine Lampe auslöschen, um durch den Spalt ins Freie zu schlüpfen, als er sah, wie sich der Stein auf ihn zubewegte und, bevor er hinzuspringen konnte, im Mauerwerk einschnappte.

Irgendwo draußen erhob sich ein höllisches Gelächter.

Gefangen!

Gilder stemmte sich gegen den Stein, der vollkommen festsaß und um keine Spur sich bewegen ließ.

Aber musste man die Pforte nicht auch von innen öffnen können? Wie sonst wäre der Abt bei seinen Minnefahrten hinausgelangt?

Er ließ den Strahl der Taschenlampe den Wänden entlanggleiten. Nichts! Er leuchtete den Boden ab, der aus zerbrochenen Fliesen bestand. Eine davon, kleiner als die Übrigen, erregte seine Aufmerksamkeit, weil sie ganz flach, nicht gewellt und schief wie die anderen, auflag. Das Taschenmesser zu Hilfe nehmend, gelang es ihm, sie zu heben. Darunter fand er einen rostzerfressenen Eisenring. Er zog daran, zog mit aller Gewalt – der Stein begann sich zu bewegen, nur ganz wenig, die unsichtbare Klammer hielt ihn nicht mehr, Gilder hatte gehört, wie die Arretierung aufschnappte. Erlöst aufatmend stemmte er sich gegen den Stein, schob ihn nach außen und stolperte hinaus in die fahle Morgendämmerung.

Das Wetter hatte sich beruhigt. Am Himmel blinzelten einige Sterne. Weitab zur Linken kräuselte sich eine dünne Rauchfahne aus einem der Schornsteine von Fossaway.

Gilder wischte sich den Schweiß von der Stirn und bemühte sich, die Bitterkeit seiner Niederlage zu überwinden. Als er sich umblickte, sah er seitlich im feuchten Gras etwas liegen, das er mit einem halb unterdrückten Schrei aufhob. Es war einer der an beiden Enden versiegelten Behälter aus der Schatzkammer!

Mit Gold konnte er allerdings nicht gefüllt sein, dazu fehlte es ihm an Schwere. Doch was enthielt er?

Gilder rannte mit seinem Fund den Hügel hinab und löste im Schutz des Hohlweges ein Siegel. Ein eng zusammengerolltes Stück Pergament kam zum Vorschein. Er entfaltete es, starrte es an – eine alte Handschrift mit wunderbaren Malereien. Als Kunstwerk von unschätzbarem Wert, aber ein armseliger Ersatz für fünfunddreißig Pfund Gold!

Und all die anderen Behälter würden den gleichen Inhalt haben, dachte er voll Schadenfreude. Wer sie sich auch angeeignet haben mochte – nach seiner Meinung kam nur Arthur Gine infrage –, würde dieselbe Enttäuschung erleben wie er!

23

Als er das Gatter zur Red Farm öffnete, um seinen Wagen zu holen, blieb er wie versteinert stehen. Der Wagen war fort.

Der aufgeweichte Boden hatte die Reifenspuren deutlich bewahrt, sodass es nicht schwerfiel, ihnen nachzugehen. Sie führten anfänglich direkt auf das Willow-Haus zu, bogen aber bald seitlich in Richtung Red Farm wieder ab. Bei der nächsten Wegbiegung kam das Weekendhäuschen in Sicht. Vor dem Eingang stand der Wagen. Wer hatte ihn hierhergefahren?

Gilder drückte die Haustürklinke nieder. Unverschlossen! Die Tür, die von der Diele ins Esszimmer führte, gleichfalls. Voller Staunen erblickte er über dem Kaminfeuer einen dampfenden Wasserkessel und auf dem Tisch neben der Teekanne eine geöffnete Biskuitbüchse.

Als er im Nebenzimmer Schritte hörte, fuhr er herum, um dem Eindringling entgegenzutreten, ließ aber den erhobenen Browning gleich wieder sinken.

„Thomas? Was, zum Teufel, treiben Sie hier?“

„Bin heute Morgen entlassen worden.“

„Heute Morgen? Es dämmert ja eben erst.“

„Alford traf mich, als ich zu einer Stunde durchs Haus wanderte, zu der ich eigentlich ins Bett gehörte. Und da setzte er mich ohne Weiteres an die Luft. Der Kerl hat mich nie leiden mögen!“

Gilder glaubte dem Bericht nicht so recht.

„Was haben Sie angestellt?“

Der Mann schob die Unterlippe vor.

„Also gut, meinetwegen sollen Sie alles wissen. Ich will vorher nur noch den Tee aufbrühen.“ Und erst nachdem er Gilder und sich selbst versorgt hatte, nahm er den Faden wieder auf. „Hörten Sie schon mal vom Affen-Puttler? Jeder in London, der was auf dem Kerbholz hat, kennt ihn. Mir verhalf er zu drei Jahren, nur weil ich … Na, so ein kleines Ding im Westinghouse Hotel –"

Gilder hatte von diesem Vorleben nichts geahnt.

„Einbruch?", fragte er.

„Nein, ich war im Hotel angestellt. Aber wenn es Ihnen Spaß macht, nennen Sie es ruhig Einbruch. Als ich aus dem Kittchen kam, fand ich die Stelle in Fossaway. Eine feine Stelle! Der Graf zählt sein Geld nie nach, und Alford kann seinem Bruder doch nicht mit Fragen zusetzen, wenn es seines Erachtens zu schnell alle geworden ist!"

Gilder berührte diese Eröffnung sichtlich unangenehm.

„Wenn ich das gewusst hätte, würde ich Ihre Dienste nicht in Anspruch genommen haben. Doch, was ist nun los mit diesem Puttler?"

„Er traf gestern in Fossaway ein, angeblich als Buchprüfer. Ich erkannte ihn aber im ersten Moment, und – was schlimmer ist – er mich ebenfalls. Natürlich wusste ich, dass ich nun meine Livree an den Nagel hängen konnte."

„Aber warum setzte Alford Sie bei Nacht und Nebel an die Luft?"

„Das sollen Sie auch gleich hören. Der Graf verwahrt sein Bargeld in der linken Schreibtischschublade, ohne eine Ahnung zu haben, wie viel da herumliegt. Ein guter Griff konnte meinen Lebensunterhalt für einige Zeit sichern, wobei immer noch genug zurückblieb, dass er nicht zu beschwören vermöchte, ob etwas geklaut wurde oder nicht. Wie ich nun heute Morgen um vier Uhr die Treppe wieder hinaufsteige, überrascht mich Alford und sagt nur: ‚Sofort packen und raus!' Dem werde ich es noch …"

„Fasste er Sie mit dem Geld?"

„Nein. Das lag sicher unter dem Bibliothekfenster, wo ich es mir nachher holte."

„Und aus welchem Grund wanderte Mr Alford zu dieser ungewöhnlichen Zeit im Haus umher?"

Thomas schnitt eine Grimasse.

„Man ist zu keiner Stunde sicher vor ihm."

Gilder war überzeugt, dass dieser Bericht einigermaßen den Tatsachen entsprach, aber er wurde den Eindruck nicht los, dass Thomas etwas verheimlichte. Seine Geschichte schien Lücken aufzuweisen, wenngleich er sie geschickt zu überbrücken verstand. Anderseits war jetzt nicht der richtige Moment, um ein Kreuzverhör zu eröffnen. Eines jedenfalls stand fest – er, Gilder, konnte sich mit diesem entlassenen Sträfling nicht kompromittieren.

„Warum kamen Sie gerade hierher?"

„Ich vermutete Sie in London und dachte, Sie würden nichts dagegen haben, wenn ich ein paar Tage hier kampiere."

„Hm!" Gilder rieb sich das Kinn. „Brachten Sie meinen Wagen her?"

„Auf dem Weg zur Red Farm stieß ich auf ihn, ich wartete über eine Stunde, und als Sie nicht kamen, hielt ich es für besser, ihn zu Ihrem Häuschen zu bringen, der Zündschlüssel steckte ja."

„Hat Sie jemand bemerkt?"

„Niemand. Es war noch fast dunkel."

„Gut, Sie können hierbleiben, Thomas. Wenn mich aber die Polizei benachrichtigt, dass Sie sich in meinem Haus aufhalten, werde ich angeben, dass Sie sich eigenmächtig einquartierten. Sie verstehen, dass ich mich schützen muss."

„Natürlich – und dann …" Er verstummte.

„Haben Sie noch etwas auf dem Herzen?", drängte Gilder.

„Vielleicht erzähle ich es Ihnen später."

Als Gilder sich rasiert, geduscht und den Anzug gewechselt

hatte, kehrte er zu Thomas zurück, der seine kurze Pfeife rauchte und im Kaminfeuer herumstocherte.

„Wenn Sie sich entschlossen haben, zu sprechen, Thomas, schicken Sie mir am besten ein Telegramm, aber nicht von Chelfordbury, sondern von Horsham."

Dann fuhr er mit seinem Wagen durch den trüben Morgen nach London.

24

Um zehn Uhr riss ihn das Telefon aus schwerem Schlaf. Es war Mary Wenner, und im Stillen bedachte er sie mit einem derben Fluch.

„Guten Tag, Fabe. Ich habe mich die ganze Nacht so um Sie geängstigt. Sie fuhren doch nicht etwa zu diesem scheußlichen Ort zurück?"

„Ich werde heute Nachmittag zu Ihnen kommen", unterbrach er den Redestrom. „Sprechen Sie nicht von der Angelegenheit am Telefon, man kann belauscht werden."

„Fabe, Liebster – sind Sie nicht doch zurückgekehrt und haben etwas von dem Gold geholt? Ich weiß, Sie sind sehr tapfer, aber wozu sein Leben riskieren …"

„Nein, ich habe kein Gold geholt – also, bis heute Nachmittag!"

Er hatte nicht die Absicht, sie an diesem oder irgendeinem anderen Nachmittag zu treffen, doch sein Vorsatz sollte nicht ausschlaggebend sein. Kurz nach fünf, er saß noch beim Tee, erschien Mary Wenner unangemeldet in seinem Esszimmer. Was hat sie wohl dem Hausmädchen gesagt?, dachte er schaudernd, während sie, verschämt lächelnd, einen Kuss auf seine Stirn drückte.

„Liebster, ich bin im Begriff, etwas zu tun, das ein klein wenig nach Treulosigkeit aussieht."

„Bitte, bitte!"

„Sie dürfen nicht denken, dass ich Ihnen ernstlich untreu werden will, aber sehen Sie, er hat mir einen so netten Brief geschrieben …"

„Wer?"

„Arthur. Und seine Schwester ebenfalls. Sie haben mich eingeladen, das Wochenende bei ihnen zu verbringen. Das ist eine gute Gelegenheit, um mit ihm reinen Tisch zu machen. Er soll wissen, dass ich Ihnen gehöre. Und wenn wir auch den Schatz nicht finden sollten – ich weiß, dass Sie mich nicht des Geldes wegen wollen. Schließlich sind Sie ja auch nicht unvermögend, Liebster. Eine Auskunftei, bei der ich mich erkundigte, schätzt Sie auf wenigstens hunderttausend Pfund."

Gilder stöhnte.

„Und denken Sie, Fabe, was mit Ihrem Schein passierte! Als ich ihn heute hervorholte, war die Schrift verschwunden. Ich lief sofort zu einem guten Bekannten, der Zauberei als Geschäft betreibt. Vielleicht haben Sie ihn schon auftreten sehen – er holt Kaninchen aus leeren Papiertüten und dergleichen. Wissen Sie, was er tat? Er träufelte Zitronensaft über Ihre verschwundenen Zeilen und hielt das Papier ans Feuer. Jetzt ist die Schrift wieder sichtbar und diesmal, wie er sagte, unauslöschlich."

„Ach!", war alles, was Gilder dazu einfiel. Verfluchtes Pech! Ob sie sich mit tausend Pfund abfinden ließ?

„Werden Sie die Einladung der Gines annehmen?", fragte er möglichst ruhig.

„Ich muss wohl. Arthur ist schließlich ein alter, guter Freund von mir."

Mary Wenner hatte kaum die Wohnung verlassen, als ein Telegramm eintraf. Gilder nahm an, dass es von einem seiner Wettbüros käme, die sich jetzt, nach Verlust ihres einzigen Kunden, in Liquidation befanden.

Es kam aber aus einem Dorf in der Umgebung von Chelfordbury und lautete: ERWARTE SIE DRINGEND. GROSSE NEUIGKEITEN FÜR SIE. Es war mit „T" unterzeichnet.

Beabsichtigte Thomas, sein Schweigen zu brechen? Und was hatte er zu sagen?

25

Ein Mann in grauem, schlecht sitzendem Anzug, Zigarette zwischen den Lippen, stand vor dem Gartentor, als Leslie Gine von ihrem Morgenspaziergang zum Ravensrill zurückkehrte. Sie kam näher. Er zog die Hände aus den Hosentaschen.

„Guten Morgen, Miss."

„Guten Morgen, Thomas."

„Kann ich Sie ein paar Minuten sprechen, Miss?"

„Mr Alford sagte mir, dass er Sie entlassen hat. Es tut mir leid, aber ich kann nichts für Sie tun." Sie öffnete das Tor.

„Eine Minute nur, Miss – Mr Alford habe ich nie gefallen –, ich komme auch gar nicht mit einer Bitte, sondern mit einer Nachricht, die für Sie sehr wertvoll ist."

Ihre grauen Augen blickten ihn kühl an.

„Sie können mir nichts mitteilen, das auch nur die geringste Bedeutung für mich hätte."

„So, meinen Sie? Ich weiß etwas, das niemand sonst weiß. Die Leute reden viel über den Chelfordschatz ..."

„Ich will nichts hören", unterbrach sie ihn und betrat den Garten.

Thomas starrte ihr wütend nach und tauchte hinter den Lorbeerbüschen unter, die sich außerhalb des Gartens den Zaun entlangzogen.

Vom Liegestuhl, der auf dem Rasen vor dem Haus stand, erhob sich Arthur. Sein eines Auge bedeckte eine Binde.

„Mit wem sprachst du, Leslie?"

„Mit Thomas."

„Dem Diener von Fossaway? Hatte er etwas zu bestellen?"

„Nein. Er ist entlassen worden. Dick hält ihn für einen Dieb."

„Hast du denn schon wieder Dick gesprochen? Du scheinst diesen Herrn ständig zu treffen – Dick hier und Dick dort ... Leslie, ist es klug, mit dem Feuer zu spielen? Ich habe noch nie von dir gehört, dass du Harry begegnet wärst."

„Harry kommt ja auch nie aus seiner Bibliothek hervor, während es schwierig ist, Dick nicht irgendwo zu treffen, wenn man draußen herumläuft. Ich sehe keinen Grund, ihm aus dem Weg zu gehen."

Arthur nahm eine Zigarette und betrachtete sie mit gespitztem Mund.

„Gegen Dick ist nichts einzuwenden, außer dass er zweiter Sohn ist und nichts zu erwarten hat. Vergiss das nicht, denn – offen gestanden, du bist darauf angewiesen, einen reichen Mann zu heiraten."

Die erste Andeutung der Wahrheit! Leslie wappnete sich, sie ganz zu erfahren.

„Aber Dick ist geschäftstüchtig", erwiderte sie, „und angenommen, ich heirate ihn, würde er sich auch um meine Aktien und Pfandbriefe kümmern – vermutlich besser als ein reicher Mann."

Gespanntes Schweigen.

„Weder Aktien noch Pfandbriefe sind vorhanden, Leslie!"

Nun war es gesagt. Er hatte seine ganze Willenskraft aufbieten müssen, um diese Beichte abzulegen. Jetzt fühlte er sich erschöpft und wagte nicht, aufzublicken.

„Weder Aktien noch Pfandbriefe", wiederholte sie. „Also hatte ich neulich im Auto recht mit dem, was ich sagte – ich besitze keinen Penny!"

Arthur Gine musste seine trockenen Lippen netzen, bevor er sprechen konnte.

„Schon seit Langem habe ich versucht, den Mut für dieses Geständnis aufzubringen. Ein Feigling und ein Schurke – das bin ich! Es bleiben dir ein paar Tausend Pfund, an die ich nicht herankonnte. Alles andere, mehr als eine Viertelmillion Pfund, habe ich am grünen Tisch und auf dem Turf verspielt. – Gut, dass es heraus ist!“

Er zog die Binde von seinem beschädigten Auge. Abgesehen von den bunt schillernden Flecken, die nun zum Vorschein kamen, war sein Gesicht weiß wie Kalk. Als er endlich zu seiner Schwester aufschaute, begegnete er nicht dem Blick voll Verachtung, den er erwartet hatte. Weder Verachtung noch Bestürzung. Nein, sie lächelte sogar.

„Gott sei Dank!“, flüsterte sie so leise, dass er sie nicht verstehen konnte.

„Er wird dich auch ohne Vermögen nehmen.“

„Ich habe Harry bereits geschrieben, dass ich unser Verlöbnis aufhebe.“ Sie nahm seinen Arm. „Komm, wir wollen nun frühstücken!“

26

Das Schreiben erreichte Lord Alford, Graf von Chelford, mit zwei oder drei Geschäftsbriefen; seine Korrespondenz bestand hauptsächlich aus Zuschriften von Londoner Buchhändlern, denen er ununterbrochen alte Drucke und Pergamente abkaufte.

Als er die Handschrift auf dem Privatbrief erkannte, drehte er den Umschlag unschlüssig hin und her, um ihn endlich missmutig aufzuschneiden.

Lieber Harry,
seit längerer Zeit habe ich die Überzeugung gewonnen, dass wir so wenig Gemeinsames haben, dass eine Heirat wohl für keinen von uns das Glück bedeuten würde. Eigentlich müsste ich Dir nun meinen Verlobungsring zurücksenden, aber glücklicher- oder unglücklicherweise hattest Du vergessen, mir dieses Symbol der Zusammengehörigkeit zu schenken. Ich wünsche Dir alles Gute und hoffe, dass wir auch weiterhin Freunde bleiben werden.
Leslie

Harry las die Zeilen, rieb sich völlig verdutzt die Stirn, erhob sich und stürmte hinüber ins Arbeitszimmer seines Bruders.

„Lies das! Was hältst du davon?“

Dick überflog den Inhalt.

„Das tut mir leid.“

„Leid –? Es ist eine Schmach!“, zeterte Harry los. „Man wird mich für einen Trottel halten! Und diese Bemerkung über den Verlobungsring ist absolut geschmacklos. Warum sollte ich diese lächerliche, stupide Sitte mitmachen, umso mehr, als sie bereits einen sehr schönen Ring hat? Du hast ihn sicher gesehen – einen großen Brillanten, den sie fast immer trägt.“ Trotz der Erregung und des Ärgers, die Harry zeigte, glaubte

Dick aus seiner Stimme etwas wie Erleichterung herauszuhören. Doch seine Eitelkeit war verletzt worden. „Und ohne den geringsten vorherigen Wink! Gestern noch war sie hier und ließ kein Wörtchen fallen."

„Du hast ihr auch keine Gelegenheit dazu gegeben", entgegnete Dick, „hast dich überhaupt nicht um sie gekümmert. Sei gerecht, Harry!"

„Das mag stimmen", lenkte Harry versöhnlich ein, „vielleicht eigne ich mich eben wirklich nicht zur Ehe. Aber man wird über mich spotten!" Sein Ärger flammte von Neuem auf, die dicken Gläser seiner Hornbrille funkelten Dick an. „Die ganze Grafschaft weiß von unserem Verlöbnis und wird nun herumschnüffeln, weshalb es zum Bruch kam. Ich sehe schon die Reporter aufkreuzen."

„Schick sie alle zu mir!"

Noch immer war der Bruder nicht ganz besänftigt.

„Was hat sie nur zu diesem Schritt veranlasst? Glaubst du, dass sie einen andern Mann kennengelernt hat, der ihr besser gefällt? Das würde es allerdings noch schlimmer machen. Was soll ich jetzt tun?"

„Schreib ihr ein paar liebenswürdige Zeilen, dass du einverstanden bist."

„Sag mir doch, Dick, ob deiner Meinung nach ein anderer dahintersteckt?"

„Wahrscheinlich ein Dutzend – aber tu jetzt, was ich dir gesagt habe, Harry!"

Brummend zog sich Lord Alford in die Bibliothek zurück.

Sie hatte sich freigemacht! Dick wusste nicht recht, ob er stolz darauf sein sollte. Er holte die Pfeife aus der Tasche und stopfte wild Tabak hinein. Angenommen, Harry übertrüge nun die Verwaltung des Vermögens einem anderen Anwalt, dann war Arthur Gines Ruin besiegelt. Die Wechselfälschungen konnte Dick gerade noch vertuschen, aber ...

„Seine Gnaden wünscht Sie zu sprechen“, meldete ein Diener.

Harry saß mit zerwühltem Haar und einer bösen Falte auf der Stirn an seinem Schreibtisch.

„Dick, ich möchte mit diesen Gines alle Beziehungen abbrechen. Ich bitte dich, einen andern Anwalt mit meinen Angelegenheiten zu betrauen. Jeder einzelne Posten soll aufs Genaueste nachgeprüft werden. Das Vermögen meiner verstorbenen Mutter muss sich auf etwa fünfzigtausend Pfund belaufen, und wehe dem Burschen, wenn ein Penny fehlt! Er hat mich in der Grafschaft lächerlich gemacht, und sowie sich eine Handhabe ergibt, will ich's ihm heimzahlen!“

„Welchen anderen Anwalt wünscht du?“

„Sampson & Howard. Sie genießen einen guten Ruf und stehen mit Gine auf nicht allzu gutem Fuß. Willst du es besorgen Dick?“

27

Sobald er sich von seinem Bruder freigemacht hatte, holte Dick den Wagen aus der Garage und fuhr zum Willow-Haus.

Arthur ging in bedrückter Stimmung auf dem Rasen hin und her. Er fuhr herum, als er eine Stimme hinter sich hörte.

„Guten Tag, Gine, ich möchte mit Ihnen sprechen."

„Ach, Sie sind's – weiß Harry schon?"

„Ja."

„Und ist er sehr ärgerlich?"

„Er tobt. Darum geht es ja. Wo ist Leslie?"

„Im Haus."

„Dann bleiben wir besser hier im Garten. Also – Harry hat sich entschlossen, Ihnen die Verwaltung des Vermögens wegzunehmen. Wie steht es mit den fünfzigtausend Pfund, die Lady Alford hinterließ? Ist dieses Vermögen intakt?"

Arthur schwieg.

„Ich möchte wissen, ob das Vermögen intakt ist", wiederholte Dick.

„Nein. Es ist nichts mehr vorhanden."

„Was –? Alles verloren?"

„Ja. Ich ließ mich überreden, das Geld in amerikanischen Ölaktien anzulegen. Die Papiere sind heute zwei Cents pro tausend Dollar wert."

Dick stöhnte.

„Oh, Sie Idiot! Sie verdammter Idiot! Wissen Sie, was das bedeutet? In dieser Sache kann ich Sie nicht decken – Sie gottverdammter Narr ..."

Arthur Gine hob müde die Hand.

„Es nützt nichts, wenn Sie gegen mich wüten. Ich wusste,

dass dieser Tag einmal kommt, und bin bereit, meine Medizin zu schlucken."

„Und Leslie? Soll sie Ihre Medizin auch schlucken? – Können Sie nichts bei Freunden aufbringen?"

Arthur lachte.

„Nein, Alford. Und ich habe mich mit dem Gedanken an das Zuchthaus abgefunden. – Wann soll die Übergabe stattfinden?"

„Ich werde den Auftrag an Sampson & Howard erst nächste Woche abgehen lassen, wodurch Sie acht Tage Zeit gewinnen und sich nach Rettung umsehen können."

Acht Tage Zeit! Gine kaute an seiner Oberlippe. Und wenn man ihm acht Jahre gäbe, würde er keine Rettung sehen.

„Den Gedanken an den Chelfordschatz schlagen Sie sich aber aus dem Kopf!"

Vor Schreck blieb Gine stehen.

„Wieso … Was –?", stammelte er.

„Ich weiß Bescheid, und darum sage ich Ihnen, dass das keine Lösung ist. Es hieße nur, meinen Bruder zu bestehlen, um ihn mit der Beute zu bezahlen. Wie steht es mit Leslies Vermögen? Das existiert wohl auch nicht mehr! Ahnt sie es?"

„Ich sagte es ihr heute Morgen. Sie war nicht einmal erschüttert, im Gegenteil, schien eher erleichtert darüber. Frauen sind merkwürdige Wesen!"

Dick fuhr ab, ohne Leslie zu begrüßen. Der Mann, der hinter dem Lorbeergebüsch kauerte, wartete noch, bis auch Arthur Gine ins Haus gegangen war, dann schlich er im Schutz des Zauns davon und begab sich ins nächste Dorf zum Telegrafenamt.

28

Als Mr Gilder abends in seinem Wochenendhäuschen eintraf, rauchte sein Gast auf der Eingangstreppe gemütlich eine Pfeife. Zwar verdeckten Laubbäume das Häuschen, aber trotzdem ärgerte sich Gilder über diesen Mangel an Vorsicht.

„Wenn Sie hier noch länger bleiben wollen, dann halten Sie sich gefälligst drinnen auf! Ich will nicht, dass die Leute von Ihrem Aufenthalt bei mir erfahren. Und nun, bitte Ihre große Neuigkeit!“

Man konnte Thomas nicht gerade einen guten Erzähler nennen. Mit vielen „Sie verstehen doch, was ich meine“ und unnötigen Weitschweifigkeiten tischte er seinen verwickelten Bericht auf. So brauchte er denn auch über eine halbe Stunde, um die belauschte Unterredung mehr oder weniger genau wiederzugeben und zu dem Punkte voranzutreiben, der Mr Gilder einen leisen Pfiff entlockte.

Gine hatte den Nachlass der Gräfin allein verwaltet, ohne seinen Bürovorsteher je beizuziehen oder einzuweihen, sodass Gilder hier zum ersten Mal Einzelheiten darüber erfuhr. Fünfzigtausend Pfund! Ja, das war mehr, als Gine aufzubringen vermochte. Gilder rannte in dem kleinen Zimmer auf und ab, die Hände auf dem Rücken verschränkt.

„Und dann, Mr Gilder, ist der Schwarze Abt letzte Nacht wieder aufgetaucht“, meldete Thomas weiter. „Ich mache mir über ihn meine eigenen Gedanken. Sie wissen wohl …“

„Lassen Sie mich mit diesen albernen Geschichten in Frieden!“, fuhr ihn Gilder an. Er hatte jetzt Wichtigeres zu überlegen als sich Thomas’ Geschwafel über den Spuk anzuhören.

Fünfzigtausend Pfund! Für diesen Preis konnte er Leslie Gine kaufen! Um ihren Bruder vor dem Zuchthaus zu retten, würde sie unbedenklich jedes Opfer bringen. Diesmal hatte er sie alle in der Hand – Leslie, Arthur Gine und sogar Dick Alford!

„Vielleicht ist es doch besser, wenn Sie noch hierbleiben", wandte er sich an Thomas. „Brauchen Sie Geld?"

„Vorläufig nicht. Wissen Sie, ich hab was versäumt. Auf dem Schreibtisch in der Bibliothek liegt so ein vergilbtes, muffiges Ding – ein Tagebuch, für das Lord Alford glatt tausend Pfund geben würde. Ich Esel hatte es neulich nachts in der Hand und nahm es nicht mit!"

„Und wegen versuchter Erpressung säßen Sie jetzt vermutlich wieder einmal im Kittchen. Also – passen Sie lieber auf, dass Sie niemand hier sieht!"

Zwei Stunden später saß Mr Fabrian Gilder wieder in seiner komfortablen Wohnung am Regent's Park und machte eine Aufstellung seiner schnell realisierbaren Wertpapiere. Über hunderttausend Pfund …

29

Am Nachmittag des nächsten Tages trank Leslie Gine allein ihren Tee, als ihr das Hausmädchen eine Visitenkarte brachte.

„Ich möchte den Herrn nicht empfangen. Melden Sie ihn Mr Gine." Doch da fiel ihr die nächtliche Rauferei und das blaue Auge ihres Bruders ein. „Nein, führen Sie ihn doch zu mir!"

Gilder hatte sich wie für einen offiziellen Empfang angezogen – Zylinder, blitzende Lackschuhe, eine große gelbe Rose im Knopfloch. Auf dem Weg hierher war er schnell bei seinem Häuschen vorbeigefahren, um Thomas wegen des belauschten Gesprächs nochmals vorzunehmen, doch er fand das Nest leer.

„Ich fürchte, dass Ihnen mein Besuch nicht gerade willkommen ist, Miss Gine", begann er. „Da ich aber eine geschäftliche Angelegenheit mit Ihnen besprechen möchte, bitte ich Sie um einige Minuten ..."

„Nehmen Sie bitte Platz", sagte sie reserviert.

„Wie Sie wissen, bin ich jahrelang die rechte Hand Ihres Bruders gewesen. Infolgedessen bin ich über seine eigenen und über die Angelegenheiten seiner Klienten recht gut informiert. So ist es mir zum Beispiel nicht entgangen, dass sich Ihr eigenes, ziemlich beträchtliches Vermögen in nichts aufgelöst hat."

„Mir ist das ebenfalls bekannt, Mr Gilder", antwortete sie.

Gilder, der sich bereits von dieser ersten Enthüllung eine gewisse Wirkung versprochen hatte, geriet etwas aus der Fassung.

Leslie, die es bemerkte, unterdrückte ein Lächeln und fragte teilnahmsvoll: „Und deshalb sind Sie eigens hierhergekommen?"

„Nicht nur, Miss Gine – ich möchte noch eine andere Sache

erwähnen, die allerdings Sie nicht direkt betrifft. Von seinem verstorbenen Onkel übernahm Ihr Bruder die Verwaltung des Nachlasses der Gräfin von Chelford, das heißt, es handelte sich um Wertpapiere in Höhe von einundfünfzigtausend Pfund …" Er sah, wie die Farbe aus ihrem Gesicht wich. „Und ich erfuhr, dass Lord Alford den Anwalt wechseln will, sodass Mr Gine in acht Tagen diese Werte dem neuen Vermögensverwalter aushändigen muss."

„Und?", hauchte sie.

„Und von diesen Werten ist gleichfalls nichts mehr vorhanden."

Als er ihre Augen sah, tat sie ihm beinahe leid.

„Sind Sie absolut sicher?"

„Absolut."

In der plötzlichen Stille wurde das Ticken der französischen Stutzuhr auf dem Kamin so laut, dass beide unwillkürlich dorthin blickten.

„Warum erzählen Sie mir dies alles?"

Mr Gilder räusperte sich.

„Vor einigen Tagen bat ich Sie – leider in etwas ungeschickter Form – um Ihre Hand. Ich verehre Sie, und es gibt nichts, das ich nicht für Sie tun würde."

„Auch fünfzigtausend Pfund in einer Woche aufbringen?"

„Sogar das."

Sie erhob sich. Ihre Stimme klang ganz unbeteiligt.

„Ich werde Ihnen schreiben."

„Aber ich sollte Ihre Antwort morgen …"

„Sie werden sie morgen erhalten."

Ohne ein weiteres Wort ging er zur Tür, verbeugte sich – sie hörte seinen Schritt in der Halle, hörte das Surren eines Motors, das langsam schwächer wurde.

Sie stand noch immer regungslos auf dem gleichen Fleck, als die Tür sich öffnete.

„Das war doch Gilder“, sagte Arthur. „Warum riefst du mich nicht? Was wollte der Kerl?“

„Er kam wegen Lady Alfords Nachlass.“ Ein Blick in sein Gesicht zeigte ihr, dass Gilder nicht übertrieben hatte. „Weiß Dick davon?“, fragte sie leise.

„Ja, er weiß es. Und was denkst du jetzt von mir?“

„Was ich denke, ist doch nebensächlich, Arthur. Kannst du das Geld beschaffen?“ Unnütze Frage. „Und was geschieht, wenn es ans Licht kommt?“

„Du musst es doch einmal erfahren –“ Er holte tief Atem. „Zuchthaus.“ Schweigen. „Kam Gilder, um dir das mitzuteilen?“

„Das – und noch etwas anderes.“

„Ah, rückte er mit einem Vorschlag heraus?“

Sie spürte die Erregung in seiner Stimme – ein Ertrinkender, der nach einem Strohhalm griff. Dennoch schmerzte sie der Gedanke, dass er bedenkenlos ein neues Opfer ihrerseits in Erwägung zog.

„Allerdings. Aber ich weiß nicht, was ich tun soll. Ich möchte mich zuerst mit Dick besprechen.“

„Ist das notwendig?“, wagte er einzuwenden.

„Ja.“

Sie ging zum Telefon. Als sie den Hörer abnahm, hielt er ihren Arm fest.

„Lass dich nicht in allem von Dick leiten“, beschwor er sie, heiser vor Aufregung. „Vielleicht wirst du mit Gilder glücklicher als mit Harry!“

Sie schüttelte stumm seinen Arm ab, ließ sich mit Fossaway verbinden und erfuhr vom Butler, dass Dick nach London gefahren sei und erst nachts zurückerwartet werde. Müde legte sie den Hörer zurück.

„Du hast eine Woche Zeit, Arthur – ich nur vierundzwanzig Stunden. Ich denke, dass mein Fall schlimmer ist.“

Sie ging hinaus. Er hörte sie die Treppe hinaufgehen. Nach einer Weile folgte er ihr, rief und klopfte an ihre Tür. Sie war verschlossen.

30

Am Nachmittag stieß Dick Alford in der Wardour Street auf ein bekanntes Gesicht. Ein Bündel unter den Arm geklemmt, trat ein Mann aus einem der Läden, machte jäh kehrt und eilte in entgegengesetzter Richtung davon. Ach – Thomas! Was mochte der wohl hier eingekauft haben? Dick sah sich das Schaufenster an. Da hingen Maskenkostüme, frivoler Mummenschanz, für den Thomas doch eigentlich keine Verwendung haben konnte!

Dick war etwas verbittert; zwei Besuche hatte er schon gemacht und in beiden Fällen höfliche Zurückweisung erfahren. Jetzt ging er – seine letzte Hoffnung – zu Mr Jarvis, einem Jugendfreund seines Vaters, der im Krieg vom soliden Provinzbankier zum Lord Chanfield und zum Chef der größten englischen Bank avanciert war.

Der Financier begrüßte ihn mit aufrichtiger Freude, denn er hatte Dick als Jungen schon gut gemocht.

„Nanu, was bringt Sie in unseren Ameisenhaufen?"

Dick brachte sein Anliegen vor.

„Fünfzigtausend Pfund, mein Junge!" Der alte Herr wiegte den weißen Kopf. „Brauchen Sie es selbst?"

„Nein, für einen Freund, der in der Klemme sitzt." Die Bezeichnung „Freund" kostete ihn etliche Überwindung.

„Ausgeschlossen. Wenn Sie selbst in der Klemme säßen, würde ich Ihnen das Geld aus meiner eigenen Tasche geben. Aber Sie sind nicht der Mann, dem so etwas passiert."

„Und wenn ich bürge?"

Der Bankier lachte.

„Was heißt das, Dick? Welche Chance hätten Sie, fünfzigtausend Pfund zurückzuzahlen? Harry heiratet demnächst, und übers Jahr ist ein Erbe da. Was bleibt da für den jüngeren Sohn?"

In seiner Verzweiflung erzählte Dick, ohne Namen zu nennen, die ganze Geschichte, die sich Lord Chanfield mit ernstem Gesicht anhörte.

„Er muss es ausbaden", erklärte er dann. „Mir tut das Mädchen leid. Natürlich sprechen Sie von Gine – nein, nein, leugnen Sie es nicht! Ich werde Ihr Vertrauen nicht missbrauchen. Verdächtig war mir der Bursche schon lange. Wenn er hinter schwedischen Gardinen sitzt, können Sie von mir für seine Schwester so viel Geld haben, wie Sie wollen. Ich kannte sowohl ihren Vater gut als auch ihren Onkel, der ihr ein schönes Erbe hinterließ, das vermutlich gleichfalls verjubelt ist. Ihr will ich gern helfen, aber Sie dürfen sich nicht für diesen unwürdigen Menschen ins Zeug legen, Dick!"

Niedergeschlagen fuhr Dick nach Chelfordbury zurück. Am Bahnhof erwartete ihn Puttler, der einige Neuigkeiten zu berichten wusste.

„Thomas hält sich in unserer nächsten Nähe auf, und zwar in Gilders Cottage."

„So." Das war alles, was Dick dazu zu äußern wusste. Was kümmerte ihn in seiner momentanen Verfassung Thomas oder Gilder oder sonst irgendetwas?

„Auch Mr Gilder beehrte uns heute Nachmittag mit einem Besuch", berichtete Puttler weiter. „Das heißt, ich sah ihn, wie er mit seinem Wagen vom Willow-Haus wegfuhr, und muss sagen, dass er eine ziemlich selbstzufriedene Miene zur Schau trug. Außerdem habe ich das Gewehr gefunden, Mr Alford!"

„Wo?", fragte Dick mit plötzlichem Interesse.

„Im Fluss. Der Kerl hatte es anscheinend sehr eilig, als er es hineinwarf, denn ein Stück des Laufs ragte noch aus dem Wasser heraus."

„Haben Sie meinen Bruder gesprochen?"

„Ja. Er entwickelte mir beim Tee seine Ansicht über den ‚Chesil‘, der in dem alten Tagebuch erwähnt wird. Meine Meinung darüber habe ich für mich behalten!“

„Darf ich sie vielleicht kennenlernen?“

„Gewiss. Lord Alford nimmt an, dass der ‚Chesil‘ ein Werkzeug ist. Er scheint nicht zu wissen, dass das Wort zur Zeit der Königin Elisabeth Kies bedeutete.“

Überrascht blieb Dick stehen.

„Stimmt das tatsächlich?“

„Aber ja! Der Chesil, von dem das Tagebuch berichtet, ist weiter nichts als eine Fuhre Kies von Brightelstone, dem heutigen Brighton. Und wozu brauchte ihn der tüchtige Graf?“

„Fangen Sie jetzt bloß nicht vom Schatz an, oder ich werde verrückt!“, stöhnte Dick. „Gott sei Dank, dass Sie wenigstens nicht an ihn glauben!“

„Ich? Ich bin absolut sicher, dass dieser Schatz existiert. Ihr Bruder besitzt ein Buch, in dem alle großen Nebeneinkünfte Elisabeths verzeichnet sind, zum Beispiel die Million, die sie den spanischen Schiffen stahl, die auf ihrer Fahrt nach Holland einen englischen Hafen anliefen; es erwähnt auch das Gold, das ihr Drake und die andern Kronpiraten ablieferten – aber mit keiner Silbe die Goldbarren des Grafen von Chelford.“

„Wo aber sollen sie denn sein?“, fragte Dick ärgerlich.

„Stellen Sie mir diese Frage, bevor ich abreise.“

31

Ein Dutzend Briefe entwarf Leslie, die sie jedes Mal sofort dem Kaminfeuer in ihrem Schlafzimmer übergab, bis sie endlich den zuletzt geschriebenen in einen Umschlag steckte und an *Fabrian Gilder esq., 35, Regency Mansions, London,* adressierte. Er lautete:

Sehr geehrter Mr Gilder,
ich gehe auf Ihre Bedingung ein. Das Geld oder sein Gegenwert muss in der Filiale Horsham der Southern & Midland Bank auf den Namen Leslie Gilder hinterlegt werden, sodass ich, sobald die Trauung vollzogen ist, darüber verfügen kann. Vermutlich wird Ihnen eine Ziviltrauung recht sein, die nach Einholung einer speziellen Genehmigung bereits in den nächsten Tagen stattfinden könnte. Ich bitte Sie, alles Nötige zu veranlassen und mich zu verständigen.
Leslie Gine

Um sieben und zehn Uhr abends wurde der etwa hundert Meter entfernte Kasten geleert. Sie wollte die Absendung bis zum letzten Moment hinausschieben, also bis zehn Uhr, wenn der Bote mit dem Motorrad die letzte Runde machte.

Sie sah Arthur beim Dinner, doch außer ein paar Redensarten wurde nichts gesprochen. Nach dem Essen ließ er den Kaffee in sein Arbeitszimmer kommen, und Leslie blieb allein.

Was würde Dick sagen?

„Keine Schwäche, Danton!“ Es war ein Lieblingsausspruch ihrer Kindheit – die Losung in Momenten, wenn Tränen sie zu überwältigen drohten.

Vor ihr lag der Brief, adressiert und frankiert. Sie brauchte ihn nur noch in den Kasten zu werfen, und ihr Schicksal war besiegelt.

Die Zeiger rückten weiter. Neun Uhr, Viertel nach neun, zwanzig Minuten vor zehn. Sie holte Hut und Mantel und stahl sich hinaus.

Draußen war es sehr finster. Erst als sich ihre Augen an die Dunkelheit gewöhnt hatten, konnte sie den Weg unter den überhängenden Bäumen erkennen. Klangen da nicht Schritte? Sie blieb stehen, um zu lauschen. Nein, alles war still.

Wenige Minuten später stand sie vor dem Briefkasten. Ein dicker Regentropfen fiel ihr auf die Hand. Sie hörte den Wind rauschen, der durch die Baumkronen fuhr. Das gedämpfte Brummen eines Motorrades war zu vernehmen. Von weither blinkte ein winziges Licht auf. Der Brief fiel in den Kasten.

Wohin jetzt? Dick! Sie musste Dick sprechen.

Verzweifelt kämpfte sie gegen diesen unsinnigen Wunsch, aber als das Motorrad des Postboten näher kam, und die Scheinwerfer grell aufleuchteten, jagte sie den Hang zur Abtei hinauf. Vor den Ruinen hielt sie an und holte Atem. Sie wartete, bis das rote Schlusslicht des Motorrads verschwunden war, und schlug dann den Weg nach Fossaway ein.

Sie nahm die Abkürzung, und als sie die Wiese halb überquert hatte, fuhr sie ängstlich herum. Folgte ihr nicht jemand? Kein Geräusch war zu vernehmen. Ihr Herz schlug rasend.

Ruhe! Schon tauchten die Ulmen der Auffahrt aus dem Dunkel auf, sie ging schneller, lief – einmal drehte sie sich um, glaubte einen sich bewegenden Schatten zu sehen. Ruhe!

Erleichtert hörte sie den Kies der Allee unter ihren Sohlen knirschen und atmete auf. Plötzlich erklangen ganz deutlich Schritte.

„Wer ist da?“, rief sie.

Keine Antwort.

Das Geräusch der Schritte war verstummt. Leslie hetzte weiter zum Haus. Zischen und Wispern drang durch die Nacht. Noch einmal wandte sie sich um und sah vor dem grau schimmernden Teich eine Gestalt sich abheben – die Umrisse einer Kutte mit unförmiger Kapuze.

Sie floh schreiend. Dicks Büro erleuchtet! Die Fenstertür stand offen. Einen Moment später hielt er die Zitternde in den Armen.

Er hörte sich ihren atemlosen, überstürzten Bericht an, brachte sie zu einem Sessel und ging auf den Rasen hinaus, um nachzusehen. Gleich darauf kam er wieder zurück.

„Nichts mehr zu sehen. Der Schwarze Abt, sagen Sie?"

„Ich weiß nicht. Eine lange, schwarze Gestalt mit Kapuze ..."

„Kam Arthur mit Ihnen?"

„Nein. – Dick, ich erfuhr alles."

„Was?"

„Über Lady Alfords Nachlass."

„Hat Arthur es Ihnen gesagt?"

„Nein, Gilder. Er bot mir heute Nachmittag das Geld an."

Er kniff die Augen zusammen.

„Für einen gewissen Preis natürlich. Und – willigten Sie ein?"

Sie schluckte krampfhaft.

„Willigten Sie ein?", wiederholte er.

„Ich habe soeben den Brief in den Kasten gesteckt", flüsterte sie und schluchzte: „Oh, Dick – Dick ..."

„Sie dürfen das nicht tun, Leslie – alles andere ist besser. Gilder? Ausgeschlossen! Ich kenne diese Sorte. Es ist nicht sein Alter, an dem ich mich stoße, es ist sein schäbiger Charakter, seine üble Gesinnung ..."

„Mein Gott, Dick, was ist das?", stieß sie hervor.

Irgendwo draußen stieg ein wilder Schrei auf. Eine Sekunde Stille – dann lang gezogenes Stöhnen, Ächzen.

Dick packte die Taschenlampe auf dem Schreibtisch und stürzte zum Ausgang.

„Nehmen Sie mich mit, bitte! Ich will nicht allein ..."

„Gut, kommen Sie, rasch!" Er nahm ihre Hand, sie rannten

über den Rasen, bei der Allee knipste er die Taschenlampe an. „Warten Sie hier!“, befahl er hastig. Der Lichtschein fiel auf einen dunklen Klumpen am Boden.

Von der entgegengesetzten Seite rannte Puttler hinzu.

„Wer ist es?“

„Ich weiß es nicht“, erwiderte Dick.

Am Boden lag, mit dem Gesicht im Gras, eine verkrümmte Gestalt in schwarzer Kutte.

„Der Schwarze Abt?“, fragte Puttler. „Ist er tot? Sehen Sie!“ Er zeigte auf die Wunde am Hals.

Puttler kniete nieder, schob seinen Arm unter den Vermummten und drehte ihn vorsichtig um.

„Verdammt noch mal!“

Fassungslos starrten beide in Thomas’ Gesicht.

„Wer ist es?“, fragte Leslie, als Dick wieder neben ihr stand.

„Einer unserer Diener.“

„Thomas?“

„Ja, Thomas.“

Stumm kehrten sie ins Arbeitszimmer zurück. Dick klingelte und verlangte, als ein Diener eintrat, nach Mr Glover, dem Butler.

„Wo ist Lord Alford?“, fragte er einige Minuten später den alten Mann.

„Seine Gnaden ist vor etwa fünf Minuten zu Bett gegangen.“

„Hat er etwas gehört?“

„Vom Schwarzen Abt? Nein, Sir.“

„Wie kommen Sie auf den Schwarzen Abt?“, fragte Dick scharf.

„Eines der Mädchen stand am Fenster und alarmierte uns.“

„Gut, hören Sie zu, Glover! Bei den Ulmen liegt Thomas in einer schwarzen Kutte – ermordet.“

„Allmächtiger! Unser Thomas? Den Sie entlassen haben, Sir?“

„Ja. Erzählen Sie jedoch der Dienerschaft nichts davon, denken Sie sich irgendeine plausible Erklärung für den nächtlichen Schrei aus, und schicken Sie alle sofort zu Bett. Gleich wird die Polizei hier sein, aber ich will sehen, dass man das Personal erst morgen früh verhört. – Und was Sie betrifft –", lächelte Dick, als der Butler gegangen war, Leslie zu, „scheint es meine Lebensaufgabe zu sein, Sie unentwegt nach Hause zu begleiten."

„Kann ich nicht noch ein wenig hierbleiben, Dick?"

„Nur sollte die Polizei Sie nicht hier antreffen, damit Ihr Name nicht mit der Sache verquickt wird. Ist Arthur zu Hause?"

„Ja."

Das Telefon klingelte.

„Hier ist das Postbüro", meldete sich eine Stimme. „Ist Lord Alford am Apparat?"

„Nein, Richard Alford. Was gibt's?"

„Haben Sie für die letzte Kastenleerung wichtige Briefe aufgegeben, Mr Alford?"

„Warum?"

„Unser Fahrer berichtete, dass der Gutsbriefkasten beschädigt ist. Jemand muss ihn mit Gewalt zu öffnen versucht und dabei das Schloss verdorben haben, sodass der richtige Schlüssel nicht mehr funktionierte. Wir konnten also die zwischen sieben und zehn Uhr eingesteckten Briefe nicht abholen."

„Ah, das trifft sich sehr gut! Schicken Sie doch bitte, sobald Sie den Kasten aufkriegen, die Sendungen nach Fossaway zurück, da ich einen meiner Briefe zurückbehalten möchte."

Der Postbeamte schien unschlüssig zu sein, doch nach einigem Zögern meinte er: „Gut. Unter diesen Umständen kann ich es wohl verantworten. Gute Nacht, Sir."

Dick legte auf.

„Leslie, unser Briefkasten ist nicht geleert worden."

Erst allmählich begriff sie.

„Und jetzt?"

„Ermächtigen Sie mich, Ihren Brief an Gilder zurückzuhalten. Wir haben noch sechs Tage Frist."

Sie schaute ihn mit angehaltenem Atem an.

„Handeln Sie nach Ihrem Gutdünken", murmelte sie verwirrt.

32

Puttler saß, unrasiert und übernächtigt, in Dicks Arbeitszimmer, schenkte sich eine Tasse von dem dampfenden Tee ein, den der Butler gebracht hatte, und leerte sie in einem Zug.

„Sie glauben also, dass er sich seine Ausstaffierung in der Wardour Street verschafft hat?"

„Ich sah ihn jedenfalls gestern Nachmittag mit einem Bündel unter dem Arm aus einem Maskenverleihgeschäft kommen und wunderte mich, was er mit Karnevalskram anfangen wollte."

„Das ist das eine, im Übrigen sieht es so aus, als hätte er sich fürs Verduften eindecken wollen. Er versuchte den Gutsbriefkasten aufzubrechen. Pflegen Sie Geld in Briefen wegzuschicken?"

„Ich nicht, aber mein Bruder sehr häufig, obwohl ich mich schon lange bemühe, ihm dies abzugewöhnen."

„Das Vorhaben mit dem Briefkasten misslang also, doch fanden wir einen Dietrich in seiner Tasche. Außerdem ließ er alles einigermaßen Wertvolle aus Gilders Wochenendhäuschen mitgehen. Den Handkoffer mit dem gestohlenen Gut versteckte er hinter der Hecke der Red Farm, wo Gilder, wie Sie mir sagten, manchmal seinen Wagen abstellte. Dass er auch noch einen Einbruch in die Bibliothek beabsichtigte, um den Rest des Bargeldes zu holen, beweisen die Einbruchswerkzeuge, die ich im Blumenbeet unter dem linken Fenster entdeckte."

„Wie wurde er getötet?", fragte Dick.

Puttler kratzte sich am Kopf.

„Man könnte meinen, dass ein ganzes Regiment daran beteiligt war."

Der alte Butler erschien in der Tür und bat um die Erlaubnis, zu Bett gehen zu dürfen. Darauf begaben sich beide in den Garten hinaus. Der Polizeitrupp durchsuchte immer noch den Park. Der Morgen war kalt und grau.

„Eigentlich sollten wir uns auch noch ein wenig hinlegen", schlug Dick vor und drehte sich um. Puttler hatte sich gebückt und hob aus dem halblangen Gras einen alten Dolch mit wappengeschmücktem, nachgedunkeltem Griff auf.

„Ist er Ihnen bekannt, Mr Alford?"

„Ja. Es ist angeblich der Dolch, mit dem einst Hubert von Redruth, der Schwarze Abt, ermordet wurde."

„Wo wurde er aufbewahrt?"

„Zuletzt sah ich ihn in der Halle Arthur Gines."

„Mr Alford! Mr Alford –!", rief die aufgeregte Stimme des Butlers, der winkend heranhastete.

„Was gibt's, Glover?"

„Alice – das Mädchen ... Das törichte Ding erzählte mir erst jetzt ..." Er war völlig atemlos. „Sie ist im Büro."

Von Puttler gefolgt eilte Dick zum Hause zurück. Auf seinem Schreibtischstuhl kauerte eine verstörte junge Magd, die über dem Nachthemd einen Herrenmantel trug und der das lange Haar aufgelöst über die Schultern herabhing.

„Wiederholen Sie den Herren, was Sie mir schon erzählten, Alice", forderte sie der Butler auf, der als Letzter eintraf.

Es dauerte eine Weile, bis sie zusammenhängend sprechen und über das Vorgefallene berichten konnte. Kurz vor elf war sie zu Bett gegangen und bald fest eingeschlafen, sodass sie von dem Schrei nichts gehört hatte. Erst viel später, und zwar genau ein Viertel vor zwei, wie das Leuchtzifferblatt ihres Weckers zeigte, wurde sie durch einen grässlichen Tumult geweckt. Unter ihr, im Schlafzimmer des Grafen, klirrten Gläser, polterten Möbel, schien ein Handgemenge stattzufinden.

„Ja, Sir", schloss das Mädchen, „und mehr weiß ich auch nicht. Ich wagte mich nicht zu rühren, schon gar nicht aufzustehen aus Angst vor Mördern. Sonst kann ich mich an nichts erinnern."

Offenbar war das Mädchen ohnmächtig geworden.

Dick eilte in die Halle, hetzte zwei Stufen auf einmal nehmend die Treppe hinauf. Die Schlafzimmertür seines Bruders war verschlossen. Er rief, pochte, hämmerte – alles blieb still.

„Brechen wir sie auf!", schrie Puttler, kehrtmachend. Nach einigen Augenblicken war er mit einer Axt zur Stelle.

Schon beim ersten Hieb splitterte die Füllung so weit, dass Alford die Hand hindurchstrecken und den Riegel zurückschieben konnte.

Im Zimmer herrschte ein wirres Durcheinander. Der Tisch war umgekippt, die langen Reihen von Medizinflaschen hatten sich in wirre Scherbenhaufen verwandelt, die über den Fußboden verstreut inmitten kleiner Seen ausgeflossener Essenzen und Mixturen herumlagen. Zwei Stühle waren demoliert. Die Matratze hing halb vom Bett herab, die Kissen wiesen, ebenso wie das Laken, Blutspuren auf.

Das mittlere Fenster stand weit offen. Der Rhododendronstrauch unmittelbar darunter war zerstampft. Dick schwang sich auf die Fensterbank und sprang, noch ehe Puttler ihn von dieser Waghalsigkeit abhalten konnte, hinaus. Auf den dunklen Blättern des Strauches fand er Blutspuren. Auch der Mauervorsprung unmittelbar dabei war mit Blut beschmiert.

Inzwischen hatte sich, nach einem vorsichtigeren Abstieg, Puttler eingefunden.

„Dieses zweite Unheil passierte, als wir mit der Polizei im Park waren", stellte er fest.

„Ich hätte mich nach Auffinden des Toten um meinen Bruder kümmern sollen", beschuldigte sich Dick. „Zum Mindesten hätten wir eine Wache vor seiner Tür aufstellen müssen."

Gemeinsam suchten sie nach weiteren Spuren. Auf dem gepflasterten Pfad, der am Haus entlangführte, fanden sie nichts, doch als sie den Kiesweg erreichten, entdeckten sie eine Furche, deutliche Schleifspuren im Kies, wie sie ein nachgezogener schwerer Gegenstand oder Körper hinterlässt. Doch nach wenigen Metern hörte diese Spur wieder auf.

Sie liefen um den Seitenflügel herum bis zum Mittelbau und machten vor den Fenstern der Bibliothek halt. Eines von ihnen stand offen, und als Dick die Vorhänge zurückriss, sah er sofort, dass sich hier in der Nacht jemand zu schaffen gemacht hatte. Ein Bücherregal war fast ganz ausgeräumt, eine Schublade von Harrys Schreibtisch aufgebrochen, und auf dem Parkett lag die leere Geldkassette.

Über eine Stunde suchten sie das ganze Gelände ab, ohne den geringsten Hinweis für Harrys Verbleib zu erhalten. Außer den Schleifspuren auf dem Kiesweg – nichts.

Geradeaus vor ihnen, in einer Entfernung von fünfhundert Metern, rauschte der Ravensrill. Zur Linken, von ihrem Standort aus noch nicht zu sehen, lagen die Ruinen der Abtei.

Sie kehrten zum Haus zurück und erreichten es gerade in dem Moment, als der erste neuigkeitslüsterne Reporter aus seinem Wagen stieg.

33

Mr Gilder erhob sich an diesem Morgen bereits um sechs Uhr. Er hatte eine unruhige Nacht hinter sich und begrüßte erleichtert die graue Dämmerung. Als um acht die erste Post verteilt wurde, öffnete er selbst dem Boten und ließ sich das halbe Dutzend Briefe aushändigen, um damit sofort in seinem Arbeitszimmer zu verschwinden. Nur einer der Briefe trug den erwarteten Stempel, doch die Handschrift auf dem Umschlag kannte er nicht. Nervös riss er ihn auf und las die paar hingekritzelten Zeilen:

Falls ich Sie nicht wiedersehen sollte, besten Dank für Ihre Freundlichkeit. Denken Sie nicht zu schlecht von Ihrem alten Freund.

Demnach hatte Thomas den Unterschlupf verlassen. Verstimmt warf Gilder den Brief ins Kaminfeuer und ging nochmals zur Korridortür, um den von den oberen Stockwerken zurückkommenden Postboten abzufangen.

„War vielleicht nicht noch ein Brief für mich dabei?"

Der Mann durchsuchte das ganze Bündel.

„Nein, Sir. Übrigens kommt die Post aus der Provinz meist erst mit der Zehn-Uhr-Runde zur Verteilung."

Gilder knallte die Tür ins Schloss und setzte sich an den Frühstückstisch. Ärgerlich griff er nach der Morgenzeitung, die neben seinem Teller lag, und als er sie aufschlug, sprang ihm als Erstes die fettgedruckte Überschrift: MYSTERIÖSE VORGÄNGE IN EINEM SPUKSCHLOSS in die Augen. Er las:

Telefonischer Bericht aus Chelfordbury, zwei Uhr morgens. – Das Erscheinen des Schwarzen Abtes, des Hausgeistes von Fossaway, über das wir früher schon berichteten, hat eine tragische Fortsetzung gefunden. Gestern Abend um elf Uhr hörte Mr Richard Alford Schreie im Park, lief hinaus und fand den Leichnam eines Mannes in Mönchstracht. Der Körper wies nicht weniger als neun Stichwunden auf. Der Ermordete ist identifiziert worden als Thomas Glück, früherer Diener des Grafen von Chelford.

Bestürzt ließ Gilder die Zeitung sinken. Thomas!

Sein erster Gedanke galt sich selbst. Wenn es herauskam, dass Thomas in seinem Häuschen gewohnt hatte, würde er unfehlbar in diese Affäre mit hineingezogen werden. Er würde vorgeladen, verhört werden – in einem Mordverfahren! Gilder zweifelte nicht, dass Thomas nach Fossaway zurückgegangen war, um sich den Rest Bargeld anzueignen. Und weiter? Hatte Thomas schon früher die Rolle des Schwarzen Abtes gespielt? Sollte das die Erklärung des ganzen Spuks sein?

Gilders Gedanken kehrten von diesem Vorfall zu Leslie Gine zurück. Die zweite Post würde ihren Brief bringen, und dann wollte er sich großzügig zeigen. Kein Handeln und Feilschen, keine Klausel – ihr Wort sollte genügen. Schon gestern Abend hatte er seine Antwort aufgesetzt. Jetzt holte er sie hervor und las sie durch, um sich nochmals die Wirkung auf Leslie Gine auszumalen und sich an seiner eigenen Großzügigkeit zu berauschen.

Liebe Leslie,
Dank für Ihren Brief! Ich zweifle nicht, dass Sie Ihr Wort halten werden. Als Antwort finden Sie beiliegend einen Blankoscheck. Fügen Sie den Betrag ein, den Ihr Bruder benötigt, um sich aus seiner fatalen Lage zu befreien. Die Bank ist angewiesen worden, den Scheck anstandslos zu honorieren.
Fabrian

Es war bezeichnend für den Mann, der bei drei verschiedenen Banken ein Konto besaß, dass er den Scheck auf diejenige ausstellte, bei der sein Guthaben ziemlich genau der Höhe von Arthur Gines Verbindlichkeiten entsprach. Er hätte ebenso gut den geforderten Betrag gleich einsetzen können – aber in der Übersendung eines Blankoschecks lag etwas Nobles, und der Eindruck musste entstehen, als gäbe er ihr *Carte blanche* auf sein ganzes Vermögen.

Er legte den Brief weg. Wenig später läutete das Telefon. Sein Nachfolger in Gines Büro meldete sich.

„Seit Sie uns verließen, Mr Gilder", berichtete der neue Bürovorsteher, „haben wir den Chef nicht mehr zu sehen bekommen. Noch verwunderlicher ist, dass er auch die ihm zur Unterschrift nach Chelfordbury gesandten Briefe nicht zurückschickt. Wissen Sie vielleicht etwas von ihm?"

Gilder beschwichtigte den Aufgeregten mit der Versicherung, dass Gine, der einige Tage unpässlich gewesen sei, sich bestimmt demnächst im Büro zeigen werde.

Im Stillen beunruhigten ihn die Ereignisse in Chelfordbury selbst genug. Wer konnte wissen, was alles sich dort im Geheimen wirklich abgespielt hatte?

Er schickte das Hausmädchen zum Zeitungsstand hinunter, um eine zweite Ausgabe zu holen, doch kam es mit leeren Händen zurück, da Regent's Park noch nicht beliefert worden war. Er entschloss sich daher, zum Piccadilly Circus oder, wenn nötig, sogar bis ins Zeitungsviertel zu fahren.

Doch schon am Oxford Circus wurden die zweiten Morgenausgaben angeboten.

„Furchtbares Verbrechen in Sussex!", schrie der erste Zeitungsverkäufer. – „Gräflicher Schlossbesitzer verschleppt und ermordet!", brüllte ein anderer.

Fabrian Gilder fuhr in seinem Wagen hoch, hielt an und winkte einem Verkäufer, dem er das Blatt förmlich aus der Hand riss. DOPPELTRAGÖDIE AUF EINEM GUT IN SUSSEX und DER GRAF VON CHELFORD VON EINEM UNBEKANNTEN MÖRDER VERSCHLEPPT lauteten die Schlagzeilen. Er fuhr in die nächste ruhige Straße, hielt von Neuem an und las:

Im Park von Fossaway, einem schönen alten Tudorschloss, das seit Jahrhunderten Sitz der Grafen von Chelford ist, wurden gestern Nacht gegen elf Uhr wilde Schreie gehört, worauf der Honourable Richard Alford, der einzige Bruder des jetzigen Grafen, in Begleitung von Detektivsergeant Puttler, der als Gast im Schloss weilt, sofort hinauseilte. Zu ihrem Entsetzen fanden sie die Leiche eines Mannes in der Tracht des legendären Schwarzen Abtes. Während die sofort gerufene Ortspolizei noch mit den Erhebungen beschäftigt war, wurde ein zweites Verbrechen begangen. Alice Barter, eines der Hausmädchen, hörte gegen ein Uhr aus dem Schlafzimmer des Grafen, das unter dem ihren liegt, wüsten Lärm. Da sie vor Schreck einen Schock oder eine Ohnmacht erlitt, konnte sie den Vorfall erst um vier Uhr morgens melden. Als man die Schlafzimmertür Lord Alfords aufbrach, zeugte das zertrümmerte Mobiliar von einem furchtbaren Kampf. Entweder bewusstlos oder tot ist der Graf aus dem Fenster geworfen und, wie die Spuren auf dem Kiesweg beweisen, fortgeschleift worden. Alle Nachforschungen nach seinem Verbleib sind bis zum Zeitpunkt dieser telefonischen Meldung unseres Berichterstatters resultatlos verlaufen. Die Untersuchung leitet Mr Puttler von Scotland Yard.

Juristisch geschult, erkannte der einstige Bürovorsteher mit einem Schlag die ganze Kette von Verstrickungen und Konsequenzen, in die diese Tragödie ihn unfehlbar hineinzog. – Thomas, ein entlassener Sträfling, der in seinem Wochenendhäuschen Unterschlupf findet, begibt sich unter mysteriösen Umständen auf einen Raubzug und wird ermordet. Lord Alford, bis vor Kurzem mit der Dame verlobt, die Gilder selbst erringen will, verschwindet unter Umständen, die keinen Zweifel an seinem Tod lassen. – Sogleich begann Fabrian Gilder, sich seine Aussagen zurechtzulegen, an ihrer Formulierung zu feilen.

Als er vor seiner Wohnungstür stand, merkte er, dass er in der Eile den Schlüssel vergessen hatte. Das Mädchen, das auf sein Klingeln öffnete, überreichte ihm die inzwischen eingetroffene zweite Post. Kein Brief von Leslie.

„Mr Arthur Gine wartet in der Bibliothek auf Sie, Sir!"

Er zuckte sichtlich zusammen bei dieser Meldung.

„Mr Gine –? Wann kam er?"

„Vor zehn Minuten."

Hatte sie ihren Bruder von dem Vorschlag verständigt und ihn statt eines Briefes hierhergeschickt? Wie dem auch sein mochte, man musste der Situation ins Auge sehen.

In der Bibliothek fand er Arthur Gine, der es sich, ein Buch in der Hand und eine Zigarette rauchend, in einem Sessel bequem gemacht hatte.

„Ah, guten Morgen, Gilder!"

Seine Stimme klang fröhlich, fast liebenswürdig. Gilder fiel ein Stein vom Herzen. Nein, das war ein friedlicher Abgesandter, der sicher mit dem Auftrag kam, die nötigen Arrangements zu treffen.

„Machen wir am besten einen Strich unter die Vergangenheit", begann Arthur jovial. „Wir beide haben die Nerven verloren, und was in der Aufregung gesagt oder getan wird, soll man nicht abwägen. – Stört es Sie, wenn ich rauche?"

„Nicht im Geringsten."

„Soviel ich weiß, erwarten Sie einen Brief von meiner Schwester. Nun, ich befürchte, dass Sie ihn nicht bekommen."

Gilder gab es einen Stich. „Warum nicht?"

Arthur stellte das Buch an seinen Platz zurück.

„Freund Thomas betrieb gestern Abend Einbruch en gros. Mir stahl er zum Beispiel einen historischen Dolch, eine silberne Teekanne und etliche andere Kleinigkeiten. Sogar am Briefkasten hat er sich versucht und dabei das Schloss verdorben."

„Ah, und da konnte der Kasten nicht geleert werden?"

„Richtig." Arthur Gine strich sorgsam die Asche ab. „Wie ich gehört habe, wollen Sie mir in meinem Pech beispringen?"

„Allerdings. Ich will Ihnen die Schwierigkeiten aus dem Weg räumen."

„Ja, sehen Sie, Gilder, mir ist eingefallen, dass Sie mir einen Beweis für die Aufrichtigkeit Ihrer Gefühle geben könnten."

„Das verstehe ich nicht!"

„Glauben Sie nicht, dass es taktvoller wäre, wenn Sie mir das Geld leihen würden? Sie können mir das mit ein paar Zeilen bestätigen. Obschon Sie meine Schwester zu heiraten beabsichtigen, liegt mir unbedingt daran, dass dieses Geld nicht etwa als Morgengabe oder gar als Preis verstanden wird, sondern eben als Darlehen an mich! Warum schauen Sie mich so an?" Er lachte auf. „Mir passt es nicht, wenn die Welt sagt: ‚Leslie Gine ist für fünfzigtausend Pfund verkauft worden!' Ich möchte es schwarz auf weiß haben, dass dem nicht so ist."

„Wenn das alles ist! Ich werde gleich ein Briefchen aufsetzen. Ist es Ihnen unangenehm, wenn ich Sie darin mit ‚Lieber Arthur' anrede?"

„Im Gegenteil."

„Man muss den Schein herzlicher Beziehungen wahren", führte Gilder aus, während seine Feder über das Papier flog. „Außerdem hege ich auch gar keine bösen Gefühle gegen Sie, Gine – Sie sind mir recht nützlich gewesen."

„Verdammt nützlich!", bekräftigte der Anwalt.

Er nahm den Brief in Empfang, las ihn genau durch und steckte ihn ein. „Schönen Dank, Gilder! Sobald der Kasten geleert wird, werden Sie von Leslie hören – sofern sich die Vermutung, dass Thomas aus Wut über sein Misslingen ein paar brennende Zündhölzer hineinwarf, nicht bewahrheitet. Die Neugier trieb mich nämlich, ein bisschen am Schlitz zu schnuppern, und mir scheint, der Argwohn der Polizei ist begründet." Er erhob sich und unterdrückte ein Gähnen. „Wir machten da draußen eine aufregende Nacht durch, wie Sie wohl schon aus den Zeitungen erfahren haben. Unglücklicherweise war Leslie Augenzeuge, als man den Ermordeten auffand, und Sie können sich denken, in welchem Zustand sie sich jetzt befindet.

Gönnen Sie ihr ein oder zwei Tage, bis sich ihre Nerven einigermaßen beruhigt haben."

Ein Taxi brachte Arthur Gine in die City, ein anderes zu seinem Junggesellenquartier. Hier rasierte er sein Schnurrbärtchen ab, vertauschte seinen eleganten Anzug mit einem einfachen, dunkelblauen, verunstaltete sich durch eine große Hornbrille und setzte sich, sein Spiegelbild mit einer gewissen Befriedigung musternd, an den Schreibtisch, um ein paar Zeilen an seine Schwester zu schreiben.

Ein drittes Taxi führte ihn zum Flugplatz hinaus.

„In Ordnung, Mr Steele!" Der Kontrollbeamte gab den Pass zurück. „Ihr Flugzeug steht bereit."

Wenig später entschwebte die Maschine ins Blaue, wurde rasch zu einem immer kleineren Fleck am weiten Himmel.

Zuerst Frankreich, dachte Arthur Gine, von da nach Genua, und dann vielleicht auf einem italienischen Dampfer hinüber nach Rio de Janeiro. Alles hing natürlich davon ab, wie Mr Fabrian Gilder die Pille schluckte, die er ihm verabfolgt hatte.

34

Ausgebrannt!“, sagte Dick Alford höchst befriedigt. „So hat der arme Teufel, bevor er aus dem Leben schied, noch eine gute Tat vollbracht!“

„Aber was fange ich nun mit Mr Gilder an?“, fragte Leslie.

„Gar nichts! Wenn er Lust hat, Ihnen zu schreiben, und er wird sie wahrscheinlich haben, dann lassen Sie ihm eben das Vergnügen. Sie müssen doch zugeben, dass Ihrem Bruder keine Gefahr droht, solange Harry nicht gefunden wird.“

„Glauben Sie, dass er noch lebt, Dick?“

„Ja – obgleich Puttler anderer Meinung ist. Heute werden wir den Fluss absuchen, aber er führt ja viel zu wenig Wasser, um einen Körper völlig bedecken zu können.“ Er seufzte. „Sie, Leslie, sollten übrigens für einige Zeit diese Gegend verlassen. Was halten Sie vom prosaischen Bournemouth? Oder vom vulgären, aber gesunden Margate?“

„Liegt Ihnen so viel daran, dass ich fortgehe, Dick?“

„Ja, sehr viel“, erwiderte er mit einem Nachdruck, der seine Sorge verriet.

„Wollen Sie mir ohne Umschweife eine Frage beantworten? Droht mir persönlich Gefahr hier?“

„Allerdings. Die Kugel, die vor einigen Tagen Puttler verletzte, war für Sie bestimmt.“

Sie schaute ihn ungläubig erstaunt an.

„Aber warum bloß? Ich habe doch keine Feinde.“

„Trotzdem gibt es einen Menschen, der Sie hasst – und der auch mich hasst. Sie müssen reisen.“

„Ich werde Arthur bitten, mich nach London mitzunehmen.“

Mit diesem Versprechen gab er sich zufrieden.

Sie standen noch vor dem Willow-Haus, als Puttler daherkam.

„Etwas Neues?“, rief ihm Dick entgegen.

Der Detektiv reichte ihm einen großen Bogen Kanzleipapier, auf dem in groben, ungelenken Buchstaben die Worte standen: DER GRAF VON CHELFORD BEFINDET SICH IN SICHERHEIT. SUCHT NICHT NACH IHM, DA ER SONST GETÖTET WIRD. DER SCHWARZE APT.

Das Wort Abt war mit einem p geschrieben.

„Das Blatt hing an einem Baum auf halbem Weg zwischen den Ruinen und dem Schloss“, berichtete Puttler. „Das Merkwürdigste dabei ist, dass wir diesen Teil des Parks eine Viertelstunde vorher genau durchsuchten.“

„Dick, kann ich nicht irgendwie helfen?“, mischte sich Leslie ein. „Ich kenne die Gegend wie meine Tasche und bin sicher, dass es Stellen gibt, die die Polizei übersehen hat. Zum Beispiel die kleinen Höhlen an der Uferböschung des Ravensrill.“

„Sie sind alle abgesucht worden, obwohl sie schon für einen großen Hund zu eng wären. Wenn Sie sich aber wirklich nützlich machen wollen, so kommen Sie nachher nach Fossaway herüber und kümmern sich ein wenig um meine seit Tagen vernachlässigte Korrespondenz.“

Zwar brauchte er ihre Hilfe nicht unbedingt, aber solange sie nicht wirklich verreiste, war es ihm lieber, sie direkt unter den Augen zu haben.

„Kommen Sie mit dem Wagen, halten Sie unterwegs aber unter keinen Umständen an, falls man Sie anrufen sollte, wer immer es sei“, ermahnte er sie zum Schluss.

Nachdem Dick Alford und Sergeant Puttler sie verlassen hatten, widmete sie sich dem Haushalt, besprach mit der Köchin das Dinner, zu dem sie Arthur zurückerwartete, ging schließlich hinauf in ihr Schlafzimmer und stand vor dem Spiegel, als jemand läutete. Gleich darauf meldete das Mädchen Miss Wenner.

„O Gott, die hatte ich ganz vergessen!“

Auf dem Weg zur Halle wurde ihr bewusst, wie sehr ihr in der jetzigen Situation die Gesellschaft einer Frau willkommen war.

„Ich freue mich so, meine alte Gegend wieder zu sehen!“, sprudelte Mary Wenner los. „Wie wunderbar friedlich das Schloss daliegt –“

„Der Schein trügt, Miss Wenner.“

„Warum nennen Sie mich nicht einfach Mary? Und darf ich auch Leslie zu Ihnen sagen? Ein hübscher Name!“

Leslie Gine führte ihren Besuch ins Gastzimmer.

„Arthur ist nach London gefahren, er kommt aber heute Abend zurück. Haben Sie schon die Morgenzeitungen gelesen?“

„Ich lese nie Zeitungen. Es stehen doch nur Lügen drin.“

„Dann wissen Sie also nichts von dem, was sich in Fossaway zugetragen hat?“

Leslie schilderte die Ereignisse der verflossenen Nacht, und Mary lauschte schaudernd mit offenem Mund.

„Armer Harry!“, seufzte sie. „Es fiel nicht immer leicht, mit ihm umzugehen, aber er war ein ausgezeichneter Mensch. Sie nehmen es mir doch nicht übel, wenn ich mein Urteil über ihn abgebe?“

„Nein. Wahrscheinlich wissen Sie noch nicht, dass wir unsere Verlobung lösten?“

„Wie?“, rief Mary verblüfft. „Ich wette, dass das Dick Alfords Werk ist!“

„Mr Alford hat nicht das Geringste damit zu tun“, widersprach Leslie, und Mary milderte ihre Kritik sogleich, denn sie verfügte unbestreitbar über eine bemerkenswerte Wandlungsfähigkeit.

„Im Grunde hat er ja keinen schlechten Charakter. Manches an ihm gefällt mir sogar, und dann sieht er fabelhaft aus. Mir war er nur zu sehr von oben herab – das vertrage ich nicht. Das muss jetzt eine furchtbare Zeit für ihn sein!“ Sie hüllte sich für eine Weile in teilnahmsvolles Schweigen. „Dann bin ich also zu sehr ungelegener Zeit gekommen, Miss Leslie. Möchten Sie lieber, dass ich nach London zurückkehre?"

„Einen Augenblick!" Leslie eilte hinaus und ließ sich mit Dick Alford verbinden.

„Natürlich, bringen Sie sie mit!", stimmte er zu. „Ich finde es sogar eine sehr gute Idee. Vielleicht wäre es überhaupt am besten, Sie beide blieben über Nacht hier. Arthur kann ja nachkommen."

Mary Wenner hatte gegen diese Abmachung nicht nur nichts einzuwenden, sie begrüßte sie sogar entschieden.

„Jetzt werden wir uns einmal auf die Suche begeben!", lachte sie. „Ich kenne alle Winkel und Ecken des alten Kastens. Ich sage Ihnen, Leslie, der Schatz ist an allem schuld. Das heißt, Harry war ja immer auf der Jagd nach diesem albernen Lebenswasser – wer weiß, ob er nicht in schlechte Gesellschaft geraten ist!"

„Harry ging doch überhaupt nie aus!", widersprach Leslie.

„So –? Er verschwand sogar des Öfteren nach London, wenn Mr Alford abwesend war. Ich musste dann stets ein Taxi von Horsham bestellen, das ihn beim Hohlweg aufnahm, und auf gleiche Weise wurde die Rückkehr bewerkstelligt. Manchmal telefonierte er mit mir von London aus, um sich zu erkundigen, ob sein Bruder zurückgekommen sei. Als sich Mr Alford einmal längere Zeit auf dem Gut in Yorkshire aufhielt, fuhr Harry sogar dreimal wöchentlich nach London. Doch was ist dabei?"

Ob Dick von alledem wohl eine Ahnung hat?, überlegte Leslie.

35

Nichts hätte ein bezeichnenderes Licht auf Mary Wenners Anpassungsfähigkeit werfen können als die Art, wie sie Dick Alford entgegentrat. In ihrem Blick lag eine verschämte Innigkeit, und ein Außenstehender hätte unfehlbar den Eindruck gewinnen müssen, dass sich hier ein auseinandergerissenes Liebespaar nach Jahren der Trennung zum ersten Mal wiedersah. Dem übermüdeten Dick entlockte ihr Getue das erste Lächeln seit vierundzwanzig Stunden.

Er hatte für die beiden jungen Damen Zimmer im Ostflügel vorbereiten lassen, zwei helle, kleine, durch eine Tür verbundene Räume. Ein dritter war für Arthur vorgesehen.

Die Mädchen stürzten sich gleich auf die seit vier Tagen liegen gebliebenen Abrechnungen. Vor allem Mary Wenner, die die Verhältnisse in Fossaway kannte, erwies sich als äußerst nützliche Hilfe. Zum Lunch blieben sie allein. Dick hatte sich entschuldigen lassen.

„Ist es nicht zum Gruseln in diesen alten Mauern?“, fragte Mary. Ihre Nervosität war nicht gespielt. „Schrecklich, dies alles! Der arme Thomas ermordet, Harry verschwunden, der Himmel weiß, wohin …“ Sie sprang plötzlich erregt auf und rief: „Wohin? Ich weiß, wo Harry ist! Ich weiß es – ich muss sofort Mr Alford sprechen!“

Leslie Gine ging zum Telefon und rief die Red Farm an.

„Sind Sie es, Dick? Wie gut, dass wir Sie gleich erreichen!“

„Was gibt’s? Ist ein neues Unglück passiert?“

„Das nicht. Aber Mary will Sie dringend sprechen. Sie glaubt zu wissen, wo Harry ist.“

„Was –? Ich komme gleich zurück.“

Sie gingen ihm bis zum Ende der Auffahrt entgegen.

„Mein gesunder Menschenverstand muss mich verlassen haben, dass ich nicht früher draufgekommen bin“, lamentierte Mary Wenner. „Nach der schrecklichen Erfahrung, die Mr Gilder und ich in jener Nacht durchmachen mussten, nicht gleich daran zu denken ist unverzeihlich …“

Mit wachsender Ungeduld hörte sich Dick diese Einleitung an.

„Wo also befindet sich, Ihrer Meinung nach, mein Bruder?“

„Wo? Unter der Abtei! Kommen Sie, ich zeige es Ihnen.“

Zu dritt gingen sie über die Lange Wiese, und unterwegs beichtete Mary ihre abenteuerliche Jagd nach dem Schatz.

Ungläubig prüfte Dick den großen Eckstein der Turmmauer und beobachtete gespannt, wie Mary Wenner eine Schere in den Spalt schob – und tatsächlich drehte sich der Stein geräuschlos in seinen unsichtbaren Angeln und gab eine Öffnung von dreißig bis vierzig Zentimetern frei.

„Bleiben Sie lieber hier, bis ich mich umgesehen habe –“

„Sie brauchen eine Lampe, Mr Alford!“, mahnte Miss Wenner.

Er hatte seine Taschenlampe vom Vormittag her noch in der Rocktasche, als er auf den dunklen Tennen und Heustöcken der Nachbarschaft herumgekrochen war. Leslie sah ihn mit Herzklopfen in dem engen Durchlass verschwinden. Kurz darauf hörte man seine Stimme: „Kommen Sie!“

„Ich nicht!“, wehrte Mary erschrocken ab. „Ich habe genug von dem einen Mal.“

Leslie schlüpfte hinein. Vorsichtig stieg sie hinter Dick, der die moosbewachsenen Stufen beleuchtete, die Rundtreppe hinab. Dick leuchtete die beiden schmalen Türen ab, die erste, mit dem Gitter in der oberen Hälfte und dem länglichen Gelass dahinter, und die zweite, ganz geschlossene, die fest versperrt war. Er ließ den Lichtkegel über die Wände, den Fußboden gleiten und schließlich lange auf einer zerbrochenen Bodenplatte verweilen.

„Was ist?“

„Nichts!“ Er richtete das Licht hinauf zum Ausgang. „Zurück zur Oberwelt mit Ihnen! Hier gibt’s nur Mäuse und Erinnerungen …“

Leslie stand schon auf der Treppe. Dick vergaß völlig, ihr die Stufen zu beleuchten, sodass sie sich hinauftasten musste. Als sie sich umdrehte, bemerkte sie, dass er rückwärts emporstieg und mit der Lampe die Stufen unter sich erhellte.

„Beeilen Sie sich!“, drängte er.

So schnell die Finsternis und die feuchten Steine es erlaubten, hastete sie hinauf und ins Freie. Er folgte nicht gleich, und als er endlich in dem engen Eingang auftauchte, zeigte sein Gesicht im hellen Tageslicht eine bei ihm ungewöhnliche Blässe.

„Was haben Sie dort unten gesehen, Dick?“, forschte sie ängstlich.

„Nichts.“

Der Eckstein schwang an seinen Platz zurück.

Mary Wenner schien von der unheimlichen Atmosphäre, die Dick Alford aus jenem Gewölbe mit heraufgebracht hatte, nichts zu spüren. Sie plapperte ununterbrochen, während Leslie nicht von der Frage loskam, was Dick dort unten gesehen haben mochte.

Nahe beim Schloss verabschiedete er sich, um, wie er sagte, noch einige Feldarbeiten zu kontrollieren. Leslie, von Angst geplagt, wagte nicht, ihn mit Fragen zu belästigen, doch als Mary Wenner zu ihrem unterbrochenen Lunch zurückkehrte, beobachtete sie ihn heimlich von einer Bodenwelle aus. Wie sie geahnt hatte, ging er zur Abtei, und sie folgte ihm unbemerkt. Sie verlor ihn aus den Augen und sah ihn erst wieder, als sie auf einen näher gelegenen Hügel stieg. Jetzt hatte er den alten Turm erreicht, stand vor dem Eckstein – und war verschwunden.

Zehn Minuten verrannen, eine Viertelstunde. Sie hörte die Turmuhr der Dorfkirche zwei schlagen, noch immer wartete sie.

Kühe brüllten auf der Weide. Dort unten aber, in dem einsamen Gewölbe, spielte sich vielleicht eine Tragödie ab.

Leslie war drauf und dran, zur Abtei hinüberzulaufen, um ihm zu folgen, da tauchte er in der Mauerlücke auf. Langsam trat er heraus, schloss die Steinpforte und lehnte sich einen Augenblick erschöpft gegen das Gemäuer. Endlich entfernte er sich mit müden, schweren Schritten.

Eine Stunde, nachdem Leslie ins Schloss zurückgekehrt war, wurde ihr vom Willow-Haus ein Eilbrief überbracht, auf dessen Umschlag sie Arthurs Handschrift erkannte. Was konnte er wollen? Beabsichtigte er, länger in London zu bleiben?

Liebe Leslie,
Du wirst unter keinen Umständen Gilder heiraten. Ich fahre heute ins Ausland, wo ich abwarten will, bis über die ganze Geschichte Gras gewachsen ist. Bediene Dich der beiliegenden Vollmacht.
Arthur

Ein Gefühl des Verlassenseins überkam sie, und wie immer, wenn sie nicht weiter wusste, ging sie zu Dick.

„Vielleicht ist es die beste Lösung“, meinte er. „Aber zeigen Sie mir einmal die Vollmacht.“

Sie zog den zweiten gefalteten Briefbogen aus dem Umschlag und überreichte ihn Dick.

„Eine notariell beglaubigte Vollmacht, die Firma Gine & Gine zu verkaufen! Hm – könnte eine hübsche Summe einbringen. Ich will sehen, was sich machen lässt.“

„Sie? Auf Ihnen lastet ohnehin schon viel zu viel … Dick, was haben Sie in den Ruinen gefunden?“

„Haben Sie mich gesehen?“

„Seien Sie nicht böse, Dick – ich sah, dass Sie zurückgingen, und habe spioniert, aus Angst …“

„Es bestand keine Veranlassung, sich zu ängstigen. Ich glaubte auf dem Boden etwas entdeckt zu haben, das vielleicht ein Fingerzeig hätte sein können. Aber ich erlebte eine Enttäuschung."

Er wechselte das Thema, und sie spürte, dass er etwas vor ihr verbergen wollte.

Die beiden Mädchen saßen sich auch beim Dinner allein gegenüber. Der alte Butler ließ sich in ein Gespräch mit ihnen ein und äußerte sein Erstaunen über die Großzügigkeit, mit der Mr Alford die Polizisten behandelte.

„Eben musste ich einen Korb fertigmachen lassen mit allem, was das Herz begehrt – kaltes Huhn, Thermosflaschen, alter Portwein. Meiner Meinung nach hätten Käsestullen und Bier auch genügt – die Leute werden bloß verwöhnt, und hernach schmeckt ihnen zu Hause nichts mehr. Und heute Abend will er ihnen die Sachen auch noch eigenhändig in den Park tragen!"

Leslies Herz begann heftig zu pochen. Jetzt verstand sie!

Nicht für die Polizisten waren die Lebensmittel bestimmt, sondern für Harry. – Für Harry, der in der Abtei gefangen gehalten wurde. Von wem?

36

Der Schrecken dieses Tages waren die Londoner Reporter gewesen. Sie hatten den Dorfkrug „Zum roten Löwen“ gänzlich mit Beschlag belegt, und ständig befanden sich einige auf dem Weg zum Schloss, um Mr Alford zu interviewen. Nur einem jedoch gelang es, seiner in der Nähe der Red Farm habhaft zu werden.

„Sind Sie der Meinung, dass das Verschwinden Ihres Bruders auf den Schwarzen Abt zurückzuführen ist, Mr Alford?“

„Was heißt das – der Schwarze Abt? Da Sie ja wohl kaum an Gespenster glauben, brauche ich Ihnen auch nicht zu versichern, dass es so etwas wie den Schwarzen Abt nicht gibt, dass also die Gestalt, die dann und wann hier auftauchte, nur ein Mensch aus Fleisch und Blut sein konnte.“

„Narrenpossen also?“, erkundigte sich der Zeitungsmann.

„Das wohl auch wieder nicht. Ich glaube schon, dass etwas Ernstzunehmendes dahintersteckt.“

„Entschuldigen Sie, Mr Alford, wenn ich jetzt ein einigermaßen heikles Thema anschneide. Im Falle des Todes Ihres Bruders fällt der Titel, und natürlich auch der Besitz, an Sie. Nun ist gegenwärtig viel die Rede von einem Gegensatz zwischen Ihnen beiden, der häufig in offenen Streit ausartete.“

„Mein Bruder ist sehr nervös“, antwortete Dick, nur mit Mühe die aufsteigende Wut bezwingend, „und die Differenzen, die wir gelegentlich hatten, waren stets harmloser Art.“

„Stimmt es, dass Miss Leslie Gine ihre Verlobung mit Ihrem Bruder kürzlich gelöst hat?“

„Ja.“

„Und dennoch weilt sie als Gast in Fossaway?“ Der Reporter, der die Blutwelle, die Dick zu Kopf stieg, bemerkte, beeilte sich zu versichern: „Mr Alford, vergessen Sie bitte nicht, dass es mir nur darum geht, dem Klatsch entgegenzutreten."

„Sehr freundlich von Ihnen!" Dick lächelte ironisch. „Aber bitte, machen Sie von dem, was ich Ihnen jetzt sage, ruhig Gebrauch. Schwerwiegende Tatsachen haben mich davon überzeugt, dass sich Miss Gine in großer Gefahr befindet. Aus diesem Grund, und nur aus diesem, habe ich sie gebeten, nach Fossaway zu kommen, wo sie unter dem Schutz der Polizei steht. Sie werden das umso eher verstehen, wenn Sie außerdem wissen, dass sich Mr Gine, ihr Bruder, gegenwärtig im Ausland befindet."

„Glauben Sie, dass Miss Gine von der gleichen Person bedroht wird, die Thomas Glück ermordete und den Grafen verschleppte?"

„Ja."

„Ich danke Ihnen, Mr Alford." Der Reporter verbeugte sich. „Sie werden sehen, dass diese kleine Unterhaltung die Luft gereinigt hat, was in solchen Fällen für alle von Vorteil ist."

„Hoffen wir es."

Gegen Abend traf Dick in seinem Büro Leslie an, die gerade ein Kuvert mit der Adresse Fabrian Gilders versah.

„Was haben Sie ihm geschrieben?", fragte er.

„Ich habe ihm mitgeteilt, dass ich nach reiflicher Überlegung mich entschlossen habe, seine Bewerbung auszuschlagen ..."

Dick klebte eigenhändig die Marke auf.

„Dass dieser Brief ihn erreicht, dafür will ich diesmal selbst sorgen! Und Ihnen empfehle ich, nach all den Aufregungen, zeitig zu Bett zu gehen."

„Und Sie? Mr Glover erzählte, dass Sie vorhaben, heute Abend noch die Posten im Park aufzusuchen, um sie mit Leckerbissen zu versorgen."

Kein Muskel zuckte in seinem Gesicht.

„Ja, sicher. Die Leute, die den Hohlweg bewachen, können

ihre Stellungen nicht verlassen, da es an Ablösungsmannschaft fehlt."

Leslie drang nicht weiter in ihn. Sie ging zu Mary Wenner, die in der Bibliothek auf sie wartete und die sich seit Einbruch der Dunkelheit in ein Nervenbündel verwandelt hatte. Bei jedem Geräusch zuckte sie zusammen, erblasste, sobald sich eine Tür öffnete. Beim Dinner stieß sie einen lauten Schrei aus, als draußen ein Teller zu Boden fiel.

„Ich kann nichts dafür, Leslie", entschuldigte sie sich. „Dieses Haus jagt mir einen Schauder nach dem andern über den Rücken. Wenn es mir nicht widerstrebte, Sie ohne Gesellschaft zu lassen, wäre ich längst auf und davon nach London!" Und der Aufenthalt in der ihr so vertrauten Bibliothek, vor Harrys leerem Platz, schien ihr den Rest gegeben zu haben. „Oh, Leslie, Sie dürfen mich nicht mehr so lange allein lassen. Der arme Harry! Ein ausgezeichneter Mensch – ich habe nie verstehen können, warum er Mr Alford hasste."

Leslie Gine blickte Mary ungläubig an.

„Hasste –? Nein, da irren Sie sich bestimmt."

„Das weiß ich besser, Leslie! Und alles wegen Lady Alfords Bild … Vor drei Jahren etwa regte Dick Alford eines Tages an, das Bild in der Galerie aufzuhängen. Was ihn auf diese Idee brachte, mag der Himmel wissen, doch ist sie umso mehr zu verurteilen, als ihm bekannt war, wie sehr Harry seine Mutter vergötterte. Als er sich dann noch zu dem Ausspruch verstieg, das Bild wirke „niederdrückend", geriet Harry außer sich, sprang von seinem Sessel auf und schleuderte Mr Alford trotz meiner Anwesenheit schreckliche Dinge ins Gesicht. Vierzehn Tage lang wechselten die Brüder keine Silbe miteinander."

Leslie blieb stumm. Solche Hintergründe und Konflikte hatte sie auf Fossaway nicht vermutet.

37

Darf ich das Licht brennen lassen, Leslie?", bat Mary, als sie ihre Schlafzimmer aufgesucht hatten.

„Natürlich, wenn es Sie beruhigt."

Fossaway bezog den elektrischen Strom von einer eigenen Kraftstation, die sich in einem zwischen Schloss und Ravensrill gelegenen Schuppen befand und der Initiative Dick Alfords ihr Dasein verdankte.

Lord Alford verwendete nach wie vor Kerzen in seinem Zimmer, und der elektrischen Beleuchtung in der Bibliothek hatte er erst nach langem Hin und Her zugestimmt.

„Sie können sich nicht vorstellen, wie Harry sich vor dem elektrischen Strom fürchtete!", berichtete Mary. „Bei Gewittern stieg er stets in den Keller hinab, und im Sommer ließ er sich dort unten sogar ein Bett aufschlagen, um auch in der Nacht …"

In diesem Augenblick erlosch das Licht.

„Haben Sie das Licht abgedreht?", fragte Mary Wenner ängstlich.

„Nein. Wahrscheinlich ein Kurzschluss." Leslie tastete sich im Dunklen zum Toilettentisch, wo zwei Kerzen standen. Als das Kerzenlicht aufflackerte, sah sie, dass Mary, blass, mit aufgerissenen Augen, am Türrahmen lehnte.

„Um Gottes willen, was bedeutet das?"

Leslie zwang sich zu einem Lächeln, obgleich auch sie sich nicht allzu sicher fühlte.

„So etwas kommt doch im besten Haushalt einmal vor", bemühte sie sich, ihre Gefährtin zu beschwichtigen. „Und da die Korridortüre verschlossen ist, brauchen Sie keine Angst zu haben."

Ein Klopfen an der Tür. Dann Dicks Stimme: „Leslie, regen Sie sich nicht auf – eine kleine Störung, die in zwei Minuten behoben ist."

Zwanzig Minuten später meldete er sich von Neuem.

„Leider wird die Reparatur doch wohl die ganze Nacht in Anspruch nehmen. Hat Glover für Kerzen und Streichhölzer in Ihren Zimmern gesorgt?"

„Danke!", rief Leslie durch die Tür. „Wir haben alles, was wir brauchen, und in zehn Minuten werden wir fest schlafen."

„Ich bestimmt nicht", murmelte Mary Wenner. „Nicht ein Auge werde ich schließen."

Im Schein ihrer Kerze legte sie die Kleider, die sie aufgerafft hatte, als das Licht erlosch, wieder über den Stuhl.

Kurz darauf pochte es nochmals an der Tür.

„Leslie! Puttler hat bestimmt, dass einer von seinen Leuten vor Ihrer Tür Wache halten soll. Beunruhigen Sie sich also nicht, wenn Sie ihn nachts auf und ab gehen hören sollten."

„Warum das, Dick?"

„Nur weil Miss Wenner so übernervös ist und sich durch diese Maßnahme ruhiger fühlen wird. Und bitte, schlafen Sie nicht bei offenen Fenstern! Gute Nacht."

Er ging, und Mary Wenner blickte mit tragischer Feierlichkeit Leslie an.

„‚Schlafen Sie nicht bei offenen Fenstern', hat er gesagt! Das bedeutet nichts Gutes!"

Sie schlossen den noch offen stehenden Flügel, als Mary auf einmal aufkreischte.

„O Gott, unter meinem Bett liegt ein Mann!"

Mit wild schlagendem Herzen hob Leslie die fast bis zum Boden überhängende Decke hoch und zog ein Paar dort vergessene Reitstiefel hervor. Sie lachten beide, aber es klang ziemlich nervös.

„Ich wollte, ich könnte mein Bett in Ihr Zimmer schieben!"

Hilflos betrachtete Mary die schwere Bettstatt, über der sich ein gewichtiger Himmel wölbte.

„Schlafen Sie doch einfach in meinem Bett, es ist breit genug für uns beide.“

Dankbar wurde Leslies Anerbieten angenommen.

38

Unten in der Bibliothek unterhielt sich Dick Alford mit Puttler. Der Sergeant war kurz vorher von einem Abstecher nach Scotland Yard zurückgekehrt, und Dick berichtete ihm über seine Feststellungen.

„Die Hauptleitung ist unmittelbar vor der Kraftstation durchschnitten worden."

Puttler rieb sich die komische kleine Nase, seine blauen Augen zwinkerten unruhig.

„Um einen richtigen Wachdienst zu unterhalten, brauchten wir ein ganzes Bataillon. Von meinen eigenen drei Leuten habe ich einen im Ostflügel, einen im Westflügel und den dritten in der Halle stationiert. Uns beiden und der Ortspolizei bleibt der ganze Park … Was ist das übrigens für ein Damm, den ich heute Morgen an der nordöstlichen Gutsecke entdeckte? Ihr Jagdaufseher erzählte mir, dass er den Namen ‚Chelfords Gier' trägt. Wie kommt er zu dieser Bezeichnung?"

Dick stand der Sinn zwar nicht nach historischen Reminiszenzen, aber um Puttler gefällig zu sein, erklärte er ihm ausführlich den Zusammenhang.

„Die Urkunde, durch die uns König Heinrich diese Ländereien zu eigen gab, setzte als nördliche Grenze den Lauf des Ravensrill fest. Ein ganz gerissener Vorfahr, dem der vorhandene Besitz nicht genügte, kam eines Tages auf den Einfall, den Fluss abzuleiten und das Gut auf diese Weise um tausend Morgen zu vergrößern. ‚Chelfords Gier' ist der Damm, den er baute, während der natürliche Lauf des Ravensrill durch die Lange Wiese geht. Welcher Chelford diesen Raub auf dem Gewissen hat, kann ich Ihnen nicht sagen, da nichts Geschriebenes existiert, die Kunde darüber hat sich lediglich mündlich überliefert."

„So, das also ist die Erklärung."

Beide versanken in Schweigen und hingen ihren Gedanken nach. Als Dicks Blick zufällig auf das große Porträt an der Kaminwand fiel, murmelte er: „Lady, Lady – einen Haufen Unruhe haben Sie schon gestiftet!"

„Wieso?", fragte Puttler sofort interessiert.

„Ich werde es Ihnen nächstens einmal erzählen. Jetzt will ich nach den Mädchen oben sehen."

Geräuschlos stieg er die Treppe hinauf. Kurz bevor er vor die Fremdenzimmer kam, zuckte der Strahl einer Taschenlampe über sein Gesicht.

„Alles ruhig!", flüsterte der wachestehende Polizist, und Dick stieg beruhigt wieder hinunter.

Er und Puttler hatten abgemacht, dass sie abwechselnd um den Gebäudekomplex patrouillieren wollten. Um zwei Uhr wurde Dick durch sanftes Schütteln aus tiefem Schlaf geweckt.

„Hier, ich habe Ihnen eine Tasse gewärmt!" Puttler brachte ihm Kaffee ans Sofa. „Sonst gibt's nichts Neues. Einer der Ortspolizisten im Park schlug einmal Alarm, er glaubte eine Gestalt gesehen zu haben – nun ja, diese Leute aus der Gegend sind nervös und wittern hinter jedem Strauch, den der Wind bewegt, den Schwarzen Abt."

Dick schlürfte den Kaffee und zerbröckelte mit der freien Hand ein Biskuit.

„Ich muss den blauen Umschlag mit den Papieren, die Sie mir mitgebracht haben, in den Safe schließen. Er liegt noch in der Bibliothek."

Er durchquerte die Halle, öffnete die Tür zur Bibliothek und griff mechanisch nach dem Lichtschalter. Erst dann erinnerte er sich, dass die kleine Kraftstation ja ihre Funktion eingestellt hatte. Ah, die Taschenlampe lag im Büro – er holte sie, kam zurück, auf dem Schreibtisch lag der blaue Umschlag, er schob ihn in die Tasche. Als er die Bibliothek wieder verlassen wollte, spürte er einen kalten Luftzug. Prüfend leuchtete er die Fensterreihe ab. Das letzte Fenster war offen, der Vorhang heruntergerissen.

„Wie ist das möglich?“, staunte Puttler, den Dick herbeigerufen hatte. „Bei meiner letzten Runde vor zehn Minuten war das Fenster verschlossen.“

Wie sich der Eindringling Zutritt verschafft hatte, zeigte die in Höhe des Fensterriegels eingeschlagene Scheibe. Der Stofffetzen auf dem Parkett und die zerbrochene Vorhangstange ließen vermuten, dass der Unbekannte gestrauchelt war und am Vorhang Halt gesucht hatte.

Der Schreibtisch war unberührt. Puttler ging an den Bücherregalen entlang.

„Was sucht die hier?“ Er zeigte auf eine kleine Leiter.

„Sie gehört zur Einrichtung der Bibliothek, damit die oberen Buchreihen erreicht werden können. Sonst steht sie immer dort hinten in der Ecke.“

Dick suchte den ganzen Raum mit der Lampe ab. Als er auf die ausgesparte Wand zwischen den Regalen über dem Kamin stieß, an der das Bild der verstorbenen Lady hing, sah er den goldenen Rahmen aufblinken. Der Lichtstrahl traf die ringgeschmückte weiße Hand, die graziös herabhing, stieg höher und kam mit einem Ruck zum Stillstand.

Der Sergeant und Kirchenmusiksachverständige fluchte leise.

Dort, wo der Frauenkopf gewesen war, gähnte jetzt ein schwarzes Loch. Gesicht und Schultern waren aus dem Bild herausgeschnitten worden, und zwar, wie die rauen, fasrigen Leinwandkanten bewiesen, von einer ungeschickten Hand.

„Was halten Sie davon?“, fragte Puttler.

„Weiß der Himmel, was es bedeuten soll! Ich will mich gleich draußen umschauen.“

„Warten Sie, Mr Alford! Sie glauben doch wohl nicht, dass

ich jetzt meine Stunden abschlafen kann? Ich begleite Sie. Nur schnell noch den Kaffee austrinken –"

Durch die Flügeltür in Dicks Büro traten sie auf die Terrasse. Friedlich lag der Park im Mondlicht. Puttler ging ein paar Schritte voraus, kam wieder zurück und fragte: „Riechen Sie etwas?"

Dick sog die kühle Morgenluft ein.

„Nein."

Ohne Weiteres führte ihn Puttler bis zum Ende des Westflügels. „Und jetzt?"

Dick schnupperte. Ein süßliches, exotisches Parfüm schwebte in der Luft, das ihm irgendwie vertraut war.

„Raucht jemand im Haus parfümierte Zigaretten, Mr Alford?"

Dick überlief ein Frösteln.

„Harry!"

„Ihr Bruder? So. – Und wo bewahrt er sie auf?"

„In der Bibliothek."

Der Detektiv suchte mit der Lampe den Boden ab. Es dauerte nicht lange, bis er sich bückte und eine halb gerauchte Zigarette mit Korkmundstück aufhob.

Sie gingen den gleichen Weg zurück, kamen an der offenen Fenstertür des Büros vorbei und begannen auf der entgegengesetzten Gebäudeseite zu suchen. Bald schon machte Puttler einen neuen Fund.

„Mr Alford – wieder eine Leiter! Und ich kann beschwören, dass sie heute Nacht nicht hier lag."

Er prüfte jede Sprosse. Es war eine lange Leiter, nach oben spitz zulaufend, die, wie Dick Alford versicherte, für die äußere Reinigung der Fenster verwendet und in der Garage aufbewahrt wurde.

„Der Mann, der sie hierherschleppte, ist der gleiche, der die Lichtleitung zerstörte und ..."

Von weither, aus der Tiefe des Parks, erklang scharf befehlend eine Stimme: „Halt! Wer da?"

„Das muss Renwick sein“, meinte Puttler. „Kommen Sie!“

Sie rannten durch den Park und stießen nach wenigen Minuten auf den Polizisten. Gesehen habe er nichts, berichtete er, hingegen Stimmen gehört.

„Zuerst das Lachen eines Mannes – ein schrilles, bösartiges Lachen.“

„Bekamen Sie auf Ihren Anruf Antwort?“, erkundigte sich Puttler.

„Nein. Doch die Stimmen und Geräusche brachen ab. Etwas später vernahm ich eine Frauenstimme.“

„Frauenstimme?“, zweifelte Dick. „Sind Sie ganz sicher?“

„Ganz sicher, Mr Alford.“

„Aus welcher Richtung kam sie?“

Der Polizist deutete über die Lange Wiese, eine talartige Vertiefung, die parallel mit dem Hügelzug verlief, auf dem sich die Abtei befand. Links standen einige Häuschen, in denen Gutsleute wohnten – Feldhüter, Reitknechte und Kutscher. Von dort aus hatte übrigens der Jagdhüter Gill den Schwarzen Abt erblickt.

„Und klang es nicht so, als ob die Stimmen sich über die Anhöhe nach dem Fluss hin entfernten – oder nach den Ruinen, nicht wahr?“, forschte Puttler.

„Tja …“ Der Mann war unschlüssig. „Möglich ist es, dass sie diesen Weg nahmen, doch sicher bin ich nicht.“

„Renwick muss sich geirrt haben“, sagte Dick, als sie in der betreffenden Richtung weiterschritten.

„Glauben Sie? Ich glaube viel eher, dass er recht hat.“

„Manchmal durchqueren auch Leute aus Chelfordbury, die ins Nachbardorf wollen, den Park, um den Umweg über die Landstraße zu vermeiden.“

„Um drei Uhr morgens?“

„Vielleicht sind sie von einem Tanzvergnügen gekommen“, beharrte Dick, obwohl er selbst nicht an seinen Einwand glaubte.

„Kein Dörfler durchquert, bloß um ein kleines Stück abzuschneiden, einen Park, in dem es spukt und in dem zwei Nächte vorher ein Mann ermordet wurde", erklärte der Detektiv.

Als sie nach erfolglosem Streifzug wieder im Schloss anlangten, legte sich Puttler endlich ein wenig zur Ruhe.

Auf einer seiner Runden kam Dick unter den Fenstern der jungen Damen vorbei und blickte hinauf. Der Morgenwind, der in den Baumkronen raschelte, bewegte auch den Fensterflügel des Zimmers, das Mary Wenner bewohnte. Langsam schwang er hin und her. Dick stieß leise einen Fluch aus, weil seine Anweisung missachtet worden war.

Um sechs Uhr morgens regten sich die ersten Dienstboten im Haus. Rauch kroch träge aus einem der dicken Schornsteine. Auf dem Sofa im Büro schnarchte der Sergeant. Die Tür wurde aufgerissen, und Mary Wenner stürzte herein.

„Mr Alford, haben Sie Leslie gesehen?"

Er sprang so heftig auf, dass Puttler davon geweckt wurde.

„Wieso? Ist sie nicht oben bei Ihnen?"

„Nein. Vor zehn Minuten wachte ich auf, sah sie nicht, wartete noch ein wenig in der Annahme, sie sei ins Badezimmer gegangen, und fragte schließlich den Beamten, den Sie gestern Abend vor unsere Türe stellten. Er sagte, niemand hätte die Schwelle überschritten!"

Puttler richtete sich kerzengerade auf. „Die Leiter!"

Augenblicklich verschwand er über die Terrasse und lief über den Rasen. Ja, das Blumenbeet unter den Fenstern zeigte deutlich zwei tiefe Eindrücke der Leiter; auch hing an den Sprossen frische Erde. Er lehnte die Leiter gegen die Mauer, stieg hinauf und sprang vom Fensterbrett ins Zimmer.

„Kleid und Schuhe fehlen", jammerte Mary, die mit Dick Alford schon in den Zimmern Umschau hielt. „Sie muss sich angekleidet haben, und ich habe nichts davon gehört!"

In einem unbemerkten Moment stahl sich Dick aus dem Zimmer – zu einer privaten Suche. Er verließ das Schloss durch den hinteren Ausgang, schlich im Schutz der Uferböschung davon.

Als er nach zwei Stunden zurückkam, erinnerte er sich an einen in der vergangenen Nacht gefassten Entschluss und gab Auftrag, den schweren Wagen seines Bruders bereitzumachen. Harry hatte ihn höchstens ein dutzendmal benützt und jeden anderweitigen Gebrauch streng untersagt.

Bevor Dick einstieg, eilte er in sein Schlafzimmer, verriegelte die Tür und entnahm einer verschließbaren Schublade ein Paket, dessen Inhalt er in seiner Handtasche verstaute. Zwei Minuten später brauste der offene Rolls-Royce davon.

Zwischen Horsham und Dorking schoss an einer Weggabelung ein anderes Auto mit hoher Geschwindigkeit vor seinen Wagen. Dick bremste mit voller Wucht, der schwere Wagen drehte sich halb um sich selbst und rammte einen Kilometerstein, ohne nennenswert beschädigt zu werden. Der fremde Fahrer trug eine breite Schutzbrille. Alford warf ihm einen vernichtenden Blick zu und setzte seine Fahrt fort. Er hatte nicht bemerkt, dass beim jähen Bremsen seine braune Handtasche auf die Landstraße hinausgeschleudert worden war. Der Mann im anderen Wagen jedoch sah es, wendete und fuhr zurück.

Und hier, auf einsamer Landstraße, entdeckte Fabrian Gilder das Geheimnis des Schwarzen Abtes.

39

An diesem Morgen war Mr Gilder bei der Zeitungslektüre auf das Interview gestoßen, das Dick Alford einem Reporter gewährt hatte. Und da stand ein Satz, den er zweimal las: *Wie Mr Alford sagt, hat er Miss Leslie Gine gebeten, während der Auslandsreise ihres Bruders in Fossaway zu wohnen …*

Auslandsreise? Gilder runzelte die Stirn. Was veranlasste Arthur Gine, jetzt, wo er nichts mehr zu befürchten hatte, so plötzlich ins Ausland zu fahren?

Noch während er sich mit diesem Problem beschäftigte, brachte das Mädchen die Morgenpost. Nervös sah er die Briefe durch, ein Kuvert trug den Stempel von Chelfordbury, er riss es auf, las –

Also darum ging's – Leslie hatte sich anders besonnen! Dass er überhaupt noch kein Heiratsversprechen von ihr in Händen hielt, ging ihm gar nicht auf. Überzeugt von ihrer Einwilligung, war er ihrer völlig sicher gewesen und kam sich jetzt betrogen vor. Erbittert lachte er auf. Natürlich, nach Arthurs Flucht bestand keine Notwendigkeit mehr für sie, sich zu opfern.

Krachend flog der Stuhl zurück, das Frühstück blieb unberührt. Fabrian Gilder ging hinüber zum Safe. Da lag das vorbereitete Antwortschreiben an Leslie im postfertigen Umschlag – ein Anblick, der ihn noch mehr aufbrachte. Schon wollte er den Brief zerreißen, als ihm der Blankoscheck einfiel. Aber wo war er? Im Umschlag steckte er nicht. Vielleicht herausgerutscht –?

Mit fliegenden Händen durchwühlte Gilder den Safe. Nichts! Er überlegte, wann er den Scheck zum letzten Mal gesehen hatte, und erinnerte sich plötzlich an den Morgen mit dem unerwarteten Besuch Arthur Gines. Bei diesem Gedanken wurde er blass. Er versuchte, sich jede Einzelheit jenes Besuches ins Gedächtnis zurückzurufen. Erst hatte er den Brief an Leslie Gine aus dem Safe geholt, gelesen und wieder zurückgelegt, er hatte die Tür angedrückt und dann – ja, dann läutete das Telefon, und nachher hatte er vergessen, den Safe zu verschließen!

Wutentbrannt telefonierte er mit seiner Bank.

„Hier Gilder – bitte den Vorsteher, dringend!"

„Hallo! Was gibt's, Mr Gilder?"

„Fletcher, ich hatte Ihnen doch einen Scheck über fünfzigtausend Pfund avisiert …"

„Ist auch auftragsgemäß honoriert worden."

Für einen Augenblick wurde es vor Gilders Augen dunkel.

„Wer präsentierte ihn?"

„Arthur Gine – der Scheck lautete auf Leslie Gine oder Überbringer. Wir benachrichtigten Sie übrigens gestern Abend. Ist der Brief nicht eingetroffen?"

„Ich bin noch nicht durch mit meiner Post. Danke."

Gilder schnaufte. Darum also hatte sich Gine die Summe als Darlehen bestätigen lassen! Ein verdammt kluger Schachzug. Nicht allein die fünfzigtausend Pfund hatte Gine jetzt in der Hand, sondern auch gleich ein Schreiben dazu, das ihn vor jeder Anklage wegen Betrugs sicherte.

Übertölpelt! Zum Narren gehalten …

Doch schon nach fünf Minuten innerlichen Wütens meldete sich wieder der klare Verstand. Fest stand, dass bei diesem Trick Leslie die Hand nicht im Spiel gehabt hatte. Wenn er ihr also mit einer Betrugsanzeige gegen ihren Bruder drohte? Vielleicht würde sie sich doppelt verpflichtet fühlen, seine Werbung anzunehmen. Vielleicht stärkte dieser Zwischenfall sogar seine Position ihr gegenüber.

Er telefonierte nach seinem Wagen und setzte sich zuversichtlich ans Steuer. Er nahm, um rascher vorwärtszukommen, eine

Nebenstraße, die ihn zwischen Horsham und Dorking wieder auf die große Straße brachte. Beim Einbiegen behinderte rechts Buschwerk die Aussicht. Gilder drückte auf die Hupe und brauste mit unverminderter Geschwindigkeit auf die Hauptstraße hinaus, auf der gleichzeitig ein schwerer Wagen nahte, kreischend bremste und schleuderte. Der Mann am Steuer, in dem Gilder sofort Dick Alford erkannte, blickte ihn wütend an, drehte seinen Wagen in Fahrtrichtung und jagte davon. Und dann entdeckte Gilder die herausgefallene Tasche.

Es ging ihm nicht darum, Mr Alford gefällig zu sein und ihm wieder zu seinem Eigentum zu verhelfen. Verärgert warf er sie auf den Rücksitz. Dabei musste er auf das Schnappschloss gedrückt haben, jedenfalls sprang die Tasche auf, und etwas Schwarzes quoll heraus – eine Kutte mit Kapuze.

War es möglich – Dick Alford der Schwarze Abt?

In mäßigem Tempo fuhr Gilder bis zum Krug von Chelfordbury. Der Wirt kannte ihn und tischte ihm die letzten Neuigkeiten auf.

„Seit mir der ‚Rote Löwe' gehört, habe ich noch nie eine solche Aufregung im Dorf erlebt. Manche wollen wissen, dass der Graf von seinem Bruder ermordet worden ist. Und die unheimliche Geschichte mit der jungen Dame aus dem Willow-Haus …"

„Meinen Sie Miss Gine?"

„Ja, Miss Gine. Da steht der Fuhrmann, der darüber Bescheid weiß. He, du – komm mal her!"

Der Mann schaute dümmlich verlegen drein, als er sich auf einmal in den Mittelpunkt der Aufmerksamkeit gestellt sah.

„Ich hörte nur … Na, eben, der Gentleman, der wie ein Affe aussieht, sagte zu Mr Alford: ‚Man wird ihr meiner Meinung nach nichts antun', und die Miss, die früher bei Seiner Gnaden angestellt war, jammerte in einem fort: ‚Was mag ihr nur zugestoßen sein?'"

„Hoffentlich geschieht bald etwas mit diesem Schwarzen Abt“, ließ sich der Wirt vernehmen. „Unsere Weiber sind schon so verstört, dass sie die halbe Nacht aufbleiben.“

Gilder blickte verbissen in die Runde.

„Mit dem räume ich heute noch auf!“

„Sie?“

„Ja.“ Mehr sagte Gilder nicht. Es war weder der Ort noch der Zeitpunkt für Enthüllungen. Er kletterte in seinen Wagen und fuhr bis zum Tor der Schlossauffahrt. Hier stand ein Polizist aus Chelfordbury, der den Sommerfrischler aus dem Cottage der Red Farm kannte.

„Mr Alford ist fort, Sir“, teilte er mit, „Sie können nur Sergeant Puttler sprechen. Ich habe zwar Befehl, keinen Fremden durchzulassen, denke aber, dass ich es Ihnen gestatten darf.“

Kaum hielt der Wagen vor dem Portal, tauchte von irgendwo der langarmige, wunderliche Mensch auf.

„Guten Morgen“, begrüßte ihn Fabrian.

„Guten Morgen, Mr Gilder. Was kann ich für Sie tun?“

„Ich möchte Miss Gine sprechen.“

Der Detektiv blickte ihn eine Weile melancholisch an.

„Miss Gine? Leider ist sie nicht anwesend.“

„Dann kann ich vielleicht Miss Wenner sprechen?“

„Die liegt zu Bett und darf nicht gestört werden.“

„Geht es ihr so schlecht?“

„Nicht schlecht, aber auch nicht gerade gut. Die Nacht in diesem unruhigen Haus ist ihr nicht bekommen, was man einigermaßen verstehen kann.“

„Wissen Sie, wohin Miss Gine gegangen ist?“

„Nein, sie teilte es mir nicht mit.“

„Vielleicht wollen Sie mir wenigstens sagen, ob ihr etwas zugestoßen ist?“, fragte Gilder wütend.

„Soviel ich weiß, nicht“, erwiderte Puttler mit unangefochtenem Gleichmut. „Sind Sie ein Freund von Miss Gine?“

„Ihr Verlobter."

„Ach –? Ich dachte, Miss Gine hätte Ihnen einen Korb gegeben! Da Sie schon einmal hier sind, Mr Gilder, möchte ich Sie etwas fragen: Wie kamen Sie dazu, einem früheren Sträfling, ich meine Thomas Glück, ihr Weekendhäuschen zur Verfügung zu stellen?"

Die seit Langem zurechtgelegte Antwort kam prompt.

„Sein Vorleben war mir nicht bekannt. Er erzählte mir, dass er in Fossaway entlassen wurde, und da ich ihn brauchen konnte, stellte ich ihn ein. Erst nach seiner Ermordung erfuhr ich zu meiner peinlichen Überraschung von seiner Vergangenheit. – Doch wollen Sie nun die Güte haben, Miss Wenner meine Karte bringen zu lassen?"

„Geht nicht, Mr Gilder. Im Augenblick vertrete ich sowohl den Hausarzt als auch den Grafen von Chelford, das heißt, während Mr Alfords Abwesenheit bin ich für alle drei zuständig. Wenn Sie auf ihn warten wollen, so steht der Salon zu Ihrer Verfügung, wohlverstanden unter der Bedingung, dass Sie niemand vom Personal ausfragen. Ich habe nichts gegen Amateurdetektive, Mr Gilder, nur verträgt diese Affäre augenblicklich keinerlei Einmischung von Außenstehenden."

Gilder, entschlossen, nicht von Fossaway zu weichen, bis er die Wahrheit über Leslie Gine erfahren hatte, blieb nichts anderes übrig, als diesen Vorschlag anzunehmen.

„Ich muss Sie bitten, sich nicht aus dem Zimmer zu entfernen", sagte Puttler, der ihn selbst in den Salon führte. „Sollten Sie etwas benötigen, haben Sie hier eine Klingel zur Hand. – Meine Leute verstehen sich ausgezeichnet auf Bedienung!", setzte er hinzu, als er den funkelnden Blick bemerkte, der ihn traf.

Gilders Geduld wurde auf keine allzu harte Probe gestellt. Eine Stunde später hielt, weiß vor Staub, der schwere Reisewagen Lord Alfords vor dem Portal, wo zu Dicks Erstaunen auch das fremde Auto stand, das mit dem seinigen beinahe zusammengestoßen wäre.

„Gilder, nicht wahr?“, fragte er, als er in der Halle Puttler traf, der ihn vor die Tür des Salons führte.

„Sie wünschten mich zu sprechen?“, fragte er eintretend.

„Ich möchte von Ihnen erfahren, was Miss Gine zugestoßen ist?“

„Bei Gott, ich wollte, ich wüsste es!“

Ein skeptisches Lächeln breitete sich auf Gilders Gesicht aus.

„Mr Alford, ich habe Ihnen etwas zu sagen – jedoch im Beisein eines Zeugen …“

„Ganz wie Sie wollen, Mr Gilder.“ Dick ließ Mr Puttler rufen, und als der Sergeant kam, sagte er: „Mr Gilder hat etwas, wie ich vermute, Unangenehmes auf dem Herzen, jedenfalls wünscht er einen Zeugen – also bitte, Mr Gilder!“

„Vor einigen Tagen verschwand Lord Alford, und es wird vermutet, dass der Schwarze Abt dahintersteckt. Nach meiner Ansicht ist das mehr als wahrscheinlich, da es ihm absolut nicht gleichgültig sein kann, wem Fossaway gehört.“

„Was wollen Sie damit sagen?“, erkundigte sich Dick.

„Dass Sie der Schwarze Abt sind. Als Sie heute Morgen beinahe mit mir zusammenstießen, fiel eine Handtasche aus Ihrem Wagen, die ich aufhob. Der Verschluss hatte sich geöffnet, und ich entdeckte eine schwarze Kutte – eine häufig getragene Kutte.“

„Sie werden Ihre Behauptung beweisen müssen.“ Es war Puttler, der das sagte.

„Beweisen?“, rief Gilder triumphierend. „Kommen Sie mit!“

Gefolgt von den beiden anderen eilte er zu seinem Wagen hinaus und hob die Decke, unter der er die Tasche versteckt hatte.

„Hier …“

Der Satz blieb ihm im Halse stecken.

„Hier –?“, ermunterte ihn der Detektiv.

„Vor einer Stunde lag sie noch unter dieser Decke – Alford, Sie haben sie herausgeholt!"

Dick lachte sarkastisch.

„Sergeant Puttler wird bestätigen, dass ich mich von meinem Wagen direkt in Ihre angenehme Gesellschaft begeben habe."

„Warum beschuldigen Sie eigentlich nicht mich?", fragte Puttler. „Ich habe mich eine ganze Weile hier draußen aufgehalten."

Gilder, der sich verhöhnt vorkam, blickte von einem zum anderen. Konnten sich die beiden verbündet haben? Aber Puttler galt, wie er wusste, als einer der besten Beamten Scotland Yards. Er zuckte die Achseln.

„Vorerst haben Sie mich geschlagen, Mr Alford! Aber ich ruhe nicht, bis Miss Gine gefunden ist."

40

Trotz all ihrer Prophezeiungen über eine schlaflose Nacht hatte Mary Wenner kaum ihren Kopf aufs Kissen gelegt, als ihr Atem auch schon regelmäßig und bald sogar recht vernehmlich wurde. Leslie schmunzelte. Dann versuchte auch sie einzuschlafen, was ihr nicht gelang. Unablässig wanderten ihre Gedanken hin und her, sie vernahm jeden Glockenschlag der Kirchenuhr und war dankbar, als es eins schlug. Nun ging es wenigstens dem Morgen entgegen.

Das alte Schloss war voll seltsamer Geräusche – Knistern, Knarren und Ächzen. Leslie richtete sich auf, um die Kerze wieder anzuzünden.

Ganz still lag sie auf dem Rücken. Zum x-tenmal blickte sie auf ihre Uhr. Fünf Minuten vor halb zwei.

Ein eigenartiges Klirren im Nebenzimmer – und wieder Stille.

Doch jetzt das unverkennbare Geräusch von Kies, der gegen eine Fensterscheibe geworfen wird. War es Dick, der sie sprechen wollte?

Sie erhob sich vorsichtig, schlüpfte in ihren Morgenrock und öffnete im Nebenzimmer das Fenster.

Unten stand ein Mann, den sie nicht erkennen konnte.

„Sind Sie es, Leslie?“

Harry! Der Atem stockte ihr. Harry – lebendig!

„Sie befinden sich in furchtbarer Gefahr, Leslie! Ich hole eine Leiter, damit Sie herunterkommen können.“

Bevor sie antworten konnte, war er verschwunden, um gleich darauf mit einer Leiter wieder zu erscheinen, die er gegen die Mauer lehnte.

„Ich kann nicht kommen, Harry!“, rief sie ganz leise. „Ich bin nicht angezogen. Soll ich nicht besser Dick rufen?“

„Nein, nein! Das würde nicht nur Ihre Rettung unmöglich machen, sondern auch noch sein Leben gefährden. Kleiden Sie sich schnell an!“

Was sollte sie tun? Ihr Instinkt riet ihr, zur Tür zu laufen und der Wache den Vorfall zu melden. Aber der Ernst und Schrecken in Harrys Stimme bewogen sie, seiner Aufforderung zu folgen.

Sie zog sich rasch an, innerlich flehend, Mary Wenner möge aufwachen. Dann stieg sie aufs Fensterbrett und kletterte vorsichtig die Leiter hinab. „Was gibt's, Harry?“, fragte sie, unten angekommen, ängstlich.

Er legte nur den Zeigefinger auf die Lippen und führte sie auf Umwegen, stets im Schatten der Bäume, an den Stallungen vorbei von den Gebäuden weg. Ein Hund schlug an.

„Harry, weiter komme ich nicht mit –“

„Sie müssen, Sie müssen!“, beschwor er sie. „Es geht um unser Leben, kommen Sie!“

„Und was wird aus Miss Wenner, die oben im Zimmer liegt und eine schreckliche Angst ausstehen wird, wenn sie erwacht?“

„Der Geist meiner Mutter wacht über ihr – sie starb in jenem Zimmer.“

Jetzt glänzte das Wasser des Ravensrill vor ihnen auf. Entschlossen blieb Leslie stehen.

„Ich gehe keinen Schritt weiter, Harry, und ich bin sicher, dass Sie sich in Bezug auf die Gefahr, die Ihnen oder mir drohen soll, im Irrtum befinden. Wo waren Sie nur die ganze Zeit? Dick hat sich schreckliche Sorgen gemacht.“

„Dick?“

Er stieß ein wildes Lachen aus – das Lachen, das der Polizist gehört hatte.

Aus der Ferne kam ein Anruf.

„So, Dick hat sich schreckliche Sorgen gemacht –?“, wiederholte Harry spöttisch. „Ha, das ist köstlich!“

Jetzt konnte sie ihn im Mondlicht auch deutlich sehen – ungekämmt, unrasiert, Hände und Gesicht verschmutzt, im Frack, aber ohne Kragen, bot er einen seltsamen Anblick. Furchtsam wollte sie vor ihm zurückweichen, doch blitzschnell packte er sie am Handgelenk.

„Wenn Sie schreien, werfe ich Sie in den Fluss und knie so lange auf Ihnen, bis Sie ertrunken sind", flüsterte er ruhig, absolut sachlich.

Jetzt verstand sie, dass sie sich in Lebensgefahr befand. Fliehen? Auch wenn er sie nicht festhalten würde, wäre Flucht vor ihm, der in seinen Universitätsjahren bester Läufer gewesen war, aussichtslos. Und ihr fiel ein, dass dieser blasse, blutarme Mensch fabelhaft schoss. Ein Verdacht zuckte ihr durch den Kopf – jene Kugel, die, wie Dick behauptete, ihr gegolten hatte …

Sie fühlte, wie ihre Knie zitterten, es kostete sie maßlose Anstrengung, sich zusammenzureißen.

Er zerrte sie weiter. Düster tauchten die Ruinen vor ihnen auf – der Turm … Ah, nun wusste sie, wohin er sie brachte. In jenes grausige Gewölbe, das sie mit Dick besichtigt hatte. Und Dick wusste, dass sein Bruder sich dort versteckt hielt. Davon war sie felsenfest überzeugt – noch bevor sie den Frühstückskorb auf der obersten Stufe der Wendeltreppe sah.

Harry zündete eine Kerze an und wies auf den Korb.

„Dick, dieser Teufel, brachte ihn her – alles vergiftet!"

„Vergiftet?"

Er faltete eine Serviette auseinander und zeigte ihr die appetitlich hergerichteten Sandwiches.

„Sehen Sie die Kristalle auf dem Fleisch glitzern? Aber mich kann er nicht überlisten – kommen Sie!"

Sie stiegen hinunter in das Gewölbe. Auf dem Fußboden klaffte jetzt eine breite Lücke.

„Ich habe unten eine Lampe, Lebensmittel und so viel Wasser, wie Sie wollen. Alles ist schon seit langer Zeit vorbereitet. Bitte!“

Er benahm sich nun sehr zuvorkommend und höflich, fasste sie an der Hand, um sie zu führen, und beleuchtete die Stufen. Dann zog er die Steinplatte auf die Öffnung, schob einen Balken quer darunter und zündete eine Sturmlaterne an, die offenbar mit Paraffinöl gespeist wurde, denn es dauerte ein Weilchen, bis der Raum hell wurde.

Das Erste, was Leslie in dem sehr geräumigen Gemach entdeckte, waren zwei Gewehre.

Die Ausstattung bestand aus einem antiken Refektoriumstisch mit einer zehn Zentimeter dicken Platte und einem Feldbett, neben dem ein geschnitzter Stuhl mit sehr hoher Lehne, eine Art Thronsessel, aufragte. Ganz oben, im Winkel zwischen Wänden und Decke, gab es an einigen Stellen Spalte, durch die vermutlich frische Luft einströmen konnte.

Andächtig entfaltete Harry eine Rolle, die er inbrünstig küsste und dann über dem Bett befestigte.

„Wie wunderschön ist meine Mutter“, seufzte er. „Aber Dick hasst sie …“

„Harry, sagen Sie doch nicht so etwas Absurdes!“

„Sie kennen ihn nicht“, erwiderte er ohne eine Spur von Ärger über ihre Verteidigung. „Dick ist auch der Schwarze Abt. Ich kam erst vor acht Tagen dahinter, als ich zufällig in seinem Zimmer etwas suchte und in einer Schublade, die er zu schließen vergessen hatte, eine schwarze Kutte entdeckte.“

Sie glaubte ihm diese einzige Wahrheit, die er bisher ausgesprochen hatte, nicht, aber spürte, dass es unklug wäre, ihm weiterhin zu widersprechen oder gar mit ihm zu streiten.

„Sie müssen einsehen, Harry, dass ich hier nicht bleiben kann“, sagte sie nach einer Weile leichthin, „denn erstens gibt es hier nur diesen einen Raum, und zweitens habe ich eine Schwäche für ein tägliches Bad.“

Harry machte stumm einige Schritte, raffte eine Sackleinwand, die eine Ecke des Gelasses abtrennte, auf und sagte mit dramatischer Geste: „Hier haben Sie alles, was Sie brauchen. Ich werde oben schlafen und nur bei Gefahr herunterkommen. Unsere Lage erfordert Mut und Geduld, zwei Eigenschaften, die, wie ich weiß, meiner künftigen Frau nicht fehlen." Auf seinem Gesicht erschien das alte, liebenswürdige Lächeln. „Und da auf dem Tisch liegen allerhand lesenswerte Bücher. Es kostete Arbeit, die schweren Bände hierherzuschleppen, doch dafür habe ich nun auch alles, was ich benötige."

„Wie lange kennen Sie dieses Versteck schon, Harry?"

„Seit sechs Jahren. Ich entdeckte es am einundzwanzigsten Todestag meiner Mutter – meiner ermordeten Mutter, sollte ich richtiger sagen. Denn es besteht kein Zweifel, dass mein Vater, der alle bösen Eigenschaften Dicks besaß, sie tötete – erhängte. Das Verbrechen wurde vertuscht und das Gerücht ausgestreut, sie habe selbst Hand an sich gelegt."

Der Ton seiner Stimme zeigte, dass er an diese Version felsenfest glaubte. Hierauf erklärte er Leslie ganz vernünftig den Mechanismus der Lampe, zeigte ihr das kleine Bassin mit dem fließenden Wasser, das aus dem rauen Fels quoll und sich irgendwo unsichtbar in der Tiefe verlor. Er erteilte ihr sogar eine kurze historische Belehrung über die Entstehung dieser Räumlichkeiten.

Hierauf wünschte er ihr Gute Nacht und stieg, eines der Gewehre mit sich nehmend, die Stufen hinauf. Oben löste er den schweren Eichenbalken an der Decke, der die Steinplatte von unten sicherte. Leslie schoss der Gedanke durch den Kopf, dass sie nachher den Balken vorschieben und den Zugang versperren könnte. Aber als hätte Harry dies erraten, klemmte er einen Steinbrocken vor den Balken und blockierte die ganze Einrichtung.

Eine halbe Stunde lang blieb alles still. Leslie saß auf dem

Bett, die Hände um die Knie geschlungen. Plötzlich hörte sie, wie Harry sich oben bewegte. Lähmende Furcht befiel sie. Doch er wollte nur etwas fragen.

„Wissen Sie vielleicht, Leslie, ob Thomas Familie zurückließ? Dass ich ihn tötete, war ein Akt der Gerechtigkeit – aber ich möchte nicht, dass die Hinterbliebenen darunter leiden."

„Nein, Harry, ich weiß darüber nicht Bescheid."

Endlos erschien ihr die Zeit, bis sein Licht oben erlosch. Schlief er? Sollte sie versuchen, an ihm vorbeizuschlüpfen? Aber sie erinnerte sich einer Bemerkung Dicks, dass sein Bruder einen sehr leichten Schlaf habe.

Wie lange sie schon, gelähmt und hilflos, dasaß, wusste sie nicht. Stunden mussten vergangen sein, als Harry, seine Decke über der Schulter und das Gewehr in der Hand, auf der Treppe erschien und die Steinplatte mit dem Eichenbalken sicherte.

„Nicht sprechen!", flüsterte er und nahm neben ihr Platz. „Er kommt!"

Über ihnen ertönten Schritte.

Dick!

Sie biss sich auf die Lippe, um den Schrei zu unterdrücken. Harry ließ sie nicht aus den Augen. Ein Schrei bedeutete Tod! Die Schritte über ihnen entfernten sich wieder. Harry erhob sich, nahm das Gewehr und die Decke auf.

„Es tut mir leid, dass ich Sie stören musste, Leslie", sagte er.

Er ging nach oben. Wieder wurde es still.

Es musste noch einen anderen Ausgang geben!

Sie zog die Schuhe aus und schlich geräuschlos umher, um Stein für Stein zu prüfen, aber weder der Boden noch die massiven Wände gaben Anlass zur geringsten Hoffnung.

Als sie mit einer Kerze die Ecke beleuchtete, in der das Wasser rann, entdeckte sie einen engen Schacht, und aus der Mauer dieses Schachts ragten in gewissen Abständen halbkreisförmige Eisensprossen. Ganz hoch oben blinkte – ein Stern.

Sie streckte die Hand aus, aber die unterste Sprosse befand sich mindestens einen Meter über ihren Fingerspitzen, und bis dorthin nichts als glatte, senkrechte Wand, nichts, das als Stufe hätte dienen können –

Sie blickte sich um – das Feldbett! Schnell holte sie das Laken, und mithilfe des zweiten Gewehrs gelang es ihr nach einigen nutzlosen Versuchen, das eine Ende durch die unterste Sprosse zu schieben. Nach zehnminütiger Anstrengung konnte sie die beiden Enden verknoten.

Nun kam der schwierigste Teil – sie hangelte aufwärts, immer weiter, und erreichte atemlos das unterste Eisen. Mit den Füßen und dem Rücken schob sie sich langsam an den Wänden höher. Endlich war sie auch mit den Füßen so weit, dass sie auf den Sprossen weitersteigen konnte, höher und höher, und dann, das Herz stand ihr still, stieß sie an ein Gitter, dessen Maschen so eng waren, dass sie nicht einmal den Arm hindurchzuzwängen vermochte.

Bitter enttäuscht kletterte sie wieder abwärts, knüpfte das rostbefleckte Laken los und legte es ins Bett zurück. Erst wollte sie auch das Gewehr an seinen Platz zurückstellen, doch kam ihr die Idee, nachzusehen, ob es geladen war – ja, das Magazin war gefüllt! Sie schöpfte Mut.

Langsam, mit äußerster Vorsicht, schlich sie die Stufen hinauf, doch offenbar bei Weitem nicht leise genug, denn ganz plötzlich schrillte es ihr von oben hysterisch entgegen: „Bleiben Sie unten, verfluchte Schlange!“

Leslie schmetterte den Gewehrkolben gegen den Stein, der die Platte und den Balken blockierte. Er polterte hinunter, die Platte fiel auf die Öffnung, und Leslie schob mit zitternden Händen den Eichenbalken darunter.

Oben hörte sie Harry wie einen Irren stampfen und schreien,

hörte ihn hin und her rasen, toben, brüllen und Drohungen ausstoßen. Bebend und zitternd schwankte sie die Stufen hinunter und sank zu Boden.

41

Ein hoher Beamter von Scotland Yard saß in der großen Bibliothek von Fossaway Dick Alford gegenüber.

„Mein Bruder war von jeher wunderlich. Vor einem Jahr aber wurde mir klar, dass die von seiner Mutter ererbte Geisteskrankheit sich bei ihm in einer Weise entwickelte, die zur Katastrophe führen musste. Ich flehte ihn an, sich von einer Kapazität untersuchen zu lassen, aber er hasst Ärzte. Daraufhin brachte ich die besten Spezialisten, als Grundstücksmakler, Bücherrevisoren und dergleichen getarnt, ins Haus, in deren Gegenwart er sich jedoch völlig normal zeigte. – Meine eigene Lage war sehr delikat. Ich bin der nächste Erbe des Titels und Besitzes. Jeder Schritt von mir konnte so ausgelegt werden, als ginge es mir nur darum, das Gut in meine Hände zu bringen. Meine Hauptsorge aber drehte sich ständig darum, zu verhindern, dass er heiratete."

„Wäre es da nicht am einfachsten gewesen, die junge Dame ins Vertrauen zu ziehen?"

Dick schwieg einen Augenblick.

„Ja, natürlich – doch nicht in diesem Fall. Es gab Gründe, die …"

„Nun, lassen wir das", unterbrach der Beamte, der den Zusammenhang ahnte. „Und dann spielten Sie den Schwarzen Abt?"

„Ja – zum Teil wenigstens, und ich bin ein sehr stiller Abt gewesen", bekannte Dick mit einem schwachen Lächeln. „Harry zitterte vor dem Abt und traute sich nie hinaus, wenn es hieß, er ginge um, und mir war es nur darum zu tun, meinen Bruder ans Haus zu fesseln, damit seine Tobsuchtsanfälle sich im Verborgenen abspielten, was mir nicht immer gelungen ist. Das

Toben und Schreien, von dem die Dörfler raunen und vor dem sie zittern, kam von Harry."

„Glauben Sie, dass Ihr Bruder für das Verschwinden von Miss Gine verantwortlich ist?"

„Zweifellos. Er muss sie irgendwie überredet haben, mit ihm zu gehen." Dick holte tief Atem. „Glauben Sie mir, Oberst, nicht für den Titel, nicht für die Güter, nicht einmal für den Chelfordschatz wollte ich die letzten fünf Jahre noch einmal durchmachen! Von meiner Mutter weiß ich übrigens, dass mein Vater die schwersten Befürchtungen für Harry gehabt hat. Und dabei war er anfänglich ein fröhlicher Junge, trieb Sport, interessierte sich für das Gut, bis sich vor etwa acht Jahren diese Schatzgeschichte in ihm festsetzte und er sich von aller Welt abzuschließen begann, um nur noch über diese Marotte nachzugrübeln."

„Das Gold?"

„Wenn es nur das Gold gewesen wäre – das hätte wenigstens einen realen Sinn gehabt! Nein, Harry suchte nach einem Fläschchen Lebenselixier, das irgendein Vorfahr in seinem Tagebuch erwähnte."

42

Während diese Unterhaltung stattfand, ging Mary Wenner an Gilders Seite im Park spazieren. Ursprünglich hatte sie mit dem Morgenzug nach London zurückkehren wollen, nach Fabrians Eintreffen aber ihren Entschluss geändert.

Für sie gab es nur eine Lösung für Leslies Verschwinden.

„Haben Sie die Abtei abgesucht?“, hatte sie Dick nicht nur einmal, sondern ein dutzendmal gefragt.

Die Abtei! Dort unten war noch diese zweite schmale Tür, die vielleicht zu einem Versteck führte und die bisher allen Versuchen, sie aufzubrechen, getrotzt hatte. Doch Dick erwartete bereits den Schmied und die in London bestellten Spezialwerkzeuge.

„Wenn es nach mir ginge, lieber Fabrian“, sagte Mary Wenner zu ihrem Begleiter, „müssten Sie mit dieser ganzen Untersuchung beauftragt werden. Sie haben Mut bewiesen und sind der richtige Mann …“ Sie sprach zärtlich wie eine Verlobte, und Mr Gilder war nachgiebig gestimmt. „Sie sehen übrigens gar nicht wie fünfzig aus, ich war höchst erstaunt, als Sie mir dies neulich mitteilten, und an Erfahrung sind Sie allen weit überlegen – obendrein als Jurist mit allen Kniffen vertraut.“

„Nicht mit allen“, warf Gilder ein, sich an den Blankoscheck erinnernd.

„Was tut dieser sogenannte Detektiv überhaupt? Steht mit Alford herum und kratzt sich am Kopf. Nicht wahr, Fabe?“

„Nennen Sie mich nicht Fabe! Wenn es schon der Vorname sein muss, so gebrauchen Sie gefälligst alle drei Silben.“

„Sie hingegen sind ein Mann von Welt, Fabrian“, schwatzte

sie unbeirrt weiter und betonte die drei Silben, als müsste sie sie buchstabieren. „Trotzdem …"

Ein Schuss krachte, und gleich darauf schlug etwas dumpf vor Gilders Füßen auf.

Er bückte sich und scharrte das Ding, das in die Erde eingedrungen war, aus. Eine Kugel –

„Woher, zum Kuckuck, kommt die?" Er schaute prüfend in die Höhe.

Dick hatte den Schuss ebenfalls gehört und kam quer über den Rasen gelaufen.

„Haben Sie geschossen, Mr Gilder?", rief er von Weitem.

Ein neuer Schuss!

„Kommt von den Ruinen!", hörten sie einen der Wachtposten rufen.

Dick jagte schon den Hang hinauf, als der dritte Schuss dröhnte, und jetzt konnte er am Ton erkennen, dass der Schütze sich im Turm befinden musste.

Mit dem Taschenmesser drückte er die Klammer im Spalt zurück, schlüpfte durch die Öffnung und rannte die Treppe hinunter. Der Raum war leer. Er rüttelte an der mysteriösen schmalen Tür – nach wie vor verschlossen.

„Kommen Sie herunter, Gilder!", schrie er nach oben, als er seinen Namen rufen hörte. „Es ist niemand hier."

Gilder balancierte die moosigen Stufen hinab und schaute sich unten um. Nach einer Weile zeigte er auf den Boden.

„Sehen Sie sich einmal diese Platte an, Mr Alford! Ganz anders als alle Übrigen. Unmöglich ist es nicht, dass sie einen Eingang verdeckt." Er warf sich flach auf den Boden und drückte das Ohr auf die Platte. „Zu hören ist nichts. Aber …" Jetzt hielt er die Nase an eine Ritze. „Da unten brennt eine Petroleumlampe oder hat jedenfalls bis vor Kurzem gebrannt."

Dick legte sich neben ihn.

„Ja, Sie haben recht." Laut rief er: „Leslie!"

Keine Antwort. Er rief nochmals.

„Einen Augenblick, Mr Alford, ich hole Werkzeuge."

Dick hatte oben im ersten Gelass schon einige Werkzeuge für den Schmied deponiert. Gilder holte zwei Stichsägen und äußerte, als er damit zurückkam, die Vermutung, dass die Steinplatte möglicherweise durch einen untergeschobenen Querbalken gehalten werde.

Sie zogen ihre Jacken aus, zwängten die Schneiden der Sägen in die dünnen Ritzen zwischen den Platten und begannen ihre Arbeit.

„Sehen Sie, es ist Holz!", triumphierte Gilder.

Aber das Holz war hart wie Stein, und der Schweiß rann ihnen in Strömen von der Stirn.

Endlich polterte auf Dicks Seite das lose Ende in die Tiefe. Gleich darauf war auch Gilder so weit. Die Platte senkte sich auf der einen Seite etwas, auf der anderen hob sie sich, dadurch konnte sie gefasst und hochgehoben werden.

Der Geruch von verbranntem Petroleum stieg durchdringend herauf. Dick leuchtete das Gemach ab. Ein Tisch, auf dem Boden ein Gewehr – mehr konnte er nicht sehen.

„Leslie!"

Stille.

Beklommen stieg er hinunter.

„Leslie ..."

Nur ein spöttisches Echo kam aus der kleinen Höhle in der Ecke. Immer wieder rief er ihren Namen. Zwei Damenschuhe lagen herum. Alles hier atmete noch die Gegenwart der beiden, die sich fünf Minuten vorher einen erbitterten Kampf geliefert hatten. In der Ecke, die wie eine Höhle aussah, fand er am Boden drei leere Patronenhülsen.

Er leuchtete die Ecke ab, richtete die Lampe in die Höhe, entdeckte den Schacht, die Eisensprossen – das war der Weg, auf dem sie entkommen waren! Im Sprung erreichte er das unterste Eisen und kletterte, unbekümmert um das verdächtige Knirschen, hinauf.

„Nein, eine Flucht durch den Schacht ist unmöglich", sagte er resigniert zu Gilder, als er atemlos wieder unten ankam, „ein Gitter sperrt ihn ab. Aber sicher hat Miss Gine, als sie oben den Himmel sah, da hinaufgefeuert."

Inzwischen war auch Puttler mit einem Scotland-Yard-Mann erschienen, und zu viert klopften sie die Wände und den Boden ab. Nirgends ein hohler Laut! Nirgends die kleinste Öffnung, mit Ausnahme des Spalts, durch den das aus dem Fels sprudelnde Wasser abfloss. Auch unter dem Tisch wollten sie nachforschen. Seine dicke Platte wurde von drei Säulen getragen, die aus einem enormen Eichensockel aufstiegen. Die vereinten Kräfte der vier Männer genügten nicht, ihn auch nur um Haaresbreite wegzurücken.

„Sonderbar", murmelte Gilder, das unförmige Möbel betrachtend. „Warum er wohl nicht gerade steht?"

Jetzt erst merkten sie, dass der ganze Fußboden leicht abfiel.

Mittlerweile hatte sich der gestern schon herbestellte Schmied eingefunden, und Dick schlug vor, zuerst die schmale Tür im oberen Gewölbe aufzubrechen.

Mit Brecheisen und Meißel, Stangen und Hebel arbeiteten sie weit über eine halbe Stunde, ehe das Schloss mit einem dumpfen Krach barst. In Form und Größe war der Raum, den sie vorfanden, dem anderen ähnlich, in dem Mary Wenner damals den Schatz vermutet hatte. Nur die Steinbänke fehlten. Die verrosteten Ketten und Beinfesseln verrieten, dass er einst ein Kerker gewesen war. Eine muffige dumpfe Luft schlug ihnen entgegen, und sie fröstelten, als sie an der hinteren Wand ein Skelett erblickten, das ihnen mattweiß entgegenschimmerte.

In der Mitte des Verlieses befand sich ein großes, kreisrundes Loch, aus dem das Geräusch von tropfendem Wasser heraufdrang. Dick leuchtete in die Tiefe und sah einen glänzenden Reflex.

„Ein Brunnen!“, rief er. „Ein unterirdischer Brunnen, wie ihn so alte Bauwerke fast immer haben.“

Sie hatten zwei Laternen bei sich, er band die eine an einen Strick und ließ sie langsam hinuntergleiten. In einer Tiefe von vielleicht fünfzehn Metern berührte sie den Wasserspiegel. Die grün überzogene Rundmauer schien noch ziemlich unversehrt zu sein – der Brunnenbauer hatte ausgezeichnete Arbeit geleistet.

Da –! Dicks Herz setzte aus. Aus dem scheinbar kompakten Mauerwerk schnellte eine Hand hervor, eine weiße, schmale Hand, an der ein ihm wohlbekannter Brillant funkelte. Der Strick glitt ihm aus der Hand, mit einem gedämpften Zischen erlosch die Laterne im Wasser.

„Die andere Laterne!“, schrie Dick. „Und ein Seil, schnell!“

Aber an ein Seil hatte niemand gedacht, und es schien eine Ewigkeit zu dauern, bis Puttlers Mann mit einem dicken Tau vom Schloss zurückkehrte. Das eine Ende wurde an einer langen, quer hinter den Türrahmen geklemmten Stange befestigt, und Dick glitt in den Brunnen hinab.

„Halt!“

An der Stelle, wo sich Leslies Hand gezeigt hatte, befand sich eine kleine rechteckige Öffnung; doch es gab noch mehr davon, und sie stiegen in regelmäßigen Abständen spiralförmig die Brunnenwand empor. Wahrscheinlich waren es Luftlöcher für dahinter liegende Gänge oder Räumlichkeiten.

„Ein Brecheisen!“

Den Bügel der Laterne im Mund, versuchte Dick, das Loch zu vergrößern, musste sich aber bald überzeugen, dass man diesem massiven Stein nur mit Dynamit beikommen konnte.

„Weg von der Mauer – abstoßen!“, schrie plötzlich Gilder.

Dick sah eine schmutzige Hand, die aus einem der Rechtecke

hervorkam, Stahl blitzte auf, es zuckte im Seil, ruckweise gab es nach, jetzt – der letzte Faserstrang riss, Dick stürzte ab.

Als er halb erstarrt aus dem eiskalten Wasser wieder auftauchte, hörte er Gilder schreien: „Fassen Sie die Leine, halten Sie sich damit über Wasser! Das Seil kommt gleich nach!"

Oben lag Puttler platt auf dem Bauch, Kopf und Schultern über dem Brunnenrand, und zielte mit seinem Revolver auf die Stelle, wo die Hand aufgetaucht war.

Dick hielt sich mühsam an der Leine. Eisige Kälte, die Beine abgestorben, völlig gefühllos – immer höher stieg es ...

„Dick!", flüsterte es dicht über seinem Kopf aus der untersten Öffnung. „Dick, nehmen Sie meine Hand!"

Mit der letzten Anstrengung streckte er den freien Arm aus, fühlte sein Gelenk umklammert – und verlor das Bewusstsein.

Als er wieder zu sich kam, lag er unter freiem Himmel in der warmen Herbstsonne.

„Wo ist Leslie?", fragte er und stützte sich auf die Ellenbogen.

Die Umstehenden sahen sich ratlos an. Sprach er im Delirium?

„Gilder holte Sie aus dem Brunnen heraus", sagte Puttler. „Wir ließen ihn am Seil hinunter."

„Aber Leslie hielt mich doch am Gelenk!", rief Dick erregt. „Sie müssen es doch von oben bemerkt haben, Puttler?"

Der Detektiv schüttelte den Kopf.

„Ich sah, dass Sie sich mit der linken Hand an die Mauer krallten."

Dick strich sich über die Stirn. Hatte er geträumt? Aber der Ring! Er konnte einen Eid darauf leisten, dass an der Hand, die sich ihm entgegengestreckt, der Ring gefunkelt hatte. Nein – natürlich hatte er nicht geträumt!

43

Leslie war sicher, dass der Querbalken nicht nachgeben würde. Sie wagte es, sich zu setzen, presste jedoch die Fingerspitzen fest auf die Ohrmuscheln, um dem schrecklichen Toben dort oben zu entgehen. Als das Rasen nachließ, ließ sie die Hände sinken. Jetzt stöhnte und ächzte er nur noch schwach, das war wenigstens zu ertragen.

Sie blickte auf ihre Armbanduhr. Mittagszeit. Jetzt befanden sich bestimmt Leute im Park. Sie erhob sich, um den Plan, den Sie sich genau überlegt hatte, auszuführen. Unter dem Schacht stehend, feuerte sie drei Kugeln durch das Gitter, über dem ein winziges Stück blauen Himmels schimmerte.

Im oberen Gewölbe blieb alles still. Auf einmal jedoch hörte sie Harrys Stimme, leise, bittend: „Leslie!"

Um ihn besser verstehen zu können, ging sie die Stufen hinauf.

„Man kommt, Leslie! Nicht wahr, Sie werden sagen, dass ich Ihnen nichts zuleid getan habe?"

„Aber gewiss, natürlich!", versicherte sie eilig.

Nun vernahm sie oben ein Schlurren und Trappeln von Füßen und gleich danach Harrys Stimme: „Hallo, Dick! Hoffentlich hast du dich nicht zu sehr um uns gebangt, alter Junge?"

Leslie nahm sich gar nicht erst Zeit, auf die Antwort zu warten. Hastig zerrte sie am Eichenbalken, und in der nächsten Sekunde war der Eingang frei. Sie kroch hinauf – in einen stockfinsteren Raum.

„Dick!", rief sie.

Da packte sie jemand mit hartem Griff, und voll Entsetzen erkannte sie, dass das Fußtrappeln und die Unterhaltung eine Finte gewesen waren. Noch hielt sie das Gewehr – es wurde ihr aus der Hand gerissen. Klappernd schlug es auf den Fliesen auf. Die Umklammerung nahm ihr den Atem, ihr Widerstand wurde schwächer.

„Hinunter mit Ihnen!“, flüsterte Harry an ihrem Ohr. „Endlich habe ich die Wahrheit erfahren – also Dick ...“ Kichernd trug er sie bis zur obersten Stufe. „Wollen Sie selbst gehen, oder soll ich Sie hinunterwerfen?“

Mit zitternden Knien stieg sie hinab, er folgte ihr auf den Fersen, nur einen Augenblick haltmachend, um den Balken vorzuschieben.

„Setzen Sie sich!“ Er wies auf den Thronsessel neben dem Tisch. „Wissen Sie, was Sie getan haben? – Sie haben Lord Alford, den achtzehnten Grafen von Chelford, aufs Schändlichste verraten! Sie haben mit denen konspiriert, die ihn hassen. Dieses Vergehen kann nur durch den Tod gesühnt werden.“

Seine Stimme zitterte. Leslies Gesicht war totenbleich, sie streckte beschwörend die Hand aus. In diesem Augenblick schnellte er auf sie los – drückte ihr die Kehle zu.

Über ihnen ertönten Schritte. Eine tiefe Stimme – Dick!

Harrys linke Hand tastete nach der Lampe, sie erlosch, und jetzt gelang es Leslie, sich von seinem furchtbaren Griff zu befreien. Doch bevor ein Laut aus ihrer malträtierten Kehle kam, stürzte er von Neuem über sie her, wieder umklammerten, würgten seine Finger ihren Hals. Sie wurde gegen den Tisch gedrängt, an einem der schweren Sockel eingezwängt. In ihren Ohren brauste es, Funken tanzten vor den Augen.

In dieser buchstäblich letzten, verzweifeltsten Sekunde der Not spürte sie, wie sich das Postament des Refektoriumstisches zu bewegen begann, erst langsam, dann immer schneller – der ganze Tisch glitt in Längsrichtung fort. Harrys Hand löste sich von ihrer Kehle. Sie hörte einen Aufschlag, ein Stöhnen – Sie kroch ein kleines Stück weiter vor, griff ins Leere, rutschte. Von der Tiefe, die sich aufgetan hatte, konnte sie nichts sehen – sie versuchte vergeblich, das Gleichgewicht wiederzugewinnen, sie rollte und glitt über die Stufen, die unter ihrem Gewicht barsten und krachten, bis ihre Füße auf etwas Weichem Halt fanden.

Undurchdringliche Finsternis! Kein Laut drang durch die Decke – das schwere Postament des Tisches war zurückgeglitten, genauso exakt wie vor Hunderten von Jahren, als der echte Schwarze Abt noch diesen Durchgang benützte.

„Wenn ich nur ein Licht hätte!“, murmelte Leslie. Zu ihren Füßen lag regungslos Harry. Sie durchsuchte seine Taschen, fand eine Schachtel, dem Klappern nach Streichhölzer, dann fühlte sie in der Fracktasche etwas Hartes, Flaches – eine Taschenlampe. Als sie sie anknipste, sah sie, dass sie am Fuß einer Holztreppe kniete – morsche Stufen, die beim Hinabstürzen eingebrochen waren. Nur vom geschnitzten Geländer stand noch ein intakter Rest in der Mitte der Treppe.

Am Fußboden Wasserlachen. Rechts und links enge Gänge.

Sie richtete den Lichtstrahl auf Harry. War er tot? Sie sah die bläulichen Lippen in seinem grauen, blutbefleckten Gesicht. Zitternd schob sie die Hand unter seine Weste. Das Herz schlug.

Sie riss ein Stück Seide von ihrem Kleid und wusch sein Gesicht ab. Er schlug die Augen auf.

„Was ist passiert, Leslie?“

„Der Tisch glitt davon – wir fielen durch eine Öffnung.“

Harry tastete nach der beim Sturz verlorenen Brille und setzte sie auf. Mit Leslies Unterstützung kam er auf die Beine und sah nach der Decke. Dicht neben der obersten Treppenstufe ragten zwei hölzerne Stiele nach unten.

„Das müssen die Griffe sein, um von unten aus den Tisch wegzuschieben. Aber sie helfen uns nichts, Leslie! Vier Meter Höhe, und die Treppe liegt in Trümmern!“ Verdrießlich schaute er sich um. „Versuchen wir es erst einmal mit dem linken Gang!“

Der Gang stieg steil aufwärts, und zwar spiralförmig wie beim

Korkenzieher, ständig rundum nach derselben Seite. Sie kamen an kleinen Luftlöchern vorbei. Aus einem glaubte Leslie einen schwachen Lichtschimmer fallen zu sehen. Sie blieb stehen und beugte sich näher zu der viereckigen Öffnung hin, aus der ihr wirklich ein gelblicher Schein entgegensickerte, und – war das nicht ein Seil, das langsam abwärts glitt? Sie streckte die Hand durch das Loch, um zu versuchen, das Seil hineinzuziehen. Da verschwand es und zugleich der gelbliche Schimmer. Also doch nur eine Halluzination ihrer überreizten Nerven!

Sie schleppten sich weiter, in regelmäßigen Abständen kamen sie an diesen Löchern vorbei, aus denen nach oben hin immer spürbarer ein leichter Luftzug floss. Harry stützte sich schwer auf ihre Schulter.

„Ich kann nicht mehr weiter!", stöhnte er, taumelte gegen die Wand und ließ sich zu Boden gleiten, wo er, den Kopf auf der Brust, sitzen blieb.

„Darf ich Sie einen Augenblick allein lassen?"

Und als er nickte, stieg Leslie rasch weiter, bis sie zu einem schnurgeraden, engen Stollen kam, der mit Sandsteinplatten ausgelegt war. Unvermittelt jedoch war der Gang zu Ende. Eine massive Wand schloss ihn vollständig ab.

Dass sie vor der Mauer stand, die ein rachedurstiger Graf von Chelford gegen seinen Rivalen, den schwarzen Kuttenträger, hatte errichten lassen, wusste Leslie nicht. Enttäuscht kehrte sie um. Aus den Luftlöchern drangen jetzt Laute, und als sie stehen blieb und lauschte, erkannte sie Dicks Stimme.

Ganz in der Nähe hörte sie Harry kichern.

„Was gibt's?", fragte sie erregt.

Sie richtete die Taschenlampe auf die Stelle, wo er hockte. In seiner Hand blitzte ein Messer.

„Ich sah das Seil durchs Loch …" Wieder kicherte er irr.

„Hing – hing jemand am Seil?"

„Ja. Der Erzfeind der Menschheit – Richard Alford."

Ohne ein Wort zu verlieren, flog sie den Gang hinunter, immer im Kreis herum, ihr schwindelte, am untersten Luftloch kniete sie nieder –

„Dick! Nehmen Sie meine Hand!“

Sie konnte ihn sehen – das Gesicht blass und verzerrt.

Sie fasste ein eiskaltes Gelenk.

Dann – Harrys Griff. Er packte sie an der Schulter, riss sie zurück.

Das Geräusch von klatschendem Wasser war das Letzte, was sie vernahm. Sie wurde ohnmächtig.

44

Sie erwachte, tastete umher. Nichts als Fels. Totenstille. Dann stießen ihre Finger auf etwas Kaltes, Glattes – Harrys Taschenmesser.

Sofort stand ihr alles wieder vor Augen – der Schacht, Dicks Sturz, das Wasser!

Sie ballte mit aller Kraft beide Hände, die Fingernägel bohrten sich schmerzhaft in die Handflächen. Allmählich wurde sie ruhiger. Dick konnte nicht allein sein, und seine Begleiter hatten sicher alles zu seiner Rettung getan.

Von weither kam schwach und schwankend ein Licht näher. In dem unruhigen, schattenhaften Dämmer sah sie über sich die hohe, gewölbte Decke, Wände, die sich einwärtsbogen, ein roh behauener Fußboden.

Das Echo ferner Schritte nahm zu. Sie kamen näher. Schnell steckte sie das Taschenmesser zu sich und wartete.

„Wieder auf dem Posten, Leslie?", fragte Harry. Er wirkte jetzt völlig normal. „Seien Sie nicht böse, dass ich Sie allein ließ. Ich war nur auf der Suche nach einem Ausgang."

„Wo sind wir?"

„Keine Ahnung. Als Sie in Ohnmacht fielen, trug ich Sie den elenden, gewundenen Weg hinab in diese Höhle – Sie waren fürchterlich schwer … Wissen Sie, Leslie, ich habe eine Idee. Diese Luftlöcher, an denen wir vorbeikamen, gehen in einen Brunnenschacht hinaus, und mir schwant, dass da unten irgendwo der Chelfordschatz ruht. Wenn wir nur hier herauskämen, damit ich mit Dick sprechen könnte! Er ist ein heller Kopf und würde sicher …"

„Haben Sie keinen Ausgang entdeckt, Harry?"

„Nein. Ich geriet in ein Labyrinth, aus dem ich nur mit großer Mühe wieder zu Ihnen zurückfand. – O Gott, sehen Sie doch Ihre Füße!“

Leslies geschwollene, blutende Füße, an denen die Strümpfe in Fetzen hingen, boten einen bejammernswerten Anblick, und sofort streifte Harry seine eigenen Schuhe ab.

„Ziehen Sie die an!“, befahl er, und als sie zögerte, kniete er nieder und schob ihre Zehen in den Schuh. „Eine Stelle habe ich noch nicht erkundet“, fuhr er fort, „nämlich den Gang zur Rechten. Leider ist er teilweise verschüttet, und der Fels sieht sehr brüchig aus. – Warum sind Sie eigentlich in Ohnmacht gefallen, Leslie?“

„Ach, einfach die Nerven.“

„Dachte ich mir. Wenn Sie sich jetzt besser fühlen, wollen wir unsere Erkundung fortsetzen.“

Er ging voran, dann und wann seine Taschenlampe ausknipsend, um die Batterie zu schonen.

„Diese Bauten hier sind nicht angelsächsischen Ursprungs, sondern gehen wahrscheinlich auf die Urbevölkerung Britanniens zurück. Ein fabelhaftes Gefühl, durch jahrtausendealte Gänge zu wandern! Ich werde Dick bitten, diese ganze Unterwelt elektrisch zu beleuchten, und dann schenke ich sie dem Staat.“

Sie mochten dem Gang, der steil anstieg, etwa eine Viertelstunde gefolgt sein, als sie vor einem Gesteinshaufen haltmachen mussten, der sich so hoch auftürmte, dass zwischen seiner Spitze und der Decke gerade noch Platz zum Durchkriechen blieb.

Leslie atmete auf.

„Wir sind auf dem richtigen Weg – spüren Sie den Luftzug?“

„Natürlich.“

Behutsam krochen sie hintereinander über das Geröll. Ein schwarzer Schatten flitzte vorüber, Leslie schrie auf.

„Keine Angst“, beschwichtigte sie Harry, „es ist nur ein Wiesel.“

Bald erweiterte sich der Gang zu einem viereckigen Raum. Von der gewölbten Decke hingen glitzernde Stalaktiten herab. Auch von den Wänden rann und tröpfelte eisiges Wasser.

„Steter Tropfen höhlt den Stein", zitierte Harry und zeigte auf die winzigen Löcher am Boden. Rasch durchquerte er den Raum und verschwand in dem Stollen, der in der gleichen Richtung weiterlief.

„Kommen Sie!", schrie er gleich darauf jubelnd. „Tageslicht!"

Leslies erste Empfindung, als sie ihm nachstürzte, war die einer wohltuenden Wärme.

Über ihnen zog sich eine natürliche Felsspalte wie ein Kamin steil aufwärts, wild zerklüftet, bald weit, bald so eng, dass höchstens ein Arm sich hätte hindurchzwängen können. Aber oben leuchtete der blaue Himmel!

„Daher die frische Luft, die wir vorhin spürten, Leslie. Nun wollen wir sehen, wohin uns der Gang führt."

Er führte nicht weit. Nach wenigen Schritten standen sie an seinem Ende – vor einer Felswand. Sie starrten sich an.

„Wir müssen zurück", sagte Harry kleinlaut.

Er hatte kaum ausgesprochen, als sie ein entferntes Dröhnen und Getöse vernahm. Den Boden unter ihren Füßen durchlief ein Zittern, und aus dem Gang, der zum Stalaktitenraum führte, quoll eine Staubwolke.

„Warten Sie!"

Es dauerte einige Minuten, bis Harry zurückkam.

„Ein riesiger Felssturz", berichtete er, „vorne, bei dem Haufen, über den wir klettern mussten. Wir sind abgeschnitten und wohl rettungslos verloren."

45

Ein heißes Bad und eine Mahlzeit, bei der ihm allerdings jeder Bissen in der Kehle stecken zu bleiben drohte, stellten Dick Alford einigermaßen wieder her. Noch gab es eine Hoffnung, wenn auch nur eine sehr schwache. Er hatte einen seiner Verwalter nach London geschickt, um Dynamit zu besorgen, aber da Sprengstoff nicht wie Käse über den Ladentisch verkauft wird, musste der Mann allerlei Formalitäten erledigen, bevor er den erfolgreichen Abschluss seines Auftrags telefonisch nach Fossaway melden konnte.

Dick Alford, Puttler und Gilder waren auf dem Weg zur Abtei, als sie ein kleines Flugzeug sichteten, das direkt über ihnen Kreise zog, im Gleitflug herunterkam und auf der Langen Wiese landete. Ein Mann kletterte heraus – Arthur Gine.

Gilder runzelte die Stirn, als Gine auf ihn zusteuerte.

„Hier – der Betrag, den ich Ihnen schulde, Gilder!“ Er zerrte einen dicken Umschlag aus der Tasche seiner Lederjoppe. „Falls der Franc seit meinem Start in Paris nicht gefallen ist. So, und nun können Sie mir den Buckel ’runterrutschen!“

Gilder nahm den Umschlag stumm in Empfang. Arthur wandte sich an Dick.

„Ich bin gleich zurückgekommen, weil ich aus den französischen Zeitungen von Leslies Verschwinden erfuhr. Ist sie gefunden worden?“

Dick schilderte kurz die Ereignisse der letzten Tage. Als er auf seinen Befreiungsplan zu sprechen kam, wehrte Arthur entsetzt ab.

„Bevor ich mich meinem jetzigen Beruf zuwandte, studierte ich einige Semester Tiefbau, und darum kann ich Ihnen aufgrund meiner, wenn auch nur kärglichen Kenntnisse versichern, dass beim Sprengen eines dieser Luftlöcher der gesamte Brunnen zusammenstürzen würde. Sie dürfen den jahrhundertelangen Verwitterungsprozess nicht vergessen, dem Mauerwerk wie Gestein ausgesetzt gewesen sind. Wehe denen, die in der Nähe sind, wenn Ihre Sprengzündung losgeht! – Zeigen Sie mir einmal diese Verliese!"

Sie kletterten in das unterste Gewölbe hinab, wo der wuchtige Refektoriumstisch stand. Arthur Gine sah den geneigten Fußboden und tat etwas, was die anderen in dieser Weise nicht versucht hatten. Er stemmte sich gegen die erhöhte Schmalseite des Tisches. Erst langsam, dann immer schneller glitt das Riesenmöbel weg, und Arthur hatte gerade noch Zeit, auf den Sockel zu treten und sich an der Tischkante festzuhalten, um nicht in die gähnende Tiefe, die sich auftat, zu stürzen. Gleich darauf rollte der Tisch von selbst wieder an Ort und Stelle zurück.

Beim zweiten Mal wurde er festgeklemmt. Dick sah die eingestürzte Treppe und unten, an ihrem Fuß, etwas Schmales, Dunkles – ein Streifchen Seide. Er sprang hinunter, während die anderen noch den Koloss sicherten. Eine Leiter wurde angelegt.

„Gilder", sagte Dick, „untersuchen Sie mit Puttler den rechten Gang, wir nehmen den linken –"

Doch die Spirale führte nur bis zu der Mauersperre, an der schon Leslie gestanden hatte. Dick und Arthur kehrten zur eingebrochenen Treppe zurück. Dort warteten auch schon Gilder und Puttler.

„Der rechte Gang", lautete ihr Bericht, „ist durch Einsturz völlig versperrt."

Die untergehende Sonne warf ihre letzten Strahlen auf die vier enttäuschten, schmutzigen Männer, die aus dem Spalt des Turms wieder an die Oberwelt traten.

Auf einmal drehte sich Arthur Gine zu Dick um.

„Alford, haben Sie schon an die ‚Wunschquelle' gedacht?"

„Bei Gott, das ist eine fabelhafte Idee!“, rief Dick aufgeregt und rannte zum Fluss hinunter, watete hindurch.

Die Furt, die er benützte, war die ursprüngliche Chelfurt, nach der die Grafen sich nannten. Die „Wunschquelle“ aber war eine Felsspalte am anderen Ufer des Ravensrill, ein enger Steinschacht von dreißig Zentimeter Durchmesser an seiner breitesten Stelle. Woher der Name „Wunschquelle“ kam, wusste niemand – kein Wassersprudel war je aus dem Spalt, der sich in ungemessenen Tiefen verlor, emporgestiegen.

46

Wie spät ist es?“, fragte Harry.

Zwei Stunden hatte er, finster grübelnd, ohne eine Silbe zu sprechen, auf dem Boden gekauert.

„Geben Sie mir die Lampe“, bat Leslie. Nach einem Blick auf die Armbanduhr antwortete sie: „Ein Viertel vor sieben. Ach, Harry, ich bin so hungrig!“

„Wirklich? Ich gar nicht, nur so leer im Kopf. Wie sind wir eigentlich in diese gräuliche Höhle geraten? Ach ja, ich erinnere mich –“ Wieder versank er in Grübeln. „Ich hatte entsetzliche Träume – ich schlafe überhaupt so schlecht …“ Zum zehnten Mal leuchtete er mit der Taschenlampe zur Decke. „Gewölbt!“ Ein Schauer lief durch seinen Körper. „Hoffentlich passiert uns nichts!“

„Die Decke hält“, beruhigte ihn Leslie. „Und wenn wir hier heraus sind, veranstalten wir ein großes Fest.“

„Wir werden nie herauskommen. Es ist das Ende der Chelfords.“ Er dachte eine Weile nach. „Aber nein! Dick ist ja noch da – auf ihn wird Titel und Besitz fallen. Ist es nicht merkwürdig, dass er mich nie heiraten lassen wollte? Auch unsere Verlobung passte ihm nicht. Natürlich ist mit mir kein Staat zu machen, immerhin …“

„Hallo!“

Eine dröhnende Stimme schallte von irgendwoher in das Gewölbe. Leslie sah, wie Harry zusammenfuhr und krampfartig zu zittern begann.

„Hallo!“

Sie sprang auf, rannte zu der Stelle, wo das Tageslicht einbrach.

„Hallo!“

„Sind Sie es, Dick?“

„Gott sei Dank!“, rief er zurück. „Ist Harry bei Ihnen, Leslie?“

„Ja.“

Aus dem Stalaktitenraum hallte grässliches Gelächter. Das war die ärgste Gefahr – Leslie Gine allein mit einem Wahnsinnigen!

„Sind Sie hungrig?“

„Sehr sogar. Tut aber nichts – ich kann noch zwölf Stunden aushalten. Wir sitzen in einer Höhle und können nicht mehr zurück, weil der Stollen hinter uns eingestürzt ist. Und nach vorne hört der Gang auf. Eine Mauer …“

„Leslie!“

„Ja?“

„Wie lang ist der ganze Stollen?“

Sie überlegte.

„Etwa vierhundert Meter.“

„Und wie weit ist es vom Ende bis zur Einbruchstelle?“

„Höchstens neun Meter.“

„Warten Sie! Ich lasse einen Kompass hinunter. Sagen Sie mir, in welcher Richtung von Ihnen aus die Höhle liegt.“

Der Kompass traf ein. Eine Minute später kam die Antwort: „Genau im Westen.“

„Und wie viel Schritte sind es von dieser Spalte bis zur Höhle?“

„Acht.“

„Demnach liegt die Höhle direkt unter dem Flussbett“, erklärte der Ingenieur, den Arthur Gine in der Umgebung aufgetrieben hatte.

„Können wir den Spalt erweitern?“

„Unmöglich, Mr Alford. Die Sprengarbeiten würden Wochen beanspruchen.“

Jetzt mischte sich Mr Puttler ein.

„Warum nicht den Ravensrill in sein natürliches Bett zurückleiten?“

Zehn Minuten später saß Mary Wenner am Telefon und brachte alle Unternehmer in einem Umkreis von zwanzig Meilen auf die Beine. Bald bewegten sich Schlangen von Karren, Wagen, Autos, Omnibussen auf Fossaway zu. Aus den Häusern und Kneipen, den Arbeiterklubs und Kinos holte man die Leute heraus, jede Stunde wurden es mehr, bis über tausend Mann sich beim Licht großer Acetylenlampen fieberhaft um das Abtragen des Dammes bemühten.

Immer niedriger wurde der mächtige Erdwall, und kurz nach Mitternacht rauschte der Ravensrill in sein altes Bett, das er vor Jahrhunderten verlassen musste. Zurück blieb ein dunkles Gewirr von Schlingpflanzen, aus dem silbrige Streifen emporschnellten – Forellen und Hechte.

„Wenn wir jetzt auf Fels stoßen, sind wir aufgeschmissen", meinte der Ingenieur. „Aber ich möchte wetten, dass der Boden aus Sand besteht."

„Und aus Kies", ergänzte Puttler.

„Nein, Sir. Im Ravensrill ist noch nie Kies gefunden worden, was für uns nur günstig ist, denn im Sand kommen wir schneller vorwärts."

Der in Angriff genommene Schacht wurde mit Holz abgestützt. Schon hatte man eine Tiefe von zwei Metern erreicht, als der Vorarbeiter rief: „Kies!"

„Wahrscheinlich nur eine dünne Schicht", tat es der Ingenieur ab und kletterte in den Schacht hinunter. „Immerhin, sehr wertvolles Material ..."

Nun wurde die Arbeit schwieriger. Ein Gerüst und eine Winde mussten aufgestellt werden. Dick benützte die Verzögerung, um der „Wunschquelle" einen Besuch abzustatten.

Diesmal gab Harry auf seinen Ruf Antwort.

„Bist du es, Dick? Kann ich nicht irgendein Werkzeug haben, damit ich nicht untätig warten muss, bis ihr endlich so weit seid?"

Um ihn bei Laune zu halten, ließ Dick ein Brecheisen hinab. „Geh aber vorsichtig damit um, damit nicht noch mehr einstürzt!“, mahnte er.

Doch Harry rannte, kaum hatte er das Eisen losgeknüpft, davon.

47

Er wälzte einen Felsblock aus dem eingestürzten Gang in die Stalaktitenhöhle, stieg darauf und konnte nun mit dem Brecheisen die Decke erreichen, deren Mitte aus einer kunstvoll eingesetzten, sechsteiligen Rosette bestand.

Während er mit dem Eisen daran herumzustochern begann, nahm Leslie, die ihm die Taschenlampe halten musste, den Raum gründlicher in Augenschein. Die Wände wiesen in regelmäßigen Abständen kleine, runde Löcher auf. In einem von ihnen steckte locker ein eiserner Haken. Leslie ergriff ihn. Er war so von Rost zerfressen, dass sie ihn mit den Händen zerbrechen konnte. Sie kam auf die Idee, dass dieser eiskalte Raum eine Kühlkammer gewesen sein könnte. Vielleicht hatten die Mönche hier das Fleisch aufbewahrt – daher die glatt behauenen Wände, die Löcher für die Haken!

Harry bemühte sich noch immer, sein Brecheisen in eine Fuge zu zwängen.

„Dick denkt gar nicht daran, uns zu retten!“, grollte er und wischte sich den Schweiß ab.

Um ihn abzulenken, ermunterte ihn Leslie: „Sie kommen gut voran, Harry!“

„Verlassen Sie sich auf mich, Leslie – ich bin der einzige Mensch auf Erden, dem Sie trauen dürfen! Ich habe den Schwarzen Abt getötet, und ich bin stolz darauf, stolz auf den Beifall meiner Ahnen …“

Allmählich konnte er das Brecheisen so weit in die Fuge klemmen, dass sich die Stange als Hebel benützen ließ. Und langsam senkte sich der Stein ein wenig.

„Sehen Sie!“, schrie er schrill. „Nie hätte Dick mir das zugetraut!“

Mit neuer Wucht legte er sich auf die Stange, und der Steinblock rutschte ein ganzes Stück nach unten.

„Vorsicht, Harry, damit er Sie beim Fallen nicht verletzt!"

Noch war er verständig genug, auf ihren Rat zu hören. Er änderte seine Stellung und lockerte weiter, bis auf einmal das ganze Sechstel der Rosette herunterkrachte. Eine Flut von Kies folgte, der Harry, mit dem Eisen nach oben stechend, nachhalf.

In dem Kieshaufen am Boden blinkte plötzlich etwas Metallenes auf – ein Zinnkästchen. Bevor es von dem stetig fließenden Kiesregen begraben werden konnte, riss es Harry, fieberhaft erregt, an sich und sprengte mit dem Brecheisen den Deckel auf. Zum Vorschein kam ein zusammengewickeltes Tuch. Als er es herausnehmen wollte, zitterten seine Hände derart, dass Leslie ihm behilflich sein und zugreifen musste. Das zerschlissene Gewebe umhüllte etwas Hartes – eine Flasche!

Er riss sie ihr wild aus den Händen.

„Das Lebenselixier!", keuchte er verzückt. „Dem Himmel sei Dank!"

Leslie beugte sich näher, weil sie den Inhalt sehen wollte. Doch er missverstand ihre Bewegung.

„Sie Teufel!", kreischte er. „Sie sind im Bunde mit Dick, Sie wollen mir die Zukunft rauben! Es wird Ihnen nicht gelingen!"

Mit den Zähnen zog er den Holzpfropfen heraus, setzte die Flasche gierig an die Lippen – leerte sie bis zum letzten Tropfen.

„Ah, ich werde ewig leben! Sie dagegen sollen sterben – tot soll er sie hier finden und …"

Ein lautes Poltern ließ ihn herumfahren. Der Kies floss unaufhaltsam weiter, doch dazwischen stürzte und rutschte jetzt etwas Schweres, das einer dicken gelben Kerze glich, auf den immer größer werdenden Haufen. Noch so ein gelbes Ding folgte. Dann kamen sie zu zweien und dreien, zu Dutzenden, Hunderten – ein gelber Strom.

„Das Gold!", gellte Harrys Stimme. „Nie soll er es haben!"

Sein Arm hob sich. Leslie bückte sich und schmetterte die Lampe gegen die Wand.

Im Dunkeln tastete sie sich auf den Gang hinaus, hastete zur Felsspalte. Hinter sich hörte sie ein Prasseln und Krachen, ein Fallen und Brechen.

Die halbe Decke hatte nachgegeben, Kies und Goldbarren rauschten herab, bis sie die Höhle beinahe ganz ausfüllten.

Als man Harry Alford später ausgrub, umklammerte seine erstarrte Hand noch immer das Kristallfläschchen. Leer –

48

Sonnenstrahlen drangen durch die Ritzen der Jalousien. Leslie Gine fuhr hoch, in ihrem Kopf drehte sich alles. Erinnerung überwältigte sie, und sie schloss die Augen, um die furchtbare Vision zu verjagen.

„Endlich!“, stieß Mary Wenner erleichtert aus. „Alles im Haus ängstigt sich um Sie, sogar Fabe. Ein Glück, dass mir Eifersucht fremd ist!“

„Wie spät ist es?“

„Drei Uhr. Gut, dass Sie den ganzen Tumult draußen nicht erlebt haben – nichts als Erdarbeiter und Schubkarren! Man sagt, dass es Seine Gnaden zwanzigtausend Pfund kostet.“

Leslie schaute sie verständnislos an. „Seine Gnaden?“

„Ich meine Dick“, erläuterte Miss Wenner. „Alle halben Stunden schickt er jemanden her, um zu fragen, ob Sie aufgewacht sind. Fabe ist heute Morgen nach London zurückgekehrt.“

„Fabe –? Ach so, Mr Gilder!“ Leslie lächelte.

„Ja, wir haben uns verlobt. Ich bin sicher nicht das Mädchen, das sich einem Mann an den Hals wirft. Aber er verstand es, mich zu überzeugen. Und ich muss sagen, dass Arthur den Schlag mannhaft ertragen hat.“

„Welchen Schlag?“

„Meine Verlobung.“ Miss Wenner seufzte. „Ah, Sie wissen ja gar nicht, dass Ihr Bruder mich sehr geliebt hat –“

Eine halbe Stunde später stieg Leslie Gine, noch etwas unsicher auf den Füßen, die Treppe hinab. Die Tür zu Dicks Büro stand offen, und sie sah ihn in einem Korbsessel draußen auf der Terrasse sitzen mit einem Stapel Papiere auf den Knien.

„Oh, Dick, Sie sehen ja hundert Jahre älter aus!“

„Leslie –!“ Er sprang auf und führte sie zu seinem Sessel. „Es ist mir gelungen, den Zeitungen den schlimmsten Teil der Tragödie vorzuenthalten. Armer Harry! Er war nur das Opfer … Die Geisteskrankheit seiner Mutter wurde erst nach seiner Geburt festgestellt. Wie seltsam, dass er vor seinem Tod noch den Chelfordschatz zu sehen bekam! Und wie seltsam auch, dass niemand die Worte des Tagebuchs – ‚wenn die Trockenheit andauert' – richtig verstanden hat! Es war ein heißes Jahr und der Ravensrill völlig ausgetrocknet. Wahrscheinlich fand jener Graf von Chelford ein tiefes Loch im Flussbett, dem er sein Gold anvertraute und das er mit dem Kies von Brighton, den das Wasser nicht wegschwemmen konnte, auffüllte."

„Sie sind jetzt sehr reich, nicht wahr, Dick?"

„Ja, sehr reich. Ein paar Dinge sind noch zu regeln, dann wollen wir für ein Jahr ins Ausland reisen, um all das Grausige zu vergessen. Einverstanden?"

Der Hexer

1

Der Kommissar drückte auf den Klingelknopf und befahl der Ordonnanz, die wenig später eintrat: „Bitten Sie Inspektor Wembury zu mir zu kommen!“

Der Kommissar ordnete die Dokumente, in denen er gelesen hatte, und legte sie in eine Mappe.

Alan Wembury, ein Mann Anfang Dreißig und von sportlicher Erscheinung, trat ein. Er hatte nicht nur seine Laufbahn als Kriminalbeamter Erfolg versprechend begonnen, sondern es während des Krieges auch zum Major gebracht.

„Guten Morgen, Wembury!“

„Guten Morgen, Sir.“

„Ich habe Sie zu mir gebeten, weil ich Ihnen eine angenehme Mitteilung zu machen habe“, begann der Kommissar, der eine aufrichtige Freundschaft für seinen Untergebenen empfand. Mit einladender Handbewegung wies er auf einen Stuhl. „Sie sind zum Bezirksinspektor befördert worden und übernehmen am Montag in acht Tagen den R-Bezirk.“

Alans Augen leuchteten auf.

„Das kommt sehr überraschend, Sir“, erwiderte er, „und ist eine Auszeichnung – aber ich glaube doch, dass andere vor mir …“

Oberst Walford schüttelte den Kopf.

„Nein, keineswegs – vielmehr freue ich mich für Sie. Es sind überhaupt bedeutende Veränderungen im Gange. Bliss, der bei der Gesandtschaft in Washington arbeitete, kehrt zurück. Sie kennen ihn doch?“

Alan hatte zwar von dem gefürchteten Bliss gehört, wusste aber nur, dass er ein fähiger Polizeibeamter war und beinahe von jedem Mann in Scotland Yard sehr ungern gesehen wurde.

„Der R-Bezirk ist nicht mehr so aufregend wie in früheren Jahren", versicherte der Kommissar zwinkernd. „Aber Sie sollten sich darüber freuen!"

„War er wirklich so aufregend?", fragte Alan, der Deptford nur flüchtig kannte.

Oberst Walford nickte.

„Ich denke natürlich an den ‚Hexer' – den Bericht über seinen Tod habe ich oft angezweifelt. Die australische Polizei behauptete, seine Leiche aus dem Hafen von Sydney gefischt zu haben."

„Der Hexer!", sagte Alan Wembury langsam.

Wer hatte von ihm, dessen Taten einst ganz London erschreckten, nicht schon gehört?

„Obwohl der Hexer nicht mehr in Ihrem Bezirk haust", setzte Oberst Walford hinzu, „möchte ich Sie doch vor einem Mann in Deptford warnen. Es ist ..."

„Maurice Messer!", unterbrach ihn Alan.

Der Kommissar hob erstaunt die Augenbrauen.

„Kennen Sie ihn? Als Rechtsanwalt? Ich wusste nicht, dass er so bekannt ist."

Alan Wembury zögerte ein wenig.

„Ich kenne ihn nur als Anwalt der Familie Lenley."

„Lenley? Meinen Sie etwa den alten George Lenley in Hertford, der vor einigen Monaten gestorben ist?"

„Ja."

„Ach! Wir waren oft zusammen auf der Jagd. Einer jener alten englischen Landherren – tüchtige Reiter und Trinker ... Man hat mir erzählt, dass er vermögenslos starb. Hatte er Kinder?"

„Zwei, Sir."

„Und Messer ist ihr Anwalt?" Der Kommissar lachte kurz auf. „Man hat sie schlecht beraten!" Er überlegte einen Moment und sagte unerwartet: „Messer kannte den Hexer."

Wemburys Augen wurden groß vor Erstaunen.
„Den Hexer?“, wiederholte er.
„Ich weiß nicht, wie gut er ihn kannte, doch glaube ich, zu gut, um, wenn er noch am Leben sein sollte, Ruhe finden zu können. Der Hexer hatte seine Schwester Gwenda Milton in Messers Obhut zurückgelassen. Vor sechs Monaten wurde ihr Leichnam aus der Themse gezogen.“
Alan erinnerte sich des unglücklichen Vorfalls.
„Sie war Messers Sekretärin“, berichtete Walford weiter. „Wenn Sie dieser Tage einmal Zeit haben, gehen Sie ins Aktenzimmer hinauf – vieles wurde bei den gerichtlichen Verhandlungen nicht erwähnt.“
„Über Messer?“
Oberst Walford nickte.
„Wenn der Hexer tot ist, hat es nichts weiter zu bedeuten, aber wenn er noch lebt ...“ Er zuckte mit den breiten Schultern und schaute Alan bedeutungsvoll an. „Wenn er lebt, dann weiß ich, dass es ihn nach Deptford und zu Messer zurückzieht. Doch – lesen Sie die Akten! Sie werden sehen ...“ Mit einer Handbewegung gab der Kommissar zu verstehen, dass er über den Hexer nicht mehr sprechen wollte. „Am Montag in acht Tagen treten Sie Ihren neuen Dienst an. Haben Sie vielleicht Lust, sich schon vorher mit der Arbeit im neuen Bezirk vertraut zu machen?“
Alan zögerte.
„Wenn möglich, Sir, möchte ich eine Woche Urlaub nehmen.“
„Urlaub? Aber selbstverständlich. Wollen Sie die gute Botschaft Ihrem Mädchen verkünden?“ Walford zwinkerte gutmütig.
„Nein, Sir.“ Alan wurde verlegen und ein wenig rot. „Ich möchte einer Dame von meiner Beförderung erzählen. Es ist – Miss Mary Lenley.“
„Oh, Sie kennen also Miss Lenley so gut?“
„Nicht so, Sir“, wehrte Wembury ab, „sie ist mir nur immer

eine gute Freundin gewesen. Mein Leben begann in einem Häuschen auf dem Gut der Lenleys. Mein Vater war Obergärtner bei Mr Lenley, ich kenne die Familie, so weit ich zurückdenken kann.“

„Nehmen Sie Ihren Urlaub, mein Junge, und gehen Sie, wohin Sie wollen! Wenn Miss Mary so weise wie schön ist – ich habe sie als Kind in Erinnerung –, so wird sie vergessen, dass sie eine Lenley von Lenley Court und Sie ein Wembury aus dem Gärtnerhäuschen sind! In unserem demokratischen Zeitalter ist der Mann, was er selbst ist, nicht, was sein Vater war. Ich hoffe, Sie werden sich nie unterschätzen, Wembury!“

2

Als Alan vom Bahnhof her das Dorf erreichte, sah er hinter den hohen Pappeln das Herrenhaus von Lenley Court aufleuchten.

Der kahlköpfige Wirt des Gasthauses „Zum Roten Löwen" kam ihm, ein Lachen auf dem roten Gesicht, entgegen.

„Ich freue mich, Sie wiederzusehen, Alan!", rief er. „Wir haben von Ihrer Beförderung gehört und sind stolz auf Sie. Nächstens werden Sie Polizeipräsident sein! Gehen Sie zum Herrenhaus hinauf, zu Miss Mary?" Der Wirt schüttelte den Kopf. „Dort steht es sehr schlecht. Man sagt, dass von dem ganzen Vermögen nichts übrig bleibt. Für Mr Johnny mag es noch angehen, er ist ein Mann und müsste sich in der Welt zurechtfinden können – wenn er nur einen besseren Weg eingeschlagen hätte …"

„Wie meinen Sie das?", fragte Alan.

Der Wirt schien sich plötzlich zu erinnern, dass er mit einem Kriminalbeamten sprach, und wurde zurückhaltender.

„Nun, man erzählt, dass er zum Teufel geht. Sie wissen ja, wie die Leute reden. Aber etwas Wahres muss doch daran sein. Der junge Mann kann die Armut nicht ertragen."

„Warum bleiben sie denn auf Lenley Court, wenn es so schlecht steht? Der Unterhalt muss ja eine Menge kosten. Warum verkauft Johnny nicht?"

„Verkaufen!", spottete der Wirt. „Es ist bis zum letzten Blättchen auf dem höchsten Baumwipfel mit Hypotheken belastet! So viel ich gehört habe, bleiben die Lenleys hier, bis ihr Londoner Rechtsanwalt die Erbschaftsangelegenheit geregelt hat, und wollen nächste Woche nach London ziehen."

Der Londoner Rechtsanwalt! Das musste Maurice Messer

sein. Alans Stirn legte sich in Falten. Es reizte ihn, den Mann kennenzulernen, über den so viele seltsame Gerüchte umliefen. Man flüsterte sich in Scotland Yard Dinge über Maurice Messer zu, die, wenn sie laut gesagt worden wären, Verleumdungs- oder Beleidigungsklagen hätten zur Folge haben können.

„Wollen Sie mir ein Zimmer reservieren, Mr Griggs? Der Dienstmann wird mein Gepäck vom Bahnhof bringen. Ich will zuerst zum Herrenhaus hinauf."

Als er den breiten, von Eichen beschatteten Fahrweg entlangging, stieß er überall auf Anzeichen der Armut und Verwahrlosung. Auf dem kiesbestreuten Weg wuchs Gras; die wunderschönen Eibenhecken des Tudorgartens waren von ungeübter Hand zurechtgestutzt worden; der Rasen vor dem Haus sah ungepflegt aus. Das Herrenhaus selbst bot einen Anblick allgemeiner Vernachlässigung, der ihn schmerzte. Die Fenster waren schmutzig, viele Scheiben zerbrochen.

Als er sich dem Haus näherte, sah er Mary durch den Säulengang gehen. Sie erkannte ihn und kam rasch auf ihn zu.

„Alan!"

Er fasste nach ihren Händen und blickte in Marys bleiches Gesicht. Zwölf Monate hatte er sie nicht gesehen! Ihre zarte Schönheit rührte ihn.

„Ich freue mich, Sie zu sehen, Alan!", rief sie, und ihre melancholischen Augen leuchteten auf. „Sie bringen Neuigkeiten! Wir haben es schon in der Morgenzeitung gelesen – Sie müssen jetzt alles ganz genau erzählen!"

„Es gibt nicht viel zu erzählen, und so welterschütternd ist meine Beförderung auch nicht. Zudem sind bessere Männer übergangen worden; ich weiß nicht, soll ich mich freuen oder nicht?"

„Unsinn!", widersprach sie. „Sie sind befördert worden, weil Sie es verdient haben."

Sie ergriff seinen Arm, wie sie es in Kindertagen getan hatte, als er noch der schüchterne Knabe, der Sohn des Gärtners und ihr Spielgefährte gewesen war, der ihren Drachen steigen ließ und ihr den Ball zuwarf, wenn sie den viel zu großen Kricketschläger schwang.

Beunruhigt stellte sie fest, dass Alan mit prüfenden Blicken das Haus betrachtete.

„Armer alter Lenley Court!“, sagte sie ernst. „Haben Sie es schon gehört, Alan? Nächste Woche verlassen wir unser Haus.“ Sie seufzte. „Man darf nicht darüber nachdenken! Johnny will eine Wohnung in der Stadt nehmen, und Maurice hat mir Arbeit versprochen.“

„Arbeit?“, fragte Alan erstaunt. „Sie wollen damit doch nicht sagen, dass Sie Ihren Lebensunterhalt verdienen müssen?“

Sie lachte.

„Aber selbstverständlich, mein lieber Alan! Ich bin dabei, in die Geheimnisse der Stenografie und des Maschinenschreibens einzudringen. Ich soll Sekretärin von Maurice werden.“

Messers Sekretärin! Das kam ihm bekannt vor. Walfords Worte klangen ihm noch in den Ohren. Er dachte an jene andere Sekretärin, deren Leichnam man an einem nebligen Morgen aus dem Wasser gezogen hatte.

„Warum sind Sie so ernst, Alan? Gefällt Ihnen der Gedanke nicht, dass ich meinen Lebensunterhalt verdienen werde?“

„Nein“, antwortete er kurz. „Es wird doch etwas aus dem Zusammenbruch gerettet werden können?“

Sie schüttelte den Kopf.

„Nichts – überhaupt nichts! Von meinem mütterlichen Erbe beziehe ich ein kleines Einkommen, das mich vor dem Verhungern schützt. Und dann ist Johnny auch ganz tüchtig. Er hat in der letzten Zeit viel Geld verdient. Das klingt doch seltsam.

Niemand hätte gedacht, dass ein guter Kaufmann aus ihm wird. Und doch – er hofft, in wenigen Jahren Lenley Court zurückkaufen zu können.“

Es klang mutig, aber Alan ließ sich nicht täuschen.

3

Alan fiel auf, dass Mary über seine Schulter hinwegschaute, und als er sich umdrehte, sah er zwei Männer auf sie zukommen.

Der ältere von beiden – Alan zweifelte nicht, Mr Messer vor sich zu haben – war auf herkömmliche, von erfolgreichen Rechtsanwälten seit jeher bevorzugte Art gekleidet. Der langschößige Gehrock saß tadellos. In der schwarzen Krawatte steckte ein schimmernder Opal. Er trug einen Zylinder und gelbe, einwandfreie Handschuhe. Seine Gestalt war schlank, das Gesicht mager, mit beinahe gelblichem Teint. Er hatte etwas Aristokratisches in seinem Wesen. „Er sieht aus wie ein Herzog, spricht wie ein spanischer Edelmann und denkt wie ein Teufel!" war nicht das Abträglichste, was je über Messer gesagt worden war.

Johnny Lenley begleitete ihn. Er war nicht viel älter als zwanzig Jahre. Auf den Besucher blickend, zog er die Augenbrauen zusammen.

„Hallo!", rief er unfreundlich und wandte sich an Messer. „Sie kennen doch Wembury, Maurice? Er ist Oberwachtmeister oder etwas Ähnliches bei der Polizei."

„Bezirkskriminalinspektor", verbesserte Messer lächelnd und streckte seine lange, schmale Hand aus. „Wie ich gehört habe, kommen Sie in meine Nachbarschaft – zum Schrecken meiner Klienten!"

Johnny Lenley hatte Alan schon als Knabe nicht leiden können, und jedes Mal, wenn er ihn traf, flackerte sein Groll von Neuem auf.

„Was führt Sie nach Lenley?", fragte er verdrießlich. „Haben Sie denn noch Verwandte hier?"

„Ich habe wenig Freunde hier“, antwortete Alan zurückhaltend.

„Selbstverständlich hat er“, warf Mary ein. „Und dann ist er auch gekommen, um mich zu besuchen, nicht wahr, Alan? Es tut mir leid, dass wir Sie nicht bitten können, bei uns zu wohnen, aber es sind so gut wie keine Möbel übrig geblieben.“

„Es ist nicht nötig, unsere Armut im ganzen Land zu verkünden!“, rief Johnny Lenley schroff. „Ich glaube kaum, dass Wembury sich für unser Missgeschick interessiert, und wenn ...“

„Das Missgeschick auf Lenley Court ist der Öffentlichkeit bekannt, mein lieber Johnny“, unterbrach ihn Messer besänftigend. „Seien Sie doch nicht unnötig empfindlich! Ich meinerseits freue mich, Gelegenheit zu haben, einen so ausgezeichneten Kriminalbeamten wie Alan Wembury kennenzulernen. Augenblicklich werden Sie Ihren Bezirk sehr ruhig finden, Mr Wembury. Es gibt nicht mehr die Aufregungen wie zur Zeit, als ich von Lincoln's Inn Fields nach Deptford zog.“

„Sie meinen, dass der Hexer Sie nicht mehr belästigt?“

Alans Frage klang ganz harmlos, umso bemerkenswerter aber war die Veränderung, die in Messers Gesicht vor sich ging. Seine Augen blinzelten plötzlich, als wenn sie in grelles Licht geblickt hätten. Der Mund wurde zu einer geraden, harten Linie.

„Der Hexer! Eine alte Geschichte! Der arme Teufel ist tot! Tot – in Australien ertrunken!“

Mary schaute ihn verwundert an.

„Wer ist der Hexer?“, fragte sie.

„Niemand, den Sie kennen – und auch niemand, den Sie kennen sollten“, erwiderte Messer brüsk. Schon wieder lächelnd setzte er hinzu: „Wir sollten in Gesellschaft einer jungen Dame nicht fachsimpeln. Ich meine, wir sollten uns wirklich nicht über das Verbrechertum unterhalten.“

„Ich wünschte, Sie fänden einen anderen Gesprächsstoff!“, brummte Johnny Lenley. Er wollte sich schon umdrehen, als

Messer den Inspektor fragte: „Sie sind doch jetzt im Westend-Bezirk, Wembury? Welches war Ihr letzter Fall? Ich kann mich nicht erinnern, Ihren Namen in der Zeitung gelesen zu haben."

Alan verzog das Gesicht.

„Wir verkünden unsere Fehlschläge nicht! Meine letzten Nachforschungen galten der Perlenkette, die Lady Darnleigh in der Park Lane gestohlen wurde, als sie den großen Botschafterball gab."

Während er sprach, schaute er Mary an. Er bemerkte deshalb nicht, wie Johnny Lenley einen unwillkürlichen Ausruf unterdrückte, noch sah er den schnellen, warnenden Blick, den Messer dem jungen Mann zuwarf. Es entstand eine kurze Pause.

„Lady Darnleigh?", fragte Messer gedehnt. „O ja, ich erinnere mich ... Waren Sie nicht auch auf jenem Ball, Johnny?" Er blickte Johnny an, der ärgerlich die Achseln zuckte.

„Selbstverständlich war ich dort – doch habe ich erst lange nachher von der Sache gehört. Habt ihr eigentlich keine anderen Gesprächsthemen als Verbrechen, Diebstähle und Morde?"

Er drehte sich um und ging langsam über den Rasen. Mary schaute ihm besorgt nach.

„Ich möchte wissen, was Johnny in den letzten Tagen so mürrisch macht. Wissen Sie es, Maurice?"

Maurice Messer betrachtete die glimmende Zigarette in seiner Bernsteinspitze.

„Johnny ist jung, und dann dürfen Sie nicht vergessen, meine Liebe, dass er in der letzten Zeit viel Aufregung hatte."

„Ich auch", erwiderte sie ruhig. „Oder glauben Sie, dass es für mich nichts zu bedeuten hat, Lenley Court zu verlassen?" Für einen Augenblick zitterte ihre Stimme, doch bezwang sie sich und lächelte. „Ich werde pathetisch. Wenn ich mich nicht zusammennehme, werde ich noch an Alans Schulter weinen. Kommen Sie, Alan, schauen Sie sich den alten Rosengarten an! Vielleicht sehen wir ihn zum letzten Mal."

4

Johnny Lenley schaute ihnen aus einiger Entfernung nach. Sein Gesicht war blass.

„Was führt diesen Kerl hierher?", fragte er.

Maurice Messer, der ihm gefolgt war, sah ihn seltsam an.

„Mein lieber Johnny, Sie sind noch jung und sehr unreif. Sie haben die Erziehung eines Gentlemans genossen, Sie benehmen sich aber wie ein Bauer!"

„Was erwarten Sie denn von mir? Soll ich ihm herzlich die Hand drücken und ihn auf Lenley Court willkommen heißen? Der Kerl stammt aus der Gosse, sein Vater war unser Gärtner ..."

„Sie sind sehr eingebildet, Johnny! Das schadet nichts – nur sollten Sie lernen, Ihre Gefühle zu verbergen."

„Ich sage, was ich meine", erklärte Johnny eigensinnig.

„Das tut auch der Hund, wenn man ihm auf den Schwanz tritt – Sie Esel!", fuhr ihn Maurice mit unerwarteter Heftigkeit an. „Sie Idiot! Bei der Erwähnung der Darnleigh-Perlen hätten Sie sich beinahe selbst verraten. Waren Sie sich im Klaren darüber, mit wem Sie sprachen, wer Sie höchstwahrscheinlich beobachtete? Der hartgesottenste Beamte der Kriminalabteilung! Der Mann, der Hersey fasste, der Gostein an den Galgen brachte, der die Flackbande auflöste!"

„Er hat nichts gemerkt", sagte Johnny verdrießlich und versuchte dem Gespräch eine andere Wendung zu geben. „Haben Sie wegen der Perlen Bericht erhalten? Sind sie verkauft?"

„Glauben Sie wirklich, dass man Perlen im Werte von fünfzehntausend Pfund in einer Woche verkaufen kann? Was stellen Sie sich eigentlich vor – etwa, dass man sie zur Versteigerung bei Christie gibt?"

„Jedenfalls", meinte Johnny kleinlaut, „ist es seltsam, dass

Wembury damit beauftragt wurde. Offenbar hat man die Hoffnung aufgegeben, den Dieb noch zu erwischen. Und was die alte Lady Darnleigh betrifft, so hat sie keinen Verdacht …"

„Seien Sie nicht allzu sicher!", warnte Messer. „Jeder Gast, der in jener Nacht in dem Hause war, ist verdächtig, Sie mehr als jeder andere, da jedermann weiß, dass Sie arm sind. Außerdem hat Sie ein Diener gesehen, als Sie kurz vor Ihrem Weggang die Haupttreppe hinaufgingen."

„Ich sagte ihm doch, dass ich nur meinen Mantel holen wolle. Warum haben Sie vor Wembury erwähnt, dass ich dort war?"

„Weil er es wusste." Maurice lachte. „Aber ich will Sie beruhigen. Die Person, die man augenblicklich verdächtigt, ist Lady Darnleighs Kellermeister. Glauben Sie aber ja nicht, dass alles vorbei ist – dies ist nicht der Fall. Die Polizei ist noch viel zu aktiv in der Sache, als dass wir daran denken könnten, die Perlen loszuwerden. Wir müssen eine günstige Gelegenheit abwarten, um sie in Antwerpen unterzubringen."

Er zog ein goldenes Etui hervor, suchte geziert eine Zigarette aus und zündete sie an. Johnny beobachtete ihn gespannt.

„Wenn die Wahrheit über die Perlen herauskommen sollte … Ich meine – Sie sind sich doch im Klaren, dass auch für Sie Zuchthaus in Aussicht steht?"

Messer stieß einen Rauchring in die Luft.

„Ich bin mir vollständig im Klaren, dass für Sie, mein lieber Freund, Zuchthaus in Aussicht stünde. Mich mit in die Sache hineinzuziehen, dürfte dagegen ziemlich schwer sein. Wenn Sie den Räuberbaron spielen wollen – so ist dies Ihr Vergnügen, es wird auch Ihr Leichenbegängnis sein. Ich kannte Ihren Vater, ich kenne Sie von Kindheit an, deshalb nehme ich einiges in Kauf – möglich auch, dass ich Geschmack am Abenteuerlichen finde …"

„Blödsinn!", unterbrach ihn Johnny Lenley grob. „Sie kennen jeden Dieb in London und sind ein Hehler."

„Gebrauchen Sie dieses Wort nicht!“, wies ihn Messer schroff zurecht. „Wie ich Ihnen schon gesagt habe, sind Sie noch sehr unreif. Habe ich den Diebstahl von Lady Darnleighs Perlen angestiftet? Habe ich Ihnen in den Kopf gesetzt, dass Diebstahl mehr abwirft als Arbeit, dass Ihre Erziehung und die Beziehungen zu den besten Familien Ihnen Gelegenheiten geben, die jedem anderen – Dieb versagt bleiben?“

Dieses Wort reizte Johnny Lenley genauso wie das Wort „Hehler“ den Anwalt.

„Wir sitzen im gleichen Boot“, lenkte er ein. „Sie könnten mich nicht verraten, ohne sich selbst zu ruinieren. Ich behaupte nicht, dass Sie irgendetwas angestiftet haben, doch haben Sie sich des Falles kräftig angenommen. Passen Sie auf, ich mache eines Tages noch einen reichen Mann aus Ihnen!“

Messer drehte sich langsam Johnny zu. Bei jeder anderen Gelegenheit hätte er über die gönnerhafte Sprache des jungen Mannes gelacht, jetzt aber ärgerte er sich.

„Mein lieber Freund“, erwiderte er steif, „Sie sind etwas zu zuversichtlich. Raub, ob nun mit oder ohne Gewalt, ist nicht so einfach, wie Sie es sich vorstellen. Sie glauben, dass Sie …“

„Ich bin etwas tüchtiger als Wembury“, unterbrach ihn Johnny selbstzufrieden.

Maurice Messer unterdrückte ein Lächeln.

5

Mary hatte ihren Gast nicht in den Rosengarten, sondern in den Park zu den sonderbaren, verwitterten Steinfiguren geführt. Dort gab es einen kleinen Tisch und eine Marmorbank. Mary setzte sich und bat auch Alan, Platz zu nehmen.

„Ich möchte Ihnen etwas sagen, Alan", begann sie. „Ich spreche jetzt zu Alan Wembury, nicht zum Inspektor Wembury –"

„Aber selbstverständlich …" Er stockte. Beinahe hätte er sie mit dem Vornamen angesprochen. „Ich habe nicht den Mut, Sie Mary zu nennen, obschon ich mich alt genug dazu fühle!"

„Tun Sie es doch! ‚Miss Mary' klingt so schrecklich unnatürlich, und wenn es von Ihnen kommt, wird es geradezu unfreundlich."

„Was gibt es also?", fragte er und setzte sich neben sie. Sie zögerte einen Augenblick.

„Johnny spricht in mancher Beziehung so seltsam", berichtete sie dann. „Es ist schwierig, Alan, so etwas zu sagen, aber manchmal scheint er den Unterschied zwischen mein und dein vergessen zu haben. Oft denke ich, dass er nur aus Eigensinn so redet, doch dann fühle ich wieder, dass er es wirklich ernst meint. Auch über unseren armen Vater spricht er sehr abfällig. Das kann ich nur schwer verzeihen. Vater war sehr leichtsinnig und verschwenderisch, aber er ist Johnny und mir ein guter Vater gewesen." Ihre Stimme zitterte ein wenig.

„Was meinen Sie damit, wenn Sie sagen, dass er in mancher Beziehung seltsam spricht?"

Sie schüttelte den Kopf.

„Das ist nicht das Einzige – er hat auch so eigenartige Bekannte. Vorige Woche war ein Mann hier, ich habe ihn nur gesehen, nicht gesprochen, Hackitt hieß er. Kennen Sie ihn?"

„Hackitt? Sam Hackitt?", fragte Wembury erstaunt. „Aber selbstverständlich, Sam und ich sind alte Bekannte!"

„Was ist er?"

„Einbrecher!", antwortete Alan ruhig. „Wahrscheinlich interessierte sich Johnny für ihn und ließ ihn kommen …"

„Nein, nein, das war es nicht." Sie biss sich auf die Lippen. „Johnny hat mich angelogen. Er sagte, dass der Mann Handwerker sei und nach Australien fahren wolle. Sind Sie sicher, dass es der gleiche Hackitt ist?"

Alan gab eine knappe, eindrückliche Beschreibung des Mannes.

„Das ist er!" Sie nickte. „Alan, glauben Sie, dass Johnny – schlecht ist?"

„Natürlich nicht!"

„Aber seine eigenartigen Freunde?"

Diese Gelegenheit durfte er nicht ungenützt vorbeigehen lassen.

„Ich fürchte, Mary, dass Sie bald eine ganze Menge Leute wie Hackitt und noch schlimmere treffen werden."

„Warum?", fragte sie erstaunt.

„Sie beabsichtigen, Messers Sekretärin zu werden – Mary, ich wünschte, Sie würden nicht hingehen."

„Warum, in aller Welt, Alan? Ich verstehe allerdings, was Sie meinen. Maurice hat eine große Zahl solcher Klienten, und ich werde sicher mit ihnen zusammenkommen, aber ich habe doch nur geschäftlich mit ihnen zu tun."

„Wegen der Klienten bin ich nicht besorgt", antwortete Alan ruhig. „Besorgt bin ich wegen – Maurice Messer."

„Besorgt wegen Maurice?" Sie traute ihren Ohren nicht. „Aber Maurice ist doch ein so lieber Mann! Er ist die Freundlichkeit selbst zu Johnny und mir gewesen, und wir kennen ihn unser ganzes Leben lang."

„Ich kenne Sie auch so lange, Mary ..."

„Aber", unterbrach sie ihn, „sagen Sie mir, warum? Was könnten Sie gegen Maurice haben?"

Einer so direkten Frage gegenübergestellt, fühlte sich Alan unsicher. Freimütig erklärte er: „Ich weiß nur, was Scotland Yard gegen ihn hat."

Sie lachte heiter.

„Weil er es fertigbringt, diese armen, elenden Verbrecher vor dem Gefängnis zu bewahren! Das ist Berufsneid. O Alan", neckte sie ihn, „das hätte ich nicht von Ihnen gedacht!"

Es wäre zwecklos gewesen, wenn er die Warnung wiederholt hätte. Eine Beruhigung hatte er: Wenn sie bei Messer arbeitete, würde sie auch in seinem Bezirk wohnen.

6

Maurice Messer blieb, von einer Eibenhecke halb verdeckt, stehen und beobachtete die beiden. Die Schönheit Mary Lenleys war ihm nie vorher aufgefallen. Es bedurfte offensichtlich der Bewunderung eines Polizeibeamten, um sein Interesse an dem Mädchen zu wecken, das er, einem später bereuten Impuls folgend, anzustellen versprochen hatte. Bewundernd verfolgte er ihre Bewegungen, während sie mit Alan Wembury sprach. Er befeuchtete seine trockenen Lippen. Merkwürdig, dass er blind gewesen war gegen eine so reizvolle Erscheinung wie Mary Lenley. Er liebte blonde Frauen. Gwenda Milton war blond gewesen. Ein naives Mädchen, das langweilig wurde und in einer Tragödie endete. Ihn fröstelte bei dem Gedanken an den trüben Tag der gerichtlichen Vernehmung, als er vor dem Zeugentisch gestanden und gelogen hatte.

Als Mary den Kopf wandte, entdeckte sie ihn und winkte.

„Wo ist Johnny?“, rief sie ihm zu.

„Johnny schmollt. Fragen Sie mich aber nicht, warum, denn ich weiß es nicht. Störe ich eine vertrauliche Unterredung?“

Er fragte sich, worüber sie gesprochen haben konnten. Hatte sie Alan Wembury mitgeteilt, dass sie nach Deptford zu kommen beabsichtigte? Früher oder später würde sie es ihm doch sagen, darum war es besser, dies gleich selbst zu tun.

„Wissen Sie schon, dass Miss Lenley mich beehren will, meine Sekretärin zu werden?“

„Ich hörte es.“ Alan schaute dem Rechtsanwalt fest in die Augen. „Ich habe Miss Lenley soeben gesagt, dass sie in meinem Bezirk wohnen wird – unter meiner Obhut sozusagen …“

Warnung und Drohung klangen aus diesen Worten. Messer war zu klug, um es zu überhören. Alan Wembury spielte sich als Beschützer des Mädchens auf! Vor einer Stunde noch hätte ihn die Bemerkung belustigt. Doch jetzt …

Er schaute Mary an. Wie blass schimmerte ihre zarte Haut! Wie reizvoll waren die dunkelgrauen Augen mit den langen Wimpern!

„Das ist sehr interessant!“ Seine Stimme klang heiser, er räusperte sich. „Sehr interessant. Ist es eine der Pflichten Ihres Amtes?“

Messers Spott wirkte verkrampft.

„Die Pflichten des Polizeibeamten“, entgegnete Alan, „werden durch die Inschrift über dem Old Bailey, unserem ehrwürdigen Gerichtsgebäude, ziemlich genau beschrieben.“

„Und was besagt sie?“, fragte Messer. „Ich habe mir nie die Mühe genommen, sie zu lesen.“

„Beschützt die Kinder der Armen und bestraft die Übeltäter!“, zitierte Wembury ernst.

„Ein edles Wort!“, stimmte Maurice zu. „Entschuldigen Sie, das muss für mich sein …“ Schnell ging er einem Telegrammboten entgegen, der durch den Garten kam.

„Ist Maurice auf Sie böse?“, fragte Mary.

Alan lachte.

„Jeder wird früher oder später auf mich böse.“

Halb belustigt, halb ernst sagte sie: „Ich glaube, ich werde nie mit Ihnen böse sein, Alan! Sie sind der netteste Mann, den ich kenne.“

Sie sahen Maurice mit dem ungeöffneten Telegramm in der Hand zurückkommen.

„Für Sie!“, rief er heiter. „Wie interessant, eine so wichtige Persönlichkeit zu sein, dass man das Amt nicht für fünf Minuten verlassen kann, ohne telegrafisch zurückgerufen zu werden!“

„Für mich?“ Alan runzelte die Stirn und nahm das Telegramm in Empfang.

Freunde hatte er wenig, und dass das Amt seinen Urlaub kürzte, war nicht anzunehmen.

Er öffnete das Telegramm und las:

> Sehr eilig. Kommen Sie sofort zurück, melden Sie sich bei Scotland Yard. Halten Sie sich bereit, Ihren Bezirk morgen früh zu übernehmen. Australische Polizei meldet: Hexer verließ vor vier Monaten Sydney. Es wird angenommen, dass er jetzt in London ist.

Walford hatte das Telegramm aufgegeben.

„Ist etwas nicht in Ordnung?" Mary betrachtete Alan mit besorgtem Gesicht.

Er schüttelte langsam den Kopf.

Der Hexer war in England. Arthur Milton, der schonungslose Mörder seiner Feinde, schlau, verwegen, furchtlos.

In Gedanken war Wembury bereits in Scotland Yard, im Büro des Kommissars.

Gwenda Milton – tot, ertrunken, eine Selbstmörderin! Trug Maurice Messer die Verantwortung dafür? Wehe Maurice Messer, wenn dem so war, wenn sie auf seinem Gewissen lastete!

7

Hexer“ – das Volk hatte ihm diesen Namen gegeben. Er änderte seine Verkleidungen und Masken so oft, dass die Polizei noch nie in der Lage war, eine Beschreibung seiner Person in Umlauf zu setzen. Er war ein Meister der Verkleidung.

Es konnte nur einen Grund für ihn geben, nach London zurückzukehren: Rache an Maurice Messer zu nehmen, dem er seine Schwester anvertraut hatte.

In welchem Winkel der Riesenstadt würde er untertauchen? Für Wembury gab es nur eine Antwort: Deptford – der Stadtteil, den der Hexer kannte wie seine eigene Tasche, in dem der Mann wohnte, den er suchte.

Deptford: Wembury erschrak. Mary Lenley begann ihre Tätigkeit in Messers Büro – und Gefahr für den Anwalt bedeutete auch Gefahr für Mary.

„Sie haben mein Telegramm erhalten?“, fragte Walford, als Alan bei ihm eintrat. „Es tut mir leid, dass ich Ihren Urlaub unterbrechen musste, aber ich möchte, dass Sie Ihr Amt in Deptford sofort übernehmen, damit Sie möglichst schnell mit Ihrem neuen Bezirk vertraut werden.“

„Der Hexer ist also zurück, Sir?“

„Warum er zurückkam, und wo er steckt, weiß ich nicht. Ein direkter Bericht über ihn liegt eigentlich nicht vor, wir nehmen nur an, dass er zurückgekehrt ist.“

Walford nahm ein Telegramm aus dem Korb auf seinem Tisch.

„Der Hexer hat eine Frau. Nur wenige wissen es. Er hat sie vor ein oder zwei Jahren in Kanada geheiratet. Nach seinem Verschwinden verließ auch sie das Land, man folgte ihr bis nach Australien. Dies konnte nur eines bedeuten: Der Hexer war dort! Jetzt hat sie Australien verlassen und kommt morgen früh in England an."

„Ich verstehe. Das bedeutet also, dass der Hexer entweder schon in England oder jedenfalls auf dem Weg hierher ist?"

„Sie haben doch mit niemand darüber gesprochen?", fragte der Kommissar rasch. „Sagten Sie nicht, dass Messer in Lenley Court war? Sie haben ihm gegenüber nichts erwähnt?"

„Nein, Sir!", antwortete Alan. „Eigentlich bedauere ich es. Ich hätte gern die Wirkung auf ihn beobachtet!"

„Der Hexer ist das Lieblingsgespenst Londons", stellte Oberst Walford mit Besorgnis fest. „Auch nur bei der leisesten Andeutung, dass er nach London zurückgekehrt sein könnte, würden sich sämtliche Zeitungsmenschen der Fleet Street auf mich stürzen. Er brachte uns mehr Fehlschläge als jeder andere Verbrecher auf unseren Listen! Die Nachricht, dass er sich frei in London bewegt, wird einen Sturm entfachen, der nicht mehr aufzuhalten ist!"

„Glauben Sie, dass der Fall über meine Kräfte geht?", fragte Alan.

„Nein", versicherte Walford entschieden. „Ich setze große Hoffnungen auf Sie – auf Sie und Dr. Lomond. Haben Sie übrigens Dr. Lomond kennengelernt?"

„Nein, wer ist das?"

Oberst Walford griff nach einem Buch, das auf dem Tisch lag. „Er hat, vor vierzehn Jahren, das einzige Buch über Verbrecher geschrieben, das sich zu lesen lohnt. Er war jahrelang in Indien und Tibet. Der Unterstaatssekretär kann froh sein, dass Lomond das Amt annahm."

„Welches Amt, Sir?"

„Das Amt des Polizeiarztes des R-Bezirks – also Ihres Bezirkes."

„Eigentlich merkwürdig, dass der Mann einen so untergeordneten Posten annimmt", meinte er schließlich.

Walford lachte leise.

„Er hat sein Leben lang nichts anderes getan. Wollen Sie seine Bekanntschaft machen? Er ist im Hause." Er drückte auf den Klingelknopf und gab dem eintretenden Beamten Anweisung.

„Wird er uns helfen, den Hexer zu fassen?", fragte Alan lächelnd.

Die Antwort erstaunte ihn.

„Ich habe das Gefühl", stimmte der Kommissar zu.

Die Tür öffnete sich, eine große, gebeugte Gestalt trat ein. Alan schätzte den Mann auf etwas über Fünfzig. Das Haar war ergraut, über dem Mund hing ein kleiner Schnurrbart, der Anzug saß schlecht. Flinke, blaue Augen schauten Alan freundlich an.

„Darf ich Sie mit Inspektor Wembury bekannt machen, der Ihrem Bezirk vorstehen wird!", stellte Walford vor.

Wemburys Hand wurde kräftig gedrückt.

„Haben Sie einige interessante Exemplare in Deptford, Inspektor?", fragte Dr. Lomond im reinsten schottischen Dialekt. „Ich möchte gern einige Köpfe vermessen."

Alan lachte. „Deptford ist mir noch so fremd wie Ihnen. Ich bin seit dem Krieg nicht mehr dort gewesen."

Der Arzt kratzte sich das Kinn, den Blick fest auf Wembury gerichtet.

„Ich glaube nicht, dass sie so interessant wie die Lelos sein werden. Das ist eine wunderbare Rasse, mit einer seltsamen Kopfform und eigenartiger Entwicklung des Scheitelbeines ..." Er sprach schnell, mit Begeisterung, es schien sein Lieblingsthema zu sein.

Während der Arzt seine Theorie über die Abstammung eines seltsamen tibetanischen Stammes erklärte, verschwand Alan geräuschlos aus dem Zimmer. Eine Stunde später traf er Walford, der gerade aus seinem Büro trat.

„Ja – ich bin den Doktor losgeworden!“ Der Oberst lachte. „Er ist zu gescheit, als dass man ihn einen langweiligen Menschen nennen könnte. Dennoch hat er mir Kopfschmerzen gemacht!“ Unvermittelt fuhr er fort: „Übertragen Sie Burton die Perlensache – ich meine die Darnleigh-Perlen. Einen neuen Anhaltspunkt haben Sie nicht gefunden?“

„Nein, Sir.“

Der Kommissar runzelte die Stirn.

„Da Sie eben erst von Lenley Court kamen, fiel mir ein, dass der junge Lenley am Abend des Diebstahls auf dem Ball der Lady Darnleigh war.“ Als er den Ausdruck in Alans Gesicht bemerkte, fügte Walford schnell hinzu: „Ich will damit selbstverständlich nicht sagen, dass er etwas mit der Sache zu tun hat, aber es ist doch ein eigenartiger Zufall. Ich möchte gern, dass wir diesen Fall bald erledigen, denn Lady Darnleigh hat mehr Freunde in Whitehall, als mir lieb ist. Jeden zweiten Tag erhalte ich einen Brief des Innenministers, worin er sich nach dem Stand der Ermittlungen erkundigt.“

Alan Wembury verließ den Kommissar mit unguten Gefühlen. Er hatte gewusst, dass Johnny an jenem Abend auf dem Ball bei Lady Darnleigh gewesen war, doch der Gedanke, ihn mit dem rätselhaften Perlendiebstahl in Verbindung zu bringen, wäre ihm nie gekommen. Er rief sich nochmals die allzu kurze Unterhaltung mit Mary ins Gedächtnis zurück.

Warum in aller Welt sollte Johnny … Und doch – die Lenleys waren ruiniert, und Mary war sichtlich nervös gewesen.

Unsinn!, dachte Alan, als sich ihm ein hässlicher Gedanke aufdrängte. Unsinn! – Am nächsten Morgen übergab er die Akten in der Perlensache Inspektor Burton und verließ Scotland Yard mit sozusagen erleichtertem Gefühl.

Sein neuer Bezirk nahm ihn in der folgenden Woche sehr in Anspruch. Mary schrieb ihm nicht, wie er erwartet hatte. Er wusste nicht, dass sie bereits in London war, bis sie ihm eines

Tages aus einem vorbeifahrenden Taxi zuwinkte. Er beauftragte einen Untergebenen, festzustellen, wo sie und Johnny wohnten, und erfuhr, dass sie sich in der Nähe der Malpas Road in einem modernen Häuserblock niedergelassen hatten, der hauptsächlich von Handwerkern bewohnt wurde.

8

Heute Morgen habe ich deinen ‚Polypen' gesehen", verkündete Johnny schnoddrig, als er zum Lunch erschien.

„Meinen was?" Mary schaute ihn mit großen Augen an.

„Wembury", erklärte Johnny. „Wir nennen diese Leute so."

„Wir?", wiederholte sie. „Du meinst doch, ‚man' nennt sie so, Johnny?"

Dies schien ihn zu amüsieren. Er setzte sich an den Tisch.

„Mach dich nicht lächerlich, Mary! ‚Wir' oder ‚man' macht doch keinen Unterschied. Im Grunde sind alle Diebe, der Kaufmann im Rolls-Royce und der Arbeiter in der Straßenbahn – jeder will den andern übers Ohr hauen."

„Wo hast du Alan gesehen?"

„Warum, zum Kuckuck, nennst du ihn beim Vornamen?", fuhr er sie an. „Der Mann ist Polizist, du aber tust, als ob er auf der gleichen gesellschaftlichen Stufe mit dir stünde."

Mary schnitt das Brot. Lächelnd erwiderte sie: „Unser Nachbar hier auf dem Stock ist Schlosser, und über uns wohnt ein Bahnarbeiter mit seiner Familie."

Gereizt schob Johnny den Stuhl zurück.

„Diese Wohnung ist für uns nur ein vorübergehender Notbehelf. Du glaubst doch nicht etwa, dass ich mein Leben in diesem finsteren Loch zubringen will? Einmal werde ich Lenley Court zurückkaufen."

„Womit, Johnny?", fragte sie ruhig.

„Mit dem Geld, das ich verdiene – übrigens, Wembury ist nicht der Mann, mit dem du verkehren solltest. Ich habe heute Morgen mit Maurice über ihn gesprochen, er ist auch der Meinung, dass wir diese Bekanntschaft aufgeben sollten."

„Wirklich?" Marys Stimme klang kalt. „Maurice ist auch dieser Meinung – das ist sehr eigenartig."

Er schaute sie misstrauisch an.

„Wieso eigenartig? Jedenfalls wünsche ich den Verkehr mit ihm nicht, und …"

Sie war aufgestanden, stützte sich mit beiden Händen auf den Tisch.

„Und ich", unterbrach sie ihn, „lasse mir darüber keine Vorschriften machen. Es tut mir leid, wenn du und Maurice dies nicht billigen, aber ich habe Alan gern."

„Ich hatte meinen Kammerdiener auch gern", spöttelte er, „trotzdem habe ich ihn entlassen."

„Alan Wembury ist nicht dein Diener, Johnny! Du magst meinen Geschmack nicht billigen, aber Alan ist ein Gentleman. Hast du das nicht schon längst bemerkt? Solche Menschen findet man heutzutage nicht zu oft."

Johnny hielt es für richtiger, darauf nur mit einem Achselzucken zu reagieren.

9

Am nächsten Morgen begann Mary ihr neues Leben. Der Gedanke an die Zusammenarbeit mit Maurice Messer beunruhigte sie jetzt doch ein wenig. Ein unbestimmtes Gefühl, über das sie sich nicht klar wurde, bedrückte sie.

Mr Messers Haus unterschied sich angenehm von den überaus hässlichen und schmutzigen der Nachbarschaft. Es stand etwas von der Straße abgerückt. Die hohe Mauer, die es umgab, wurde nur durch die Einfahrt unterbrochen. In dem kleinen Herrenhaus im viktorianischen Stil waren Wohnung und Rechtsanwaltsbüro untergebracht.

Eine alte Frau führte Mary die abgenutzte Treppe hinauf, öffnete die schwere, verzierte Türe und ließ sie eintreten. Der Raum sah vernachlässigt aus, wirkte jedoch ziemlich freundlich. In den Bildern an den Wänden erkannte sie Werke bekannter alter Meister. Am meisten interessierte sie aber ein großer Flügel, der in einem Alkoven stand. Sie betrachtete ihn erstaunt und fragte die Frau: „Spielt Mr Messer Klavier?"

„Er? Und ob!" Die Frau lachte.

Neben diesem Zimmer befand sich ein kleiner Vorraum ohne Türen, der, wie es schien, als Büro benützt wurde. Regale zogen sich an den Wänden entlang, und auf einem kleinen Tischchen stand eine verdeckte Schreibmaschine.

Mary hatte kaum Zeit, sich richtig umzuschauen, als überraschend Maurice Messer eintrat. Er kam schnell auf sie zu und nahm ihre beiden Hände in die seinen.

„Meine liebe Mary", rief er überschwänglich, „das ist wunderbar!"

„Ich mache keinen Anstandsbesuch Maurice!", erwiderte sie irritiert. „Ich bin gekommen, um zu arbeiten!"

Sie entzog ihm ihre Hände, denn sie erinnerte sich nicht, je auf so vertrautem Fuß mit ihm gestanden zu haben.

„Meine liebe Mary, es gibt genug Arbeit – Urkunden, Zeugenaussagen …“ Er sah sich suchend um. „Können Sie Schreibmaschine schreiben?“

Er erwartete eigentlich, dass sie verneinen würde, umso erstaunter war er, als sie antwortete: „Aber natürlich! Mein Vater schenkte mir schon eine Schreibmaschine, als ich zwölf Jahre alt war.“

Messer hatte weder gewünscht noch erwartet, dass Mary sein Angebot ernst nehmen würde – bis zu dem Tag in Lenley Court, als er sie plötzlich mit anderen Augen sah und bemerkte, dass das unbeholfene Kind sich zu einem begehrenswerten Geschöpf entwickelt hatte.

„Warten Sie, ich will Ihnen eine eidliche Aussage zum Abschreiben geben.“ Er suchte fieberhaft unter den Papieren auf seinem Schreibtisch.

Es dauerte lange, bis er auf ein Dokument stieß, das ihm harmlos genug für sie schien. Seine Klienten waren meistens sehr ungewöhnlicher Art, und es bereitete ihm einiges Kopfzerbrechen, was von seiner zweifelhaften Korrespondenz er ihr anvertrauen sollte! Erst als er das Schriftstück ganz durchgelesen hatte, übergab er es ihr.

„Nun, Mary, werden Sie sich hier wohlfühlen?“

„Ich denke es. Es ist sehr nett, für jemand zu arbeiten, den man schon so lange kennt – und Johnny ist ja auch in der Nähe.“

Messers Augenlider senkten sich für einen Augenblick.

„Oh!“, stieß er leise aus und sah an ihr vorbei. „Er wird Sie doch nicht etwa während der Bürostunden besuchen?“

Sie spürte den Sarkasmus in seinem Ton nicht.

Er ließ die Augen nicht mehr von ihr. Er fand sie noch schöner als vor ein paar Tagen. Sie war der zierliche Typ, den er liebte, dunkler als Gwenda Milton, und feiner. Aus ihren Augen sprachen Seele, Geist, unerweckte Leidenschaft, ein verborgenes Feuer, das angefacht werden musste.

Sie wurde unter seinem Blick verlegen.

„Ich will Ihnen jetzt das Haus zeigen“, erklärte er lebhaft.

Vor einer Tür im obersten Stock zögerte er, zog aber nach kurzer Überlegung einen Schlüssel hervor und öffnete.

Mary sah an ihm vorbei und erblickte ein Zimmer, wie sie es in diesem alten Haus nicht erwartet hätte. Zwar bedeckten dicke Staubschichten alle Gegenstände, aber es war ein wunderschöner Raum, Wohn- und Schlafzimmer in einem, mit einem Luxus ausgestattet, der in Erstaunen setzte. Die französischen Stilmöbel, der dicke Teppich, die silbernen Wandleuchter und geschmackvolle Bilder offenbarten einen verschwenderischen Aufwand.

„Ist das ein hübsches Zimmer!“, rief Mary, als sie ihre Verblüffung etwas überwunden hatte.

„Ja – sehr hübsch.“ Messer starrte düster in das Nest, das Gwenda Milton bis zu ihrem tragischen Ende bewohnt hatte. „Ist es nicht besser als Malpas Mansions, wie?“ Seine gerunzelte Stirn glättete sich. „Es muss nur etwas gereinigt und Staub gewischt werden, und schon ist es für eine Prinzessin bereit! – Ich werde Ihnen das Zimmer zur Verfügung stellen, meine Liebe …“

„Mir – zur Verfügung stellen?“ Sie starrte ihn an. „Das ist unmöglich, Maurice, ich lebe mit Johnny zusammen, könnte also gar nicht hier wohnen.“

Er zuckte die Achseln.

„Johnny? Ja. Aber eines Abends könnte es hier einmal spät werden – oder Johnny könnte fort sein. Ich wage nicht, daran zu denken, dass Sie dann allein in jener elenden Wohnung hausen müssten.“ Er verschloss die Tür wieder. „Natürlich ist dies eine Angelegenheit, die Sie allein entscheiden müssen“, meinte er leichthin. „Das Zimmer ist da – wenn Sie es einmal brauchen sollten.“

Sie antwortete nicht. Dieser Raum war schon bewohnt gewesen, das stand fest, und zwar von einer Frau. Für einen Mann passte die Einrichtung kaum. Mary fühlte sich etwas unbehaglich; denn über Maurice Messers Privatleben wusste sie nichts. Sie erinnerte sich undeutlich, dass Johnny eine gewisse Episode aus Messers Leben erwähnt hatte, auf die sie jedoch nicht neugierig gewesen war.

Gwenda Milton!

Plötzlich fiel ihr dieser Name ein. Sie erschrak. Gwenda Milton, die Schwester eines Verbrechers! Sie erschauerte, als ihre Gedanken zu dem prächtigen Zimmer zurückkehrten, das vom Geist einer toten Liebe bewohnt wurde. Mary saß an ihrem Arbeitstisch, und es war ihr, als starrte ein todblasses, angstverzerrtes Gesicht sie an.

10

Am Nachmittag des gleichen Tages landete die *Olympic* im Hafen von Southampton. Die beiden Männer von Scotland Yard, die sich seit Cherbourg auf dem Schiff befanden und jeden Passagier genau beobachtet hatten, verließen es als Erste. Sie stellten sich am Ende der Landungsbrücke auf. Es dauerte lange, bis die Prüfung der Pässe in Gang kam, doch endlich entstand Bewegung, und die Passagiere stiegen einzeln zum Kai hinunter.

Einem der Detektive fiel ein Gesicht auf, das er auf dem Schiff nicht gesehen hatte. Am Schiffsgeländer erschien ein Mann mittlerer Größe, ziemlich schlank, mit kleinem Spitzbart und schwarzem Schnurrbart. Langsam kam er näher.

Die Detektive warfen sich einen Blick zu. Als der Passagier den Kai erreichte, trat der eine Beamte an ihn heran.

„Bitte, verzeihen Sie, ich habe Sie auf dem Schiff nicht gesehen."

Der Mann mit dem Spitzbart musterte ihn kühl.

„Machen Sie mich etwa für Ihre Blindheit verantwortlich?", fragte er.

„Kann ich Ihren Pass sehen?"

Der Passagier zögerte erst, dann griff er in die innere Rocktasche und zog ein Lederetui heraus, dem er eine Karte entnahm. Der Detektiv las:

HAUPTINSPEKTOR BLISS
KRIMINALABTEILUNG
SCOTLAND YARD
GESANDTSCHAFTSATTACHÉ
IN WASHINGTON

„Ich bitte um Verzeihung." Der Beamte gab die Karte zurück. „Ich habe Sie nicht erkannt, Mr Bliss. Sie hatten keinen Bart, als Sie Scotland Yard verließen."

Bliss nahm die Karte zurück, steckte sie wieder in das Etui und wandte sich mit einem Kopfnicken ab.

Er trug sein Gepäck nicht ins Zollamt hinein, sondern stellte es kurz davor auf den Boden. Mit dem Rücken zum Gebäude blieb er stehen und beobachtete die eintreffenden Passagiere. Endlich sah er die Frau, die er suchte.

Sie war schlank, gut gekleidet, vielleicht etwas zu gut; an der weißen Hand funkelten Brillanten, und zwei Steine glitzerten an den kleinen Ohren. Modern, lebenslustig, gescheit, furchtlos, erfahren und viel gereist – dies war der erste Eindruck, den Inspektor Bliss von ihr gewonnen hatte. Und er musste dieses Urteil nie korrigieren. Diese Frau ließ sich durch nichts verblüffen.

Sie war in Cherbourg an Bord gekommen – ein Zufall, dass sie auf dem gleichen Schiff wie er nach England reiste. Er folgte ihr ins Zollamt und beobachtete, wie sie sich einen Weg durch das angehäufte Gepäck bahnte, bis sie zum Buchstaben „M" gelangte. Seine eigenen Zollformalitäten waren schnell beendet. Er übergab seine Handtasche einem Gepäckträger, den er beauftragte, einen Platz im wartenden Zug zu belegen. Darauf drängte er sich durch die Menge der Passagiere weiter, bis zu der Stelle, wo die Frau gerade einem Zollbeamten ihr Gepäck zeigte.

Als ob sie seinen Blick spürte, schaute sie zweimal über die Schulter zurück. Beim zweiten Mal trafen sich ihre Augen. In den ihren glaubte er Verwunderung – oder war es Besorgnis? – zu erkennen.

„Mrs Milton, wenn ich mich nicht irre?", fragte Bliss.

Wieder dieser Blick. Ohne Zweifel war es Furcht, die er ausdrückte.

„Dies ist mein Name." Sie sprach lang gezogen und hatte einen südlich-sanften, gebildeten Akzent. „Aber ich weiß nicht, mit wem ich spreche!"

„Mein Name ist Bliss. Hauptinspektor Bliss von Scotland Yard."

Anscheinend sagte ihr der Name nichts, doch als er seinen Beruf nannte, wich die Farbe aus ihren Wangen, kehrte aber sofort zurück.

„Das ist sehr interessant! Und was kann ich für Sie tun – Hauptinspektor Bliss von Scotland Yard?"

„Ich möchte, bitte, Ihren Pass sehen."

Wortlos holte sie das Dokument aus ihrer kleinen Handtasche und händigte es ihm aus. Er blätterte schweigend darin und sah sich die Stempel der Einschiffungshäfen an.

„Sie sind erst kürzlich in England gewesen?"

„Allerdings! Ich war vorige Woche hier, musste aber eilig nach Paris fahren. Den Rückweg nahm ich über Cherbourg ..." Sie blickte ihn plötzlich scharf an. „Bliss?", fragte sie gedankenvoll. „Ich erinnere mich nicht, und doch ist mir, als hätte ich Sie schon irgendwo getroffen."

Er schaute sich immer noch die Stempel an.

„Sydney, Genua, Domodossola – Sie reisen viel, Mrs Milton, aber nicht so schnell wie Ihr Mann ..."

Die Andeutung eines Lächelns flog über ihr Gesicht.

„Nein", sprach Bliss weiter, „ich will nichts von Ihnen, aber ich hoffe in den nächsten Tagen Ihren Mann zu treffen."

Ihre Augen schlossen sich ein wenig.

„Hoffen Sie, auch in den Himmel zu kommen?", fragte sie spöttisch. „Ich dachte, Sie wüssten, dass Arthur tot ist!"

Er verzog die Lippen.

„Der Himmel ist nicht der Ort, an dem ich ihn treffen könnte!" Er gab ihr den Pass zurück, drehte sich um und ging weiter.

Sie blickte ihm nach, bis er verschwunden war, dann wandte sie sich mit einem Seufzer dem Zollbeamten zu.

Bliss! Die Häfen wurden also beobachtet.

Hatte der Hexer England erreicht? Cora Ann Milton liebte ihren verwegenen Mann, der nur tötete, weil er sich rächen oder weil er strafen wollte. Er war jetzt Ismael, ein Wanderer auf der Erde, gegen den sich die Hände aller Männer erhoben, dessen Fährte Hunderte von Polizisten folgten.

Langsam ging sie den Bahnsteig entlang, unauffällig durch die Wagenfenster spähend. Endlich entdeckte sie Bliss. Er saß auf einem Eckplatz und schien in die Morgenzeitung vertieft.

Wo hatte sie ihn schon gesehen? Warum erfüllte sein Anblick sie mit Furcht? Die sorgenvollen Gedanken verließen sie bis London nicht.

11

Als Johnny Lenley am selben Nachmittag bei Messer vorsprach, war ihm der Anblick seiner Schwester an der Schreibmaschine sehr peinlich. Es machte ihm die Armut, in die die Lenleys gesunken waren, erst richtig bewusst. Sie lächelte ihm unsicher zu.

Sie wies auf das kleine Zimmer, in dem Messer die vertraulichen Besprechungen mit seinen ungewöhnlichen Klienten abzuhalten pflegte.

Johnny blickte sie einen Augenblick schweigend an. Nur schwer konnte er ertragen, sie so, als Angestellte, zu sehen. Er presste die Lippen zusammen und klopfte an die Tür zu Messers Privatbüro.

„Wer ist da?“, rief es von innen.

Johnny drückte auf die Klinke, die Tür war verschlossen. Er hörte, wie der Geldschrank geschlossen, der Türriegel zurückgeschoben wurde. Die Tür sprang auf.

„Um was für ein Geheimnis geht’s hier?“, murrte Johnny, als er eintrat.

„Ich habe“, erwiderte Messer, „gerade einige interessante Perlen untersucht. Und dass man nicht gleich die allgemeine Aufmerksamkeit auf Diebesgut lenken will, ist doch selbstverständlich!“

„Wie ist es denn – haben Sie ein Angebot dafür erhalten?“, fragte Johnny.

„Ich will die Perlen heute Abend noch nach Antwerpen schicken“, sagte er.

Er schloss den Geldschrank auf, der in einer Ecke des Zimmers stand, entnahm ihm eine flache Schachtel und öffnete den Deckel. Eine wunderbare Perlenkette kam zum Vorschein.

„Die hat einen Wert von mindestens zwanzigtausend Pfund!“, protzte Johnny, und seine Augen leuchteten auf.

„Das sind mindestens fünf Jahre Zuchthaus!“, setzte Messer ungerührt hinzu. „Offen gestanden, Johnny, die Geschichte gefällt mir nicht.“

„Warum? Niemand würde vermuten, dass Mr Messer, der berühmte Rechtsanwalt, bei den Perlen der Lady Darnleigh den Hehler macht.“ Er musste lachen. „Zum Teufel! Maurice, Sie würden eine seltsame Gestalt auf der Anklagebank des Old Bailey abgeben. Können Sie sich vorstellen, mit welchem Genuss die Zeitungen die Sensation der Verhaftung und Verurteilung von Mr Messer, früher in Lincoln's Inn Fields, jetzt Flanders Lane in Deptford, berichten würden?“

Messers Gesicht blieb unbewegt, nur die Augen funkelten böse.

„Sehr interessant. Ich hätte Ihnen so viel Einbildungskraft nie zugetraut.“ Er hob die Perlen ans Licht und betrachtete sie nochmals, dann schob er den Deckel auf die Schachtel. „Haben Sie mit Mary gesprochen?“, fragte er leichthin.

„Es ist scheußlich, sie arbeiten zu sehen, aber es lässt sich vorerst nicht ändern. – Maurice, ich …“

„Ja?“

„Ich habe mir manches überlegt. Sie hatten früher in Ihrem Büro ein Mädchen namens Gwenda Milton?“

„Und?“

„Sie hat sich doch ertränkt? Wissen Sie vielleicht, warum?“

Maurice Messer sah ihm voll ins Gesicht. Auch nicht das Zucken eines Augenlides verriet die Wut, die in ihm aufstieg.

„Das Gericht sagte …“, begann er.

„Ich weiß, was das Gericht sagte“, unterbrach ihn Johnny grob, „doch habe ich darüber meine eigene Ansicht.“ Mit Nachdruck fuhr er fort: „Mary Lenley ist nicht Gwenda Milton! Sie ist nicht die Schwester eines flüchtigen Mörders, und ich erwarte für sie eine bessere Behandlung, als Gwenda Milton sie von Ihnen erfahren hat."

„Ich verstehe Sie nicht", erwiderte Messer.

„Ich glaube, Sie verstehen mich gut. Man sagt, dass Sie in dauernder Furcht vor dem Hexer leben – Sie würden mehr Grund haben, mich zu fürchten, wenn Mary etwas zustoßen sollte!"

Nur einen Augenblick senkte Messer die Augen.

„Sie sind hysterisch, Johnny, und außerdem heute Morgen nicht besonders höflich. Vor allem aber sind Sie noch sehr unreif – ich habe es Ihnen vor einer Woche schon gesagt. Wer sollte Mary etwas zuleide tun? Und was den Hexer und seine Schwester betrifft, so sind sie tot!"

Er nahm die Schachtel vom Tisch, öffnete sie und vertiefte sich von Neuem in die Betrachtung der Perlen.

„Als Juwelendieb …"

Er kam nicht weiter, es klopfte leise an der Tür.

„Wer ist da?", fragte er schnell.

„Bezirksinspektor Wembury!"

12

Maurice Messer warf die Schachtel mit den Perlen hastig in den Geldschrank. Obwohl er eiserne Nerven besaß, hatte sich sein gelbliches Gesicht weiß verfärbt, und tiefe Falten kamen zum Vorschein. Auch sein junger Klient verriet Zeichen von Aufregung, als Alan eintrat. Messer gewann zuerst die Fassung zurück.

„Hallo, Wembury!“, rief er mit gezwungenem Lachen. „Überall stößt man auf Sie!“

„Ich hörte, dass Lenley hier ist, und da ich ihn sprechen wollte …“

„Sie wollten mich sprechen?“ Johnnys Gesicht zuckte. „In welcher Angelegenheit?“

Wembury wusste, dass Messer ihn beobachtete und sich keine Bewegung, keinen Blick entgehen ließ. Was fürchtete er? Alan schmerzte es, als er an den beiden vorbei zu Mary hinaussah, die ahnungslos vor der Schreibmaschine saß.

„Sie kennen“, sagte Alan, „die Affäre der Darnleigh-Perlen, und Sie wissen auch, dass man mir die Untersuchung übertragen hatte. Ich habe den Fall jetzt Inspektor Burton übergeben. Heute Morgen nun bat er mich, einen Punkt aufzuklären, der ihm rätselhaft erscheint.“

Mary war von der Schreibmaschine aufgestanden und näher gekommen.

„Ein Punkt, der ihm rätselhaft erscheint?“, wiederholte Johnny Lenley mechanisch. „Und was ist das?“

„Er wollte wissen, was Sie veranlasste, in Lady Darnleighs Zimmer zu gehen.“

„Ich glaube, dass ich diesen Punkt genügend aufgeklärt habe!“, brauste Johnny auf.

„Sie gaben an, Sie hätten geglaubt, Ihren Mantel und Hut im ersten Stock gelassen zu haben. Der Inspektor hat aber erfahren, dass ein Diener, als Sie hinaufgehen wollten, Ihnen sagte, dass sich die Mäntel und Hüte im Erdgeschoss befänden."

„Daran kann ich mich nicht erinnern", erwiderte Johnny. „Ich fühlte mich nicht wohl an jenem Abend. Ich kam auch sofort wieder herunter, als ich meinen Irrtum erkannte. Wird etwa angenommen, dass ich etwas über den Diebstahl weiß?" Seine Stimme zitterte ein wenig.

„Eine solche Vermutung ist von niemandem ausgesprochen worden." Wembury lächelte leicht. „Wir müssen lediglich versuchen, alle möglichen Informationen zu sammeln."

„Ich wusste nichts von dem Diebstahl, bis ich es in den Zeitungen las."

„Aber Johnny", rief Mary, „du sagtest mir doch, als du nach Hause kamst, dass ein ..."

Ihr Bruder starrte sie schweigend an.

„Wenn du dich richtig erinnern willst, meine Liebe, war es zwei Tage danach", wies er sie ruhig, aber eindringlich zurecht. „Ich brachte dir die Zeitung, die von dem Diebstahl berichtete. Ich hätte es dir am gleichen Abend gar nicht mitteilen können, weil ich dich nicht gesehen habe."

Aus Marys Gesicht war jede Farbe gewichen. Verwirrung stand in ihren Augen. Alan wagte nicht sie anzuschauen.

„Selbstverständlich erinnere ich mich, Johnny ... Ja, ich erinnere mich – ich bin ganz dumm!"

Ein peinliches Schweigen folgte. Alan stand da, die Hände in den Rocktaschen, und starrte auf den abgenutzten Teppich.

„Gut!", rief er endlich. „Hoffentlich wird es Burton genügen. Es tut mir leid, dass ich Sie gestört habe." Er sah an Mary vorbei auf Johnny. „Warum reisen Sie nicht ins Ausland, Lenley? Sie sehen schlecht aus." Es klang gezwungen.

„England ist gut genug für mich", antwortete Johnny verdrießlich. „Sind Sie eigentlich unser Hausarzt, Wembury?"

„Ja, so ungefähr komme ich mir vor." Er nickte kurz und ging.

Mary kehrte zu ihrer Schreibmaschine zurück, konnte jedoch nicht arbeiten. Hinter ihr schloss Messer die Tür seines Büros.

„Ich nehme an, Sie wissen, was Wembury sagen wollte?"

„Da ich kein Gedankenleser bin, weiß ich es nicht", antwortete Johnny. „Der Kerl besitzt eine Frechheit! Wenn man bedenkt, dass er der Sohn eines Gärtners ist ..."

„Genau das sollten Sie endlich vergessen!", fuhr ihn Messer wütend an. „Denken Sie lieber daran, dass Sie sich verraten haben! Von heute an wird man Sie beobachten. Das schadet zwar weiter nichts, aber – auch mich wird man beobachten, was sehr unangenehm ist. Ich bin nicht ganz sicher, ob Wembury seine Pflicht tut und Scotland Yard Mitteilung macht. Wenn er es tut, können Sie sich auf große Unannehmlichkeiten gefasst machen."

„Sie auch!", höhnte Johnny. „In dieser Sache stehen und fallen wir zusammen. Wo wird man die Perlen finden? In Ihrem Geldschrank! Haben Sie sich das überlegt?"

„Ich glaube, dass wir die Ihnen drohende Gefahr übertreiben", meinte Messer leichthin. „Vielleicht haben Sie recht – die wirkliche Gefahr droht mir!" Er schaute auf den Geldschrank. „Ich wünschte, diese elenden Dinger wären eine Meile von hier! Es wäre sogar möglich, dass Wembury eine Haussuchung veranlasst."

„Man sollte sie mit der Post nach Antwerpen senden."

Messer lächelte verächtlich.

„Wenn ich beobachtet werde, ist doch wohl anzunehmen, dass auch meine Postsendungen nicht unbeachtet bleiben! Nein, nur eines kann uns retten – wir müssen diese verfluchten Perlen für ein oder zwei Tage anderswo unterbringen."

Johnny biss sich verwirrt auf die Fingernägel.

„Ich werde sie zu mir in die Wohnung nehmen", erklärte er plötzlich. „Dort gibt es einige Möglichkeiten, sie zu verstecken."

„Keine schlechte Idee!", stimmte Maurice langsam, wie überlegend, zu. „Wembury würde es sich nie einfallen lassen, Ihre Wohnung zu durchsuchen – dazu hat er Mary zu gern."

Er wartete nicht erst ab, bis Johnny sich vielleicht anders besinnen würde, sondern schloss den Geldschrank auf und übergab ihm die Perlen. Lenley betrachtete die Schachtel skeptisch, steckte sie dann aber in seine innere Rocktasche.

„Ich werde sie im Koffer unter meinem Bett verstecken – Ende der Woche bringe ich sie Ihnen zurück."

Er verließ rasch das Zimmer und hielt sich auch bei Mary nicht auf. Die Perlen, für die er so viel gewagt hatte, wieder in Händen zu haben, gab ihm eine gewisse Befriedigung und verscheuchte den Verdacht, der in ihm aufgekommen war, seit Messer sie bei sich verwahrt hatte.

Als er durch die belebte Flanders Lane ging, trat ein Mann aus einem engen Durchgang und folgte ihm. Der Polizist, der an der Ecke Posten stand, beachtete ihn kaum und ließ es sich jedenfalls nicht träumen, dass in seiner nächsten Nähe der Mann vorbeiging, den die Polizei dreier Kontinente suchte: Henry Arthur Milton – der Hexer!

Noch lange nachdem Lenley ihn verlassen hatte, ging Messer in seinem Büro auf und ab und überlegte. Lenleys Ton gefiel ihm nicht. Früher einmal hatte ihn Johnny amüsiert, später war er ihm nützlich gewesen – jetzt wurde er ihm gefährlich.

Messer öffnete leise die Tür ein wenig und spähte durch den Spalt. Mary saß, in ihre Arbeit vertieft, an der Schreibmaschine. Er strich sich übers Kinn. Eine neue Leidenschaft hatte ihn befallen und neuen Anreiz in sein Leben gebracht.

Seine Gedanken kehrten zu Johnny zurück. Es gab ein sicheres Mittel, um den prahlerischen, bedrohlichen Lenley loszuwerden. Ihn aus dem Weg zu räumen, würde zugleich bedeuten, manche andere Schwierigkeiten zu beseitigen.

Und Marys Widerstand konnte auch nicht härter sein als der Gwendas in der ersten Zeit.

Er legte die Stirn in Falten. Inspektor Wembury! Der war gefährlicher als Lenley!

Fürs Erste musste er mit Johnny Lenley fertigwerden, ihn dorthin bringen, wo er kein Unheil mehr stiften konnte.

Maurice war ein kluger Mann. Nach der Unterredung mit dem Bruder ließ er einige Zeit verstreichen, bevor er Mary ansprach. Das Frühstück, das ihr gebracht wurde, rührte sie nicht an. Stattdessen stand sie am Fenster und starrte auf die Flanders Lane hinaus. Als sie seine Stimme hörte, erschrak sie.

„Was haben Sie, meine Liebe?“ Er gab sich väterlich.

Mary schüttelte abgespannt den Kopf.

„Ich weiß es nicht, Maurice – ich bin so besorgt wegen Johnny und der Perlen …“

„Der Perlen?“, wiederholte er mit gespieltem Erstaunen. „Meinen Sie Lady Darnleighs Perlen?“

„Ja. Warum hat Johnny gelogen? Als er damals nach Hause kam, war das Erste, was er sagte: ‚In Park Lane ist ein Diebstahl verübt worden! Lady Darnleighs Schmuck ist verschwunden!‘“

„Johnny ist nicht ganz normal“, beruhigte er sie. „Ich würde nicht zu viel auf seine Reden achten. Sein Gedächtnis scheint in letzter Zeit gelitten zu haben.“

„Das ist nicht der Fall. Er wusste genau, Maurice, dass er es mir gesagt hatte. Es ist ausgeschlossen, dass er es vergessen haben könnte.“ Geängstigt forschte sie in seinem Gesicht. „Sie glauben doch nicht …“ Der Satz blieb unvollendet.

„Dass Johnny etwas von diesem Diebstahl gewusst hat? Das

ist Unsinn, meine Liebe! Der Junge hat Kummer, und das ist ganz natürlich. Es ist nicht angenehm, sich ohne einen Penny in die Welt geworfen zu sehen, wie es Johnny erlebt hat. Er hat weder Ihren Charakter noch Ihren Mut, meine Liebe!“

Sie seufzte und kehrte an ihren Arbeitstisch zurück, auf dem ein großer Stoß Briefe lag, die sie genau geordnet hatte. Sie blätterte darin und zog ein Formular hervor.

„Maurice, wer ist der Hexer?“

Als er das Wort hörte, zuckte er zusammen und starrte sie an.

„Der Hexer?“

„Hier ist ein Telegramm – ich habe es ungeöffnet zwischen alten Briefen gefunden!“

Er riss ihr das Papier aus der Hand. Das Telegramm war vor drei Monaten in Sydney aufgegeben worden, es stammte von einem Anwalt, dem Agenten Messers in Australien. Es enthielt nur wenige Worte:

MANN AUS DEM HAFEN VON SYDNEY IDENTIFIZIERT – NICHT HEXER. ES WIRD ANGENOMMEN, DASS ER AUSTRALIEN VERLASSEN HAT.

Mary starrte den Rechtsanwalt an, sein Blick war verstört, jede Farbe aus seinem Gesicht verschwunden.

„Der Hexer!“, murmelte er. „Am Leben!“ Das Papier in seiner Hand zitterte. Er musste eine Erklärung für seine Aufregung finden. „Ein alter Klient von mir, für den ich mich sehr eingesetzt hatte – aber er ist ein Schuft, sogar mehr als das!“

Während er sprach, zerriss er das Telegramm in kleine Stücke und warf sie in den Papierkorb. Dann legte er plötzlich einen Arm um Marys Schulter.

„Mary, an Ihrer Stelle würde ich mir keine Gedanken über Johnny machen. Er ist in einem schwierigen Alter und hat wunderliche Ideen. Augenblicklich bin auch ich nicht zufrieden mit ihm.“

„Nicht zufrieden mit ihm, Maurice?“, fragte sie erstaunt. „Warum nicht?“

Er zuckte die Achseln.

„Er verkehrt mit einer Menge unangenehmer Leute. Vor allen Dingen möchte ich nicht, dass Sie mit ihnen in Berührung kommen.“

Sein Arm lag noch immer auf ihrer Schulter. Sie machte eine Bewegung, um sich zu befreien, nicht weil die Berührung sie erschreckt hätte, sondern einfach, weil sie sich unbehaglich fühlte. Er ließ den Arm hinuntergleiten und tat, als hätte er nichts bemerkt.

„Können Sie nichts tun? Auf Sie wird er hören!“, bat sie.

Aber ihn beschäftigte jetzt nicht Johnny, sein Sinnen und Trachten war nur auf Mary gerichtet. Sie fasste seinen Arm und schaute ihm ins Gesicht. Er spürte, wie sein Herz schneller zu schlagen begann.

Wenn Johnny den Vorschlag Wemburys befolgte und mit den Perlen nach dem Kontinent fuhr – dann war Mary … Johnny würde keine Schwierigkeiten haben, die Perlenkette loszuwerden, und dafür einen Betrag erhalten, von dem er jahrelang leben konnte. Dies waren Messers Gedanken, als er sanft über Marys Wange strich.

„Ich will sehen, was ich für Johnny tun kann“, versprach er. „Zerbrechen Sie sich darüber nicht mehr Ihren hübschen Kopf!“

Etwas später hörte Mary, wie er auf der kleinen Reiseschreibmaschine, die er in seinem Privatbüro verwahrt hielt, mühsam etwas tippte.

Als an diesem Abend Inspektor Wembury auf die Polizeiwache in der Flanders Lane kam, fand er einen Brief vor. Er war mit Schreibmaschine geschrieben und trug keine Unterschrift. Ein Bote der Hauptstation hatte ihn abgeliefert. Der kurze Inhalt lautete:

Die Perlenkette der Lady Darnleigh wurde von Johnny Lenley, 37 Malpas Mansions, gestohlen. Sie befindet sich in einer Schachtel im Koffer unter seinem Bett.

Alan Wembury las die Mitteilung. Sie bedrückte ihn tief, denn jetzt gab es nur einen Weg für ihn – den Weg der Pflicht.

13

Wembury wusste, dass anonyme Briefe zum Alltag der Polizei gehörten. In den meisten Fällen konnte man sie unbeachtet lassen. Wenn jedoch eine Information eintraf, die einen bestimmten Verdacht bestärkte, dann mussten Nachforschungen angestellt werden.

Er stand in seinem Zimmer und dachte über das Problem nach. Er konnte natürlich irgendeinen Beamten mit der Nachforschung beauftragen oder den Brief auch an eine andere Stelle weiterleiten. Aber all dies wäre moralische Feigheit gewesen, und es widerstrebte ihm, die Verantwortung abzuwälzen.

In der Tür seines Büros gab es ein kleines Schiebefenster, das einen Ausblick ins Beamtenzimmer freiließ. Mechanisch hinausstarrend, wie er es manchmal tat, fiel ihm die gebeugte Gestalt auf, die gerade draußen vorbeiging. In einer raschen Eingebung riss er die Tür auf und winkte Dr. Lomond herein. Warum er ausgerechnet diesen alten Mann, der hier noch fremd war, ins Vertrauen ziehen wollte, konnte er sich nicht erklären. Allerdings hatte sich zwischen ihnen, in der kurzen Zeit ihrer Bekanntschaft, ein seltsames Einvernehmen herausgebildet.

„Sie haben Verdruss, Mr Wembury?“, fragte der Arzt.

„Sie haben es erraten!“ Alan lachte und erzählte in wenigen Worten den Fall, der ihn beschäftigte. Lomond hörte aufmerksam zu.

„Das ist peinlich!“ Er schüttelte den Kopf. „Und es klingt beinahe wie ein Drama. Meiner Meinung nach gibt es nur eines, Mr Wembury – Sie müssen John Lenley behandeln, als ob er John Smith oder Thomas Brown wäre. Vergessen Sie, dass er der Bruder von Miss Lenley ist, denn ich glaube“, schloss er verschmitzt, „dies quält Sie am meisten! Behandeln

Sie den Fall so, als ob er jemand beträfe, von dem Sie noch nie etwas gehört haben."

„Das ist leider auch der Rat, den ich mir selbst gegeben habe!", stimmte Alan bei.

Dr. Lomond holte eine silberne Tabakdose aus der Tasche und drehte sich bedächtig eine Zigarette.

„Johnny Lenley", meinte er gedankenvoll, „ein Freund von Messer!"

Alan stutzte, denn der Arzt nannte den Namen des Rechtsanwalts mit besonderem Nachdruck. „Kennen Sie ihn?"

Lomond schüttelte den Kopf.

„Ich habe nur die Gewohnheit, wenn ich an einen neuen Ort komme, mich mit den örtlichen Sagen bekannt zu machen. Messer ist eine solche Sage. Für mich ist er der interessanteste Mensch in Deptford, und ich freue mich schon darauf, seine Bekanntschaft zu machen."

„Aber was sollte Johnny Lenleys Freundschaft mit Messer ..." Alan beendete den Satz nicht. Er kannte die unheilvolle Bedeutung dieser Freundschaft nur zu gut.

Maurice Messer war etwas mehr als nur eine Sage. Er kannte das Strafrecht wie kaum ein anderer. Nicht einmal, sondern Dutzend Male hatte er seine Klienten von schwerwiegenden Anklagen freibekommen. Es gab genug Leute, die sich wunderten, wie die armen Diebe, die ihn als Rechtsanwalt nahmen, das Geld aufbringen konnten, um seine großen Honorare zu bezahlen. Und die argwöhnischen Vermutungen verstummten nicht, dass Messer sich an den Erträgen aus dem Diebesgut schadlos halte. Mancher Juwelendieb hatte vor seiner Flucht dem Haus in der Flanders Lane einen kurzen Besuch abgestattet und die Beweisstücke, die ihn belastet hätten, dort zurückgelassen. Für die „Großen" war Messer der Bankier, von den Kleinen erpresste er sich die Abgaben.

„Zeigen Sie mir den anonymen Brief!", bat Lomond. Er

nahm das Schreiben ans Licht und untersuchte es eingehend. „Das ist nicht von einer geübten Hand geschrieben worden. Die Abstände zwischen den Wörtern sind zum Teil vergessen worden. Was aber noch bemerkenswerter ist, die Abstände zwischen den Zeilen sind ungleichmäßig." Er spitzte die Lippen, als ob er pfeifen wollte. „Hm! Schließen Sie die Möglichkeit aus, dass der Brief von Messer geschrieben sein könnte?"

„Von Messer?" Auf diese Idee war Alan Wembury noch nicht gekommen. „Aber warum? Er ist Johnnys Anwalt. Angenommen, Messer ist in den Diebstahl verwickelt, glauben Sie wirklich, dass er Johnny Lenley die Perlen anvertrauen und gleich noch die Polizei darauf aufmerksam machen würde?"

„Gibt es vielleicht einen Grund, weshalb Messer Johnny Lenley aus dem Weg haben möchte?"

Dr. Lomond beschäftigte sich immer noch mit dem Blatt Papier. Er hielt es gegen das Licht, um das Wasserzeichen zu prüfen. „Vielleicht haben Sie eines Tages Gelegenheit, Inspektor, ein Stückchen von Mr Messers Schreibmaschinenpapier und ein Muster seiner Schreibmaschinenschrift zu erhalten."

„Aber warum, in aller Welt, sollte er Johnny Lenley aus dem Weg schaffen wollen?", zweifelte Alan.

„Er wünscht es, Inspektor!", beharrte Lomond. „Er will Johnny Lenley aus dem Weg räumen. Das ist meine Ansicht. Wenn ich auch etwas überspannt sein mag, trotzdem bin ich ein einigermaßen klar denkender Mann!"

Als der Arzt ihn verlassen hatte, hing Alan noch eine Zeit lang seinen Gedanken nach, bis das Telefon ihn aufschreckte. Er nahm den Hörer und vernahm Oberst Walfords Stimme.

„Sind Sie es, Wembury? Können Sie gleich zu mir kommen? Ich habe Informationen über den Herrn erhalten, über den wir uns letzte Woche unterhielten ..."

14

Johnny Lenley hatte seiner Wohnung einen kurzen Besuch abgestattet und hinter verschlossenen Türen die kleine Pappschachtel versteckt. Dann ging er in die Stadt, um Freunde der Familie aufzusuchen.

Als Mary heimkehrte, war er noch nicht zu Hause. Sie hatte Kopfschmerzen. Es fiel ihr schwer, etwas zu essen, dennoch zwang sie sich dazu. Sie schenkte sich die zweite Tasse Tee ein, als sie hörte, wie die Wohnungstür aufgeschlossen wurde. Johnny trat ein.

„Ich war bei Hamptons zum Tee“, berichtete er, als er sich mit verächtlichem Blick an den mager gedeckten Tisch setzte. „Man hat mich wie einen Aussätzigen behandelt, obschon diese Bande doch unzählige Male auf Lenley Court zu Besuch war.“

Mary erschrak, denn die Hamptons waren immer die besten Freunde des Vaters gewesen.

„Vielleicht, Johnny, waren sie so schrecklich, weil wir unser … Nun, ich meine, weil wir kein Geld mehr haben.“

„Möglich“, murmelte er, „aber ich denke, es hat noch einen andern Grund.“

„Du meinst wegen der Darnleigh-Perlen?“, stotterte sie.

„Wie kommst du darauf? – Ja, es hat auch etwas mit dem Schmuck der alten Schraube zu tun! Sie sagten es nicht gerade, aber ließen es durchblicken.“

Sie biss sich auf die Unterlippe.

„Johnny, dahinter steckt doch nichts?“ Es klang seltsam, nicht wie ihre eigene Stimme.

„Ich weiß nicht, was du meinst“, antwortete er barsch, ohne sie anzusehen.

Sie musste sich am Tisch festhalten, das Zimmer schien sich um sie zu drehen.

„Mein Gott, denkst du etwa, dass ich ein Dieb bin?“, hörte sie ihn fragen.

Mary Lenley richtete sich auf.

„Schau mich an, Johnny!“ Ihre Blicke trafen sich. „Du weißt nichts über die Perlen?“

Seine Blicke irrten durchs Zimmer.

„Ich weiß nur, dass sie fort sind! Was denkst du dir eigentlich?“ Er schrie in einem plötzlichen Wutanfall. „Wie kannst du dir erlauben – mich wie einen Dieb zu verhören! Das kommt davon, wenn man mit Leuten wie diesem Wembury umgeht!“

„Hast du Lady Darnleighs Perlen gestohlen?“

Ihr Gesicht war so weiß wie das Tischtuch. Er machte einen vergeblichen Versuch, ihr in die Augen zu schauen.

„Ich?“, stotterte er.

In diesem Augenblick läutete es. Sie blickten sich an.

„Wer ist das?“, fragte Johnny heiser.

„Ich weiß es nicht. Ich will nachsehen.“

Ihre Füße waren wie Blei, als sie sich zur Tür schleppte. Alan Wembury stand vor der Tür, mit einem Ausdruck in den Augen, den sie an ihm noch nie gesehen hatte.

„Wollen Sie mich besuchen?“, fragte sie atemlos.

„Nein, ich will mit Johnny sprechen.“

Beide hatten so leise gesprochen, dass man sie kaum verstehen konnte. Er ging an ihr vorbei ins Esszimmer. Dort stand Johnny unbeweglich, so wie Mary ihn verlassen hatte, an dem kleinen runden Tisch mit den Resten des Abendessens. Das Reden machte ihm Mühe.

„Was wünschen Sie, Wembury?“

„Ich komme direkt von Scotland Yard“, begann Alan mit unnatürlicher Stimme. „Ich sprach mit Oberst Walford über eine Mitteilung, die mir heute Nachmittag zuging. Ich habe versucht, ihm das Verhältnis zu erklären, in dem ich zu Ihrer Familie stehe, und das mich zögern ließ, meine Pflicht zu erfüllen." Wembury sprach langsam, die passenden Worte suchend. „Morgen werde ich wiederkommen – mit dem Befehl, diese Wohnung nach den Darnleigh-Perlen zu durchsuchen."

Er hörte das unterdrückte Schluchzen Marys, wandte sich aber nicht um.

Johnny Lenley stand da, steif, blass. Er kannte die polizeilichen Vorschriften nicht, sonst wäre ihm die Bedeutung von Alans Worten klargeworden, nämlich, dass ein Durchsuchungsbefehl noch gar nicht vorlag.

Wembury bemerkte seine Ahnungslosigkeit und wurde noch deutlicher.

„Ich habe keinen Durchsuchungsbefehl und auch kein Recht, die Wohnung jetzt zu untersuchen. Morgen früh aber wird der Befehl ausgestellt werden."

Wenn Johnny Lenley nur eine Spur von Verstand hatte, und wenn die Perlen sich in der Wohnung befanden, dann konnte er sich ihrer noch entledigen. Aber er nahm die Gelegenheit, die Alan anbot, nicht an.

„Sie sind im Koffer unter dem Bett", sagte er. „Sie wussten es, sonst wären Sie nicht gekommen. Ich will keine Gunst von Ihnen ..."

Er drehte sich um, ging in sein Zimmer und kam nach wenigen Augenblicken mit einer Schachtel zurück, die er auf den Tisch legte. Alan Wembury wagte nicht, Mary anzusehen, die starr neben dem Tisch stand, blass, die entsetzten Augen auf den Bruder gerichtet.

„Johnny, wie konntest du?", war das Erste, was sie schließlich hervorstoßen konnte.

„Es hat keinen Zweck, jetzt großen Lärm darum zu machen", meinte er stumpfsinnig. „Ich muss verrückt gewesen sein.“ Plötzlich drehte er sich um, schloss sie in seine Arme, seine ganze Gestalt zitterte, als er ihre bleichen Lippen küsste.

„Gehen wir also …“, murmelte er ergeben.

15

Sie sprachen kein Wort, bis sie sich der Polizeiwache in der Flanders Lane näherten. Dort fragte Johnny, ohne den Kopf zu wenden: „Wer hat mich verraten?“

„Eine anonyme Anzeige ist eingegangen“, antwortete Alan kurz.

Lenley lachte auf.

„Sie haben mich wohl seit dem Diebstahl beobachtet? Das wird Ihnen eine Beförderung einbringen, ich wünsche Ihnen viel Glück dazu!“

Kurz bevor er in die Zelle abgeführt wurde, fragte er: „Was werde ich dafür bekommen, Wembury?“

Alan schüttelte nur den Kopf, weil er wusste, dass es, obgleich Lenley nicht vorbestraft war, kaum ohne Zuchthaus abgehen würde.

Es war schon elf Uhr nachts, als Alan schnell die verlassene Flanders Lane entlangging und sich Messers Haus näherte. Von der gegenüberliegenden Straßenseite aus konnte er über der Mauer die obersten Fenster des Hauses sehen. Eines davon war erleuchtet.

Als er die Straße überquerte, löste sich eine Gestalt von der dunklen Mauer, die das Haus des Rechtsanwalts umgab. Wembury rief den Mann scharf an, der jedoch nicht flüchtete, wie er erwartet hatte. Im Gegenteil, der Mann kam gemächlich auf ihn zu, und im nächsten Augenblick stand er im Lichtstrahl von Wemburys Taschenlampe.

„Hallo! Wer sind Sie, und was machen Sie hier?“, fragte Alan.

„Die gleiche Frage könnte ich Ihnen stellen!“, antwortete der andere kühl und ohne zu zögern.

„Ich bin Kriminalbeamter", sagte Alan gereizt. Er vernahm ein leises Gelächter.

„Dann trifft uns dasselbe Missgeschick – denn ich bin auch einer! Ich nehme an, dass Sie Inspektor Wembury sind?"

„Stimmt!" Alan wartete.

„Ich kann Ihnen meine Karte nicht geben, aber mein Name ist Bliss – Hauptkriminalinspektor Bliss von Scotland Yard."

Bliss? Alan erinnerte sich jetzt, dass dieser unbeliebte Beamte zurückerwartet wurde, das heißt, gestern oder heute eingetroffen sein musste. Eines stand auf alle Fälle fest: Bliss war sein Vorgesetzter.

„Suchen Sie etwas?", fragte er.

„Nicht direkt – aber Deptford ist einer meiner früheren Bezirke, ich wollte alte Bekanntschaften wieder auffrischen. Wollen Sie Messer sprechen?"

Alan wunderte sich, dass er Messers Haus kannte, denn Bliss war schon in Amerika, als der Anwalt hierher zog. Bliss schien seine Überlegungen zu erraten und fuhr fort: „Man hat mir erzählt, dass Messer jetzt in Deptford lebt. Er soll ziemlich heruntergekommen sein. Ich kenne ihn von früher, er hatte eine großartige Praxis in Lincoln's Inn."

Unvermittelt, mit einem kurzen Nicken, ging er seiner Wege. Alan stand vor der Tür zu Messers Haus und drückte auf den Klingelknopf. Er musste lange warten und hatte Zeit zum Nachdenken, doch waren seine Gedanken nicht besonders angenehm. Vor allem wagte er nicht an Mary zu denken, die sich jetzt allein und verzweifelt in der einsamen Wohnung zurechtfinden musste. Auch an den jungen Mann dachte er nicht gern, der jetzt auf einer Pritsche saß, den Kopf in die Hände gestützt, und den Ruin vor sich sah.

Da hörte er Schritte auf dem Hof. Messers Stimme fragte: „Wer ist da?"

„Wembury."

Ketten klirrten und Riegel knarrten, bevor sich die Tür öffnete. Messer trug einen Schlafrock, doch Alan bemerkte, dass er darunter vollständig angekleidet war. Nicht einmal die Gamaschen hatte er abgelegt.

„Was ist los, Wembury?"

Alan wusste nicht, wie viele Leute im Haus wohnten, noch ob sie belauscht werden konnten. Sie stiegen die Treppe hinauf und kamen in das große Zimmer. Der Flügel stand offen, Noten lagen auf dem Boden umher, offenbar hatte Messer Klavier gespielt.

„Betrifft es Johnny?", fragte er jetzt und schloss die Tür.

„Ja – ich habe ihn vor einer Stunde wegen des Diebstahls der Darnleigh-Perlen festgenommen. Er hat mich gebeten, Ihnen davon Mitteilung zu machen."

Messer antwortete nicht, er starrte auf den Boden und war anscheinend ganz in seine Gedanken vertieft.

„Woher hatten Sie die Anzeige, auf die hin Sie ihn festgenommen haben?", fragte er dann.

Alan sah ihn scharf an; unter diesem Blick wurde er verlegen und trat von einem Bein aufs andere.

„Ich kann es Ihnen nicht sagen – falls Sie es nicht selbst wissen sollten!", erwiderte Alan. „Aber ich habe Lenley versprochen, Sie zu benachrichtigen, und ich entledige mich hiermit meiner Verpflichtung."

„Ist es nicht seltsam?" Messer schüttelte betrübt den Kopf. „Aber ich hatte immer so eine Ahnung, dass Johnny in diese Darnleigh-Sache verwickelt sei. So ein Esel! Gott sei Dank, dass sein Vater tot ist!"

„Halten wir uns nicht mit frommen Wünschen auf!", unterbrach ihn Alan schroff. „Tatsache ist, dass Lenley wegen eines Juwelendiebstahls in Haft ist."

„Haben Sie die Perlen?"

„Sie befanden sich in einer Schachtel. Das Armband hingegen, das außerdem gestohlen wurde, war nicht dabei. Nur ein altes Etui habe ich noch vorgefunden; ich denke, dass ich den ursprünglichen Besitzer ermitteln werde."

Unerwartet sagte Messer: „Kann ich Ihnen dabei behilflich sein? Es ist möglich, dass das Etui von mir stammt, Johnny hat mich vor einer Woche um so etwas gebeten. Selbstverständlich hatte ich keine Ahnung, wozu er es brauchte."

Fürs Erste war Alan überrascht. Er hegte eine schwache Hoffnung, Messer in den Diebstahl verwickeln zu können. Das schadhafte und nur halb leserliche Etikett auf dem Etui wies nämlich tatsächlich auf die Adresse Messers hin. Hier war einer der Fehler begangen worden, den auch der geschickteste Verbrecher einmal macht.

„Sie scheinen ziemlich sicher zu sein, dass er schuldig ist!"

„Was soll ich anderes annehmen?" Messer zuckte die Achseln. „Sicher haben Sie ihn nicht ohne die zuverlässigsten Beweise festgenommen. Es ist schrecklich! Der arme Junge!"

Angewidert von dem kläglichen Gerede wurden Alan mit einem Mal die dunklen Beweggründe dieses unverständlichen Verrats klar. Mary!

Er kannte den Ruf dieses Mannes, er wusste um seine Affäre mit Gwenda Milton und um andere unschöne Einzelheiten aus seinem Leben. War Mary der unschuldige Grund der bösen Tat? War, um Macht über sie zu gewinnen, der Bruder aus dem Weg geräumt worden?

Alans Stimme klang kalt und entschlossen, als er die Warnung, die er schon einmal angedeutet hatte, wiederholte: „Glücklicherweise lebt Miss Lenley in meinem Bezirk, und da ich ihr Vertrauen habe, wird sie sich an mich wenden, wenn sie etwas bedrücken sollte."

„Denken Sie an diese Möglichkeit, Inspektor Wembury?", fragte Messer und unterdrückte ein halbes Lächeln. „Sie hatten die unangenehme Pflicht, ihren Bruder festnehmen zu müssen.

Glauben Sie, dass Miss Lenley Ihnen danach noch ihr Herz ausschütten wird? Die Lenleys sind eine alte Familie, sie haben ihren Stolz. Ich bezweifle sehr, dass Mary Ihnen die Verhaftung des Bruders je verzeihen wird – was natürlich ungerecht ist, aber Frauen sind ja unlogisch. Ich will alles, was in meiner Macht steht, für Miss Lenley tun, genauso wie ich es für Johnny tun werde. Kann ich übrigens Johnny noch in dieser Nacht sehen?"

„Ja, er lässt Sie bitten, ihn sofort aufzusuchen. Ich fürchte zwar, dass Sie ihm nur wenig helfen können. Es ist ausgeschlossen, dass er gegen Kaution entlassen wird, da Fluchtverdacht besteht."

„Ich komme gleich mit Ihnen, warten Sie, es dauert nicht lange." Während Messer zur Tür eilte, zog er den Morgenrock aus.

Alan blieb allein im Zimmer. Er ging auf dem abgenutzten Teppich auf und ab. Der Raum wirkte abstoßend, überladen, vielleicht durch den Flügel. Die Täfelung war verblichen, düster. Es gab zu viele Türen, Alan zählte vier, außer dem Vorhang, der den Alkoven verbarg. Wohin führten sie, wozu dienten sie? Besonders eine Tür mit eisernen Beschlägen und Riegeln zog ihn an. Während er sie genauer betrachtete, leuchtete plötzlich über dem Türpfosten ein rotes Licht auf. Es musste irgendein Signal sein – aber von wem? Das Licht verlöschte wieder. Messer kam zurück.

„Was bedeutet dieses Licht, Mr Messer?"

Der Rechtsanwalt drehte sich schnell um.

„Licht? Welches Licht?", fragte er hastig und blickte in die angegebene Richtung. „Ein Licht?", wiederholte er ungläubig. „Meinen Sie jene rote Lampe? Wie kommen Sie darauf?"

„Vor einigen Augenblicken leuchtete sie auf und verlöschte dann wieder."

Messers Gesicht hatte eine gelbliche Farbe angenommen.

„Sind Sie sicher?“, fragte er schnell. „Es ist das Signal der Klingel. Wenn der Klingelknopf der Außentür gedrückt wird, leuchtet die Lampe auf. Das Klingeln stört mich.“

Er log und war sichtlich erschrocken. Die rote Lampe hatte eine Bedeutung. Aber welche? In diesen wenigen Augenblicken war Messer äußerst nervös geworden. Die Hand, die andauernd nach dem Mund griff, zitterte. In einem Moment, als er sich unbeobachtet glaubte, zog er verstohlen eine kleine goldene Dose aus der Tasche, nahm eine Prise und schnupfte. Kokain!, dachte Wembury. Er wurde in seiner Annahme bestärkt, als Messer in wenigen Augenblicken sein normales, aufgeräumtes Wesen zurückgewann.

„Sie müssen sich getäuscht haben – wahrscheinlich war es ein Reflex der Tischlampe“, versuchte er abzulenken.

„Aber warum sollte nicht jemand an der Außentür sein?“, fragte Alan ruhig.

„Das kann möglich sein. Darf ich Sie bitten, Inspektor, zur Vordertür zu gehen und nachzusehen? Hier ist der Schlüssel!“

Alan nahm den Schlüssel, ging hinunter, überquerte den Hof und öffnete die äußere Tür. Niemand war da. Er zweifelte nicht daran, dass Messer ihn nur um diesen Dienst gebeten hatte, damit er unterdessen der Ursache des Signals nachgehen konnte.

Als er ins Zimmer zurückkam, gab sich der Hausherr unbekümmert. Er zog gerade seine Handschuhe an.

„Niemand da?“, fragte er. „Sie müssen sich geirrt haben, Inspektor, oder irgendein schrecklicher Bewohner der Flanders Lane hat uns einen Streich spielen wollen.“

„Hat die Lampe nicht aufgeleuchtet, seit ich das Zimmer verlassen habe?“ Und als Messer den Kopf schüttelte, fragte Alan nochmals: „Sind Sie ganz sicher?“

„Ganz sicher!“ Messer merkte zu spät, dass er in eine Falle gegangen war.

„Das ist seltsam." Wembury schaute ihn scharf an. „Ich habe nämlich auf den Klingelknopf an der Außentür gedrückt – da hätte die Lampe doch, nach Ihrer Erklärung wenigstens, aufleuchten müssen!"

Messer murmelte etwas über die Leitung, die nicht ganz in Ordnung sein müsse, und schob Alan aus dem Zimmer.

Bei der Unterredung auf der Polizeiwache war Wembury nicht zugegen. Er überließ diese Pflicht dem wachhabenden Polizeisergeanten und machte sich schweren Herzens auf den Weg zu seiner Wohnung in der Blackheath Road.

16

Nach der Verhaftung Johnnys saß Mary lange wie gelähmt da. Sie wünschte weinen zu können, aber die Tränen blieben aus. Sie empfand nur eine Leere.

Johnny – ein Dieb! War es möglich? Träumte sie? Und Alan – was für eine grausame Fügung! Sie vergegenwärtigte sich jedes Wort, das er gesprochen hatte. Sie erkannte genau, dass Alan alles aufs Spiel gesetzt und dem Bruder einen Ausweg angeboten hatte, um ihn zu retten. Johnny hätte sich nur ruhig verhalten und in der Nacht versuchen müssen, die Perlen beiseite zu bringen, dann wäre er jetzt noch bei ihr. Aber sein Dünkel ließ es nicht zu.

Mary empfand keine Bitterkeit gegen Alan Wembury, sie war nur traurig, und die Erinnerung an sein schmerzlich verzogenes Gesicht tat ihr ebenso weh wie der Gedanke an den Bruder.

Leise schlug die Türklingel an. Mary erhob sich mühsam und öffnete. Vor ihr stand eine Frau in einem langen, schwarzen Regenmantel. Der ebenfalls schwarze Hut unterstrich noch das blonde Haar und die blasse Gesichtsfarbe.

„Sie haben sich wohl geirrt?“, fragte Mary.

„Sie sind doch Mary Lenley? Kann ich Sie sprechen?“

Mary trat zur Seite. Der Aussprache nach musste es sich um eine Amerikanerin handeln. Die Fremde kam rasch herein. Im Wohnzimmer setzte sie sich, ohne auf eine Aufforderung zu warten, an den Tisch, dessen Schublade halb offen stand.

„Sie haben Sorgen?“, fragte sie.

„Ja, sicher, ich bin in großer Sorge“, antwortete Mary und wunderte sich, woher die Frau es wusste, und was sie zu dieser späten Stunde herführte.

„Ich dachte es. Ich hörte, dass Inspektor Wembury Ihren Bruder verhaftete. Wegen des Juwelendiebstahls, nicht wahr?"

„Ja, die Perlen waren … Ich hatte keine Ahnung davon."

„Mein Name ist Milton – Cora Ann Milton", sagte die Frau, aber dieser Name machte keinen Eindruck auf Mary Lenley. „Haben Sie nie von mir gehört?"

Mary schüttelte nur den Kopf. Sie war körperlich und geistig zu abgespannt, sie wünschte nur, dass der Besuch sie verlassen möchte.

„Haben Sie auch noch nie vom Hexer gehört?"

Mary sah schnell auf.

„Vom Hexer? Meinen Sie den Verbrecher, der von der Polizei gesucht wird?"

„Der von jedermann gesucht wird, Miss Lenley!" Trotz des unbekümmerten Tones zitterte Cora Anns Stimme ein wenig. „Und ich suche ihn mehr als irgendwer sonst – denn ich bin seine Frau!"

Mary sprang überrascht auf. Das war unglaublich – die Frau eines Mannes, dem ständig der Galgen drohte!

„Ich bin seine Frau", wiederholte Cora Ann. „Sie denken wahrscheinlich, dass man damit nicht prahlen sollte! Sie haben aber unrecht." Ohne Übergang fragte sie: „Sie arbeiten für Messer?"

„Ich arbeite für Mr Messer – aber, Mrs …"

„Mrs Milton!", sprang Cora bei.

„Ja. Aber, Mrs Milton, ich kann Ihren Besuch zu so später Nachtzeit nicht verstehen."

Cora Ann Milton sah sich ruhig im Zimmer um.

„Sie haben keine besonders schöne Wohnung, aber sie ist besser als das prächtige kleine Zimmer bei Messer!" Sie sah, wie das Gesicht des Mädchens rot wurde, und schloss für einen Moment die Augen. „Hat er es Ihnen also gezeigt? Teufel, der Mann arbeitet schnell!"

„Ich weiß nicht, wovon Sie reden." Mary fühlte, wie ihr anfängliches Befremden sich in Ärger verwandelte.

„Wenn Sie es nicht wissen, will ich auch nicht mehr darüber sprechen", erwiderte Mrs Milton kühl. „Weiß Messer, dass ich zurück bin?" Sie entnahm der Handtasche, die auf ihrem Schoß lag, ein Taschentuch. Jede ihrer Bewegungen war überlegt und selbstbewusst.

„Ich glaube kaum, Mrs Milton, dass er sich für Ihren Aufenthaltsort sehr interessiert", sagte Mary müde. „Nehmen Sie es mir bitte nicht übel, wenn ich Sie bitte, sich nicht länger aufzuhalten. Ich habe heute genug Aufregung gehabt und bin darum nicht in der Stimmung, mich über Mr Messer, Ihren Mann oder sonst jemanden zu unterhalten."

So leicht war Cora Ann Milton jedoch nicht abzuweisen.

„Ich nehme an, dass Sie manchmal bis spätabends in Messers Haus arbeiten werden", begann sie von Neuem. „Vielleicht wäre es Ihnen angenehm, meine Adresse zu haben?"

„Wozu nur?"

„Wozu!", wiederholte Cora. „Ich möchte, dass Sie sich mit mir in Verbindung setzen – wenn etwas geschehen sollte. Es gab ein anderes Mädchen ... Aber ich nehme an, dass Sie keine abschreckenden Beispiele hören wollen. Ich möchte Sie nur noch bitten, dem lieben Maurice nicht zu sagen, dass die Frau des Hexers in London ist."

Mary achtete kaum mehr auf den Schluss der Rede, sie ging zur Tür und öffnete sie unmissverständlich.

„Das bedeutet, dass ich gehen soll!" Cora Ann lächelte gutmütig. „Ich nehme es Ihnen nicht übel, Kind. Ich glaube, ich verhielte mich genauso, wenn irgendeine Frau mich in ähnlicher Weise belästigen würde."

„Ich brauche keine Bevormundung. Ich habe ein paar Freunde ..."

Sie brach ab. Freunde? In ganz London, im ganzen Land

hatte sie niemand, an den sie sich wenden konnte mit Ausnahme von – Alan Wembury. Und Maurice? Ihre Beziehungen hatten sich in den letzten Tagen verändert. Er war nicht mehr der Berater, zu dem sie gehen würde, wenn …

Cora Ann beobachtete sie von der Türe aus. Es fiel ihr nicht allzu schwer, zu erraten, was in dem Mädchen vorging.

„Wembury ist ein anständiger Kerl", sagte sie. „Ich hoffe, dass Sie ihm nicht böse sind, weil er Ihren Bruder verhaftet hat."

Mary machte eine verzweifelte Handbewegung, sie war am Ende ihrer Geduld angelangt.

Sie saß noch lange, nachdem Cora Ann Milton gegangen war, am Tisch und versuchte, sich über den Grund dieses Besuches klarzuwerden. Wenn sie der Frau des Hexers gefolgt wäre, hätte sie es vielleicht erfahren.

Cora ging die dunkle, verlassene Straße entlang. Nach wenigen Schritten erschien, wie aus dem Nichts aufgetaucht, ein Mann neben ihr. Es geschah so unerwartet und geräuschlos, dass sie erschrak und einen Schritt zurückwich.

„Ach! Hast du mich erschreckt!", rief sie atemlos.

„Hast du das Mädchen gesprochen?"

„Ja, Arthur." Ihre Stimme war aufgeregt, beklommen. „Warum bleibst du hier? Weißt du nicht, welche Gefahr …"

Sie hörte sein leises, spöttisches Lachen.

„Cora Ann, du sprichst zu viel! Übrigens habe ich dich heute Nachmittag gesehen."

„Du hast mich gesehen?", wiederholte sie hastig. „Wo warst du? Arthur, wie soll ich dich erkennen, wenn ich dich sehe? Ich werde das unheimliche Gefühl nicht los, dass du dauernd um mich bist. Ununterbrochen starre ich in die Augen der Vorübergehenden – man wird mich einmal festnehmen, weil ich zudringlich erscheine."

Er lachte wieder.

„Meine eigene Frau wird mich doch erkennen? Die Augen der Liebe schauen durch jede Verkleidung hindurch."

Er hörte, wie ihre Zähne vor Ärger aufeinanderschlugen. Arthur Milton liebte es, seine schöne Frau zu reizen.

„Ich will wissen, wie du jetzt aussiehst!"

Ein heller Lichtstrahl traf sein Gesicht.

„Du bist verrückt!", fuhr er sie an und schlug ihr die Taschenlampe aus der Hand. „Wenn du mich sehen kannst, können es andere auch."

„Sie werden ihre Freude daran haben!", flüsterte sie, denn sie hatte in ein Gesicht geblickt, das von der Stirn bis zum Kinn mit einer schwarzseidenen Maske bedeckt war.

„Hast du meinen Brief erhalten?", fragte er.

„Ja – du meinst doch den Code? Ich glaubte, dass die Zeitungen keine Mitteilungen in Geheimschrift veröffentlichen?"

Er antwortete nicht. Sie griff mechanisch in die Handtasche. Der Umschlag, den sie darin gehabt hatte, war verschwunden.

„Was hast du?"

Sie erklärte es ihm.

„Cora, Närrin! Du musst den Brief in der Wohnung der Lenleys verloren haben. Geh sofort hin und hole ihn!"

Cora eilte zurück, sie lief die Treppe hinauf und klopfte an die Tür. Mary öffnete gleich.

„Ich bin zurückgekommen, weil ich hier einen Brief verloren habe. Soeben vermisste ich ihn."

Mary ging mit ihr ins Zimmer. Sie suchten gemeinsam, aber der Brief kam nicht zum Vorschein. Cora Ann war so aufgeregt, dass sie Mary leidtat.

„Sie müssen ihn doch wohl anderswo verloren haben. Enthielt er Geld?"

„Geld? Nein. Ich wünschte, es wäre nur Geld gewesen." Sie blickte sich verwirrt im Zimmer um. „Ich weiß, dass ich ihn bei mir hatte, als ich herkam."

„Vielleicht haben Sie ihn doch zu Hause gelassen."

Cora Ann schüttelte den Kopf, doch nach einer weiteren gründlichen Durchsuchung begann sie selbst zu zweifeln, ob sie den Brief überhaupt bei sich gehabt hatte.

Mary Lenley schloss die Tür hinter ihr, ging an den Tisch zurück und setzte sich. Der Tee war kalt geworden und schmeckte bitter. Sie öffnete die Tischschublade, in der das Essbesteck lag. Erstaunt sah sie hinein. Der Brief, den sie gesucht hatten, lag darin. Auf dem Umschlag stand nur *Cora Ann*, keine Adresse. Nach kurzem Zögern zog sie eine viereckige, weiße Karte heraus, die mit Gruppen mikroskopisch winziger Buchstaben und Zahlen bedeckt war. Es bedurfte keines besonderen Scharfsinns, um zu erkennen, dass es sich um einen chiffrierten Text handelte.

Der Vorfall an sich war leicht zu erklären. Als Cora das Taschentuch aus der Handtasche genommen hatte, musste der Brief in die etwas offen stehende Tischschublade gefallen sein, und später hatte sie die Schublade zugestoßen, ohne es zu merken. Vielleicht würde sie noch einmal zurückkommen.

Mary steckte die Karte in den Umschlag zurück und nahm den Brief mit ins Schlafzimmer. Dort verschloss sie ihn in ihrem Frisiertisch, wo sie auch Schmuckstücke aufbewahrte. Später vergaß sie ihn völlig.

17

Einen Monat später saß Mary Lenley im Marmorsaal des Hauptgerichtshofes und wartete mit gefalteten Händen auf das Urteil der Geschworenen. Sie war zur Gerichtsverhandlung gekommen und hatte die ersten Zeugenaussagen angehört. Aber sie konnte den Anblick ihres Bruders auf der Anklagebank nicht ertragen, sie verließ den Saal und wartete draußen auf die Entscheidung.

Alan Wembury kam auf den Korridor hinaus. Langsam ging er auf sie zu.

„Ist es vorbei?“, fragte sie.

„Ich glaube, es ist bald so weit“, antwortete er leise. Er machte einen übermüdeten, verstörten Eindruck. „Sie können sich nicht vorstellen, wie mir zumute ist, Mary. Das schlimmste an der Sache ist, dass man mir auch noch das Verdienst an dieser Verhaftung zuschieben will – gestern musste ich sogar die Glückwünsche des Kommissars über mich ergehen lassen!“

Sie lächelte kaum merklich. Er setzte sich zu ihr und redete ihr zu.

Bald kam Maurice Messer dazu, wie immer tadellos gekleidet. Sein Zylinder glänzte, und die Gamaschen waren weiß wie Schnee.

„Der Richter liest eben die Begründung vor“, sagte er. „Wollen Sie sie nicht hören, Wembury?“ Und als er der breitschultrigen Gestalt Wemburys, der durch die Drehtür verschwand, nachschaute, meinte Messer: „Da geht einer der tüchtigsten jungen Männer! Gewissenlos, aber alle Polizeibeamten sind gewissenlos – ein Streber, aber alle Polizeibeamten sind ehrgeizig!“

„Ich habe nie gefunden, dass Alan gewissenlos ist“, widersprach Mary.

„Ich habe vielleicht einen zu kräftigen Ausdruck gebraucht." Maurice Messer lächelte. „Er musste allerdings seine Pflicht tun, doch hat er den armen Johnny sehr geschickt in die Falle gelockt."

„Geschickt? Falle?", wiederholte sie und runzelte die Stirn.

„Dies hat man natürlich bei der Zeugenaussage nicht erwähnen lassen", fuhr Maurice mit vielsagendem Lächeln fort. „Nichts, meine Liebe, was für den Polizeiapparat nachteilig ist, wird durch Zeugenaussagen an die Öffentlichkeit gebracht. Aber ich kenne die Hintergründe dieser Geschichte und weiß, dass Wembury seit dem Diebstahl auf Johnnys Fährte ist. Deshalb ist er auch nach Lenley Court gekommen."

Sie starrte ihn an.

„Sind Sie sicher? Ich dachte ..."

„Sie dachten, dass er Sie aufsuchen wollte? Das ist ein verzeihlicher Irrtum. Meine Liebe, wenn Sie sich die Sache genau überlegen, werden Sie dahinterkommen, dass ein Detektiv immer behaupten muss, eine ganz andere Sache zu tun als die, die er wirklich tut. Wenn Sie Wembury deshalb zur Rede stellen wollen, würde er selbstverständlich alles abstreiten."

Sie dachte einen Augenblick nach.

„Das glaube ich nicht. Alan sagte mir, dass er Johnny nie mit dem Diebstahl in Verbindung brachte, bevor er den anonymen Brief erhielt."

„So!"

Alan kam aus dem Gerichtssaal zurück.

„Es wird wohl noch zehn Minuten dauern", berichtete er, und ehe Messer etwas sagen konnte, fragte Mary: „Alan, ist es wahr, dass Sie Johnny schon lange in Verdacht hatten?"

„Nein, ich war ahnungslos. Erst der anonyme Brief hat mich darauf aufmerksam gemacht." Er schaute Maurice Messer an.

„Aber als Sie nach Lenley Court kamen ..."

„Meine Liebe", unterbrach sie Maurice hastig, „warum all diese Fragen, die Mr Wembury nur in Verlegenheit bringen!"

„Warum in Verlegenheit?", fragte Alan kurz. „Ich kam nach Lenley Court, um Miss Lenley zu besuchen und ihr meine Beförderung mitzuteilen. Sie wollen doch nicht etwa behaupten, dass mein Besuch mit dem Diebstahl in Verbindung stand?"

Messer zuckte die Achseln.

„Als Anwalt bin ich mit den Praktiken jener ‚geheimnisvollen' Briefe vertraut, mit denen Spitzel und Denunzianten die Polizei bedienen."

„Dann ist Ihnen also die Bedeutung des Wortes ‚Denunziant' bekannt, Mr Messer?", fragte Alan. „Und was den Brief betrifft, der Lenley verriet, so ist daran nur der Schreiber ‚geheimnisvoll'. Der Brief ist übrigens auf Schreibmaschinenpapier Swinley Bond Nr. 14 geschrieben." Er bemerkte, wie Messer leicht zusammenfuhr. „Ich habe bei den Schreibwarenhandlungen in Deptford Nachforschungen angestellt und erfahren, dass es dieses Papier dort nicht zu kaufen gibt. Man kann es nur bei einem Schreibwarenhändler in der Chancery Lane erhalten, der den Alleinvertrieb hat und an Anwaltsbüros liefert. Ich sage Ihnen das nur, falls Sie selbst weitere Nachforschungen anstellen wollen."

Mit einem Kopfnicken ging er davon.

„Was meint er?", fragte Mary unruhig.

„Wer kann wissen, was ein Polizeibeamter meint", antwortete Maurice mit gezwungenem Lachen.

Sie wurde nachdenklich und saß lange, ohne ein Wort zu sagen, da.

„Er meinte, Johnny sei von – irgendwem verraten worden …"

„Von jemand, der anscheinend nicht in Deptford lebt", unterbrach er sie schnell. „An Ihrer Stelle, meine Liebe, würde ich diesem Märchen nicht allzu viel Glauben schenken. Auch wäre es gut, wenn Sie in Zukunft nicht so oft mit Wembury zusammenkämen. Selbstverständlich", fügte er hinzu, als er Marys Blick sah, „will ich Ihnen keine Vorschriften über Ihre Freunde machen. Ich möchte Ihnen nur behilflich sein, Mary ... Es gibt ein oder zwei Sachen, über die ich mit Ihnen sprechen möchte, sobald diese Angelegenheit vorüber ist. Sie können dann nicht länger allein in Malpas Mansions wohnen."

„Steht es denn wirklich fest, dass Johnny verurteilt wird?"

„Johnny wird ins Zuchthaus kommen", erwiderte Messer. Es war nicht der Augenblick, etwas zu beschönigen und Rücksicht zu nehmen. „Und zwar für Jahre! Damit müssen Sie sich abfinden. Und wie ich schon sagte, können Sie nicht allein dort wohnen ..."

„Ich werde nirgendwo anders wohnen als in Malpas Mansions", entgegnete sie mit einer Entschlossenheit, die nicht missverstanden werden konnte. „Ich weiß, dass Sie es gut mit mir meinen, Maurice, aber es gibt Dinge, die ich nicht tun kann. Wenn Sie mich beschäftigen wollen, freue ich mich, für Sie zu arbeiten. Ich weiß, dass meine Erfahrungen nicht ausreichen, um anderswo arbeiten zu können, und ich bin auch sicher, dass mir kein anderer Arbeitgeber das Gehalt zahlen würde, das Sie mir angeboten haben. Aber ich bleibe in Malpas Mansions, bis Johnny zurückkommt."

Das Gespräch wurde unterbrochen. In der Drehtür erschien Alan Wembury. Er blieb einen Augenblick stehen, dann kam er auf sie zu.

„Nun?", fragte Mary atemlos.

„Drei Jahre Zuchthaus!", antwortete Alan. „Der Richter fragte, ob sonst etwas über ihn bekannt sei. Ich bin nochmals als Zeuge verhört worden und habe alles gesagt, was ich wusste."

„Und was wussten Sie?", fragte Messer.

„Ich weiß, dass er ein anständiger Mensch gewesen ist, aber durch den Umgang mit Verbrechern verdorben wurde." Wembury stieß jedes einzelne Wort mit Nachdruck hervor. „Eines

Tages werde ich den Mann erwischen, der Johnny Lenley zugrunde richtete, und ihn vor das gleiche Gericht stellen." Er deutete auf die Drehtür. „Für diesen Angeklagten werde ich, wenn ich meine Zeugenaussage mache, keine Fürsprache einlegen. Aber ich werde dem Richter eine Geschichte erzählen, die diesen Mann, der Johnny Lenley verraten hat, in ein Gefängnis bringt, aus dem er nicht so bald zurückkommt!"

18

Für Maurice Messer war der Hexer tot. Alle Behauptungen, dass Henry Arthur Milton in England sei, hielt er für alberne Gerüchte, wie sie häufig in der Unterwelt herumgeboten werden.

Scotland Yard jedenfalls, das nur aufgrund ganz zuverlässiger Nachrichten handelte, hatte ihn nicht gewarnt. Dieser Punkt beruhigte ihn an der ganzen Geschichte am meisten.

Mary verrichtete regelmäßig ihre Arbeit und entwickelte sich rasch zu einer tüchtigen Stenotypistin. Oft dachte sie darüber nach, ob es Maurice gegenüber nicht richtiger gewesen wäre, wenn sie ihm vom Besuch Cora Miltons erzählt hätte. Aber da vom Hexer nie mehr die Rede war, hielt sie es für besser, zu schweigen. Alan Wembury hatte sie nicht mehr gesehen. Eines Tages entdeckte sie ihn in der High Street und sprach ihn an.

„Alan, Sie sind nicht liebenswürdig!", neckte sie ihn. „Man könnte meinen, dass Sie mich nicht mehr kennen wollen."

Er wurde rot, dann blass, sodass ihr ihre Worte sofort leidtaten. „Ich habe dies selbstverständlich nicht angenommen", lenkte sie ein, „aber Sie sind doch sehr unliebenswürdig geworden! Warum gehen Sie mir aus dem Weg?"

„Ich glaubte – ich dachte …", stotterte er verlegen und fragte dann schnell: „Haben Sie etwas von Johnny gehört?"

„Ja. Er scheint ganz munter zu sein und schmiedet schon Pläne für die Zukunft." Und dann schloss sie vergnügt: „Wollen Sie mich nicht am Mittwoch zum Tee einladen? An diesem Tag höre ich zeitig im Büro auf."

Alan kehrte danach als ein sehr glücklicher Mann in die Polizeiwache zurück. Er war so heiter, dass Dr. Lomond, der am

Pult des Sergeanten einen Bericht über einen betrunkenen Motorradfahrer schrieb, belustigt über seine Brillengläser schaute.

„Was ist los mit Ihnen? Haben Sie eine Erbschaft gemacht?"

„Etwas viel Besseres – ich bin eine große Sorge losgeworden!"

„Mit anderen Worten, Sie hatten sich mit einem Mädchen gezankt, und jetzt hat sie sich wieder mit Ihnen versöhnt." Er verzog spöttisch das Gesicht. „Ich will nicht behaupten, dass die Ehe nicht gut wäre, aber für einen Polizeibeamten ist sie nicht ratsam."

Alan lachte.

„Ich denke gar nicht daran, mich zu verheiraten."

„Dann sollten Sie sich schämen." Dr. Lomond ging zum Kamin und schnippte die Asche seiner Zigarette ins Feuer.

Während er sich umdrehte, kam ein untersetzter, ärmlich gekleideter Mann ins Büro. Er grinste über das ganze Gesicht, als er auf den Sergeanten zuging und mit einem freundlichen Kopfnicken seine Papiere vor ihn hinlegte.

„Hackitt!", rief Wembury. „Ach! Ich hatte schon gehört, dass Sie die Gegend wieder unsicher machen." Er gab ihm die Hand.

Sam Hackitts Grinsen wurde noch breiter.

„Ja, ich bin entlassen worden – jetzt will mir der alte Messer eine Anstellung geben."

„Was, Sam, wollen Sie sich denn der Rechtspraxis zuwenden?"

Hackitt lachte heiser.

„Nein, ich soll seine Stiefel putzen! Es ist allerdings eine sehr niedrige Arbeit für einen Mann von meiner Begabung. Aber, Mr Wembury, was soll man machen, wenn einem die Polizei immerfort nachstellt?"

„Geben Sie ihr keine Veranlassung dazu!", entgegnete Alan lachend. „Sie werden also Messers Leibdiener! Ich wünsche Ihnen viel Glück."

Sam Hackitt rieb sich nachdenklich das unrasierte Kinn.

„Ich hörte, dass Johnny Lenley verschüttgegangen ist, Mr Wembury. Das ist Pech."

„Kennen Sie ihn?", fragte Alan.

„Ich hatte ihn einmal aufgesucht, als er noch auf dem Lande war. Ich wusste damals schon, dass er unserer Zunft angehört, denn jemand hatte für ihn und mich eine Sache angezettelt. Aber ich habe die Finger davon gelassen. Es war etwas zu gefährlich für mich, ich arbeite nicht gern mit Anfängern. Außerdem wollte der Herr, der die Geschichte finanzierte, dass wir eine Knarre dabei haben sollten. Dafür bedankte ich mich!"

Alan wusste sehr gut, dass gewerbsmäßige Einbrecher Waffen verabscheuen.

„Wer ist denn dieser große Boss, Sam?", fragte er, obwohl er keine wahrheitsgetreue Antwort erwartete.

„Er? Oh, das ist ein Mann, der in Sheffield lebt", wich Hackitt aus. „Mir gefiel die Sache nicht, darum habe ich sie nicht angenommen. Er ist ein netter Kerl – ich meine den jungen Lenley ..." Dann wechselte er plötzlich das Thema. „Mr Wembury, was ist eigentlich an dem Gerede dran, dass der Hexer in London sei? Ich hörte so etwas."

Alan war erstaunt. Der Hexer gehörte einer anderen Klasse an, wenn auch die kleinen Gauner durch die Taten dieses Superverbrechers in Mitleidenschaft gezogen wurden.

Wieder rieb sich Sam Hackitt das Kinn.

„Ich bin einer der wenigen, die ihn ohne Verkleidung gesehen haben. Der Hexer, eh! Das war ein tüchtiger Kerl. Ich habe noch keinen gefunden, der sich so verstellen konnte!"

Der Sergeant hatte sich die nötigen Einzelheiten aus Sam Hackitts Papieren notiert und gab sie ihm zurück.

„Wenn der Hexer auftauchen sollte, könnte es sein, dass wir Sie herbestellen, Hackitt!", kündigte Wembury an.

„Der wird nie mehr auftauchen." Sam schüttelte den Kopf. „Er ist ertrunken – ich glaube den Zeitungen."

Dr. Lomond beobachtete seine kräftige Gestalt, bis er vor der Türe verschwand.

„Dieser Kopf! Haben Sie bemerkt, Wembury, wie flach der Schädel ist? Den möchte ich mal vermessen!"

19

Die Tage bis zum Mittwoch schlichen langsam hin; jeder schien viel mehr als vierundzwanzig Stunden zu haben. Am Mittwochmorgen erhielt Alan einen Brief von Mary. Sie bat ihn, er möchte sie in einer kleinen Konditorei im Westend treffen. Alan fand sich schon eine Viertelstunde vor der festgesetzten Zeit ein. Endlich kam sie. Sie trug ein braunes Kostüm und sah entzückend aus.

Die Konditorei war um diese Stunde wenig besucht. Er fand einen ruhigen Eckplatz, wo sie sich ungestört unterhalten konnten. Sie hatte den Kopf voll von Zukunftsplänen. Maurice (er konnte es nicht leiden, wenn sie Messer beim Vornamen nannte) wollte Johnny auf einer Geflügelfarm neu anfangen lassen. Sie hatte Johnnys Gefängniszeit bis auf den Tag ausgerechnet.

„Drei Monate werden ihm jedes Jahr nachgelassen, wenn er sich gut hält", frohlockte sie. „Johnny scheint auch sehr vernünftig zu sein. In dem Brief, den ich vor einigen Tagen erhielt, schreibt er, dass er sich nichts mehr zuschulden kommen lassen will."

Alan zögerte, die Frage zu stellen, die ihm auf der Zunge lag, doch dann fragte er doch.

„Ja – er hat auch Sie erwähnt", erwiderte sie froh. „Er empfindet keinen Groll gegen Sie. Ich glaube, wenn er herauskommt, wird er mehr auf Sie hören!"

Sie erzählte, dass sie viel zu tun habe, die Zeit vergehe ihr viel schneller, als sie gedacht hätte. Maurice sei sehr gut zu ihr (wie oft sie das schon wiederholt hatte!). Das Leben in Malpas Mansions verliefe ruhig, sie habe sogar eine Hausangestellte.

„Es ist ein seltsames kleines Geschöpf, das darauf besteht, mir alle Schreckensgeschichten von Deptford zu erzählen. Als ob ich nicht selbst genug Schrecken hätte! Ihr Lieblingsheld ist der Hexer – wissen Sie etwas über ihn?"

„Er ist der Held vieler Leute in Deptford. Der Gedanke, dass jemand die Polizei überlisten konnte, gefällt ihnen."

„Er ist doch nicht etwa in England?", fragte sie. „Ich muss Ihnen etwas erzählen – ich habe seine Frau kennengelernt!"

Mit großen Augen starrte er sie ungläubig an.

„Cora Ann Milton?"

Mary musste über den Eindruck, den ihre Worte auf ihn machten, lachen. Sie schilderte Cora Anns Besuch, erwähnte aber aus einem ihr selbst unklaren Grund nur einen Teil jenes Gesprächs. Sie deutete nicht einmal an, dass Cora Ann sie vor Messer gewarnt hatte. Als sie von dem Brief mit dem Geheimcode sprach, wurde er sehr lebhaft und bedrängte sie mit Fragen.

„Eben erst ist es mir wieder eingefallen!", entschuldigte sie sich reuevoll. „Er liegt bei mir in der Schublade, und ich hätte ihn ihr zurückschicken sollen ..."

„Ein Geheimcode – das ist sehr wichtig! Können Sie mir den Brief morgen bringen?"

Sie versprach es.

„Aber warum kam sie zu Ihnen? Sagten Sie nicht, dass es in der gleichen Nacht war, als Johnny festgenommen wurde?", forschte Alan. „Haben Sie Mrs Milton seither wiedergesehen?"

„Nein."

Sie gingen zusammen durch den Green-Park und aßen in einem kleinen Restaurant in Soho. Es war ein großer Tag in Alan Wemburys Leben. Er begleitete sie zur Straßenbahn, doch als er sie wegfahren sah, verschwand mit ihr auch ein Teil seiner Lebensfreude.

Messer hatte Mary gebeten, nach dem Essen nochmals bei ihm vorbeizukommen. Da sie es sich aber zum festen Prinzip gemacht hatte, neun Uhr als die Zeitgrenze festzusetzen, bis zu der sie abends bei ihm arbeiten wollte, und es jetzt, als sie New

Cross erreichte, schon später war, ging sie sofort nach Malpas Mansions.

Während sie noch die Tür aufschloss, klingelte das Telefon. Maurice hatte darauf bestanden, dass sie sich ein Telefon anschaffte. Sie knipste schnell das Licht an und eilte zu dem kleinen Tisch, auf dem der Apparat stand. Es war Messer, wie sie erwartet hatte.

„Mein liebes Kind, wo sind Sie gewesen?“, fragte er mürrisch. „Ich habe seit acht Uhr auf Sie gewartet.“

Sie schaute auf die Armbanduhr. Es war gerade ein Viertel vor zehn.

„Es tut mir leid, Maurice – aber ich hatte Ihnen nicht versprochen, dass ich kommen würde.“

„Sind Sie im Theater oder sonst wo gewesen?“, fragte er argwöhnisch. „Sie haben nichts darüber gesagt.“

„Nein, ich habe jemand besucht.“

„Einen Mann?“

Mary Lenley war ein geduldiges Wesen, aber seine eindringlichen Fragen erbitterten sie. Er musste es erraten haben, denn bevor sie antworten konnte, fuhr er fort: „Verzeihen Sie meine Neugier, liebe Mary, aber ich nehme doch sozusagen Vaterstelle bei Ihnen ein, solange der arme Johnny fort ist, und ich möchte wissen …“

„Ich war zum Essen eingeladen“, unterbrach sie ihn entschlossen. „Es tut mir leid, wenn ich Ihnen Unbequemlichkeiten bereitet habe, aber ich hatte Ihnen nichts versprochen.“

Es folgte eine Pause.

„Können Sie jetzt zu mir kommen?“

Ihr „Nein“ klang sehr bestimmt.

„Es ist viel zu spät, Maurice. Was sollte ich denn noch für Sie arbeiten?“

Wenn er sofort geantwortet hätte, wäre sie vielleicht unsicher geworden. Aber die Pause dauerte etwas zu lang.

„Beeidigte Aussagen!“, spottete sie. „Das klingt sehr unsinnig um diese Nachtzeit. Ich werde morgen zeitiger kommen.“

„Der Jemand ist doch nicht etwa Alan Wembury?“, hörte sie Messer fragen. Mary legte den Hörer auf.

Sie stellte Wasser für den Tee auf und ging in ihr kleines Schlafzimmer, um abzulegen. Ein Luftzug entstand, hinter ihr schlug die Tür zu. Sie machte Licht und schloss beunruhigt das Fenster. Vor dem Verlassen der Wohnung hatte sie alle Fenster geschlossen, da es nach Regen aussah. Wer hatte das Schlafzimmerfenster geöffnet? Sie sah sich im Zimmer um, und es überrieselte sie kalt. Jemand war im Zimmer gewesen, eine Schublade vom Frisiertisch war aufgebrochen. Soweit sie sehen konnte, fehlte nichts. Dann fiel ihr der Code ein. Sie fand ihn nicht – verschwunden! Der Kleiderschrank stand offen, ihre Kleider hingen nicht wie sonst. Auch die lange, untere Lade war durchsucht worden. Von wem? Sicher nicht von einem gewöhnlichen Einbrecher, nichts war gestohlen worden, nichts fehlte – außer dem Brief.

Sie ging zum Fenster zurück, öffnete es und schaute hinunter. Rechts lag der kleine Küchenbalkon mit dem Aufzug, über den die Bewohner die Waren von den Lieferanten in Empfang nehmen konnten. Der Aufzug befand sich zurzeit unten, und sie konnte sehen, wie sich das lange Drahtseil im Wind bewegte. Ein geschickter Mann konnte mit einiger Anstrengung daran schon zum Balkon hinaufklettern. Aber wer würde Gefahr laufen, seinen Hals zu brechen, nur um ihre Habseligkeiten zu durchsuchen und Cora Anns Brief zu holen?

Mary holte in der Küche eine Taschenlampe, mit der sie die Wohnung genauer untersuchte. Jetzt erst fand sie die noch feuchten Fußabdrücke auf dem Teppich. An zwei Stellen waren die Schmutzspuren so deutlich zu sehen, dass sie sich wunderte, sie nicht gleich bemerkt zu haben.

Sie machte noch einige andere Entdeckungen. Der Frisiertisch war vollständig in Unordnung gebracht worden. Eine ihrer Kleiderbürsten fand sie auf dem Bettrand, offensichtlich war sie benutzt worden, denn sie fühlte sich feucht und sandig an. Der kaltblütige Eindringling hatte sich nicht nur mit einer oberflächlichen Toilette begnügt, sondern auch die Haarbürste benützt; in den weißen Borsten hing ein grobes, schwarzes Haar.

Es klingelte an der Wohnungstür. Als sie öffnete, stand der Hausmeister draußen.

„Es tut mir leid, wenn ich Sie störe, Miss. Ist etwas mit der Wohnung nicht in Ordnung?"

„Kommen Sie, Jenkins! Darüber habe ich mich eben gewundert." Sie führte ihn ins Zimmer.

„Ein Mann hat sich nämlich den ganzen Abend in der Gegend herumgetrieben", erzählte der Hausmeister. „Ein Mann mit einem kleinen, schwarzen Bart. Ein Bewohner hat ihn kurz vor Dunkelwerden im Hof gesehen, wie er sich den Aufzug anschaute. Und die Frau nebenan sagte mir, dass er ungefähr zehn Minuten lang an Ihre Tür geklopft habe. Das war gegen acht Uhr, also bevor er im Hof gesehen wurde. Vermissen Sie etwas, Miss?"

Ein Mann mit einem Bart? Ein schwarzer Spitzbart – das kam ihr bekannt vor. Mary erinnerte sich plötzlich an die Unterhaltung mit Alan, er hatte ihr von Inspektor Bliss erzählt. Eine fantastische Idee!

Sie ging zum Telefon und verlangte die Flanders-Lane-Polizeiwache. Eine mürrische Stimme meldete sich. Nein, Mr Wembury sei noch nicht zurück, man erwarte ihn aber jeden Augenblick. Sie nannte ihren Namen und die Telefonnummer und bat um Wemburys Anruf. Eine Stunde später läutete das Telefon, sie erkannte Alans Stimme. In wenigen Worten erzählte sie alles und vernahm seinen erstaunten Ausruf.

„Ich glaube nicht, dass es der war, an den Sie denken", zweifelte er. „Ist es schon zu spät für mich, vorbeizukommen?"

„Nein, nein, bitte!“, rief sie, ohne zu zögern.

Er traf unerwartet schnell ein.

„Ein Taxi!“, erklärte er. „Es ist ja selten genug in Deptford, dass man eines erwischt, aber ich hatte Glück.“

Zum ersten Mal seit Johnnys Festnahme betrat er die Wohnung. Mary führte ihn sofort in ihr Zimmer, um ihm die Spuren des mysteriösen Besuches zu zeigen.

„Bliss?“, fragte er mit gerunzelter Stirn. „Warum sollte Bliss hier eindringen?“

„Das möchte ich auch wissen. Wenn es sich um den Brief handelte, hätte er kommen und danach fragen können.“ Sie konnte wieder lächeln. Alan Wemburys Anwesenheit wirkte wunderbar beruhigend auf sie.

„Haben Sie etwas hier, das Messer gehört – irgendwelche Papiere?“, fragte er.

Sie schüttelte den Kopf.

„Schlüssel?“, fragte er weiter.

„Ja, natürlich. Ich habe die Schlüssel zum Haus. Seine alte Köchin ist ziemlich taub, und Maurice ist nur selten auf, wenn ich komme, darum hat er mir die Schlüssel zur äußeren Tür und zur Haustür gegeben.“ Sie öffnete die Handtasche. „Ich trage sie immer bei mir. Halten Sie es denn für möglich, dass Bliss daran interessiert ist? Er kann ja zu jeder gewünschten Zeit bei Mr Messer vorsprechen.“

In Gedanken überflog Alan die Situation. Wusste Bliss von Cora Miltons Besuch bei Mary? Zwar war Wembury nicht benachrichtigt worden, dass die Hauptstelle auf eigene Faust arbeitete – doch angenommen, Bliss hätte es sich in den Kopf gesetzt, den Hexer zu finden, warum sollte er diesen schwierigen Weg wählen? Und wenn er hinter dem Brief her war, woher überhaupt wusste er von ihm?

„Nur ein einziger Mann kann an diesem Brief wirklich Interesse haben – der Hexer selbst!“, stellte er überzeugt fest.

Durch die offen stehende Wohnungstür, die Alan beim Eintritt nicht geschlossen hatte, kam der Hausmeister herein. Er war ganz außer Atem. „Miss!“, rief er aufgeregt. „Der Kerl ist wieder draußen – soll ich die Polizei holen?“

„Welcher Kerl?“, fragte Wembury schnell. „Meinen Sie den Mann mit dem Bart?“

„Jawohl, Sir. Glauben Sie nicht, dass wir einen Polizisten holen sollten?“ Der Hausmeister wusste nicht, dass Wembury Polizeibeamter war. „Am Ende der Straße steht einer auf Posten.“

Wembury stürzte an ihm vorbei und eilte die Treppe hinunter. Auf der gegenüberliegenden Straßenseite sah er im Dunkeln einen Mann stehen, der keinen Versuch machte, zu verschwinden, sondern im Gegenteil ins volle Licht der Straßenlampe trat. Marys Annahme stimmte. Es war Bliss.

„Guten Abend, Inspektor Wembury!“, grüßte Bliss trocken.

„In Miss Lenleys Wohnung ist eingebrochen worden“, überfiel ihn Wembury ohne irgendeine Einleitung. „Ich habe guten Grund, anzunehmen, dass Sie es waren, Mr Bliss!“

„In Miss Lenleys Wohnung eingebrochen?“ Der Hauptinspektor schien sich darüber zu amüsieren. „Sehe ich wie ein Einbrecher aus?“

„Ich weiß nicht, wie Sie aussehen – jedenfalls hat man Sie kurz vor dem Dunkelwerden im Hof beobachtet, wie Sie sich den Aufzug ansahen. Es ist keine Frage, dass sich der Mann, der in Miss Lenleys Wohnung eindrang, auf diese Weise Einlass verschaffte.“

„In diesem Fall“, meinte Bliss, „müssten Sie mich eigentlich auf Ihre kleine Polizeiwache mitnehmen und dort Ihre Anklage vorbringen. Bevor Sie dies tun, will ich Ihnen aber gestehen, dass ich dieses verfluchte Drahtseil hochgeklettert bin, das Fenster gewaltsam geöffnet und die Wohnung durchsucht habe. Was ich zu finden hoffte, habe ich nicht gefunden. Der Mann, der vor mir da gewesen war, hatte es bereits abgeholt.“

„Ist das die Erklärung?“, fragte Wembury. „Jemand war schon vor Ihnen in der Wohnung?“

„Jawohl – und eine wahrheitsgemäße Erklärung dazu. Ich bin das Seil hochgeklettert, als ich feststellen musste, dass schon ein anderer diesen Weg genommen hatte. Ihre Informatoren werden Ihnen zweifellos bestätigen können, dass ich zuvor die Treppe benützte und an Miss Lenleys Tür klopfte. Erst als dies zu nichts führte, entschloss ich mich, mir auf dem gleichen Weg Zugang zu verschaffen wie der Eindringling vor mir. Befriedigt Sie das, Mr Wembury? Oder glauben Sie, dass ich als Polizeibeamter meine Befugnisse überschritten habe, indem ich einen Einbrecher verfolgte?“

Wenn die Geschichte stimmte, die Bliss erzählte, hatte sein Vorgehen eine gewisse Berechtigung. Aber ob sie stimmte?

„Haben Sie die Schubladen durchwühlt?“

„Nein, man ist mir hierin zuvorgekommen. Ich öffnete eine Schublade, und aus dem Durcheinander schloss ich, dass mein Vorgänger die Durchsuchung schon vorgenommen hatte. Haben Sie noch weitere Fragen?“

„Nein, danke“, sagte Alan kurz.

„Und Sie wollen mich nicht Ihren Vorgesetzten vorstellen? Gut. Dann ist meine Anwesenheit vorläufig überflüssig.“

Mit einem Achselzucken drehte er sich um und ging langsam den Gehsteig entlang.

Alan kehrte zu Mary zurück und erzählte ihr von seiner Unterredung mit Bliss.

„Wenn es stimmt, was er gesagt hat, muss er über den Vorfall Bericht erstatten. Wenn er lügt, werden wir nichts mehr darüber hören.“

Als Wembury auf die Polizeiwache zurückkehrte, war er erstaunt zu hören, dass Bliss tatsächlich den Einbruch gemeldet und genaue Zeitangaben gemacht hatte. Und außerdem hatte Bliss erwähnt, dass Wembury den Fall übernommen habe.

Wenn also Bliss wahrheitsgemäß Bericht erstattet hatte, wer war der erste Mann gewesen, der am Seil hinaufkletterte? Und welchen anderen Grund könnte er gehabt haben, in Mary Lenleys Wohnung einzudringen, als nach der Geheimschrift zu suchen? Es musste der Hexer gewesen sein!

20

Zwei Fragen tauchten am nächsten Morgen vor Mary Lenley auf. Sollte sie Maurice sagen – erstens, dass sie mit Alan Wembury ausgegangen, und zweitens, dass bei ihr eingebrochen worden war?

Messer war noch nicht aus seinem Zimmer heruntergekommen, als sie eintraf. Samuel Hackitt, der nun zum Messerschen Haushalt gehörte, putzte gemächlich die Fenster. Vor einigen Tagen hatte er seinen Dienst angetreten, und Mary mochte den Mann ganz gern.

„Guten Morgen, Miss!" Er hob die Hand zu der Stelle, wo sich sonst der Schirm seiner Mütze befand. „Der alte Herr ist noch im Bett. Der Herr segne seinen Schlaf!"

Als Mary darauf nicht einging, klopfte Hackitt mit dem Handknöchel an die Täfelung.

„Hohl", stellte er fest. „Das ist eher ein Karnickelstall als ein Haus."

Mr Messers Haus war in den Tagen erbaut worden, als Peter der Große sich in Deptford aufhielt. Mary teilte Sam diese historische Tatsache mit, die jedoch absolut keinen Eindruck auf ihn machte.

„Ich habe Peter nicht gekannt. War er König? Das klingt wie eine Lüge von Messer."

„Das ist Geschichte, Sam!", sagte sie streng, während sie die Schreibmaschine abstaubte.

„Morgen gehe ich zu Scotland Yard, Miss", schwatzte Hackitt weiter. „Ich war noch nie dort, nehme aber an, dass es genauso wie auf jedem anderen Polizeirevier ist – ein Stuhl, ein Tisch, ein Paar Handschellen und ein Haufen meineidige Lügner!"

In diesem Augenblick trat Messer ein und unterbrach Hackitts Betrachtungen. In mürrischem Ton schickte er seinen Diener hinaus. Als er mit Mary allein war, beklagte er sich, dass er schlecht geschlafen habe.

„Wo waren Sie gestern?“, setzte er ihr gleich darauf zu.

Sie benützte die Gelegenheit, um ihn abzulenken, und erzählte ihm von dem Einbruch, verschwieg aber den gestohlenen Brief. Er hörte erstaunt zu. Als sie die Unterredung zwischen Wembury und Inspektor Bliss erwähnte, rief er aus: „Bliss? Das ist seltsam!“ Er stand auf, seine Augen schlossen sich ein wenig, als blicke er in grelles Licht. „Bliss … Ich habe ihn jahrelang nicht gesehen. Er war in Amerika. Ein tüchtiger Mensch … Bliss – hm!“

„Aber – finden Sie es nicht auch sehr merkwürdig, dass er, und vor ihm schon jemand anders, in meine Wohnung hinaufkletterte? Was glaubten sie zu finden?“

„Ich weiß es nicht. Bliss suchte etwas in Ihrem Zimmer. Die Geschichte von dem andern Mann klingt faul.“

„Trotzdem – was konnte er suchen?“, fragte sie eindringlich.

Messer schwieg.

Bliss! Er hatte in Deptford nichts zu suchen, falls nicht …

Er stand vor einem Rätsel und war besorgt. Das Erscheinen dieses Mannes in Deptford konnte nur auf ein außerordentliches Ereignis hindeuten. In den letzten drei Monaten war im Bezirk nichts Besonderes vorgefallen, und Messer, der seine Finger in mehr Sachen hatte, als seine ärgsten Feinde es ihm zutrauten, wusste, dass kein Diebstahl begangen worden war, der Scotland Yard veranlassen konnte, einen der besten Beamten mit einer unabhängigen Untersuchung zu beauftragen.

Messer nahm sein einfaches Frühstück gewöhnlich im Privatbüro ein. Wie sonst bestand es auch an diesem Morgen aus einer Tasse Kaffee, einigen Früchten und Keksen. Er öffnete die Zeitungen, die neben ihm lagen, und blätterte sie gemächlich durch. Ein Titel am Kopf einer Spalte fesselte seine Aufmerksamkeit: AUFSTAND IM GEFÄNGNIS – STRÄFLING RETTET DEM STELLVERTRETENDEN DIREKTOR DAS LEBEN. Er überflog den Artikel in aller Eile, da er auf einen bekannten Namen zu stoßen hoffte, doch der betreffende Gefangene wurde, wie in solchen Fällen üblich, nicht genannt. In einem Gefängnis in der Provinz war ein Aufstand ausgebrochen. Die Anführer hatten einen Wärter niedergeschlagen und ihm die Schlüssel abgenommen. Sie hätten den dazukommenden Stellvertreter des Direktors getötet, wenn ihn nicht ein Sträfling mit einem Besenstiel verteidigt hätte, bis bewaffnete Wärter erschienen. Maurice spitzte die Lippen und lächelte. Er überlegte, welche Belohnung der tapfere Sträfling erhalten würde. Wahrscheinlich eine höhere, als er verdiente.

Hackitt kam herein, um das Frühstücksgeschirr abzuräumen. Er las über Messers Schulter hinweg den Bericht.

„Der stellvertretende Direktor ist ein netter Kerl!“, sagte er. „Ich möchte wissen, was die Jungen gegen ihn hatten. Die Wärter allerdings taugen alle nichts.“

Messer schaute ihn kalt an.

„Hackitt, wenn Sie Ihre Stelle behalten wollen, dürfen Sie nicht sprechen, ohne gefragt zu werden.“

„Verzeihung!“, brummte Hackitt gutmütig. „Ich bin von Natur aus so veranlagt.“

„Dann lassen Sie Ihre Geschwätzigkeit an jemand anderem aus!“, fuhr ihn Messer an.

Sam verließ mit dem Tablett das Zimmer, kehrte jedoch nach wenigen Minuten mit einem länglichen, gelben Kuvert zurück. Messer riss ihm den Brief aus der Hand und überflog die Aufschriften. Der Umschlag trug den Vermerk: *Sehr eilig und vertraulich* und den Stempel von Scotland Yard.

„Wer hat dies gebracht?“, fragte er.

„Ein Polyp“, antwortete Sam unbefangen.

Messer wies auf die Tür.

„Sie können gehen.“

Er wartete, bis sich die Tür hinter Hackitt geschlossen hatte. Dann öffnete er den Brief. Seine Hand zitterte.

> Sir,
> ich habe die Ehre, Sie zu benachrichtigen, dass der Kommissar, Oberst Walford, C. B., Sie morgen vormittags um halb zwölf in seinem Büro in Scotland Yard zu sprechen wünscht. Die Angelegenheit ist sehr wichtig, und der Kommissar besteht darauf, dass Sie der Vorladung unbedingt Folge leisten. Sollte es Ihnen nicht möglich sein, zur angegebenen Zeit zu erscheinen, bitte ich um telefonische Nachricht.
>
> In dieser Erwartung …

Eine Vorladung von Scotland Yard! Die erste, die Messer je erhalten hatte. Was bedeutete sie?

Er öffnete einen kleinen Wandschrank, nahm eine Weinbrandflasche heraus und goss ein Glas voll. Er ärgerte sich, weil seine Hand zitterte. Was wusste Scotland Yard? Was wollten sie wissen? Seine Zukunft, sogar seine Freiheit hingen von der Beantwortung dieser Frage ab. Aber diese Frage war gar nicht so leicht zu beantworten.

21

Am nächsten Morgen kam Mary, wie Messer es gewünscht hatte, zeitiger ins Büro. Sie war erstaunt, dass Maurice schon aufgestanden war. Als sie eintrat, ging er, die Hände auf dem Rücken, im Zimmer auf und ab.

„Ich muss nach Scotland Yard“, berichtete er, „und dachte …“ Er zwang sich zu lächeln. „Vielleicht wollen Sie mich begleiten? Nicht in den Yard“, setzte er hastig hinzu, als er die Abneigung in ihrem Gesicht bemerkte. „Sie können in einer Konditorei oder sonst wo auf mich warten.“

„Aber warum nur, Maurice?“ Seine Aufforderung kam ihr merkwürdig vor.

„Wenn Sie nicht mitzugehen wünschen, ist es nicht nötig, meine Liebe“, erwiderte er kurz. Fragen zu beantworten, war nicht seine Stärke. Doch änderte er sofort den Ton. „Ich möchte mit Ihnen über einige Dinge sprechen – Geschäftsangelegenheiten, bei denen ich Ihre Hilfe brauche.“ Er trat an den Schreibtisch und nahm ein Schriftstück auf. „Hier sind die Namen und Adressen einer Anzahl von Leuten. Ich möchte, dass Sie diese Liste in Ihrer Handtasche aufheben. Die aufgeführten Herren sind zu benachrichtigen – ich meine, wenn es nötig sein sollte.“

Er konnte ihr nicht gestehen, dass er eine ruhelose Nacht verbracht hatte, und er konnte sie auch nicht wissen lassen, dass es sich bei den Namen, die er nach reiflicher Überlegung aufgeschrieben hatte, um wichtige Persönlichkeiten handelte, die für ihn unter gewissen Umständen bürgen konnten.

„Ich weiß nicht, was man von mir in Scotland Yard will“, bemerkte er und versuchte, unbekümmert zu erscheinen. „Vermutlich ist es eine geringfügige Angelegenheit, die sicher mit einem Klienten zusammenhängt.“

„Lässt man Sie oft kommen?“, fragte sie arglos.

„Nein, es ist noch nie vorgekommen. Überhaupt ist es ganz ungewöhnlich, dass ein Rechtsanwalt vorgeladen wird.“

Messer besaß kein eigenes Auto. Keine Garage in der Nähe konnte ihm einen Wagen stellen, der seinem Geschmack genügte. Ein Rolls-Royce, den ihm schließlich ein Unternehmen im Westend schickte, war das Neueste und Vornehmste, was aufzutreiben war. Als sie damit losfuhren, standen die Bewohner der Flanders Lane voll Bewunderung und Neid vor den Haustüren. Messers Nervosität nahm zu, je weiter sie sich von Deptford entfernten. Er schwieg. Mary fragte ihn, ob er den Gefängnisbericht in der Zeitung gelesen hätte.

„Aufstand im Gefängnis?“, fragte er zerstreut. „Nein – ja. Warum?“

„Es ist die Anstalt, in der Johnny ist. Es macht mir Sorge – Johnny ist so hitzköpfig. Wahrscheinlich hat er sich in etwas Dummes eingelassen. Kann man es nicht ausfindig machen?“

Messer zeigte plötzlich Interesse.

„Ist Johnny dort? Daran hatte ich nicht gedacht. Ja, meine Liebe, das können wir ausfindig machen.“

Diese Frage schien ihn die ganze Zeit beschäftigt zu haben, denn als sie über die Westminsterbrücke fuhren, kam er darauf zurück: „Ich hoffe nicht, dass Johnny darin verwickelt ist – damit hätte er sich die vorzeitige Entlassung verscherzt.“

Bevor sie noch die verhängnisvolle Bedeutung dieser Bemerkung richtig verstanden hatte, hielt der Wagen schon vor dem Eingang von Scotland Yard.

„Vielleicht wollen Sie im Wagen warten?“

„Wie lange wird es dauern?“

Mr Messer hätte viel darum gegeben, wenn er diese Frage, wenigstens ungefähr, hätte beantworten können.

„Ich weiß es nicht. Die Beamten sind bequeme Leute. Sie können tun, was sie wollen.“

Während er noch mit Mary sprach, sah er einen Mann von der Straßenbahn abspringen; er kam gemächlich über die Straße und ging auf das große, gewölbte Eingangstor von Scotland Yard zu.

„Hackitt?", rief Messer erstaunt aus. „Er hat mir nicht gesagt, dass er auch kommt. Vorhin brachte er mir noch das Frühstück!"

Sein Gesicht zuckte. Mary war verblüfft, dass eine so geringfügige Sache einen so starken Eindruck auf ihn machen konnte. Er nickte und entfernte sich, ohne sie nochmals anzusehen.

Vor dem Eingang blieb er einen Augenblick stehen. Was wusste Hackitt über ihn? Was konnte er aussagen? Als er den Mann bei sich anstellte, geschah es nicht etwa aus Mitleid, sondern weil er eine billige Arbeitskraft bekam. Vielleicht aber stand Hackitt im Sold der Polizei – ein Spitzel, der in sein Haus geschickt worden war, um seine Geheimnisse auszuspionieren, in seinen Papieren zu wühlen, die verschlossenen Keller- und Dachräume zu durchsuchen?

Mary entschloss sich, die Wartezeit im Wagen zu verbringen. Sie überlegte, ob Alan Wembury wohl auch im Yard zu tun habe. Während sie noch diesem Gedanken nachhing, ging er tatsächlich mit großen Schritten am Wagen vorbei. Er drehte sich rasch um, als er ihre Stimme hörte.

„Mary!" Sein Gesicht strahlte. „Was machen Sie hier? Sind Sie mit Messer gekommen?"

„Wussten Sie denn, dass er vorgeladen wurde?"

„Ja." Er lachte. „Haben Sie zufällig Mr Hackitt mitgebracht?"

„Nein, Maurice wusste gar nicht, dass man Hackitt auch vorgeladen hat – ich glaube, es beunruhigte ihn. Was steckt eigentlich dahinter, Alan?"

Er lachte wieder, ohne zu antworten.

Gleich vor ihnen hielt geräuschlos ein hübscher kleiner Wagen. Ein Chauffeur sprang heraus und öffnete die Wagentür. Eine Frau stieg aus. Sie warf einen Blick auf das Gebäude und ging dann auf das Tor zu. Obwohl es noch früh am Morgen, und die Straße voller Leute war, hielt sie eine brennende Zigarette in der behandschuhten Hand.

„Eine etwas auffällige Dame, nicht wahr? Und eine alte Bekannte von Ihnen!"

„Mrs Milton!", rief Mary erstaunt.

„Jawohl, Mrs Milton! Ich muss jetzt hinein." Er nahm für einen Augenblick ihre Hand in die seine und schaute ihr in die Augen. „Sie wissen doch, wo ich zu finden bin?", fragte er leise. Bevor sie etwas erwidern konnte, war er verschwunden.

Auf Anordnung eines Polizisten musste der Chauffeur mit dem Wagen etwas weiter vom Eingang entfernt warten.

Auf einmal fühlte Mary, dass sie beobachtet wurde. Sie drehte den Kopf und blickte in ein Paar freundliche Augen, die unter buschigen Augenbrauen hervorsahen. Neben dem Wagen stand eine große, gebeugte Gestalt. Der Mann, der einen ungewöhnlichen, braunen Filzhut auf dem weißen Haarschopf trug, wollte anscheinend mit ihr sprechen. Sie öffnete die Wagentür und stieg aus.

„Sie sind Miss Lenley, wenn ich mich nicht irre? Mein Name ist Lomond."

„Oh, Dr. Lomond!", sagte sie erfreut. „Das habe ich mir gedacht."

„Aber, liebes Fräulein, Sie haben mich noch nie gesehen!"

„Alan – Mr Wembury hat Sie mir beschrieben …"

Er lachte belustigt.

„Neugierig sind Sie offenbar nicht? Sonst würden Sie mich fragen, woher ich Sie kenne!" Er schaute zum Gebäude von Scotland Yard hinüber. „Ein trauriger, trüber Platz, mein Fräulein! Sind Sie etwa geschäftlich herbestellt worden?"

Während er sprach, suchte er etwas in seinen Taschen. Endlich zog er eine silberne Tabaksdose heraus und begann sich eine Zigarette zu drehen.

„Ich würde Sie gern öfters treffen, Miss Lenley. Vielleicht werde ich Sie einmal besuchen, dann wollen wir etwas plaudern. Was meinen Sie?“

„Ich würde mich freuen, Doktor!“, antwortete sie aufrichtig.

Der alte Mann gefiel ihr. Es ging eine jugendliche Heiterkeit von ihm aus, die erwärmte.

22

Hauptinspektor Bliss verschwand rasch im Steinportal von Scotland Yard. Den Gruß des wachhabenden Beamten beachtete er kaum. Eilig ging er durch den gewölbten Gang zum Zimmer des Chefs. Dieser schmächtige Mann mit den nervösen Bewegungen forderte den Respekt seiner Untergebenen, ohne auf ihre Zuneigung Wert zu legen.

„Das ist Mr Bliss!“, sagte ein Polizeibeamter zu einem jüngeren Kollegen. „Gehen Sie ihm aus dem Weg! Bevor er nach Amerika ging, war er schon schlimm – aber jetzt ist er unausstehlich!“

Messer, der in einem der vielen Wartezimmer saß, legte seine Stirn in Falten, als er Bliss vorbeigehen sah. Der Gang dieses Mannes kam ihm sehr bekannt vor. Und auch Sam Hackitt, der entlassene Strafgefangene, der in Begleitung eines Polizeibeamten im Korridor auf und ab ging, kratzte nachdenklich an seiner Nase und wunderte sich, wo er dieses Gesicht schon gesehen hatte.

Mr Bliss öffnete die Tür zum Zimmer des Chefs und trat ein. Wembury, der vor dem großen Doppelfenster wartete, wandte sich um und nickte. Bei jeder neuen Begegnung gefiel ihm der Hauptinspektor weniger.

Bliss trat zum Pult in der Mitte des Zimmers, nahm irgendein Papier auf und las es durch. Er warf es wieder auf den Tisch und wandte den Kopf zu Wembury.

„Warum hält eigentlich der Kommissar dieses Verhör ab?“, fragte er ungeduldig. „Seit ich wegging, hat sich hier manches geändert.“

„Der Chef hat die Sache in Bearbeitung. Da er aber krank ist, führt Oberst Walford das Verhör durch.“

„Warum gerade Walford?“, brummte Bliss.

Wembury hatte gewusst, dass er an diesem Morgen Bliss treffen würde, und beabsichtigt, ihn über den geheimnisvollen Besuch in Malpas Mansions zu befragen. Doch Bliss schien wenig Lust zu einer Unterhaltung zu haben.

„Die Sache ist sehr wichtig. Wenn der Hexer zurückgekehrt ist – und die Hauptstelle ist ziemlich sicher, dass er …“

Bliss lachte verächtlich.

„Der Hexer!“ Er überlegte einen Moment und fragte: „Wer ist der Mann, der ihn zu kennen behauptet?“

„Hackitt.“

„Hackitt! Glauben Sie, dass Hackitt etwas über ihn weiß? Man ist bei Scotland Yard sehr leichtgläubig geworden!“

„Er behauptete, er würde ihn erkennen.“

„Blödsinn!“, antwortete Bliss. Sein ganzes Benehmen war beleidigend.

„Dr. Lomond meint …“, begann Wembury, wurde aber sogleich durch den aufbrausenden Hauptinspektor unterbrochen.

„Ich will nicht wissen, was ein Polizeiarzt meint! Der Mann besitzt eine kolossale Frechheit! Er wollte mir vorschreiben, was ich zu tun hätte.“

Wembury hatte nicht gewusst, dass der ruhige Lomond mit dem streitsüchtigen Bliss zusammengestoßen war.

„Er ist ein gescheiter Mann“, stellte er ruhig fest.

Bliss hob ein Buch vom Tisch hoch.

„Das will er uns auch in seinem Buch weismachen – was Ihnen wohl imponiert! Ich bin zwei Jahre in Amerika, dem eigentlichen Sitz dieses anthropologischen Blödsinns, gewesen. Ich habe Verrückte getroffen, die mehr wussten als Lomond.“ Er schlug mit dem Buch auf den Tisch. „Angenommen, Hackitt bleibt bei seiner Behauptung, den Hexer zu kennen – wer wird ihn außerdem noch identifizieren?“

„Sie. Soviel ich weiß, haben Sie versucht, ihn nach der Attaman-Sache festzunehmen.“

Bliss schaute Alan scharf an.

„Ich? Ich habe den Kerl nie gesehen. Als ich ihn greifen wollte, drehte er mir den Rücken zu. Ich legte gerade meine Hände an ihn – da stak auch schon ein Dolch vier Zoll tief in mir. Wer hat ihn gesehen?“

„Messer?“, mutmaßte Wembury, doch der Hauptinspektor runzelte die Stirn.

„Ich möchte wetten, dass Messer ihn nie so, wie er wirklich aussieht, gesehen hat. Dazu schnupft er zu viel Koks! Der Hexer ist gewandt, das muss ich zugeben. Ich wünschte, ich hätte Washington nie verlassen – dort hatte ich einen ruhigen Posten.“

„Sie scheinen sich hier nicht recht glücklich zu fühlen?“, fragte Wembury spöttisch.

„Sie hätte man dort behalten!“, brauste Bliss auf. „Mich braucht man in Scotland Yard!“

Obschon er sich ärgerte, lachte Alan doch.

„Gegen Ihre Manieren lässt sich nichts sagen – doch Ihre Bescheidenheit geht zu weit!“

Bliss ließ sich nicht reizen. Er las das Titelblatt des Buches, das er in der Hand hielt, und wollte gerade eine Bemerkung über Dr. Lomond und seine anthropologischen Studien machen, da trat Oberst Walford ein.

„Meine Herren, es tut mir leid, dass Sie warten mussten“, entschuldigte er sich heiter. „Guten Morgen, Bliss!“

„Guten Morgen, Sir!“

„Hackitt wartet draußen“, meldete Wembury.

„Sie glauben doch nicht etwa, dass er den Hexer kennt?“, warf Bliss verächtlich dazwischen.

„Offen gesagt, nein“, stimmte Walford bei. „Aber da er aus Deptford stammt, besteht eine geringe Möglichkeit, dass er die

Wahrheit spricht. Lassen Sie ihn hereinkommen, Wembury! Ich will nur schnell zum Oberkommissar gehen und ihm sagen, dass ich die Vernehmung abhalte."

Als der Oberst das Zimmer verlassen hatte, sagte Bliss: „Hackitt! Ich kenne ihn. Vor fünf oder sechs Jahren verschaffte ich ihm achtzehn Monate für einen Einbruch – das ist ein unverbesserlicher Lügner!"

Zwei Minuten später wurde Sam hereingeführt. Mr Samuel Cuthbert Hackitt war ein unverwüstlicher Londoner.

Alan nickte ihm grinsend zu.

„Sie kennen doch Mr Bliss?"

Sam musterte bedächtig den Hauptinspektor.

„Bliss?" Seine Stirn legte sich in Falten. „Haben Sie sich nicht etwas verändert? Woher haben Sie Ihren Bart?"

„Halten Sie den Mund!", fuhr ihn Bliss an.

Sam verzog das Gesicht.

„Daran erkenne ich Sie wieder, Sir."

„Vergessen Sie nicht, wo Sie sind, Hackitt!", sagte Alan.

Der Kommissar kam zurück.

„Guten Morgen, Sir!", begrüßte ihn Sam leutselig. „Sie haben hier eine feine Gesellschaft, lauter Diebe und Mörder."

Oberst Walford unterdrückte ein Lächeln. Er öffnete eine Mappe.

„Hackitt, Sie sagten einmal aus, dass Sie den Hexer, wenn auch nur für eine Sekunde, gesehen hätten und wüssten, wo er wohnte. Stimmt das?"

„Jawohl, Sir! Ich wohnte im gleichen Haus mit ihm."

„Oh, dann wissen Sie also, wie er aussieht?"

„Wie er aussah –", verbesserte Sam. „Er ist ja tot – in Australien ertrunken."

Oberst Walford schüttelte den Kopf. Hackitt starrte ihn mit offenem Munde an. Alan bemerkte, wie sich seine Gesichtsfarbe veränderte.

„Nicht tot? Der Hexer lebt? Guten Morgen – ich danke bestens!“ Er wandte sich um und wollte gehen.

„Was wissen Sie über ihn?“

„Gar nichts!“, antwortete Hackitt mit Nachdruck. „Ich will Ihnen die Wahrheit sagen, ohne alle Flausen. Einen toten Mann zu verpfeifen ist etwas ganz anderes als einen lebendigen Hexer – darauf können Sie sich verlassen! Ich weiß etwas über den Hexer, nicht viel, nur ein bisschen. Aber das bisschen werde ich nicht sagen. Warum? Ich komme aus dem Knast, Messer hat mir eine Beschäftigung gegeben, ich möchte jetzt ein friedliches Leben führen, ohne von irgendwem belästigt zu werden.“

„Sie sind verrückt, Hackitt!“, rief der Kommissar. „Wenn Sie uns helfen, können wir auch Ihnen helfen.“

„Können Sie mich lebendig machen, wenn ich tot bin?“, fragte Sam hämisch. „Ich verpfeife den Hexer nicht!“

„Weil Sie überhaupt nichts wissen“, stichelte Bliss.

„Was Sie glauben, interessiert mich nicht“, knurrte Sam.

„Heraus damit – wenn Sie etwas wissen, sagen Sie es dem Kommissar! Was fürchten Sie denn?“

„Das Gleiche wie Sie! Sie hat er einmal beinahe erwischt. Ah! Da lachen Sie nicht. Es tut mir leid, aber ich bin nur infolge eines Missverständnisses hier. Guten Tag allerseits!“ Er wollte gehen.

„Warten Sie!“, befahl Bliss.

„Lassen Sie ihn nur gehen!“ Der Kommissar winkte, Hackitt sollte verschwinden.

„Er hat den Hexer nie gesehen!“, behauptete Bliss, als Sam draußen war.

„Ich kann Ihnen nicht zustimmen“, widersprach Walford. „Sein ganzes Benehmen lässt eher das Gegenteil vermuten. – Ist Messer hier?“

„Ja, Sir, er ist im Wartezimmer“, erwiderte Alan.

23

Wenige Sekunden später kam Maurice Messer herein. Als er das Zimmer betrat, sah er erst in auffälliger Weise auf die Uhr, dann von einem zum anderen. Zuletzt blickte er fragend auf Walford.

„Ich glaube, hier liegt ein Irrtum vor. Ich dachte, der Chef wollte mich sprechen?"

„Ja, doch leider ist er krank – ich vertrete ihn."

„Ich bin für halb zwölf Uhr geladen worden, es ist jetzt ..." Er sah wieder auf die Uhr. „Zwölf Uhr neunundvierzig! Ich muss vor dem Greenwich-Polizeigericht einen armen Teufel verteidigen."

„Es tut mir leid, dass Sie warten mussten", entschuldigte sich Oberst Walford kühl. „Nehmen Sie Platz!"

Messer legte Stock und Hut auf den Tisch und setzte sich. Bliss anblickend, sagte er: „Ihr Gesicht kommt mir bekannt vor."

„Mein Name ist Bliss."

Also das war Bliss! Messer hielt den herausfordernden Blick des Hauptinspektors nicht aus und wandte sich ab.

„Bedaure – ich glaubte, Sie zu kennen." Messer zog seine Handschuhe aus. „Ist es nicht ungewöhnlich, einen Anwalt nach Scotland Yard kommen zu lassen?", fragte er.

Der Kommissar lehnte sich im Stuhl zurück. Er hatte schon mit gerisseneren Leuten zu tun gehabt als mit Maurice Messer.

„Mr Messer, ich habe Sie vorgeladen, weil ich mit Ihnen ganz offen sprechen wollte ..."

Zwischen Messers Augenbrauen erschien eine Falte.

„‚Vorgeladen' ist ein Wort, das ich nicht schätze, Mr ..."

„Walford."

„Oberst Walford!", verbesserte Alan.

Der Oberst nahm einen Notizblock und überflog einige Notizen.

„Mr Messer“, begann er, „Sie sind Anwalt und besitzen in Deptford eine große Praxis?“

Messer nickte.

„Im ganzen Süden von London gibt es keinen Dieb, der nicht Mr Messer aus der Flanders Lane kennt. Sie sind sowohl als Verteidiger von aussichtslosen Sachen als auch – hm, als Wohltäter bekannt.“

Messer nickte erneut, als wollte er sich für das Kompliment bedanken.

„Ein Mann begeht einen Einbruch und entwischt. Später wird er festgenommen, die gestohlenen Sachen werden nicht gefunden – anscheinend ist er mittellos. Und doch vertreten Sie ihn nicht nur vor dem Polizeigericht und nehmen zur Verhandlung im Old Bailey die hervorragendsten Verteidiger, sondern unterstützen auch, während der Mann im Gefängnis sitzt, seine Familie.“

„Aus Menschenfreundlichkeit! Stehe ich – stehe ich denn unter Verdacht, weil ich diesen – diesen unglücklichen Leuten helfe? Ich will nicht, dass die Frauen und Kinder für die Fehler ihrer Männer und Väter büßen müssen“, beteuerte Messer mit tugendhaftem Pathos.

Bliss hatte inzwischen das Zimmer verlassen.

„Mr Messer, ich habe Sie nicht vorgeladen, um zu erfahren, wie viel Geld Sie jede Woche verteilen, oder woher es stammt. Ich wollte auch nicht andeuten, dass jemand, der mit Gefangenen beruflich verkehrt, wisse, wo die gestohlenen Sachen versteckt sind …“

„Das freut mich, Oberst!“ Allmählich gewann Messer seine Fassung und sein Selbstbewusstsein zurück. Gefahr war im Anzug. Er musste einen kühlen Kopf behalten. „Wenn Sie etwas Derartiges glaubten, täte es mir außerordentlich …“

„Ich sagte Ihnen, dass dies nicht der Fall ist. Ich bin nicht neugierig. Manchmal unterstützen Sie Ihre Klienten nicht nur mit Geld, sondern stellen sie bei sich an?“

„Ich helfe ihnen auf diese oder jene Weise“, gab Messer bescheiden zu. Der Oberst sah ihn aufmerksam an.

„Und wenn zum Beispiel ein Sträfling eine hübsche Schwester hat, stellen Sie sie bei sich an. Sie haben doch jetzt eine Sekretärin, eine Miss Lenley?“

„Ja.“

„Ihr Bruder hat drei Jahre erhalten, auf eine Information hin, die Sie der Polizei zugehen ließen!“

Messer zuckte die Achseln.

„Es war meine Pflicht. Ich mag Fehler haben, aber meiner Bürgerpflicht komme ich nach.“

„Vor zwei Jahren“, fuhr Walford langsam fort, „hatte sie eine Vorgängerin, ein Mädchen, das später ertrunken aufgefunden wurde.“ Er wartete und fragte, als keine Antwort kam: „Haben Sie mich verstanden?“

„Ja, durchaus. Eine traurige Geschichte – nie in meinem Leben habe ich etwas so sehr bedauert. Ich möchte gar nicht mehr daran denken.“

„Das Mädchen hieß Gwenda Milton und war die Schwester von Henry Arthur Milton, auch bekannt als – der Hexer!“

In Walfords Ton lag etwas Bedrohliches. Auf Messers Gesicht erschienen zwei rote Flecken. Er sah den Oberst fragend an.

„Er ist der unheimlichste und gefährlichste Verbrecher, mit dem wir je zu tun hatten.“

„Und niemand hat ihn fassen können, Oberst – niemand!“, schrie Messer hysterisch. „Als er durch Paris fuhr, wusste es die Polizei auf die Minute genau – und ließ ihn durch die Finger schlüpfen. Sämtliche Polizisten in England und Australien konnten ihn nicht verhaften.“ Er hielt inne, hatte sich sogleich wieder in der Gewalt und sprach höflich wie immer. „Ich will nichts gegen die Polizei sagen. Als Steuerzahler bin ich stolz auf sie – dennoch steht fest, dass sie hier versagt hat.“

„Man hätte ihn eigentlich fassen müssen“, räumte der Oberst ein. „Doch darauf kommt es hier nicht an. Ob der Hexer Ihnen sein Geld anvertraut hat, weiß ich nicht – jedenfalls vertraute er Ihnen seine Schwester an.“

„Ich habe sie gut behandelt“, beteuerte Messer. „Ist es meine Schuld, dass sie starb? Habe ich sie in den Fluss geworfen? Seien Sie doch vernünftig, Oberst!“

„Warum hat sie ihrem Leben ein Ende gemacht?“, fragte Walford eindringlich.

„Wie soll ich das wissen? Ich konnte nicht ahnen, dass sie Sorgen hatte. Gott soll mein Richter sein.“

Der Oberst winkte ab.

„Und doch hatten Sie alle Vorbereitungen für sie in einer Klinik getroffen!“

Messer wurde blass.

„Das ist eine Lüge!“

„Bei der Gerichtsverhandlung wurde allerdings nicht darüber gesprochen. Doch Scotland Yard weiß Bescheid, und vielleicht auch – Henry Milton!“

Messer verzog abschätzig das Gesicht.

„Wie kann er es wissen, wenn er tot ist? Er ist in Australien umgekommen.“

Eine Pause entstand. Dann sagte Oberst Walford: „Der Hexer lebt – er ist hier!“

Messer sprang auf, selbst seine Lippen waren weiß.

„Der Hexer ist hier? Ist das Ihr Ernst?“

Der Kommissar nickte nur.

„Das kann unmöglich wahr sein. Er würde es nicht wagen, hierherzukommen. Sie scherzen, Oberst!“

„Er ist hier – ich habe Sie hergebeten, um Sie zu warnen.“

„Warum mich warnen?“, fragte Messer. „Ich habe ihn nie in

meinem Leben gesehen, ich weiß nicht einmal, wie er aussieht. Ich kannte das Mädchen, das mit ihm befreundet war, eine Amerikanerin. Wo ist sie? Wo sie ist, ist auch er."

„Sie ist in London, und im Augenblick in diesem Gebäude."

Messer riss die Augen weit auf.

„Hier? Der Hexer würde es nicht wagen!" Mit großer Heftigkeit stieß er hervor: „Wenn Sie wissen, dass er in London ist, warum fassen Sie ihn nicht? Der Mann ist wahnsinnig. Wozu sind Sie denn da? Um die Leute zu beschützen – um auch mich zu beschützen! Können Sie ihn etwa nicht ausfindig machen? Können Sie ihn nicht wissen lassen, dass ich nichts über seine Schwester weiß, dass ich wie ein Vater zu ihr gewesen bin? Wembury, Sie wissen, dass ich nichts mit dem Tod dieses Mädchens zu tun hatte!"

Alan, an den er sich gewandt hatte, antwortete kalt: „Davon weiß ich nichts. Ich weiß nur, dass, wenn Mary Lenley etwas zustoßen sollte, ich ..."

„Wollen Sie mir drohen?", rief Messer. „Der Hexer! Pah! Man hat Sie zum Narren gehalten. Davon müsste auch ich etwas gehört haben. In Deptford fällt kein Vogel vom Dach, ohne dass ich es erfahre. Wer hat ihn gesehen?"

„Messer, ich habe Sie gewarnt!" Walford drückte auf einen Klingelknopf. „Lassen Sie an Ihren Fenstern Eisengitter anbringen, öffnen Sie nach Dunkelwerden niemandem mehr, und verlassen Sie nachts das Haus nur in Begleitung von Polizeibeamten!"

In diesem Augenblick trat Inspektor Bliss wieder ein.

„Bliss – ich glaube, Mr Messer braucht ein wenig Schutz. Ich gebe ihn in Ihre Obhut. Wachen Sie über ihn wie ein Vater!"

Die dunklen Augen des Hauptinspektors folgten dem Rechtsanwalt, als er sich erhob und sich zum Gehen anschickte.

„An dem Tag, an dem Sie ihn festnehmen, stifte ich tausend Pfund für die Waisen der Polizei", versicherte Messer.

„So nötig brauchen wir das Geld nicht. Ich glaube, das ist alles! Ich habe keine Urteile zu fällen. Immerhin, Sie spielen ein gefährliches Spiel, und Ihr Beruf bringt es mit sich, dass Sie mehr Möglichkeiten und Vorteile haben als gewöhnliche Hehler."

„Hehler! Ich glaube, Sie wissen nicht, was Sie sagen!"

„Ich weiß es recht gut. Guten Morgen!"

„Sie werden die Worte bedauern, Oberst!" Messer ging zur Tür.

Er hatte seinen Stock liegen gelassen. Bliss nahm ihn in die Hand. Der Griff war locker, mit einer kurzen Drehung zog der Hauptinspektor eine lange Stahlklinge heraus.

„Ihr Stockdegen, Mr Messer!", rief er spöttisch. „Sie haben sich aufs Beste vorgesehen!"

Messer sah ihn verächtlich an. Er ging wie im Traum durch die Korridore und trat ins Freie. Es war unmöglich! Henry Arthur Milton war in London! Dieser, jener Mann könnte es sein ... Er ertappte sich dabei, wie er auf dem Weg zu seinem Wagen in alle Gesichter sah, die ihm begegneten.

„Ist etwas nicht in Ordnung, Maurice?", fragte Mary ängstlich, als er auf den Wagen zukam.

„Nicht in Ordnung?" Seine Stimme klang heiser und unnatürlich, seine Augen hatten einen eigenartigen, gläsernen Ausdruck. „Nicht in Ordnung? Nein, alles ist in Ordnung. Warum? Was sollte nicht in Ordnung sein?"

Während er sprach, drehte er dauernd den Kopf nach allen Seiten. Wer war der Mann dort, der ihm entgegenkam und so unbesorgt den Spazierstock schwang? Könnte es nicht der Hexer sein? Und der Hausierer, der einen Kasten mit Streichhölzern und Kragenknöpfen vor sich hertrug, dieser schmutzige, verkommene alte Mann – war das nicht eine Verkleidung, wie der Hexer sie bevorzugte?

„Was ist bloß geschehen, Maurice?"

Er schaute sie mit einem leeren Blick an.

„O Mary!“, rief er. „Wir wollen nach Hause fahren.“

Er stieg vor ihr in den Wagen und ließ sich mit einem Seufzer in die Polster fallen. Sie gab dem Chauffeur Anweisung und stieg ebenfalls in den Wagen.

„Was haben Sie nur, Maurice?“

„Nichts, nichts, meine Liebe.“ Er richtete sich plötzlich auf, lachte gedrückt. „Man wollte mich erschrecken – mich ... Dieser Bliss war auch dabei, der Kerl, von dem Sie mir erzählt haben. Noch nie habe ich einen Detektiv mit einem Bart erlebt! Ja, früher trug man Bärte ... Bliss! Er kommt aus Amerika. Haben Sie Hackitt gesehen?“

„Er kam zehn Minuten vor Ihnen heraus und stieg in eine Straßenbahn.“

„Ich möchte wissen, worüber sie ihn befragt haben.“

Er suchte in seiner Tasche nach dem kleinen, goldenen Döschen. Mary tat, als bemerke sie es nicht. Er nahm eine Prise von dem weißen Pulver und stäubte sich hinterher das Gesicht mit dem Taschentuch ab. In wenigen Sekunden war er ein ganz anderer Mensch – lachte über sich selbst.

„Wembury hat mir gedroht!“ Sein Ton war wieder selbstgefällig und überheblich.

„Maurice, Alan hat Ihnen sicher nicht gedroht.“

Er nickte und wollte ihr schon den Grund sagen, besann sich aber. Auch in dieser gehobenen Stimmung vermied er das Thema Gwenda Milton lieber.

„Ich habe selbstverständlich nicht darauf geachtet. Man gewöhnt sich allmählich daran, mit solchen Menschen umzugehen. Übrigens, Mary, ich habe herausbekommen, dass Johnny an dem Aufstand im Gefängnis nicht beteiligt war.“

Sie zweifelte keinen Augenblick an der Richtigkeit dieser Nachricht und fühlte sich sehr erleichtert.

„Nein, er ist darin nicht verwickelt, in keiner Weise. Der Anführer war ein Mann namens … Ich habe den Namen vergessen, aber darauf kommt es nicht an. Und dann, meine Liebe, habe ich auch über den Einbruch in Ihre Wohnung nachgedacht. Sie können wirklich nicht länger in Malpas Mansions bleiben, ich kann es nicht zulassen. Johnny würde es mir nicht verzeihen, wenn Ihnen etwas zustieße."

„Wohin soll ich denn ziehen?"

„Ziehen Sie in mein Haus! Ich werde das Zimmer und die Beleuchtung wieder in Ordnung bringen lassen. Sie können auch eine Angestellte halten, die nach allem sieht."

„Das ist unmöglich, ich habe es Ihnen schon gesagt", erklärte sie ruhig. „Der Einbruch ängstigt mich überhaupt nicht mehr, ich bin ganz sicher, dass niemand mir etwas anhaben will. Ich bleibe in Malpas Mansions und …"

„Meine liebe Mary!", unterbrach er tadelnd.

„Ich bin fest entschlossen, Maurice …" Sie hatte die Stimme erhoben, und er schien sich zu fügen.

„Wie Sie wünschen! Selbstverständlich will ich Ihnen keinen Junggesellenhaushalt zumuten, ich würde ihn ganz umstellen. Aber wenn Sie mein bescheidenes Haus nicht beehren wollen …"

24

Dr. Lomond hatte viele angenehme Eigenschaften. Er besaß den trockenen Humor seines Volkes und das Selbstvertrauen eines Mannes, der es sich leisten kann, über sich selbst zu spotten. Dem Kommissar gegenüber benahm er sich respektvoll, doch nur so weit, wie es dem älteren Mann zukam, im Übrigen betrachtete er ihn als Gleichgestellten.

Er blieb an der Tür stehen.

„Störe ich?"

„Kommen Sie nur herein!", rief der Kommissar lachend. „Ich wollte Sie ohnehin sprechen."

„Wegen einer Frau?"

„Wie, zum Teufel, haben Sie das erraten?", fragte Walford verblüfft.

„Ich habe es nicht erraten, ich wusste es. Sie sind wie ein Radio – übrigens wie die meisten Menschen, und ich bin sehr empfänglich. Das ist Telepathie, eine tierische Eigenschaft, die noch in mir steckt."

Bliss, der anwesend war, hörte dem Gespräch zu. Seine Lippen zuckten spöttisch.

„Tierisch?", brummte er. „Ich glaubte immer, dass Telepathie ein geistiges Phänomen sei. Dies wenigstens ist die Ansicht in Amerika."

„In Amerika hat man viele Ansichten, die man hier nicht ernst nimmt. Telepathie ist nichts weiter als ein tierischer Instinkt, der vom Verstand unterdrückt worden ist. – Doch, was soll ich mit der Dame machen, Oberst?"

„Sie sollten etwas über ihren Mann zu erfahren suchen", sagte Walford.

Dr. Lomond blinzelte.

„Weiß sie denn etwas von ihm? Wissen Frauen überhaupt etwas über ihre Männer?“

„Ich bin nicht ganz sicher, ob er tatsächlich ihr Mann ist“, warf Bliss ein.

„Um wen handelt es sich?“, fragte der Polizeiarzt.

„Wie ist ihr richtiger Name?“, fragte Walford Wembury.

„Cora Ann Milton – sie ist eine geborene Cora Ann Barford.“

Nun bekam Dr. Lomond die Polizeigeschichte des Hexers zu hören. Der Kommissar öffnete eine Akte.

„Die Geschichte dieses Mannes ist sehr merkwürdig und wird Sie interessieren. Fassen konnten wir ihn noch nie. Er ist ein Mörder. Aber bei keinem der Morde, die auf sein Konto gehen dürften, hat er sich auch nur um einen Penny bereichert. Wir wissen ziemlich sicher, dass er während des Krieges Offizier im Fliegerkorps war – ein sehr zurückhaltender Mensch, der nur einen Freund hatte. Dieser Freund, ein junger Mann, wurde aufgrund einer falsch begründeten Anklage seines Obersten, Chafferis-Wismann, wegen Feigheit erschossen. Drei Monate nach Kriegsende wurde Chafferis-Wismann ermordet. Wir haben den Verdacht, nein, wir wissen sogar sicher, dass der Hexer der Mörder war. Er verschwand, als der Waffenstillstand unterzeichnet wurde. Nicht einmal sein Entlassungsgeld nahm er in Empfang, und die Annahme einer Auszeichnung, die man ihm anbot, verweigerte er. Auf keiner Fotografie seines Truppenteils ist er zu finden. Wir haben nur eine Handzeichnung, die ein Steward auf einem Dampfer, der zwischen Seattle und Vancouver verkehrt, von ihm gemacht hat. Auf diesem Schiff wurde Milton getraut.“

„Getraut?“

„An Bord“, berichtete Walford weiter, „befand sich ein Mädchen, das aus den Vereinigten Staaten floh, weil sie in irgendeinem verrufenen Tanzlokal einen Mann, von dem sie beleidigt worden war, erschossen hatte. Sie muss Milton anvertraut haben, dass sie in Vancouver verhaftet würde, denn er überredete einen mitreisenden Geistlichen, sie zu trauen. Dadurch wurde sie britische Staatsangehörige und entging den Auslieferungsgesetzen. Es ist eine fantastische Geschichte. Wenn das Publikum erfährt, dass dieser Mann in England ist, haben wir große Unannehmlichkeiten." Der Oberst zuckte die Achseln. „Er hat den alten Oberzohn ermordet, der eine südafrikanische Agentur sehr zweifelhaften Charakters unterhielt. Auch Attaman, der berüchtigte Halsabschneider, ist sein Opfer. Übrigens war Messer im Haus, als der Mord geschah. Bei jedem Verbrechen war eine bestimmte Methode festzustellen. Als der Hexer nach der Attaman-Sache fliehen musste, ließ er seine Schwester in Messers Obhut zurück. Er wusste nicht, dass Messer uns Nachrichten über seine Bewegungen zugehen ließ ..."

Dr. Lomond rückte seinen Stuhl näher zum Schreibtisch.

„Das ist sehr interessant – erzählen Sie weiter!"

„Wir wissen, dass er vor acht Monaten in Australien war. Nach unseren Informationen soll er jetzt in England sein. Wenn dies zutrifft, ist er nur aus einem Grund zurückgekehrt: Um auf seine Art mit Messer abzurechnen! Messer, der eine Zeit lang immer gemeinsam mit Gwenda Milton auftrat, war sein Anwalt ..."

„Sie sagten, Sie hätten ein Bild von ihm?"

Der Kommissar reichte Dr. Lomond die Bleistiftzeichnung.

„Ach – den Mann müsste ich doch kennen! Warten Sie – dieser kleine, komische Bart, das abgemagerte Gesicht, diese – Augen ..."

„Was?", rief Walford ungläubig. „Sie kennen ihn? Das ist kaum möglich!"

„Ich will nicht sagen, dass ich ihn kenne, aber ich bin ihm begegnet."

„Wo? In London?"

„Nein. Ich habe diesen Mann vor acht Monaten in Port Said getroffen, als ich dort auf der Rückreise von Bombay Station machte. Im Hotel, in dem ich abgestiegen war, hörte ich, dass in einer der schmutzigen Karawansereien im Eingeborenenviertel ein Europäer krank läge. Ich ging hin und fand einen sehr kranken Mann. Ich gab ihm keine Chance mehr. Es war dieser Mann!“ Er zeigte auf das Bild.

„Sind Sie sicher?“

„Es gibt keine Sicherheit. Er war von einem australischen Schiff an Land gekommen.“

„Das ist er!“, rief Wembury. „Wurde er gesund?“

„Ich weiß es nicht“, erwiderte Dr. Lomond. „Ich habe ihn zweimal besucht – er lag im Delirium, in seinem Fieberlallen kam immer wieder der Name ‚Cora Ann‘ vor. Als ich das dritte Mal hinkam, sagte mir die Frau, der die Karawanserei gehörte, dass er in der Nacht verschwunden sei. Gott weiß, was aus ihm geworden ist. Vielleicht ist er in den Suezkanal gefallen und ertrunken. Könnte das der Hexer gewesen sein? Nein, es ist unmöglich!“

Der Kommissar schaute auf die Zeichnung.

„Es sieht fast so aus. Ich glaube nicht, dass er tot ist. Sie können uns hier helfen, Doktor! Wenn es eine Person gibt, die weiß, wo er sich aufhält, dann ist es Mrs Milton – ich möchte, dass Sie mit dieser Frau sprechen, Doktor. Holen Sie sie herauf, Inspektor!“

Während Wembury hinausging, zog Walford noch ein Papier aus dem Aktenstück.

„Hier sind die Städte, die sie auf ihren Reisen berührt hat, verzeichnet, wenigstens so weit wir dies feststellen konnten. Sie ist vor drei Monaten angekommen und im Marlton-Hotel abgestiegen.“

Lomond setzte seine Brille auf und las.

„Sie kam auf dem Landweg von Genua. Sagten Sie nicht,

dass Sie einen britischen Pass besitzt? Ist sie wirklich verheiratet?“

„Darüber besteht kein Zweifel. Sie haben sich auf dem Schiff trauen lassen, waren aber nur eine Woche zusammen.“

„Eine Woche? Das heißt also, dass sie immer noch in ihn verliebt sein könnte“, meinte Lomond zynisch. „Wenn mein Patient in Ägypten der Hexer war, dann weiß ich einiges über diese Frau. Er stammelte ständig etwas im Delirium. Lassen Sie mich nachdenken, es fällt mir wieder ein – Cora Ann ... Orchideen ... Ja, ich hab's!“

25

In diesem Augenblick wurde Cora Ann hereingeführt. Sie war sehr elegant gekleidet. Eine Sekunde lang blieb sie stehen und schaute von einem zum anderen.

Der Kommissar erhob sich.

„Guten Morgen, Mrs Milton! Ich habe Sie hierhergebeten ... Mein Freund hier möchte sich mit Ihnen unterhalten. Ich hoffe, Sie haben dafür Verständnis."

Cora blickte den unscheinbaren Doktor kaum an. Ihre Aufmerksamkeit konzentrierte sich auf den Kommissar mit dem soldatischen Aussehen.

„Sehr freundlich!", sagte sie gedehnt. „Ich bin ganz versessen darauf, mich mit jemandem zu unterhalten!" Sie lächelte Wembury an. „Welches ist eigentlich zurzeit das beste Theaterstück in London? Die meisten habe ich bereits in New York gesehen, aber es ist schon so lange her ..."

„Das beste Stück in London", schaltete sich Lomond ein, „ist Scotland Yard, Mrs Milton – ein Melodrama ohne Musik, mit Ihnen als Hauptdarstellerin!"

Sie betrachtete ihn zum ersten Mal.

„Nicht schlecht! Was stelle ich dar?"

„Wir wollen sehen, was Sie mir vormimen! Sie haben in letzter Zeit nicht viel von London gesehen, Mrs Milton – so ist doch Ihr Name? Waren Sie im Ausland?"

„Ja – überall!", antwortete sie langsam.

„Und wie ging es Ihrem Mann, als Sie ihn verließen?", fragte Lomond scharf.

Sie wurde ernst und wandte sich Alan zu.

„Sagen Sie, Inspektor Wembury, wer ist dieser Herr?"

„Doktor Lomond, Polizeiarzt des R-Bezirks."

Die Antwort schien sie zu beruhigen.

„Wissen Sie, Doktor, ich hatte meinen Mann jahrelang nicht gesehen, ich werde ihn auch nie wiedersehen. Ich dachte, jedermann hätte es in der Zeitung gelesen – der arme Arthur ist im Hafen von Sydney ertrunken."

Dr. Lomonds Gesicht zuckte ein wenig, als er zu der hell gekleideten Frau aufblickte.

„Tatsächlich? Ich hätte es aus Ihrer Trauerkleidung schließen können."

Die Bemerkung überraschte und verwirrte sie.

„Ihr Mann hat das Land vor drei Jahren verlassen. – Oder waren es vier Jahre, Wembury? – Wann haben Sie ihn zum letzten Mal gesehen?"

Mrs Milton beantwortete die Frage nicht.

Lomond schaute auf das Papier, das vor ihm lag.

„Er war drei Monate in Sydney, als Sie ebenfalls dort ankamen. Sie nannten sich Mrs Jackson und stiegen im ‚Harbour Hotel' ab, wo Sie Zimmer 36 bewohnten. Während dieser Zeit standen Sie mit Ihrem Mann in Verbindung."

„Nicht schlecht!", räumte sie sarkastisch ein. „Zimmer 36 und das Übrige! Doch sagte ich Ihnen schon, dass ich ihn nicht gesehen habe."

„Sie haben ihn nicht gesehen, ich glaube es Ihnen. Er hat mit Ihnen telefoniert. Sie sagten ihm, dass Sie ihn treffen wollten – oder war es nicht so?"

Cora Ann gab keine Antwort.

„Sie wollen mir nicht antworten? Er fürchtete, dass Sie beobachtet würden, die Polizei also auf seine Spur gekommen wäre, wenn er Sie getroffen hätte."

„Fürchtete!", sagte sie verächtlich. „Arthur Milton fürchtete sich nie – jetzt ist er tot!"

„Wollen Sie ihn nicht wieder zum Leben erwecken?" Er schnalzte mit den Fingern. „Erscheine, Henry Arthur Milton!

Nicht? Verließ er nicht Melbourne mit dem Dampfer *Themistokles* an seinem Hochzeitstag – in Begleitung einer anderen Frau?“

Cora Ann, die bis jetzt kühl geblieben war, zuckte, als sie den Namen des Schiffes hörte, erregt zusammen, und bei den letzten Worten sprang sie zornig auf.

„Das ist eine Lüge! Er hatte nie eine andere Frau.“ Sie lachte auf. „Das ist ein schlechter Scherz, hören Sie! Ich bin dumm, dass ich mich hinreißen lasse. Was wollen Sie überhaupt von mir? Ich brauche keine einzige Frage zu beantworten – ich kenne das Gesetz. Vergessen Sie nicht, dass ein derartiges Verhör in England nicht erlaubt ist! Ich gehe.“

Sie ging zur Tür. Dort wartete, die Klinke in der Hand, Wembury, um sie hinauszulassen.

„Bitte, öffnen Sie die Tür für Mrs Milton!“, sagte Lomond. Maliziös setzte er hinzu: „Sie sind doch Mrs Milton?“

Sie drehte sich schnell um. „Was wollen Sie damit sagen?“

„Ach, ich dachte, es wäre nur eine jener Konventionen, wie sie in vornehmen Kreisen manchmal vorkommen.“

Sie kam langsam auf ihn zu.

„Sie mögen ein guter Arzt sein, aber ...“

„Also wirklich – verheiratet? Mit allem, was dazugehört?“

„Erst auf dem Schiff – und dann, um ganz sicher zu gehen, nochmals in der St.-Pauls-Kirche in Deptford. Genügt das?“

Lomond zwinkerte skeptisch.

„Lügner und verheiratete Männer haben ein kurzes Gedächtnis – er hat vergessen, Ihnen Ihre Lieblingsorchideen zu schicken!“

Ein wütender Blick traf ihn.

„Wovon reden Sie?“, fragte sie stockend.

„Er schickte Ihnen an jedem Jahrestag Ihrer Hochzeit Orchideen.“ Lomond sprach bedächtig und fixierte sie ständig. „Sogar, als er sich in Australien verborgen halten musste – er in der einen,

Sie in einer anderen Stadt, damit Sie nicht entdeckt und verfolgt werden könnten –, hat er Ihnen Blumen geschickt. Nur dieses Jahr nicht – er muss es vergessen haben. Oder vielleicht hat er für die Orchideen eine andere Verwendung gefunden?“

Sie kam noch näher.

„Das denken Sie!“, stieß sie hervor. „Das sind Gedanken, auf die ein Mann wie Sie kommt! Eine andere Frau? Arthur dachte an niemand als an mich – das Einzige, was ihn grämte, war, dass er nicht mit mir zusammen sein konnte. Er hat alles aufs Spiel gesetzt, um mich zu sehen. Er begegnete mir in der Collins Street, aber ich erkannte ihn nicht – er hat es gewagt, nur um zu sehen, wie ich vorbeiging.“

„Sehr lobenswert – aber Orchideen hat er Ihnen nicht geschickt!“

„Orchideen! Was soll ich mit Orchideen? Ich wusste, wenn sie nicht kamen …“ Sie hielt plötzlich inne.

„Dass er Australien verlassen hatte“, ergänzte Lomond. „Deshalb sind Sie in solcher Eile abgereist. Ich möchte beinahe glauben, dass Sie in ihn verliebt sind!“

„Bin ich das?“ Sie lachte und nahm ihre Handtasche auf. „Das ist wohl alles. Oder wollen Sie mich etwa festnehmen?“

„Es steht Ihnen frei, zu gehen, wenn Sie es wünschen, Mrs Milton“, antwortete Walford höflich.

Cora Ann machte eine leichte Verbeugung.

„Dann also – guten Morgen!“

„Liebe ist blind …“

Die Stimme ihres Inquisitors hielt sie fest.

„Sie haben ihn getroffen und nicht erkannt! Sie wollen uns doch nicht weismachen, er wäre so gut verkleidet gewesen, dass er sich am hellen Tag in die Collins Street wagen konnte – nein, Cora Ann, das glauben wir nicht!“

Sie war am Ende ihrer Selbstbeherrschung und zitterte vor Wut, als sie sich wieder ihrem Peiniger zuwandte.

„In der Collins Street? Er würde in der Regent Street spazieren gehen – am hellen Tag oder bei Mondschein. Er würde es wagen! Wenn er wollte, käme er nach Scotland Yard, in die Löwenhöhle – und kein Haar würde ihm gekrümmt. Sie könnten alle Eingänge bewachen, und doch würde er ein und aus gehen. Sie lachen – lachen Sie nur, lachen Sie, aber er würde es tun …“

Zufällig fiel ihr Blick auf Bliss – dann blickte sie schnell wieder zurück zu Lomond. Ihr Gesicht wurde weiß. Alan Wembury sah sie schwanken und fing sie auf.

26

Keine Frau ist so unschuldig, dass sie nicht allmählich begriffe, mit welchen Lastern Männer und Frauen täglich in Berührung kommen – oder denen sie selbst frönen. Mary Lenley hatte in dieser Beziehung bei Maurice Messer einiges dazugelernt. Anfänglich schenkte sie ihm Vertrauen, weil sie es so seit ihrer Kindheit gewöhnt war. Später erkannte sie den richtigen Charakter dieses Mannes. Als sie die wirkliche Bedeutung von Gwenda Miltons Schicksal erfuhr, erschrak sie nicht mehr.

Merkwürdigerweise aber kam ihr nie der Gedanke, ihr selbst drohe irgendeine Gefahr von Maurice Messer. Sie waren immer gute Freunde, ihre Beziehungen so vertraut gewesen, dass nie der leiseste Verdacht in ihr aufstieg, sein Puls könnte bei ihrem Anblick schneller schlagen. Sein Anerbieten, das Zimmer im oberen Stock zu beziehen, hatte sie lediglich als Freundschaftsbeweis aufgefasst. Ihre Weigerung, das Anerbieten anzunehmen, entsprang vor allem ihrer Unabhängigkeitsliebe und ihrer Abneigung, eine Gastfreundschaft anzunehmen, die vielleicht lästig werden konnte. Dahinter lag die instinktive Abwehr einer Frau, sich einem Mann zu sehr zu verpflichten.

Als sie zwei Tage nach der Vernehmung in Scotland Yard am Morgen zur Arbeit kam, waren Arbeiter im Haus, die am großen Fenster einen neuen Fensterrahmen montierten.

„Wir wollen Gitter anbringen, Miss“, erklärte ihr einer. „Hoffentlich stören wir Sie nicht?“

„Wenn es gar zu schlimm wird, arbeite ich eben in einem anderen Zimmer.“

Warum aber Gitter vor den Fenstern? Weit und breit konnte sie keine wertvollen Gegenstände feststellen, höchstens Mr Messers Tafelsilber, das prächtig war. Hackitt wurde nicht müde, über das Silber zu reden. Es fesselte ihn.

„Jedes Mal, wenn ich die Milchkanne putze, fürchte ich mich vor dem Gefängnis", scherzte er an diesem Morgen.

Diese Anspielung brachte sie auf den Gedanken an die geheimnisvolle Konferenz in Scotland Yard. Sie fragte Hackitt über seinen kürzlichen Besuch dort aus.

„Ja, Miss", meinte er, „ich habe mit dem Oberkommissar gesprochen – es ist doch komisch, dass die Polypen nichts herausfinden können, ohne sich an unsereinen zu wenden!"

„Worüber wollte er Sie sprechen, Hackitt?"

Sam zögerte.

„Über einen Herrn, den ich früher kannte."

Mehr wollte er nicht sagen. Sie wusste nicht, was sie davon halten sollte. Bei der ersten Gelegenheit fragte sie Messer, was Sam wohl gemeint habe, aber auch er wich der Frage aus.

„Sie würden gut daran tun, mit Hackitt nicht so viel zu reden", empfahl er ihr. „Der Mann ist ein Lügner. Er würde Dinge behaupten, nur um jemandem Schrecken einzujagen. Haben Sie etwas von Johnny gehört?"

An diesem Morgen wäre ein Brief fällig gewesen. Da er aber nicht eingetroffen war, fühlte sie sich enttäuscht.

„Warum lassen Sie das Gitter anbringen, Maurice?"

„Um schlechte Menschen fernzuhalten", sagte er leichthin. „Ich sehe es lieber, wenn sie durch die Tür kommen. Es ist abends hier sehr einsam, Mary, Sie können sich nicht vorstellen, wie einsam …"

„Warum gehen Sie nicht mehr aus?"

„Das ist es gerade, was ich – augenblicklich nicht tun möchte. Ich wäre dankbar, wenn mir jemand abends etwas Gesellschaft leistete. Um es geradeheraus zu sagen, liebe Mary – ich würde mich freuen, wenn Sie einige Abende bei mir verbrächten."

„Es tut mir leid, Maurice, ich kann nicht – ich weiß, nach

allem, was Sie für mich getan haben, klingt das sehr undankbar. Aber sehen Sie denn nicht ein, dass es nicht geht?“

Er sah sie mit halb geschlossenen Augen an.

„Wollen Sie nicht wenigstens an einem Abend zum Essen kommen? Ich spiele Ihnen eine wunderbare Sonate vor – es ist langweilig, immer nur sich selbst vorzuspielen. Meinen Sie nicht, dass Sie es übers Herz bringen, einmal abends herzukommen?“

Eigentlich war kein Grund vorhanden, warum sie es nicht tun könnte, und doch zögerte sie.

„Ich will es mir überlegen.“

An diesem Nachmittag wurde Mr Messer ein schwieriger Fall übertragen. Es ging um einen betrunkenen Motorradfahrer, den man festgenommen hatte. Mary wollte gerade nach Hause gehen, als Mr Messer in großer Eile zurückkam.

„Gehen Sie noch nicht, Mary! Ich muss dringend an Dr. Lomond wegen dieses Verhafteten schreiben. In seinem Bericht hat Lomond gesagt, der Mann sei betrunken gewesen. Ich will sofort verlangen, dass er seinen eigenen Arzt hinzuziehen kann.“

Er diktierte den Brief, den sie schrieb und ihm zur Unterschrift brachte.

„Das Schreiben sollte Dr. Lomond zugestellt werden.“ Er blickte sie fragend an. „Hätten Sie etwas dagegen, ihm den Brief zu bringen? Es ist kein Umweg für Sie, er wohnt in Shardeloes Road.“

„Das mache ich sehr gerne“, sagte Mary freudig. „Ich würde den Doktor gerne wiedersehen.“

„Wieder? Wo haben Sie ihn denn schon gesehen?“

Sie erzählte von der kurzen Unterhaltung vor Scotland Yard.

Messer biss sich auf die Lippen.

„Ein gerissener alter Teufel! Ich würde mich nicht wundern, wenn er mehr Gehirn hätte als ganz Scotland Yard zusammen.

Lächeln Sie ihn freundlich an, Mary, ich möchte meinen Klienten gern von der Anklage freibekommen."

Mary fragte sich, als sie das Haus verließ, ob ihr Lächeln irgendeinen Einfluss auf die Diagnose des Polizeiarztes haben könnte. Sie nahm ganz richtig an, dass er nicht der Mann war, der sich so leicht beeinflussen ließ.

Dr. Lomond wohnte in einer unfreundlichen kleinen Straße, und sein kleines Zimmer sah genauso finster aus. Die Wirtin, die auf das Klopfen erschien, führte Mary in ein im viktorianischen Stil möbliertes Zimmer. Der Doktor saß in einem unbequemen Lehnstuhl, ein offenes Buch vor sich auf den Knien. Auf seiner Nase saß eine stahlumrandete Brille.

„Ah, meine Liebe!" Er schlug das Buch zu und erhob sich. „Was führt Sie zu mir?"

Sie übergab ihm den Brief, den er öffnete und las. Die Bemerkungen, die er selbstvergessen vor sich hinmurmelte, waren offensichtlich nicht für sie bestimmt.

„Ach – von Messer! Der Schuft ... Wegen des Betrunkenen, dachte ich es doch! Er war betrunken und bleibt betrunken, und alle Ärzte aus der Harley Street können ihn nicht nüchtern machen – sehr gut, sehr gut!"

Sie wartete. Er faltete den Brief zusammen und steckte ihn in die Tasche. Dann schaute er Mary über die Brille hinweg freundlich an.

„Hat er Sie zum Boten gemacht? Wollen Sie sich nicht setzen, Miss Lenley?"

„Danke schön, Doktor, aber ich muss schleunigst nach Hause."

Trotz dieser Versicherung erzählte sie im gleichen Atemzug – sie wusste selbst nicht, was sie dazu bewog – die Geschichte von dem Einbruch.

„Inspektor Bliss? Er war der Mann ... Ja, ich habe davon gehört. Alan Wembury hat es mir erzählt. Ein netter Junge, Miss

Lenley!“ Er blinzelte sie verschmitzt an. „Sie wundern sich, warum Bliss in Ihre Wohnung eingedrungen ist? Ich weiß es nicht und will mit Bestimmtheit auch nichts behaupten. Aber ich bin Psychologe und kann Ihnen eines sagen, Miss Lenley – Bliss stieg in Ihre Wohnung ein, weil er annahm, dass Sie etwas besitzen, das er gerne haben wollte. Und wenn ein Polizeibeamter irgendetwas unbedingt braucht, wagt er alles Mögliche. Sie haben nichts vermisst?“

„Nichts als einen Brief, der nicht einmal mir gehörte. Mrs Milton hatte ihn bei mir verloren, ich fand ihn und versorgte ihn in einer Schublade.“

Lomond rieb sich das Doppelkinn.

„Konnte Inspektor Bliss denn wissen, dass der Brief bei Ihnen war? Und warum nahm er an, dass sich das Risiko lohnte, vielleicht den Hals deswegen zu brechen? Nun ja …“

Lomond begleitete Mary bis zum Ausgang und blieb oben an der Treppe stehen, um ihr zuzuwinken. In seinem Mundwinkel über dem weißen Schnurrbart hing die unvermeidliche Zigarette.

27

Seit dem Besuch in Scotland Yard war eine unangenehme Veränderung mit Maurice Messer vor sich gegangen. Er trank unmäßig. Die Weinbrandflasche stand immer in der Nähe. Am Morgen sah er alt und krank aus. Manchmal kam er nach dem Frühstück ins große Zimmer, setzte sich ans Klavier und fing zu Marys Leidwesen an, stundenlang zu spielen. Er spielte zwar wunderbar, hatte den Anschlag eines Meisters und das Gefühl eines Begeisterten. Oft fand sie, dass er umso besser spielte, je mehr er getrunken hatte. Er saß am Klavier, die Augen starrten ins Leere, er schien nichts zu sehen und zu hören. Mary musste lange warten, bis sie eine vernünftige Antwort auf Fragen bekam.

Er fürchtete sich vor allem Möglichen, sprang beim leisesten Geräusch auf und wurde durch unerwartetes Klopfen an der Tür in panischen Schrecken versetzt. Hackitt, der im Hause schlief, wusste allerhand Düsteres anzudeuten. Einmal fand er Messers Tisch voll Weinbrandflaschen, alle, bis auf eine, leer.

Zwei Tage, nachdem die Arbeiter Messers Haus verlassen hatten, läutete früh am Morgen in Wemburys Dienstzimmer das Telefon. Der diensthabende Sergeant nahm ab.

„Für Sie, Mr Wembury!“, rief er, und Alan nahm ihm den Hörer aus der Hand.

Es war Hackitt. Seine Stimme klang aufgeregt.

„Ich weiß nicht, was mit ihm los ist. Seit heute Morgen drei Uhr vollführt er einen Teufelsspektakel. Können Sie nicht einen Arzt herbringen, Mr Wembury?“

„Was ist geschehen?“

„Ich weiß es nicht – er hat sich in sein Schlafzimmer eingeschlossen und schreit wie ein Verrückter.“

„Ich komme gleich."

Als Alan auflegte, tauchte gerade Dr. Lomond auf. Er kam aus dem Zellenhaus.

„Ich werde Sie begleiten", sagte Dr. Lomond und zog langsam die Handschuhe an. „Es kann das Trinken sein, vielleicht aber auch Rauschgift."

Eine Viertelstunde später standen sie vor dem Tor. Alan drückte auf den Klingelknopf. Hackitt öffnete, nur mit Hemd und Hose bekleidet. Er sah ehrlich besorgt aus.

„Was soll das bedeuten, Sam?", fragte Wembury. „Warum haben Sie nicht Messers eigenen Arzt benachrichtigt?"

„Ich weiß nicht, wer sein Arzt ist. Er hat so verteufelt geschrien, ich wusste nicht, was anfangen."

„Ich will mit ihm sprechen", schlug Dr. Lomond vor. „Wo ist sein Zimmer?"

Sam führte ihn hinauf und kam wieder zurück.

„Sie hatten Angst, man würde Sie verdächtigen, wenn er stürbe?", fragte Wembury. „Ja, mein Lieber, so geht es eben, wenn man einen schlechten Ruf hat!"

Alan bewunderte ein silbernes Tablett auf dem Tisch und nahm es in die Hand.

„Mächtig schwer, nicht?", fragte Sam mit beruflichem Interesse. „Würde sich gut verkaufen lassen – was bekäme ich dafür?"

„Ungefähr drei Jahre", erwiderte Alan trocken.

Hackitt schloss die Augen.

„Hören Sie, Mr Wembury", fragte er plötzlich, „was macht Bliss in Ihrem Bezirk?"

„Bliss?"

„Seit ich im Hause bin, treibt er sich hier herum. Gestern habe ich ihn oben versteckt gefunden."

„Bliss? Was Sie nicht sagen!"

„Ihr hängt alle wie die Kletten zusammen!", entgegnete Sam entrüstet.

Auf der Treppe hörte man Lomonds Schritte.

„Ist er wieder ruhig?“, fragte Wembury, als der Doktor eintrat.

„Messer? Himmel, ja! Ein tüchtiger Kerl. Messer – das ist eine alte englische Familie. Sie kam beinahe mit dem Eroberer herüber – aber der Eroberer verlor den Krieg.“

Lomond roch an der Flasche, die auf dem Tisch stand, und Wembury nickte.

„Das ist das Gift, das ihn tötet.“

Lomond roch nochmals.

„Das ist schottischer Whisky! Das beste Gift, das ich kenne. Das und Kokain, Wembury, wird Messers Ende sein. – Ein seltsames Büro!“ Er schaute sich im Zimmer um.

„Ja – was für seltsame Sachen mögen in diesem Zimmer passiert sein? – Hat man Gitter vor den Fenstern angebracht?“, fragte Alan, sich an Sam wendend.

„Ja, Sir! Wozu sollen die gut sein?“

„Um den Hexer fernzuhalten!“

Sam Hackitts Gesicht wurde zu Stein.

„Den Hexer!“, stammelte er fassungslos. „Dazu sind sie also da? Ich gebe meine Stellung auf. Ich wunderte mich schon, warum er die Gitter anbringen ließ, und warum er verlangte, dass ich hier im Haus schlafe.“

„Oh, Sie fürchten also den Hexer?“, fragte Lomond interessiert, mit kaum merklichem Spott. Wembury kam Sam zu Hilfe.

„Seien Sie nicht albern, Hackitt! Alle fürchten den Hexer.“

„Nicht für hunderttausend Pfund möchte ich nachts in diesem Hause bleiben“, erklärte Sam inbrünstig. Der Doktor lachte.

„Eine ganze Menge Geld für einen zweifelhaften Dienst!“, spottete er. „Doch, nun lassen Sie uns einen Augenblick allein, Mr Hackitt!“ Er wartete, bis der verstörte Sam draußen war.

„Kommen Sie hinauf, Wembury, schauen Sie sich Messer an!“

„Er lebt noch“, sagte Lomond, als sie in der Tür standen.

Messer lag auf dem zerwühlten Bett, er atmete schwer, sein Gesicht hatte eine purpurne Farbe, die Hände hielten krampfhaft die seidene Steppdecke fest.

Auf der Treppe hörten sie Hackitts leise Schritte.

Als Alan bald darauf das Zimmer verließ und wieder hinunterging, traf er Sam in grüner Schürze an; er hatte einen Eimer vor sich und ein Waschleder in der Hand und putzte fleißig ein Fenster, wobei er aber durch das Gitter behindert wurde.

„Wie geht es ihm, Sir?", fragte er.

Alan antwortete darauf nicht. Auch Dr. Lomond kam jetzt herunter und trat hinzu. Er betrachtete nochmals eingehend das Zimmer, das in Messers Haushalt als Büro und Salon in einem diente.

Sam ließ die beiden nicht aus den Augen.

„Miss Lenley wird gleich kommen", sagte er familiär, da ihm im Moment nichts anderes einfiel.

Wembury ging hinaus, in der Hoffnung, Mary einen Augenblick allein sprechen zu können.

„Wer ist Miss Lenley?", fragte der Doktor.

„Oh, das ist unser Schreibmaschinenfräulein", berichtete Sam, und Lomond hob interessiert die Augenbrauen.

„Ist sie nicht die Schwester eines Mannes, der im Gefängnis sitzt?"

„Jawohl, Sir – von Johnny Lenley. Er bekam drei Jahre, weil er eine Perlenkette geklaut hatte."

„Also ein Dieb?"

„Ein Gentlemandieb!", korrigierte Sam.

Lomond ging zum Klavier hinüber, hob den Deckel und schlug leise eine Taste an.

„Spielt sie Klavier?"

„Nein, Sir – er."

„Messer? O ja, ich habe davon gehört."

„Er spielt gut", sagte Sam wegwerfend. „Ich habe Musik

sehr gern, aber die Sachen, die er spielt …" Er summte ein paar Töne von Chopins Nocturne. „Das kann einen wahrhaftig verrückt machen!"

Die Haustürglocke läutete, und Hackitt verließ das Zimmer.

Dr. Lomond setzte sich, die Hände in den Taschen, auf den Klaviersessel und betrachtete die Einrichtung des Zimmers. Während er so den Blick umherschweifen ließ, geschah etwas Seltsames. Über der Tür, im Schnitzwerk versteckt, leuchtete plötzlich ein rotes Licht auf. Ein Signal! Von wem? Dann verlöschte das Licht wieder. Lomond schlich auf den Fußspitzen an die Tür und horchte, doch konnte er nichts hören.

Hackitt kam mit einer Handvoll Briefen zurück.

„Die Post …", begann er und stockte.

„Hackitt", fragte Lomond sanft, „wer ist außer Ihnen und Messer noch im Haus?"

Sam sah den Doktor misstrauisch an.

„Niemand. Die alte Köchin ist krank."

„Wer macht Messers Frühstück?"

„Ich."

Lomond deutete zur Zimmerdecke hinauf.

„Was ist über diesem Zimmer?"

„Die Rumpelkammer." Hackitts Verlegenheit nahm zu. „Was ist los, Doktor?"

„Ich dachte nur – nichts weiter. Ja, gibt es einen Schlüssel dazu?"

Sam zögerte. Wie jeder Dieb hatte er den Wunsch, sich so dumm wie möglich zu stellen.

„Ja, ein Schlüssel ist da", sagte er endlich. „Er hängt über dem Kaminsims. Ich weiß es zufällig, weil …"

„Weil Sie ihn ausprobiert haben", vollendete Lomond.

„Wollen Sie die Rumpelkammer sehen, Doktor?"

Kaum waren sie die Treppe hinaufgestiegen, als Wembury mit Mary Lenley ins große Zimmer zurückkam.

Krampfhaft überlegte Alan, wie er Mary warnen sollte.

„Fühlen Sie sich hier wohl?“, fragte er verlegen.

„Wie meinen Sie das?“

„Ich meine – nun, Messer … Weiß Ihr Bruder, dass Sie noch hier arbeiten?“

„Nein, ich wollte ihm nicht noch mehr Sorgen machen. Johnny schreibt manchmal so seltsame Briefe.“

Alan seufzte.

„Mary, Sie wissen doch, wo Sie mich finden können?“

„Ja, Alan, Sie haben mir das schon einmal gesagt!“, erwiderte sie erstaunt.

„Ja. Doch – nun, Sie wissen nicht, was für Schwierigkeiten eintreten könnten. Ich möchte – ich … Nun, wenn unangenehme Dinge geschehen sollten … Ich möchte, dass Sie das Gefühl haben …“ Er sprach ganz unzusammenhängend.

„Unangenehme Dinge?“

„Ja – wenn Sie in Not sein sollten“, fuhr er verzweifelt fort. „Sie wissen doch, was ich meine? Wenn Sie belästigt werden – wenn jemand, wenn er … Wie soll ich mich ausdrücken? Dann sollten Sie zu mir kommen – versprechen Sie es mir?“

„Alan, Sie werden sentimental!“

„Ich bedaure.“

Er griff schon nach der Türklinke, als er seinen Namen hörte.

„Sie sind aber doch ein lieber Mensch!“, rief sie sanft.

„Nein, ich glaube, ich bin ein verdammter Esel!“ Wütend schlug er die Tür hinter sich zu.

28

Zu Messers Haus führte ein Weg, den nur drei Menschen kannten. Einer davon war tot. Der zweite saß zweifellos im Gefängnis – Johnny. Und der dritte? Messer schob den Gedanken beiseite.

Das Grundstück hatte sich einst viel weiter, bis hinunter zum Ufer eines schmutzigen Bachs, ausgedehnt. Dort stand auch jetzt noch ein kleiner, baufälliger Schuppen auf einem verlassenen, unkrautbewachsenen Platz. Schuppen und Platz gehörten Messer, obgleich sie vom Haus in der Flanders Lane durch einige fremde Gebäude und winklige Gassen getrennt waren.

An diesem Morgen kam ein junger Mann das Kanalufer entlang. Vorsichtig schaute er sich um, ob er beobachtet würde. Mit einem Schlüssel öffnete er das verwitterte Tor der Umzäunung und betrat den verwahrlosten Platz. Mit dem gleichen Schlüssel, mit dem er das äußere Tor geöffnet hatte, schloss er auch die Tür des Schuppens auf. Von innen sperrte er wieder zu und stieg eine Wendeltreppe hinab, die erst vor wenigen Jahren erbaut worden war. Am Ende der Treppe begann ein mit Ziegelsteinen ausgelegter niedriger Gang. Es gab kein Licht, aber nach wenigen Schritten fand der Ankömmling eine kleine Nische, in der Messer einige Taschenlampen aufbewahrte. Er ließ eine davon aufleuchten und tappte vorwärts. Nach wenigen Minuten wandte sich der Weg scharf nach links und endete in einem Keller. Von da führte eine mit Teppichen ausgelegte Treppe aufwärts. Der Mann stieg vorsichtig und leise die Stufen hinauf. Auf halber Höhe spürte er, wie eine Stufe unter seinem Fuß leicht nachgab. Er lächelte, denn er wusste, dass es die Vorrichtung war, durch die die Warnlampe in Messers Zimmer aufleuchtete.

Er gelangte an die getäfelte Wand und horchte. Er hörte Stimmen – die Messers, dazwischen die Mary Lenleys! Er runzelte die Stirn. Mary hier? Er hatte geglaubt, Mary habe die Arbeit aufgegeben. Er legte das Ohr an die Täfelung und lauschte.

„Ach, meine Liebe", hörte er Messer sagen, „Sie sind – wunderbar!"

„Und Sie sind albern, Maurice!", antwortete Mary ärgerlich. Offenbar hatte sich Messer ans Klavier gesetzt, es erklangen einige leise Töne, dann wieder Marys Stimme – und Geräusche eines kleinen Kampfes.

Messer hatte Mary bei den Schultern gepackt. Er wollte sie an sich ziehen, als er, über ihre Schulter hin, sah, wie sich eine Hand durch einen Spalt in der Wand streckte. Im gleichen Augenblick stürzte er mit einem Schreckensschrei aus dem Zimmer. Mary blieb vor Furcht wie angewurzelt stehen. Immer weiter kam die Hand zum Vorschein. Dann öffnete sich die Täfelung, und ein junger Mann trat ins Zimmer.

„Johnny!"

In der nächsten Sekunde lag Mary schluchzend in den Armen des Bruders.

„Johnny – warum hast du mir nicht mitgeteilt, dass du zurückkommst? Das ist eine großartige Überraschung! Ich habe dir heute Morgen noch geschrieben!"

Er hielt sie in seinen ausgestreckten Armen und sah ihr ins Gesicht.

„Was machst du in Messers Büro?", fragte er so ruhig, dass ihr unheimlich wurde.

„Ich arbeite für ihn. Du wusstest es doch, bevor du weggingst, Johnny … Es ist wunderbar, dich wiederzusehen! Hast du eine sehr schlimme Zeit durchgemacht?"

„Nicht allzu schlimm – doch warum hast du hier weitergearbeitet? Ich hatte doch Maurice Geld gegeben und ihm gesagt, ich wolle nicht, dass du hier arbeitest. Das war das Letzte, das ich ihm im Old Bailey sagen konnte."

„Davon weiß ich nichts, Johnny“, erwiderte sie bestürzt.

„Eben.“ Er nickte. „Jetzt verstehe ich …“

„Du bist mir doch nicht böse, Johnny?“ Sie blickte ihn an. In ihren Augen waren Tränen. „Ich kann es kaum glauben, dass du hier bist, ich glaubte, dass es noch schrecklich lange ginge …“

„Die Strafe ist mir erlassen worden“, erzählte er. „Ein halb wahnsinniger Sträfling griff den stellvertretenden Direktor an, und ich warf mich dazwischen. Dass die Behörden mehr für mich tun würden, als einige Tage Haft zu streichen, nahm ich nicht an. Doch gestern, um die Mittagszeit, ließ mich der Direktor rufen und teilte mir mit, dass ich für den Rest der Strafe Bewährungsfrist erhalten hätte.“

„Du hast doch jetzt mit diesem schrecklichen Leben Schluss gemacht?“, fragte Mary leise. „Wir wollen irgendwohin außerhalb Londons ziehen. Ich habe mit Maurice darüber gesprochen. Er hat seine Hilfe zugesagt, dir auf die rechte Bahn zu helfen.“

Johnny Lenley biss sich auf die Lippen.

„So, hat er das? Mary, liebst du Maurice?“

„Er ist gut zu mir gewesen.“

„Gut, gut – wie gut ist er gewesen?“ Er fasste sie an den Schultern und schüttelte sie sanft. In seine tief liegenden, grauen Augen kam ein weicher, besorgter Ausdruck, den sie immer bei ihm geliebt hatte. „Eines steht fest, du wirst hier nicht mehr arbeiten!“

Durch die halb offene Tür sah er Hackitt und rief ihn an.

„Hallo, Sam – was geht hier eigentlich vor?“

Hackitt zuckte die Achseln.

„Ich bin erst seit einigen Tagen hier. Sie sehen selbst – Sie sind ja kein kleiner Junge mehr … Haben Sie je erlebt, dass ein Tiger mit einem Kaninchen liebenswürdig umgeht? Mehr weiß ich auch nicht.“

Mary hatte sich an ihren Schreibtisch gesetzt. Johnny beobachtete sie grübelnd.

Sein erster Weg nach der Entlassung war hierher gewesen, um mit Messer abzurechnen. Dann sollten ihn London und die Flanders Lane nicht mehr sehen. Er würde schon etwas zu finden wissen, wo er in Ruhe leben und arbeiten könnte.

Er nahm Sam beiseite. Sie standen neben der offenen Tür, von ihr halb verdeckt, und sprachen leise.

Maurice Messer kam zurück, er sah nur das Mädchen an der Schreibmaschine, ihre Finger flogen über die Tasten. Er trat hinter sie und legte die Hand auf ihre Schulter.

„Meine Liebe, verzeihen Sie mir! Ich bin furchtbar nervös und bilde mir allerhand merkwürdige Dinge ein …“

„Maurice!“

Messer fuhr herum, sein Gesicht wurde blass.

„Sie!“, rief er heiser. „Aus dem Gefängnis entlassen?“

Lenley lachte verächtlich.

„Zwei Jahre zu früh, was? Es tut mir leid, Sie zu enttäuschen, aber es geschehen noch Wunder, sogar im Gefängnis.“

Messer riss sich mit großer Anstrengung zusammen.

„Mein lieber Junge …“ Er streckte ihm seine zitternde Hand entgegen, doch Johnny übersah sie. „Wollen Sie sich nicht setzen? Das ist ein erstaunliches Ereignis! Sie waren also hinter der Wand … Hackitt, geben Sie Mr Lenley etwas zu trinken – ja, im Wandschrank … Es wird Ihnen guttun.“

Hackitt kam mit einem Trunk, aber Johnny lehnte ab.

„Ich habe mit Ihnen zu sprechen, Maurice!“ Er gab Mary ein Zeichen, und sie verließ das Zimmer.

„Wie sind Sie zu der Entlassung gekommen?“, fragte Messer stirnrunzelnd und goss sich aus der bereitstehenden Flasche ein.

„Der Rest ist mir erlassen worden“, berichtete Lenley kurz. „Ich dachte, Sie hätten darüber in der Zeitung gelesen.“

„Oh, Sie waren der Kerl, der das Leben des Direktors rettete? Ja, ich erinnere mich, ich hab es gelesen – gratuliere!“

Er versuchte, Herr der Lage zu werden. Schon andere hatten sein Büro gezähmt verlassen.

„Warum haben Sie Mary weiter für Sie arbeiten lassen?"

„Weil ich es mir nicht leisten kann, wohltätig zu sein, mein Lieber!"

„Ich hatte Ihnen beinahe vierhundert Pfund gegeben! Den Erlös aus meinen ersten – Diebstählen."

„Sie sind doch gut verteidigt worden?"

„Ich kenne das Honorar. Warum haben Sie Mary das Geld nicht ausbezahlt?"

Messer zündete sich eine Zigarre an. Er ließ das Streichholz bis zu den Fingerspitzen abbrennen, bevor er sprach.

„Ich will es Ihnen sagen. Ich habe mich um Sie gesorgt, Johnny – ich mag Sie und habe mich immer für Sie und Ihre Familie interessiert. Ich war der Meinung, dass ein Mädchen, das allein lebt und keine Arbeit hat, sich unglücklich fühlen muss. Ich tat Ihnen und ihr einen Gefallen, wenn ich ihr Arbeit gab, ihren Geist beschäftigte – das sehen Sie doch ein? Ich empfinde ein väterliches Interesse …"

Er sah Johnnys herausfordernden Blick und senkte die Augen.

„Wollen Sie Ihre väterlichen Phrasen bei sich behalten, wenn Sie mit mir sprechen, Maurice?"

„Mein lieber Junge!"

„Hören Sie zu! Ich kenne Sie ziemlich genau. Ich kenne schon lange Ihren Ruf, und ich kenne Sie persönlich. Ich weiß genau, was hinter diesem väterlichen Interesse steckt. Wenn irgendetwas vorgefallen ist wie bei Gwenda Milton, dann sehen Sie sich vor! Ich scheue den Weg um neun Uhr morgens nicht!"

Messer warf den Kopf zurück.

„Was?", krächzte er heiser.

„Von der Zelle an den Galgen!", fuhr Lenley fort. „Und ich werde mich leichten Herzens auf die Falltür stellen – Sie verstehen mich doch?"

Messer stand auf.

„Sie wollen den Weg um neun Uhr morgens auf sich nehmen?“, fragte er höhnisch. „Das ist sehr hübsch ausgedrückt. Aber nicht meinetwegen werden Sie ihn antreten – ich werde den Bericht darüber im Bett lesen.“

Er setzte sich ans Klavier, die Finger glitten über die Tasten, die herzerweichenden Töne des sentimentalen Liedes „Tod eines Kosaken“ erklangen.

„Ich habe diese Berichte immer im Bett gelesen“, rief er, weiterspielend, über die Schulter, „sie wirken beruhigend! Sie wissen doch, wie es heißt? Etwa so: ‚Der Verurteilte verbrachte eine schlaflose Nacht und rührte das Frühstück nicht an. Festen Schrittes und schweigend bestieg er das Schafott. Ein Leben, das vielversprechend begonnen hatte, fand ein elendes Ende.‘“

„Ich habe Sie gewarnt, Maurice – wenn etwas vorfällt, erwische ich Sie noch vor dem Hexer!“ Johnnys Stimme zitterte vor unterdrückter Erregung.

„Hexer!“ Messer lachte verkrampft. „Glauben Sie auch an dieses Märchen?“ Er ergriff das Glas Whisky, das er aufs Klavier gestellt hatte, und leerte es in einem Zug.

Johnny Lenley zog ein kleines Paket aus der Tasche und öffnete es. Darin lag, sorgfältig in Watte verpackt, ein mit Steinen besetztes Armband.

„Ich weiß nicht, was ich von Ihnen noch zu erwarten habe, jedenfalls – dafür bekomme ich noch etwas!“

„Oh, das Armband!“ Messer ging damit ans Licht. „Und ich wunderte mich schon, was Sie damit angefangen hätten.“

„Ich holte es auf dem Weg hierher ab – bei einem Freund. Es ist das Einzige, was mir geblieben ist. Drei Diebstähle – und dies das Resultat!“

Messer zupfte nachdenklich an seiner Oberlippe. In seinem Gehirn reifte ein Plan.

„Spielen Sie auf Ihre zweite Heldentat an? Ich meine – die kleine Sache in Camden Crescent?"

Lenley winkte ungeduldig ab.

„Die Camden-Crescent-Sache ist für mich erledigt. Der Kerl, den Sie mir mitgaben, ist mit dem Zeug durchgebrannt – so jedenfalls lautete Ihre Version …"

„Ich habe Sie –", begann Messer langsam und vertraulich, „damals belogen. Der Mann ist damit nicht durchgebrannt."

„Was?"

„Er versteckte es im Nebenhaus und gab mir Bericht. Ich verhalf ihm dann zur Reise nach Südafrika. Doch wollte ich nichts mehr damit zu tun haben, nachdem die Darnleigh-Sache dazwischen gekommen war, und deshalb habe ich es Ihnen nicht gesagt. Es war mir einfach zu riskant, und ich habe die Sachen auch nie abholen lassen."

„Lassen Sie sie, wo sie sind!", sagte Lenley, aber es klang unentschlossen und nicht sehr überzeugend.

Messer lachte. Es war heute sein erstes natürliches Lachen.

„Sie sind ein Narr! Sie haben Ihre Zeit abgesessen, und was haben Sie davon? Das!" Er hob das Armband hoch. „Wenn ich Ihnen dafür zwanzig Pfund gebe, mache ich Ihnen noch ein Geschenk. Dort auf dem Dach hinter dem Wasserbehälter aber liegt Zeug, das achttausend Pfund wert ist – es gehört Ihnen, wenn Sie es holen – Sie haben dafür bezahlt!" Messer überlegte sekundenschnell. „Drehen Sie es heute Abend!", schlug er vor.

Lenley zögerte.

„Ich will es mir überlegen. Wenn Sie versuchen sollten, mich zu verzinken …"

„Mein lieber Junge, ich versuche, Ihnen und damit Ihrer Schwester einen Gefallen …"

„Wie ist die Hausnummer?"

„Siebenundfünfzig. Ich will Ihnen die zwanzig Pfund für

das Armband gleich geben." Er öffnete ein Schreibtischfach und nahm eine Kassette heraus. „Für den Anfang wird es reichen."

Lenley war immer noch unentschlossen, Maurice spürte es genau.

„Wenn ich die Sachen hole, will ich den vollen Wert – oder ich suche mir einen andern Hehler." Er gebrauchte absichtlich dieses Wort, das Messer wütend machte.

„Sie wollen sich einen andern Hehler suchen?" Seine Stimme zitterte. „Da sind die Zwanzig!" Er warf das Geld auf den Tisch.

Lenley zählte und steckte es in die Tasche.

„Ich werde aufs Land ziehen – mit meiner Schwester! Es lohnt sich nicht, Ihretwegen gehenkt zu werden." Er stand auf. „Der Hexer wird mir diesen Gang ersparen."

Messer drehte sich rasch um. Die Zimmertür hatte sich geöffnet.

Es war Dr. Lomond, den Hackitt am frühen Morgen in die Rumpelkammer geführt und dann völlig vergessen hatte. Der Doktor blieb auf der Schwelle stehen, als er die beiden erblickte.

„Hallo – entschuldigen Sie! Störe ich eine Besprechung?"

„Kommen Sie herein, Doktor – kommen Sie! Das ist ein Freund von mir – Mr Lenley."

Zu Messers Verwunderung antwortete der Polizeiarzt: „Ja. Und ich habe mich eben ein wenig mit Ihrer Schwester unterhalten. Sie sind unerwartet – vom Lande zurückgekehrt, Mr Lenley?"

„Ich bin soeben aus dem Gefängnis zurückgekehrt, wenn Sie das meinen", erwiderte Johnny und wollte gehen.

Seine Hand lag schon auf der Türklinke, als die Tür aufgerissen wurde und Hackitt mit weißem Gesicht hereinstürzte. Er ging auf Messer zu und senkte die Stimme.

„Jemand möchte Sie sprechen."

„Mich? Wer ist es?"

„Der Name ist mir nicht gesagt worden“, keuchte Sam. „Ich soll Ihnen ausrichten, dass er ein Bote des Hexers sei.“

Messer fuhr zurück.

„Der Hexer!“, rief Lomond energisch. „Führen Sie ihn sofort herein!“

„Doktor!“

„Ich weiß, was ich tue.“

„Doktor! Sind Sie verrückt? Angenommen, angenommen …“

„Schon gut!“, antwortete Lomond kurz.

29

Kurz darauf stand eine gut gekleidete, schlanke Dame in der Tür. Aus ihren Augen blitzte ein boshaftes Lächeln.

„Cora Ann!“, stotterte Messer.

„Habe ich euch alle erschreckt?“ Sie nickte hämisch nach allen Seiten. „Hallo, Doktor! Auch erschrocken? – Messer, ich möchte mit Ihnen reden.“

Sein Gesicht war immer noch blass, aber er hatte die erste Panik niedergekämpft.

„Jawohl, meine Liebe ... Johnny!“ Er sah Lenley scharf an. „Wenn Sie etwas brauchen, mein Junge, dann wissen Sie, wohin Sie zu gehen haben!“

Johnny verstand. Er warf noch einen neugierigen Blick auf die hübsche Besucherin und verließ das Zimmer.

„Hinaus!“, brüllte Messer Hackitt an. Doch Sam blieb stehen.

„Den Ton können Sie sich ersparen, Messer! Ich höre sowieso hier auf.“

„Gehen Sie zum Teufel!“, schrie Messer.

„Das nächste Mal nehme ich einen andern Anwalt“, sagte Sam.

„Das nächste Mal bekommen Sie sieben Jahre.“

„Eben – darum will ich ja einen andern Anwalt.“

Lomond und Cora Ann hörten dem Disput interessiert zu.

„Das hat man davon, wenn man dem Abschaum hilft!“, regte sich Messer auf, als sein Diener verschwunden war.

Auch Dr. Lomond verließ das Zimmer, kündigte jedoch an, dass er noch einmal zurückkommen werde. Maurice wartete, bis sich die Tür hinter ihm schloss.

„Nun, liebe Cora Ann, Sie werden immer hübscher. Und wo ist Ihr Mann?“

Sie blickte sich im Zimmer um.

„Also das ist Ihr Liebesnest?", fragte sie verächtlich. „Ich habe Gwenda nicht gekannt – ich wünschte aber, es wäre der Fall gewesen. Ich erfuhr vom Selbstmord des armen Kindes, als ich nach Australien unterwegs war." Sie ging zur Tür, öffnete sie ein wenig und lauschte. Dann näherte sie sich wieder Messer, der sich hingesetzt und eine Zigarette angezündet hatte.

„Hören Sie zu – dieser schottische Doktor wird gleich zurückkommen." Flüsternd begann sie auf ihn einzureden: „Warum gehen Sie nicht fort? Verlassen Sie das Land – gehen Sie irgendwohin, wo niemand Sie finden kann, nehmen Sie einen andern Namen an! Sie sind ein reicher Mann – Sie können es sich leisten!"

„Sie haben wohl Auftrag, mich aus England herauszulocken?"

„Er wird Sie erwischen, Messer! Das ist es gerade, was ich befürchte. Daran denke ich Tag und Nacht, es ist schrecklich ..."

„Mein liebes Kind ..." Er versuchte, über ihren Arm zu streichen, aber sie wich zurück. „Sorgen Sie sich nicht um mich!"

„Um Sie? Wenn ich Sie mit dem kleinen Finger vor der Hölle retten könnte, würde ich es nicht tun! Verlassen Sie England! Arthur möchte ich retten – nicht Sie! Gehen Sie fort – geben Sie ihm keine Gelegenheit, Sie zu töten!"

„Ach! Wie geistreich!" Er lachte zynisch. „Er selbst wagt sich nicht zurück, darum hat er Sie geschickt ..."

Coras Augen schlossen sich halb.

„Wenn Sie getötet werden, wird es hier sein! Hier in diesem Zimmer, wo Sie ... Sie armseliger Schuft! Sie Dummkopf!"

„Aber kein so großer Dummkopf, dass ich in die Falle ginge! Angenommen, Ihr Mann wäre noch am Leben: In London bin ich sicher – in Argentinien würde er auf mich warten, in Australien, überall würde er mich erwarten, und wenn ich in Cape Town an Land ginge ... Nein, nein, meine Liebe, mich können Sie nicht fangen!"

Sie wollte noch etwas sagen, aber die Tür ging auf, und Dr. Lomond kam herein.

„Hallo, kleine Frau, sind Sie mit Ihrer Unterhaltung fertig?"

Messer, verärgert und irritiert von der vorangegangenen Unterhaltung, benützte die Gelegenheit, sich in sein kleines Büro zurückzuziehen, wo er nicht gesehen werden, aber alles hören konnte. Er hatte das unangenehme Gefühl, in seinem eigenen Hause zu stören.

Cora Ann schaute ihm nach, dann warf sie einen raschen Blick auf den Doktor und sagte ernst: „Hören Sie, Dr. Lomond, wenn Sie es wissen wollen – mein Hexer ist in Gefahr ... Aber nicht die Polizei fürchte ich. Soll ich Ihnen etwas sagen?"

„Ist es für meine Ohren geeignet?"

„Das soll meine Sorge sein! Ich will es Ihnen ganz offen sagen, Doktor. Ich habe das Gefühl, dass es auf der ganzen Welt nur einen Mann gibt, der Arthur Milton fangen wird, und dieser Mann sind – Sie!"

„Sie sind verrückt!"

„Warum?"

„Sich an einen Schatten hängen! Ein hübsches Mädchen wie Sie ... Sie vergeuden Ihr Leben."

„Was Sie nicht sagen!"

„Sie wissen ganz genau, dass es so ist. Ein Hundeleben! Wie schlafen Sie?"

„Schlafen!" Sie hob verzweifelt die Arme. „Schlafen!"

„Ja, schlafen. In einem Jahr haben Sie einen Nervenzusammenbruch. Hat das einen Sinn?"

„Was wollen Sie eigentlich?", fragte sie atemlos.

„Soll ich es Ihnen sagen? Ich möchte nur wissen, ob Sie es aushalten werden! – Wäre es nicht besser, wenn Sie fortgingen, den Hexer vergessen würden? Verstoßen Sie ihn aus Ihren Gedanken, suchen Sie sich ein anderes – Interesse!" Er lachte.

Sie sprang auf.

„Hören Sie, was wollen Sie eigentlich von mir?“, wiederholte sie erregt.

„Ich denke nur an Sie – ich schwöre Ihnen …“

„Sie sind ein Mann – ich weiß jetzt, was für ein Mann Sie sind. Ich habe mich in die Hölle gesetzt, und dort will ich bleiben!“

Sie nahm ihre Handtasche vom Tisch.

„Ich habe Sie gewarnt“, sagte Lomond traurig.

„Sie mich gewarnt, Doktor! Wenn Arthur Milton sagt: ‚Ich bin deiner überdrüssig‘ – dann gehe ich. Sie haben mich … Ich nehme Ihre Warnung nicht an!“

Bevor er antworten konnte, war sie aus dem Zimmer.

Messer, der die Szene beobachtet hatte, kam jetzt langsam auf den Polizeiarzt zu.

„Sie haben Cora Ann sehr zugesetzt?“

„Ja.“ Abwesend griff Lomond nach seinem Hut.

„Frauen sind eigenartig“, meinte Messer. „Man könnte beinahe glauben, dass die Frau Sie liebt, Doktor!“

„Nehmen Sie das an?“ Lomond wirkte zerstreut. „Ich will sehen, dass ich wegkomme – habe mich lange genug hier aufgehalten.“

30

Messer hatte wieder einen klaren Kopf. Johnny bedeutete eine Gefahr. Seine Drohungen – er wäre imstande, sie wahr zu machen. Würde er verrückt genug sein, diese Nacht nach Camden Crescent zu gehen? Messers Gedanken liefen weiter zu Mary. Alle Widerstände und der drohende Verlust machten sie nur begehrenswerter. Seine Leidenschaft war emporgeschossen wie ein tropisches Gewächs.

Er setzte sich ans Klavier. Bei den ersten Tönen kam Mary herein. Anfangs bemerkte er sie nicht, erst ihre Stimme schreckte ihn auf.

„Maurice …"

Er blickte sie an, ohne sie zu sehen.

„Maurice!"

Das Klavierspiel hörte auf.

„Maurice, Sie müssen einsehen, dass ich nicht mehr bei Ihnen arbeiten kann – jetzt, wo Johnny zurück ist!"

„Das ist Unsinn, meine Liebe!" Er sagte es in seinem väterlichen, oft erprobten Ton.

„Er ist misstrauisch", entgegnete sie, aber er lachte.

„Misstrauisch! Ich wünschte, er hätte Grund, misstrauisch zu sein!"

„Sie wissen selbst, dass ich nicht bleiben kann."

Er stand auf, trat zu ihr und legte die Hände auf ihre Schultern.

„Sie sind töricht! Man könnte denken, ich wäre ein Aussätziger oder weiß der Himmel was! Welch ein Unsinn!"

„Johnny würde mir nie verzeihen!", wehrte sie sich verzweifelt.

„Johnny, Johnny!", fuhr er auf. „Wollen Sie Ihr Leben von

Johnny regieren lassen? Von ihm, der vielleicht sein halbes Leben im Gefängnis verbringen wird?“

Sie blickte ihn fragend an.

„Ja – betrachten wir die Sache so, wie sie ist“, fuhr er gewichtig fort. „Es hat keinen Zweck, sich selbst zu täuschen. Johnny ist ein heruntergekommener Mensch. Sie wissen es nicht, meine Liebe, und ich habe stets versucht, es vor Ihnen zu verbergen …“

„Vor mir zu verbergen – was?“ Sie war blass geworden.

„Nun …“ Er heuchelte Zögern vor. „Was glauben Sie, was der Junge, kurz bevor er festgenommen wurde, getan hat? Ich bin sein bester Freund gewesen, wie Sie ja selbst wissen, und trotzdem, nun – er hat unter einen Scheck über vierhundert Pfund meinen Namen gesetzt.“

Sie schaute ihn entsetzt an.

„Urkundenfälschung?“

„Was für einen Sinn hat es, das Kind beim Namen zu nennen? Jedenfalls …“ Er holte einen Scheck aus seiner Brieftasche. „Ich habe ihn hier.“

Sie versuchte, den Namen auf dem länglichen Papier zu erkennen, aber es gelang ihr nicht. In Wirklichkeit war es ein Scheck, den er erst mit der Morgenpost erhalten hatte, und die Geschichte mit der Fälschung war ihm soeben eingefallen. Im entscheidenden Moment fiel Messer immer eine Lüge ein.

„Können Sie ihn nicht vernichten?“, fragte Mary zitternd.

„Ja, das könnte ich. Aber Johnny ist rachsüchtig. Aus Selbstschutz muss ich das Ding aufbewahren.“ Er steckte den Scheck wieder ein. „Ich werde selbstverständlich keinen Gebrauch davon machen!“, warf er gönnerhaft hin. Mit seiner sanftesten Stimme schloss er: „Ich möchte mit Ihnen über Johnny und alles andere sprechen. Jetzt geht es nicht, wir werden ja ständig gestört. Kommen Sie zum Abendessen, wie ich es Ihnen schon einmal vorgeschlagen habe!“

„Sie wissen, dass ich es nicht tun will, Maurice! Ist es denn unbedingt nötig, dass die Leute über mich reden wie über Gwenda Milton?“

Sein Gesicht verzerrte sich vor Wut.

„Großer Gott! Soll mir das dauernd am Hals hängen bleiben? Gwenda Milton, eine Halbverrückte, die nicht genug Verstand hatte, um leben zu können! – Gut – wenn Sie nicht kommen wollen, dann lassen Sie es! Warum soll ich mir Johnnys wegen den Kopf zerbrechen? Warum auch?“

Sie erschrak über seine plötzliche Heftigkeit.

„Oh, Maurice, Sie sind ungerecht! Wenn Sie absolut wollen, dass ich ...“

„Es ist mir egal. Wenn Sie glauben, ohne mich auskommen zu können, versuchen Sie es! Ich falle vor Ihnen so wenig wie vor irgendeiner anderen Frau auf die Knie. Gehen Sie nur aufs Land – ich sage Ihnen im Voraus, dass Johnny nicht mitkommt.“

Sie fasste ihn am Arm, furchtbar erschrocken über die versteckten Drohungen.

„Maurice – natürlich ... Entschuldigen Sie ... Selbstverständlich will ich tun, was Sie wünschen, das wissen Sie doch!“

Er blickte sie eigenartig an.

„Kommen Sie um elf Uhr!“, sagte er. „Wenn Sie eine Anstandsdame brauchen, dann bringen Sie einfach den Hexer mit!“

Er hatte kaum ausgesprochen, als dreimal vorsichtig geklopft wurde. Maurice schrak zusammen, seine zitternde Hand griff nach dem Mund. „Wer ist da?“, rief er verstört.

Eine tiefe männliche Stimme antwortete.

„Ich möchte Sie sprechen, Messer!“

Maurice ging zur Tür und riss sie auf. Das finstere Gesicht von Inspektor Bliss starrte ihm entgegen.

„Was – was machen Sie hier?“, keuchte Messer.

Bliss verzog das Gesicht, seine weißen Zähne glänzten auf.

„Ich beschütze Sie vor dem Hexer – wache über Sie wie ein Vater!“, erklärte er mit rauer Stimme. Langsam wandte er sich Mary zu. „Sie brauchen, glaube ich, auch etwas Bewachung?“

„Ich fürchte den Hexer nicht“, erwiderte sie. „Er würde mir nichts zuleide tun.“

Bliss lachte anzüglich.

„Ich denke auch nicht an den Hexer“, bemerkte er, und sein Blick kehrte zu Maurice Messer zurück.

31

Die Rückkehr Johnny Lenleys brachte Maurice Messer in die größte Verlegenheit. Wenn ihm früher Johnnys Benehmen nicht gepasst hatte, hasste er es jetzt. Die ewige Drohung Gwenda Miltons wegen machte ihn verrückt. Gerade jetzt, wo er sich nahe am Ziel seiner Wünsche glaubte, tauchte Lenley wieder auf. Das Gefängnis hatte Johnny ernster und älter gemacht. Er war fortgegangen als verwöhnter Schwächling – nun kam er als ernster, gefährlicher Mann zurück, der vor nichts zurückschrecken würde, wenn er etwas erführe. Noch gab es keinen Grund; und Messer fühlte sich Marys keineswegs sicher, wohl aber versetzten ihn unerwartetes Klopfen, eine langsam sich öffnende Tür in hysterische Panik.

Am Nachmittag, als er mit Mary allein war, trat er hinter sie und legte die Hände auf ihre Schultern. Er fühlte, wie sie zusammenzuckte.

„Vergessen Sie nicht, was wir heute Morgen verabredet haben!“, erinnerte er sie.

Sie entwand sich seinem Griff und drehte sich ihm zu.

„Maurice, stimmt die Geschichte mit dem Scheck? Sie haben nicht gelogen?“

Er nickte nur.

„Wir sind allein. Können wir nicht jetzt darüber sprechen? Ist es denn nötig, dass ich heute Abend komme?“

„Gewiss ist es nötig“, antwortete er kühl. „Was Johnny betrifft – betrachten Sie die Situation nüchtern, so wie sie ist, nicht wie Sie sie sehen möchten. Und Sie müssen einsehen, dass ich mich gegen Johnny schützen muss. Solche …“ Beinahe hätte er „Esel“ gesagt, brach aber noch rechtzeitig ab. „Ich meine, diese jungen Leute sind unberechenbar.“

Er spürte ihre Angst und Ratlosigkeit und freute sich darüber. Wie einfältig Frauen sein konnten, sogar gescheite Frauen! Er hatte längst aufgehört, über ihre Vertrauensseligkeit erstaunt zu sein. Leichtgläubigkeit war eine Schwäche, die er nicht verstehen konnte.

„Aber, Maurice, ist nicht jetzt eine gute Gelegenheit? Niemand wird Sie unterbrechen – Sie sind doch hier auch stundenlang allein mit Ihren Klienten! Erzählen Sie mir von dem Scheck, und wie er dazu kam, ihn zu fälschen. Ich möchte es ganz genau wissen."

Er breitete theatralisch die Arme aus, als wollte er um Hilfe rufen.

„Sie sind ein richtiges Kind, Mary! Wie können Sie annehmen, dass ich jetzt in Stimmung dazu bin! Halten Sie sich an unsere Abmachung, meine Liebe!"

Sie blickte ihn an. „Maurice, ich will offen sein …"

Was kommt jetzt?, dachte er. Aus ihrer Stimme klangen Mut und Entschlossenheit, die er an ihr nicht kannte. Sie wirkte auf einmal nicht mehr ängstlich und erschrocken wie heute Morgen oder noch vorhin, und dies setzte ihn für eine Sekunde in Erstaunen.

„Soll ich heute Abend kommen – wirklich nur, um über den Scheck, den Johnny gefälscht hat, zu sprechen?"

Die Bestimmtheit der Frage verblüffte ihn so, dass er eine ganze Weile nicht antworten konnte.

„Selbstverständlich! Ja … Das heißt, nicht nur über die Fälschung, auch über viele andere Dinge muss ich mit Ihnen sprechen, Mary. Wenn Sie wirklich aufs Land wollen, müssen wir alles vorbereiten, Mittel und Wege finden. Sie können nicht ohne Weiteres nach Devonshire oder sonst wohin fliegen. Ich will mir von einem Agenten, den ich vertrete, Prospekte besorgen. Wir können sie dann zusammen durchsehen."

„Maurice, stimmt das wirklich alles? Ich will es wissen."

„Mary“, begann er, „ich mag Sie sehr gern …“

„Bedeutet das – dass Sie mich lieben?“

Diese kaltblütige Frage brachte ihn aus der Fassung.

„Bedeutet es, dass Sie mich lieben, dass Sie mich heiraten wollen?“, fragte sie.

„Aber selbstverständlich!“, stammelte er. „Ich habe Sie sehr gern. Nur – Heirat ist eine der Verrücktheiten, die ich bis jetzt vermieden habe. Bedeutet die Ehe etwas, meine Liebe? Einige Worte, die von einem bezahlten Diener in der Kirche gemurmelt werden …“

„Dann wollen Sie mich also nicht heiraten?“, fragte sie ruhig.

„Selbstverständlich, wenn Sie wünschen …“

Sie schüttelte den Kopf.

„Ich liebe Sie nicht – und will Sie nicht heiraten! Was wollen Sie eigentlich von mir?“

Sie stand nahe bei ihm. Im nächsten Augenblick lag sie, sich wehrend, in seinen Armen.

„Ich will Sie – Sie!“, keuchte er außer Atem.

Sie raffte alle ihre Kräfte zusammen und riss sich von ihm los.

„Ich verstehe!“ Sie brachte die Worte kaum heraus. „Ich dachte mir das – ich werde heute Nacht nicht kommen!“

Messer konnte nicht sprechen. Er sah sie nur an, seine Augen brannten. Einmal hob er die Hand, um seine zitternden Lippen zu verbergen. Dann flüsterte er kaum vernehmbar: „Ich will, dass Sie heute hierherkommen. Sie sind gegen mich offen gewesen, auch ich will gegen Sie offen sein. Ich will Sie – und ich will die Furcht und Ungewissheit, die auf Ihrem Leben liegt, von Ihnen nehmen; ich will Sie aus Ihrer kläglichen Umgebung herausholen. Sie wissen doch, wie es um Ihren Bruder steht? Er ist mit Bewährungsfrist entlassen worden. Er hat noch zwei Jahre und fünf Monate abzusitzen. Wenn ich eine Klage wegen Fälschung gegen ihn vorbringe, wird er sieben Jahre bekommen – und die Zeit, die er noch nicht abgesessen hat, dazu.

Neuneinhalb Jahre ... Sie wissen doch, was das bedeutet? Wenn Sie ihn wiedersehen, sind Sie über dreißig Jahre alt!"

Sie wankte. Er fasste ihren Arm, aber sie stieß ihn zurück.

„Eine andere Möglichkeit gibt es nicht?", fragte sie leise. „Einen Dienst, den ich Ihnen erweisen könnte? Ich will Ihre Wirtschaft führen, als Ihre Dienstmagd arbeiten ..."

„Sie werden theatralisch, meine Liebe – das ist Blödsinn! Warum über ein kleines Abendessen, eine kleine – hm – freundliche Unterhaltung so viel Aufhebens machen?" Sie sah ihn ruhig an.

„Wenn ich es Johnny sage ...", begann sie langsam.

„Wenn Sie es Johnny sagen, kommt er hierher und wird noch theatralischer sein, und ich werde die Polizei anrufen. Das wäre das Ende Johnnys. Sie verstehen mich doch?"

Sie antwortete nicht.

32

Um fünf Uhr sagte ihr Messer, dass sie nach Hause gehen könne. Der Abendbesuch wurde nicht mehr erwähnt, und sie eilte aus dem Haus. Es dämmerte, über Deptford lag ein leichter Nebel.

Wenn sie zu Alan ginge? Sie verwarf diesen Gedanken sofort wieder. Sie musste sich selbst helfen. Wenn Johnny zu Hause gewesen wäre, hätte sie ihm wahrscheinlich alles erzählt, oder er würde ihrem vergrämten Gesicht angesehen haben, dass etwas Ungewöhnliches vorgefallen war.

Aber Johnny war nicht zu Hause. Ein Zettel von ihm lag auf dem Tisch, darauf teilte er mit, dass er einen Bekannten in der Stadt aufsuchen wolle. Sie ging in ihr Zimmer.

Die kleine Hausangestellte kam und meldete, dass ein Herr Mary zu sprechen wünsche.

„Ich will niemand sehen. Wer ist es?"

„Ich weiß es nicht, Miss. Er hat einen Bart."

Sie ging schnell durch das Esszimmer in die kleine Diele. Was wollte dieser Mann von Scotland Yard? Hatte Maurice ihn geschickt?

„Bitte, kommen Sie herein!", forderte sie ihn auf.

Er trat ein. Nur langsam nahm er den Hut ab, als ob es ihm widerstrebte, ihr diese Höflichkeit zu erweisen.

„Ich hörte, dass Ihr Bruder gestern aus dem Gefängnis entlassen worden ist. Oder war es heute?"

„Gestern", sagte sie. „Er ist heute Morgen nach Hause gekommen."

Zu ihrem Erstaunen sprach er nicht weiter über Johnny, sondern holte eine Morgenzeitung aus der Tasche und faltete sie so, dass eine Anzeigenspalte zu sehen war.

Sie las die Annonce, auf die er mit dem Finger zeigte:

X2 Z1/2 L Ba T. QQ 57 g.

LL 418 TS. A 79 Bf.

„Was bedeutet das?“, fragte sie.

„Das möchte ich gerade wissen“, erwiderte Bliss, indem er sie prüfend ansah. „Entweder ist es eine Botschaft des Hexers an seine Frau oder umgekehrt. Der Code dazu wurde vor einiger Zeit in Ihrer Wohnung verloren. Ich möchte, dass Sie mir diesen Code zeigen.“

„Es tut mir leid, Mr Bliss – aber der Code ist mir ja doch gestohlen worden, ich dachte von …“

„Sie dachten von mir?“ Er lachte grimmig. „Sie haben also die Geschichte nicht geglaubt, die ich erzählt habe – dass ein Mann in Ihre Wohnung hinaufkletterte und dass ich ihm folgte? Miss Lenley, ich habe Veranlassung, zu glauben, dass der Code nicht aus Ihrer Wohnung gestohlen wurde, sondern noch hier ist, und dass Sie wissen, wo er sich befindet.“

Obgleich sie diese Vermutung beleidigend fand, hatte sie doch das Gefühl, dass er sie nur auf die Probe stellen wollte.

„Der Code ist nicht hier!“, antwortete sie bestimmt. „Ich vermisse ihn seit dem Abend, an dem der Einbruch geschah.“

Sie wurde nicht klug daraus, ob sein seltsamer Blick Erleichterung oder Zweifel bedeutete.

„Ich muss es Ihnen glauben, wenn Sie es sagen.“ Er faltete die Zeitung zusammen. „Stimmt Ihre Aussage, dann kann den Code niemand anders als der Hexer oder seine Frau haben.“

Mary war verwirrt. Bliss ließ sie nicht aus den Augen.

„Selbstverständlich, falls nicht …“

„Meine Annahme ist“, unterbrach sie Bliss, „dass es der Hexer selbst war. – Fürchten Sie den Hexer, Miss Lenley?“

„Natürlich nicht.“ Trotz ihrer Sorgen musste sie lächeln. „Warum sollte ich ihn auch fürchten? Ich habe ihm nichts zuleide getan."

„Und Messer – wie gefällt Ihnen Messer?"

Jedermann stellte ihr diese Frage, es begann, ihr auf die Nerven zu gehen. Er schien es zu bemerken, denn ohne auf Antwort zu warten, sprach er weiter: „Miss Lenley, Sie müssen auf Ihren Bruder aufpassen! Er ist ein ziemlich törichter junger Mann."

„Das denkt auch Maurice Messer." Die Bemerkung war ihr entschlüpft, eine kleine Bosheit, die sie ein wenig erleichterte.

„Denkt er das wirklich?" Es schien Bliss zu erheitern. „Gut, das ist alles. Es tut mir leid, dass ich Sie gestört habe."

An der Tür drehte er sich nochmals um.

„Aber Wembury ist ein netter Kerl, nicht wahr?"

Er zog selbst die Zimmertür hinter sich zu. Als sie sie wieder öffnete, sah sie gerade noch, wie er durch die Wohnungstür verschwand.

Mary musste nochmals ausgehen, die Läden schlossen um sieben Uhr, und sie hatte nur abends Zeit, ihre Einkäufe zu machen. Mit einem Körbchen am Arm ging sie in die High Road und kaufte ein. Als sie nach Malpas Mansions zurückeilte, sah sie einen Mann vor sich hergehen. Er trug einen grauen Überzieher; am schlürfenden Gang und an der vorgebeugten Haltung erkannte sie den Spaziergänger sogleich. Sie wollte vorbeigehen, ohne zu sprechen, doch Lomond redete sie an.

„Es ist hübsch, ein Mädchen mit einem Körbchen zu sehen – nur die Eier, die Sie gekauft haben, lassen zu wünschen übrig."

„Ich wusste nicht, dass ich unter Polizeiaufsicht stehe!"

Sie musste lachen.

„Es ist eigenartig, aber nur wenige Leute wissen das", bemerkte er trocken. „Ich habe Sie im Eierladen beobachtet, mein Kind. Sie haben einen vertrauensvollen Charakter. Diese angeblich frisch gelegten Eier stammen aus Methusalems Zeiten." Im Lichtschein eines Schaufensters sah er ihr betroffenes Gesicht und musste nun seinerseits lachen. „Ich möchte Ihnen sagen, Miss Lenley, ich bin ein sehr guter Beobachter. Ich beobachte Eier, Schädel, Kinnbacken, Nasen, Augen und Detektive! War Mr Bliss unangenehm? Oder war es nur ein Anstandsbesuch?"

„Wieso wissen Sie, dass mich Mr Bliss aufgesucht hat?", fragte sie verblüfft.

„Er interessiert mich! Er ist geheimnisvoll, und geheimnisvolle Dinge haben für einen einfachen alten Mann wie mich große Anziehungskraft."

Sie verabschiedete sich. Zu Hause traf sie gleichzeitig mit Johnny ein. Er war guter Laune, scherzte über ihre Eier und sprach trübe Vorahnungen über deren Wirkungen auf seine Verdauung aus. Dann sagte er etwas, das sie zutiefst erfreute.

„Dieser Wembury ist gar kein übler Kerl! Das erinnert mich übrigens, dass ich nach Flanders Lane gehen müsste, um mich dort zu melden."

„Du hast doch Bewährungsfrist, Johnny – und, wenn nun etwas geschehen sollte … Ich meine, müsstest du dann den Rest der Strafe absitzen?"

„Wenn etwas geschehen sollte?", fragte er scharf. „Was meinst du?" Gleichgültig fuhr er fort: „Du bist töricht, Mary, ich will von nun an ein anderes Leben führen."

„Aber wenn es der Fall wäre …"

„Selbstverständlich müsste ich mit der neuen Strafe auch den Rest der alten absitzen. Aber da nichts, wie du sagtest, geschehen wird, können wir dies außer Acht lassen. Ich hoffe, dass dich Messer nicht mehr lange braucht, und du in ein oder zwei Wochen mit ihm fertig sein wirst. Ich sehe es nicht gern, dass du dort arbeitest, Mary!"

„Ich weiß, Johnny, aber …"

„Ja, ja, ich verstehe. Du hast noch nie abends gearbeitet?"
Sie konnte es wahrheitsgemäß verneinen.

„Du tust gut daran, Maurice nur während der Bürostunden zu sehen!" Er steckte sich eine Zigarette an. Eine Rauchwolke in die Luft blasend, überlegte er sich die Lüge, die er ihr jetzt sagen musste. „Ich werde heute Abend vielleicht spät nach Hause kommen. Ein Herr, den ich kennengelernt habe, hat mich gebeten, mit ihm im Westend zu speisen. Es macht dir doch nichts aus?"

„Nein. Wann wirst du etwa zurück sein?"

Er dachte einige Sekunden nach.

„Nicht vor Mitternacht – vielleicht auch etwas später."

„Ich – ich werde vielleicht auch spät nach Hause kommen, Johnny", sagte sie mit Herzklopfen und bezwang ihre aufgeregte Stimme. „Ich bin eingeladen. Es ist eine Familie, deren Bekanntschaft ich gemacht habe."

Würde er sich täuschen lassen? Es sah so aus, denn er nahm die sagenhafte Familie hin, ohne zu fragen.

„Amüsiere dich, Kleines, so viel du kannst!", rief er auf dem Weg in sein Zimmer, indem er bereits seinen Rock auszog. „Ich glaube nur, deine Gesellschaft wird nicht so schön sein wie in den alten Tagen auf Lenley Court. Doch warte – wenn wir aufs Land kommen, wollen wir auf die Jagd gehen, reiten …"

Johnny verließ das Haus um acht Uhr, und sie setzte sich hin, grübelnd, wartend. Wie würde dieser Tag enden? Alan kam ihr in den Sinn. Was würde er … Sie verscheuchte die Gedanken an ihn und beobachtete den Minutenzeiger der kleinen amerikanischen Uhr, der sich viel zu schnell vorwärtsschob.

33

Der Nebel, der über Deptford lag, dehnte sich weit ins Land hinaus. Eine Stunde nach der Unterhaltung zwischen Mary und Johnny fuhr ein starkmotoriger Zweisitzer auf der Landstraße durch den Nebel stadtauswärts. Zwischen Hatfield und Welwyn bog er in eine Straße ein, die nur noch von Lastfuhrwerken benutzt wurde. Während des Krieges war hier ein Flugplatz unterhalten worden, doch inzwischen hatte das Grundstück so oft den Besitzer gewechselt, dass niemand mit Sicherheit den Namen des jeweiligen Eigentümers hätte nennen können.

Der Fahrer des Sportwagens schaltete die Lichter aus und ging schnell auf einen Schuppen zu. Er hörte einen Hund bellen und den Anruf eines Mannes.

„Sind Sie es, Oberst Dane?“

„Ja.“

„Ich habe die Maschine in Ordnung gebracht, aber Sie werden heute Nacht nicht nach Paris fliegen können. Der Nebel ist zu dicht. Ich habe mit dem Flugplatz in Cambridge gesprochen. Man sagte mir dort, dass der Nebel bis in eine Höhe von 660 Meter reicht und sich bis über den Kanal erstreckt.“

„Famos! Fliegen im Nebel ist meine Spezialität.“

Der Aufseher des Schuppens brummte, dass eben jeder seinen eigenen Geschmack habe. Er ging mit einer schwach leuchtenden Laterne voraus. Unter Aufwand aller Kräfte schob er die breite Tür zurück. Beim Schein seiner Laterne wurden die Propeller und der Rumpf eines Flugzeuges sichtbar.

„Eine schöne Kiste, Oberst!“, sagte der Aufseher anerkennend. „Wann glauben Sie, kommen Sie zurück?“

„In einer Woche“, antwortete Oberst Dane. Sein Mantelkragen war hochgeschlagen, die Lederhaube reichte bis tief in die Stirn. Außer den scharf blickenden Augen war von seinem Gesicht nichts zu sehen.

„Ja, ein schöner Kasten", wiederholte der Aufseher. „Ich habe mich den ganzen Nachmittag damit beschäftigt."

Der Aufseher war früher Mechaniker bei einer Fliegerabteilung gewesen und hatte später diesen Schuppen und das kleine Haus in der Nähe, in dem er jetzt wohnte, gepachtet. Im Moment war er jedenfalls der bestbezahlte Flugzeugmechaniker in ganz England.

„Die Polizei war heute hier, Sir", berichtete er. „Sie haben herumgeschnüffelt und wollten wissen, wer der Eigentümer sei. Ich sagte, dass es ein ehemaliger Fliegeroffizier sei, der eine Fliegerschule gründen wolle. Ich mache mir manchmal Gedanken, Sir, wer Sie wirklich sein könnten."

Der Oberst lachte.

„An Ihrer Stelle würde ich nicht zu viel nachdenken, Green! Sie werden bezahlt, um an nichts anderes als an die Maschine und den nötigen Betriebsstoff zu denken!"

„Ich hatte mir nämlich allerhand Möglichkeiten ausgedacht", äußerte der beharrliche Green. „Ich dachte, dass Sie vielleicht Rauschmittel nach dem Kontinent schmuggeln. Wenn Sie dies tun, geht es mich natürlich nichts an." Dann fragte er ganz unzusammenhängend: „Haben Sie schon vom Hexer gehört, Sir? Da steht heute Abend etwas in der Zeitung."

„Der Hexer? Wer, zum Teufel, ist das?"

„Ein Kerl, der sich verkleidet. Die Polizei ist schon seit Jahren hinter ihm her." Green las alle Polizeiberichte und konnte über alle Hinrichtungen der letzten zwanzig Jahre Auskunft geben.

„Er war bei den Fliegern, wie man sagt …"

„Ich habe nie von ihm gehört", unterbrach der Oberst. „Bleiben Sie mal draußen, Green!"

Er ging in den Schuppen und kontrollierte das Flugzeug.

„Ja, es ist alles in Ordnung!“, rief er, als er von der Maschine heruntersprang. „Ich weiß noch nicht, um wie viel Uhr ich starte, aber wahrscheinlich noch in der Nacht. Stellen Sie das Flugzeug hinter den Schuppen, dem langen Feld zugekehrt – Sie haben doch den Boden in Ordnung gebracht für den Start?“

„Der Boden ist völlig glatt“, meldete Green.

„Gut.“

Oberst Dane nahm ein flaches Bündel Banknoten aus der Tasche und zählte ein Dutzend Scheine ab, die er seinem Mechaniker übergab.

„Da Sie so verflucht neugierig sind, lieber Freund, will ich es Ihnen sagen. Ich beabsichtige, mit einer Dame durchzubrennen – romantisch, nicht wahr?“

„Die Frau eines anderen?“, fragte Green, den Skandale ebenso interessierten wie Hinrichtungen.

„Ja, so ist es. Wenn ich Glück habe, bin ich entweder heute Nacht um zwei oder morgen Nacht um zwei hier. Je dichter der Nebel, umso besser. Gepäck wird keines dabei sein – stellen Sie also so viel Treibstoff wie möglich bereit.“

„Wohin soll es gehen, Oberst?“

„Vielleicht Frankreich – oder Belgien, Norwegen, die Nordküste von Afrika, die Südküste von Irland – wer kann es wissen? Ich kann Ihnen nicht sagen, wann ich zurückkomme, aber ich lasse Ihnen genug Geld da, dass Sie ein Jahr bequem davon leben können. Wenn ich in zehn Tagen nicht zurück bin, würde ich Ihnen raten, den Schuppen zu vermieten und den Mund zu halten. Mit etwas Glück werden wir uns wiedersehen.“

Rasch ging er zu seinem Wagen zurück. Der neugierige Green begleitete ihn und versuchte vergeblich, sein Gesicht zu erblicken. Nicht ein einziges Mal hatte er seinen seltsamen Arbeitgeber gesehen, der ihn bei Nacht angestellt und immer nur bei Nacht besucht hatte – jedes Mal bei einem Wetter, das einen langen Regenmantel oder einen dicken Ulster verlangte.

Green wurde den Eindruck nicht los, dass sein Arbeitgeber einen Bart trug, und auch bei den späteren Zeugenaussagen vertrat er diese Meinung. Ob er aber tatsächlich einen Bart trug oder glatt rasiert war, hatte er wegen des hochgeschlagenen Mantelkragens nie sehen können.

„Da wir gerade vom Hexer sprachen ...“, begann Green von Neuem.

„Ich habe nicht davon gesprochen“, erwiderte der Oberst kurz und stieg in den Wagen. „Folgen Sie meinem Rat, Green! Ich weiß über diesen Burschen nichts, aber offenbar ist er gefährlich – denken Sie also lieber an Flugzeuge, die sind weniger gefährlich!“

Zwei, drei Sekunden – dann war das Schlusslicht des Wagens im Nebel verschwunden.

34

Früh am Abend folgte Alan Wembury einer eiligen Aufforderung Messers, ihn aufzusuchen.

„Es tut mir leid, Sie bemüht zu haben, Inspektor …“ Messer stockte und wusste nicht, wie er fortfahren sollte, was nicht oft bei ihm vorkam. „Tatsache ist … Ich muss eine sehr unangenehme Pflicht erfüllen – eine sehr unangenehme … Um die Wahrheit zu sagen – es ist mir sehr zuwider, dies zu tun.“

Alan wartete schweigend.

„Es handelt sich um Johnny. Sie verstehen doch meine Lage, Wembury? Ich stehe unter Verdacht – allerdings ungerechtfertigterweise –, aber das Polizeipräsidium verdächtigt mich.“

Was würde nun kommen?, fragte sich Alan einigermaßen gespannt.

„Ich darf keine Gefahr laufen, begreifen Sie?“, begann Messer wieder. „Vor einigen Wochen hatte ich es wegen Mary – Miss Lenley – gewagt. Doch jetzt kann ich es nicht mehr. Wenn ich von einem beabsichtigten oder geplanten Verbrechen erfahre, bleibt mir nur ein Weg offen – die Polizei zu benachrichtigen!“

Jetzt verstand Wembury. Aber er schwieg noch immer.

Maurice ging im Zimmer auf und ab. Er wusste um die Verachtung, die ihm dieser Mann entgegenbrachte, und darum hasste er ihn.

„Sie verstehen mich doch?“, fragte er.

„Nun?“ Alan ekelte die Geschichte an. „Was für ein Verbrechen will Lenley begehen?“

Messer seufzte tief.

„Sie wissen wahrscheinlich, dass die Darnleigh-Sache nicht Johnnys erste war. Vor ungefähr einem Jahr fand der Einbruch bei Miss Bolter statt. Erinnern Sie sich?“

Wembury nickte. Miss Bolter war eine sehr reiche, exzentrische alte Jungfer. Sie besaß an der Grenze von Greenwich ein Haus, das einem Lager von alten Schmuckstücken glich. Ein Einbruch war verübt worden, und die Diebe konnten mit einer Beute im Werte von achttausend Pfund entkommen.

„War Lenley dabei beteiligt? Ist das die Information, die Sie uns geben wollen?"

„Ich sage nur, was ich gehört habe", verwahrte sich Messer hastig, „aber ich habe Grund zu der Annahme, dass sich die Juwelen noch auffinden lassen, weil sie versteckt wurden. Die Diebe sind damals gestört worden, Sie erinnern sich vielleicht?"

„Ich weiß immer noch nicht, worauf Sie hinauswollen."

Messer blickte sich um und senkte die Stimme.

„Aus einer Bemerkung Lenleys schließe ich, dass er heute Nacht nach Camden Crescent gehen will, um den Schmuck zu holen! Er hat mich um den Schlüssel zum Nebenhaus von Miss Bolter gebeten, das zufällig mein Eigentum und unbewohnt ist. Meine Annahme ist, dass die Beute auf dem Dach von Nr. 57 versteckt wurde. Ich mache den Vorschlag – mehr will ich nicht tun –, dass Sie heute Nacht einen Beamten dorthin schicken."

„Ich verstehe!", sagte Alan kühl.

Er ging schweren Herzens in sein Büro zurück. Unternehmen konnte er nichts. Messer würde das Polizeipräsidium benachrichtigen, dass er die Information gegeben hätte. Und Johnny Lenley zu warnen, würde Ruin und schimpfliche Entlassung aus dem Dienst bedeuten. Er gab einem Beamten den Auftrag, sich auf dem Dach in Camden Crescent zu postieren.

Eine Stunde später kam ein Anruf. Der Sergeant nahm den Hörer ab.

„Hallo!" Mechanisch schaute er auf die Uhr und notierte die Zeit des Anrufs. „Was ist los?" Er deckte die Muschel mit der Hand zu. „Der Nachtwächter von Cleavers berichtet, dass sich ein Mann auf dem Dach in Camden Crescent Nr. 57 aufhält."

Alan hatte ins Feuer gestarrt. Eine Sekunde lang überlegte er.

„Ja, natürlich. Sagen Sie ihm, er soll sich nicht beunruhigen. Es ist ein Polizeibeamter."

„Auf einem Dach in Camden Crescent?", fragte der Sergeant ungläubig und sprach, als Alan nickte, wieder in die Muschel. „Das ist in Ordnung. Es ist einer unserer Leute. – Wie? Er fegt den Schornstein? Ja, ja, wir verwenden immer Polizeibeamte, um Schornsteine zu fegen, mit Vorliebe nachts!"

In diesem Augenblick trat Johnny Lenley ins Dienstzimmer.

„Ich will mich melden." Er nahm einige Papiere aus der Tasche und legte sie auf das Pult des Sergeanten. „Mein Name ist Lenley. Ich bin Strafgefangener mit Bewährungsfrist."

Jetzt bemerkte er Wembury, ging zu ihm hin und reichte ihm die Hand.

„Ich hörte, dass Sie zurück sind, Lenley. Ich gratuliere Ihnen. Hat sich Ihre Schwester über das Wiedersehen gefreut?"

„Ja. Ich bin gestern entlassen worden", antwortete Lenley.

Ein paar Sekunden blieb es still, man hörte die Feder des Sergeanten kratzen.

„Wohin gehen Sie heute Abend?", fragte Alan. Er musste ihn unbedingt warnen – er dachte an Mary, die zu Hause auf ihren Bruder wartete.

Johnny Lenley sah ihn erstaunt an.

„Ich mache einen Besuch im Westen. Warum interessiert es Sie?"

Laut fragte Alan zum Sergeanten hinüber: „Wie weit ist es von hier nach Camden Crescent?"

Er sah, wie Johnny stutzte. Ihre Blicke trafen sich.

„Keine zehn Minuten zu Fuß", antwortete der Sergeant.

„Ich habe im Westen zu tun. Wollen Sie mich begleiten?", schlug Wembury Johnny vor, der ihn misstrauisch betrachtete. „Ich würde gern etwas mit Ihnen besprechen."

„Nein. Ich habe mich verabredet."

Alan nahm ein Buch und blätterte langsam darin. Johnny kehrte ihm den Rücken und ging zur Tür.

„Gute Nacht, Lenley – falls ich Sie nicht wiedersehen sollte!", rief ihm Wembury nach.

„Erwarten Sie, mich wiederzusehen? Noch heute Nacht?"

„Ja!" Dieses sehr nachdrücklich betonte „Ja" war die äußerste Warnung, die Wembury im Einklang mit seiner Pflicht wagen konnte.

Johnny Lenley entfernte sich mit einem Achselzucken.

35

Lomond kam und verfluchte das Wetter. Etwas später traf unerwartet Maurice Messer auf der Polizeiwache ein. Nach der dunklen Straße blendete ihn der hell erleuchtete Raum. Er blinzelte einen Moment und starrte dann auf den Polizeiarzt.

„Der Mann der Heilkunde und der Mann des Gesetzes!" Er schlug sich mit alberner Theatralik auf die Brust. „Beinahe eine historische Begegnung, lieber Doktor!" Darauf drehte er sich zu Wembury um. „Hat man ihn gefasst?"

„Sind Sie nur hierhergekommen, um das zu erfahren? Sie hätten sich die Mühe sparen und telefonieren können!"

„Nein, nicht deshalb bin ich gekommen ..." Er blickte nervös über die Schulter zurück. Der Polizist, der draußen Posten stand, war eingetreten und wisperte dem Sergeanten etwas zu, für das sich auch der Doktor zu interessieren schien. „Nicht deshalb –", wiederholte Messer, „Hackitt ist davongelaufen und hat mich allein gelassen, der verfluchte Feigling! Allein im Haus – meine Nerven halten es nicht aus, Wembury! Jedes Geräusch macht mich verrückt, das Knarren des Stuhls, das Stück Kohle, das im Kamin herunterfällt, das Klappern der Fenster ..."

Aus der Dunkelheit erschien eine Gestalt in der offenen Tür – Bliss, er schaute einen Moment ins Dienstzimmer und verschwand wieder. Der Polizist entdeckte ihn gerade noch, als er sich umdrehte, und ging zur Tür. Der Sergeant und der Polizeiarzt folgten ihm langsam.

Messer sprach noch immer auf Alan ein.

„Jedes Geräusch lässt mich aufschrecken, Wembury, mir ist, als ob mein Schicksal auf mich zukommt –" Er flüsterte nur noch. „Ich spüre es – im Zimmer, hier, überall, mir ganz nahe … Der Tod! O Gott, es ist schrecklich – schrecklich!"

Er wankte plötzlich. Alan fing ihn auf.

„Was hat er denn?", fragte der Sergeant.

„Alkohol, Nerven und – na, Sie wissen ja", antwortete der Doktor lakonisch. „Bringen Sie ihn ins Zimmer des Inspektors, Sergeant, in einigen Minuten wird er sich erholt haben!" Er wandte sich zur Ausgangstür und schaute in die Nacht hinaus.

„Was gibt's, Doktor?", fragte Alan.

„Da ist er schon wieder!" Lomond deutete auf die dunkle Straße.

„Wer denn?"

„Seit Messer da ist, beobachtet er die Wache. Es scheint Bliss zu sein. Er hat mich nicht gern – warum, weiß ich nicht."

„Kennen Sie jemand, den er gern hat – außer sich selbst?"

Lomond drehte sich eine Zigarette.

„Ich habe heute Nachmittag im Klub eine eigenartige Geschichte über ihn gehört. Ich traf einen Herrn, der ihn in Washington kannte, einen Arzt. Er schwört, dass er Bliss in der Nervenabteilung eines Hospitals in Brooklyn gesehen hat."

„Wann war das?"

„Das ist eben das Absurde. Er sagt, vor vierzehn Tagen."

„Er ist seit Monaten zurück."

„Kennen Sie Bliss sehr gut?"

„Nein", erwiderte Wembury. „Ich kenne ihn erst näher, seit er von Amerika zurück ist. Vom Sehen war er mir bekannt – er war Unterinspektor, als ich noch Wachtmeister … Hallo!"

Ein Mann kam ins Zimmer und ging zum Pult des Sergeanten. Es war Inspektor Bliss.

„Ich brauche einen Revolver!", rief er kurz.

„Bitte?" Carter starrte ihn an.

„Ich brauche einen Revolver", wiederholte Bliss scharf.

Wembury grinste boshaft.

„Das ist in Ordnung, Sergeant – Hauptinspektor Bliss von Scotland Yard wünscht einen Revolver. Wozu brauchen Sie ihn?“

Bliss sah ihn verächtlich an.

„Geht es Sie etwas an?“

„Und ob! Dies ist mein Bezirk.“

Der Sergeant brachte die Waffe.

„Ist ein Grund vorhanden, warum ich ihn nicht haben sollte?“

„Nicht der geringste!“ Als Bliss zur Tür ging, rief ihm Wembury nach: „An Ihrer Stelle würde ich aber den Empfang der Waffe quittieren. Sie scheinen die Vorschriften vergessen zu haben, Inspektor Bliss!“

Mit einem Fluch kehrte Bliss um.

„Ich bin zu lange nicht in diesem verdammten Land gewesen …“

„Guten Abend, Mr Bliss!“, sagte unerwartet Dr. Lomond.

Bliss tat, als habe er erst jetzt die Anwesenheit des Polizeiarztes bemerkt.

„Guten Abend! – Haben Sie den Hexer erwischt?“, fragte er höhnisch und schlug die Tür hinter sich zu.

Carter wusste nicht, was er von der Sache halten sollte.

„Ist es nicht merkwürdig“, meinte er, „dass er die Vorschriften der Polizeiwachen nicht kennt?“

„Alles, was Mr Bliss betrifft, ist merkwürdig!“, rief Wembury ärgerlich.

Der Wachposten kam auf ihn zu und flüsterte ihm etwas zu.

„Eine Dame möchte mich sprechen? Wer ist es?“, fragte er.

„Cora Ann Milton“, sagte Dr. Lomond mit seinem untrüglichen Instinkt.

Cora Ann kam herein. Als sie den Polizeiarzt entdeckte, ging sie herausfordernd auf ihn zu.

„Heiliger Himmel!“, erschrak Dr. Lomond. „Ich hatte Sie ja

zum Essen eingeladen! Ich bin hierhergerufen worden und habe nicht einen Augenblick mehr an unsere Verabredung gedacht."

„So also sieht eine Polizeiwache aus!" Cora Ann blickte sich mit Widerwillen um. „Und wo ist Ihr Maskenkostüm?", fragte sie Wembury. „Alle anderen sind in Uniform."

„Die ziehe ich nur zu Gesellschaften an", bemerkte er zwinkernd.

„Wie können Sie es nur hier aushalten?" Es schauderte sie, und sie wandte sich wieder an Lomond. „Und nun, Doktor? Ich habe noch nicht gegessen ..."

Etwas in ihrem Ton klang nach Verzweiflung, so als machte sie einen letzten Versuch. Aber wozu – was wollte sie? Alan konnte es sich nicht erklären.

„Ich würde Sie gern begleiten, Cora Ann, aber ...", begann Lomond.

„Aber – aber!", wiederholte sie zynisch. „Hören Sie, Doktor, Sie brauchen für das Essen nicht zu bezahlen!"

„Das wäre allerdings ein Anreiz", meinte er grinsend, „aber ich habe noch zu arbeiten."

Ihr Gesicht machte einen verstörten Eindruck.

„Arbeiten!" Sie lachte verächtlich und ging achselzuckend zur Tür. „Ich weiß, was Sie arbeiten nennen. Sie versuchen, Arthur Milton an den Galgen zu bringen. Das nennen Sie arbeiten! Gut."

„Wohin gehen Sie jetzt, kleine Frau?", fragte Dr. Lomond besorgt.

Sie drehte sich um, lächelte bitter.

„Ich werde zu Abend essen – und vielleicht eine Musikstunde nehmen. Ich habe einen Freund, der ausgezeichnet Klavier spielt ... Guten Abend!"

Lomond schaute ihr gedankenvoll nach.

36

Trapp, trapp, trapp!

Wembury kannte die eigenartige Gangart verhafteter Männer zu gut. Er seufzte tief auf, als ein Polizist in Zivil Johnny Lenley am Handgelenk hereinführte.

„Ich bin Kriminalwachtmeister Bell“, meldete der Mann. „Laut Befehl war ich heute Abend auf dem Dach von Nr. 57, Camden Crescent, als ich diesen Mann aufs Dach steigen sah. Ich beobachtete, wie er sich hinter dem Wasserbehälter zu schaffen machte, und nahm ihn fest.“

Lenley blickte teilnahmslos zu Boden. Endlich hob er den Kopf.

„Danke, Wembury! Wenn ich wenigstens den Verstand eines Kaninchens gehabt hätte, wäre ich jetzt nicht hier!“

Carter tauchte die Feder in die Tinte.

„Wie ist Ihr Name?“, fragte er automatisch.

„John Lenley.“

„Ihre Adresse?“

„Ohne Adresse.“

„Ihr Beruf?“

„Sträfling mit Bewährungsfrist.“

Der Sergeant legte die Feder weg.

„Durchsuchen Sie ihn!“

Johnny hob die Arme, während der Beamte in seine Taschen griff und alles, was er vorfand, auf das Pult legte.

„Wer hat mich verpfiffen, Wembury?“

„Das brauchen Sie mich nicht zu fragen. Sie wissen es ganz genau!“

„Haben Sie eine Erklärung dafür, warum Sie auf dem Dach von Camden Crescent Nr. 57 waren?“, fragte der Sergeant.

„Ich wollte etwas holen, das hinter dem Wasserbehälter versteckt sein sollte. Es war aber nicht da. Das ist alles … Geben Sie auf meine Schwester acht, Wembury, sie wird es nötig haben, und ich vertraue Ihnen mehr als jedem anderen."

Ausgerechnet diesen Augenblick wählte Mr Messer, um wieder zu erscheinen.

„Nun, nun – das ist ja – Johnny!", stammelte er. „Sie haben es wieder nicht lassen können – welch ein Unglück!" Verzweifelt hob er die Hände. „Ich werde am Morgen auf dem Gericht sein, mein Junge, und Sie verteidigen." Er wankte zum Pult des Sergeanten. „Wenn er etwas zu essen haben will, geben Sie es ihm! Ich komme dafür auf."

„Messer!", gellte es durch den Raum. „Hinter dem Wasserbehälter war nichts!"

„Ich weiß nicht, wovon Sie sprechen, mein Junge", stammelte Messer.

Lenley nickte grinsend.

„Ich bin für Sie zu schnell herausgekommen, habe Ihre kleinen Pläne über den Haufen geworfen! Sie Schweinehund!"

Bevor es den Anwesenden klar wurde, was geschah, hatte sich Johnny auf den Anwalt gestürzt, und in der nächsten Sekunde kämpften vier Männer auf dem Fußboden.

Der Kampf war noch in vollem Gange, als die Tür zum Dienstzimmer aufging und Inspektor Bliss erschien. Er besah sich kurz die Szene und warf sich mit einem Sprung ins Handgemenge. Es war Bliss, der den jungen Mann zurückstieß.

„Ist er verletzt?" Er zeigte auf den niedergeworfenen Messer.

Johnny, bleich vor Wut, keuchte.

„Ich wünschte, ich hätte den Kerl erledigt!"

Bliss sah ihn an.

„Sie sollten nicht so selbstsüchtig sein, Lenley!"

37

Alan Wembury verließ die Polizeiwache. Er hatte nur einen Gedanken – Mary musste benachrichtigt werden. Er verwünschte Lenley wegen seiner Torheit, aber wenn er an Messer dachte, kannte seine Wut keine Grenzen. Der Verrat dieses Mannes war niederträchtig.

Er stieg die Treppe von Malpas Mansions empor und klopfte an die Tür von Marys Wohnung. Eine innere Tür wurde geöffnet, er hörte ihre Stimme: „Bist du es, Johnny? Hast du keinen Schlüssel?"

„Nein, Mary, ich bin es."

„Alan!" Sie erschrak. „Ist etwas vorgefallen?"

Ihr Gesicht zuckte. Er antwortete nicht und folgte ihr ins Zimmer.

„Ist etwas vorgefallen?", fragte sie nochmals. „Johnny? Ist er – festgenommen worden?"

„Ja."

„Wegen der – Fälschung?", flüsterte sie.

„Wegen der Fälschung?" Er starrte sie an. „Ich weiß nicht, was Sie meinen."

„Ist es nicht wegen Urkundenfälschung?" Als sie ihren Irrtum einsah, bat sie verwirrt: „Wollen Sie vergessen, dass ich das gefragt habe, Alan?"

„Selbstverständlich will ich es vergessen, liebe Mary! Ich weiß nichts von Urkundenfälschung. Johnny wurde festgenommen, weil er in ein Haus eingedrungen ist."

„Einbruch? Mein Gott!"

„Behalten Sie einen klaren Kopf, Mary! Die Sache wird noch eine Aufklärung finden. Ich verstehe zwar nicht, warum Johnny so wahnsinnig sein konnte – ich habe alles versucht, um ihn zu warnen. Aber ich glaube, es ist noch nicht alles verloren. Ich werde erst noch mit Messer sprechen und dann einen befreundeten Rechtsanwalt aufsuchen, um ihn um Rat zu fragen. Ich wünschte, Johnny hätte Messer nicht angegriffen."

„Er hat Messer geschlagen? Er muss verrückt sein! Maurice hat ihn in seiner Gewalt ..." Sie schwieg plötzlich.

„Maurice hat ihn in seiner Gewalt? Sprechen Sie doch! Denken Sie an die Fälschung?"

„Alan, Sie versprachen ...", sagte sie vorwurfsvoll.

„Alles, was Sie sagen, sagen Sie Alan Wembury – nicht dem Polizeibeamten. Sie haben Sorgen – lassen Sie sich helfen!"

„Ich kann nicht, ich kann nicht! Maurice ist so rachsüchtig, er wird Johnny nie vergeben."

Es lag Alan auf der Zunge, ihr die Wahrheit über den Verrat zu sagen, doch die straffe Polizeidisziplin triumphierte. Es war ein Gebot der Kriminalpolizei, nie den Anzeiger zu verraten.

Sie stützte den Kopf in die Hände und schloss die Augen. Er dachte, sie würde ohnmächtig werden, und legte seinen Arm um ihre Schultern.

„Mary, kann ich Ihnen nicht helfen?"

Sie bewegte sich nicht und machte auch keinen Versuch, sich von seinem Arm zu befreien.

Plötzlich jedoch sprang sie auf. Ihre Augen blitzten wild.

„Ich kann nicht, ich kann nicht!", schrie sie verzweifelt. „Rühren Sie mich nicht an! Lassen Sie mich – ich muss es für Johnny tun ..."

„Was haben Sie vor?"

Sie hatte sich ein wenig beruhigt.

„Alan, ich weiß, dass Sie mich lieben – und ich freue mich sehr! Sie wissen doch, was das bedeutet? Aber ich muss Johnny retten!"

„Wollen Sie mir nicht sagen, um was es sich handelt?"

„Ich kann nicht. Damit muss ich allein fertig werden."

Aber er ließ nicht locker.

„Ist es Messer? Bedroht er Sie?"

„Ich will darüber nicht sprechen, Alan", sagte sie müde. „Wie steht es jetzt um Johnny? Ist es eine ernste Anklage – ich meine, wird er wieder Zuchthaus bekommen? Glauben Sie, dass Messer ihn retten könnte?"

Er konnte in diesem Augenblick weder antworten noch überlegen. Eine Welle von Mitleid schoss in ihm auf. Er umschlang sie, presste sie an sich und küsste ihre kalten Lippen.

„Alan, bitte nicht!", murmelte sie.

Er ließ sie los. Er zitterte, als er zur Tür ging.

„Ich werde dahinterkommen!", schwor er. „Wollen Sie hierbleiben, damit ich Sie erreichen kann? Ich bin in einer Stunde zurück."

Sie erriet, was er vorhatte, und rief ihn zurück, aber er war schon verschwunden.

38

Messers Haus lag völlig im Dunkeln, als Alan in der Flanders Lane anlangte. Der Polizeibeamte, der vor der Tür stand, konnte nichts weiter berichten, als dass er leises Klavierspiel in einem der oberen Zimmer gehört hatte.

Der Polizist besaß die Schlüssel zum Tor und zur Eingangstür. Als Alan die Treppe hinaufging, klangen ihm die Töne einer „Humoreske“ entgegen. Er klopfte an Messers Tür.

„Wer ist da?“, fragte eine schleppende Stimme.

„Wembury. Öffnen Sie!“

Schritte, unwilliges Brummen – dann ging die Tür auf. Das Zimmer war dunkel, nur die Klavierlampe brannte.

„Nun – Sie kommen wegen des Halunken – was sagt er?“, fragte Messer lallend. Er hatte viel getrunken, der Raum roch stark nach Alkohol.

Alan schaltete das Licht ein. Maurice blinzelte ärgerlich.

„Ich will kein Licht haben. Was erlauben Sie sich?“

„Ich will Sie sehen – und Sie sollen mich sehen!“

Messer starrte Wembury an.

„Ach – Sie wollen mich sehen? Sie haben von meinem Haus Besitz ergriffen, Mr Wembury? Sie gehen ein und aus, wie es Ihnen gefällt, Sie schalten das Licht ein … Vielleicht lassen Sie sich jetzt herab, mir Ihr Benehmen zu erklären?“

„Ich bin gekommen, um über eine Fälschung Auskunft zu verlangen.“

Messer stutzte. „Eine Fälschung? Was meinen Sie?“

„Sie wissen ganz genau, was ich meine. Was ist das für eine Fälschung, von der Sie Mary Lenley erzählt haben?“

„Ich verstehe wirklich nicht, wovon Sie sprechen! Da kommen Sie mitten in der Nacht her und stellen Fragen über Fälschungen – erwarten Sie wirklich, dass ich nach dem, was heute Abend passiert ist, auch noch über solche Lappalien Auskunft geben soll? Ich habe in meinem Leben mit so vielen Fälschungen zu tun gehabt – wie soll ich wissen, von welcher Sie reden …"

Seine Augen schweiften zu dem kleinen Tisch, auf dem irgendetwas stand, das mit einem weißen Tuch zugedeckt war.

Alan folgte seinem Blick und fragte sich, was das Tuch verbergen mochte. Es konnte Messers Abendmahlzeit sein, es konnte aber auch … Rasch drehte er den Kopf.

„Messer! Die Drohung, mit der Sie Mary Lenley … Ich kann mir denken, was für eine Gemeinheit Sie vorhaben – ich warne Sie!"

„Als Polizeibeamter?"

„Als Mann."

Messer schaute Alan eine Zeit lang an.

„Bei Gott, Sie sind in Mary Lenley verliebt!" Er lachte heiser. „Das ist der beste Witz, den ich seit Jahren gehört habe! Wirklich, das muss ich schon sagen."

„Nehmen Sie sich in Acht! Gegen Ihre Schändlichkeiten gibt es kein Rechtsmittel, aber ich verspreche Ihnen, wenn Mary Lenley ein Haar gekrümmt wird … Und wenn es dem Hexer nicht gelingen sollte – ich werde Sie erwischen!"

„Man darf wohl annehmen, dass das eine persönliche Bedrohung ist?" Messer hielt die Augen halb geschlossen, und obgleich er den Versuch machte, unbekümmert zu erscheinen, zitterte seine Stimme. „Bedrohte Leute leben lange, Inspektor Wembury! Ich bin mein Leben lang bedroht worden, und nie ist etwas daraus geworden. Der Hexer droht mir, Johnny droht mir – ich lebe von Drohungen!"

„Messer", sagte Wembury sanft, „wissen Sie, wie nahe Sie dem Tod sind?"

Messers Mund öffnete sich vor Schrecken. Entsetzt starrte er Alan Wembury nach.

39

Seit dem Tag, an dem ihm ein bunter Prospekt über das wunderbare Leben in den Prärien Kanadas in die Hände gefallen war, fühlte sich Sam Hackitt als Pionier. Er hatte genug Geld gespart, um die Überfahrt nach Kanada bezahlen, doch nicht genug, um die Einwanderungsbehörden befriedigen zu können. In Anbetracht seines ohnehin gespannten Verhältnisses zu Mr Messer beschloss Sam, sich einige leicht verkäufliche Andenken an seinen Arbeitgeber zu verschaffen.

Das, was er am meisten begehrte, war eine kleine, schwarze Kassette, die Messer in der zweiten Lade seines Schreibtisches aufbewahrte. Gewöhnlich befand sich darin eine größere Summe, und nach ihr lechzte Sams Seele am meisten. Zwar hatte er seit zwei Tagen die Kassette überhaupt nicht zu Gesicht bekommen, und nun war durch die Rückkehr Johnnys und die eigene plötzliche Entlassung eine zusätzliche Krise entstanden.

Für Hackitt blieb nur noch ein Weg offen. Das Stahlgitter vor dem Fenster war ein Hindernis für den Durchschnittsdieb, aber Sam stand über dem Durchschnitt. Außerdem hatte er am Morgen beim Fensterputzen eine Vorrichtung am Schloss angebracht, die ihm seine Arbeit erleichtern würde. Er hatte ein Stück Stahldraht kunstvoll um einen der Stäbe geschlungen und so im Schloss befestigt, dass man es mit einem kräftigen Ruck öffnen konnte – eine sinnreiche Einrichtung, auf die Sam sehr stolz war.

Am Abend kauerte Hackitt an der Hausmauer. Er hörte Alan Wembury kommen und wieder gehen. Das Warten war sehr unangenehm, denn Nebel und feiner Regen durchnässten ihn bis auf die Knochen. Er hörte Messer im Zimmer auf und ab gehen und mit sich selbst sprechen. Sam fluchte, denn Messer hatte sich ans Klavier gesetzt, und das konnte stundenlang dauern. Aber anscheinend war er in besonders übler Laune, das Spiel hörte auf, ein Stuhl knarrte, und nach einer Weile war nur noch tiefes, regelmäßiges Atmen zu hören. Sollte er eingeschlafen sein? Sam wartete nicht länger. Ein schneller Ruck, das Gitter war offen. Das Schiebefenster hatte er eingefettet; es ging geräuschlos hoch.

Messer saß am Klavier und schlief mit weit geöffneten Augen – ein unangenehmer Anblick. Sam schaute sich nicht erst um, er ging auf den Fußspitzen durchs Zimmer und drehte das Licht aus. Das Feuer im Kamin brannte nur noch schwach. Er betastete den Schreibtisch, fand die richtige Schublade, schob einen Haken ins Schloss und zog. Die Lade öffnete sich, er griff hinein. Die Kassette fand er sofort, doch es gab noch andere Wertsachen. Im kleinen Wandschrank befand sich das wertvolle Silbergeschirr. Er schlich zum Fenster, hob die bereitgestellte Handtasche herein und füllte sie, bis nichts mehr hineinging. Leise schleppte er die Tasche zum Fenster zurück. Als er an der geheimnisvollen Tür in der Täfelung vorbeikam, hörte er ein kurzes Knacken und blieb wie angewurzelt stehen. Nach einer Weile wollte er weiter; er streckte die Hand aus, eine übliche Bewegung bei allen, die im Dunkeln arbeiten. Da packte eine kalte Hand sein Handgelenk.

Er biss die Zähne zusammen, unterdrückte einen Aufschrei und riss sich mit einem schnellen Ruck los. Wer war es? Er konnte nichts sehen, hörte nur schnelles Atmen, er stürzte zum Fenster. In Sekundenschnelle lief er über den Hof, mit Todesfurcht.

Für diese kalte, geisterhafte Hand gab es nur eine Erklärung: Der Hexer war zu Messer gekommen!

40

Als Wembury auf die Wache zurückkehrte, sah er auf die Uhr – er war zwei Stunden fortgewesen.

„Ist etwas vorgefallen?", fragte er.

„Inspektor Bliss war da und wollte einen Gefangenen sehen", berichtete Carter.

„Wen?"

„Den Lenley. Ich habe ihm den Zellenschlüssel gegeben."

Was für ein Interesse hatte der Mann von Scotland Yard an Johnny? Wembury stand vor einem Rätsel.

„Blieb er lange?"

„Nein, ungefähr fünf Minuten."

„Sonst noch etwas?"

„Nein, Sir. Nur ein verhafteter Betrunkener hat viel Scherereien gemacht. Ich musste Dr. Lomond anrufen – er ist jetzt bei ihm. Übrigens – haben Sie Lenleys Papiere schon gesehen? Das hier habe ich dabei gefunden."

Er nahm eine Karte vom Pult und gab sie Wembury, der Folgendes las: *Anbei der Schlüssel. Sie können hingehen, wenn Sie wollen – Nr. 57.*

„Das ist ja Messers Handschrift."

„Ja, Sir. Und das Haus gehört Messer. Ich weiß nicht, welchen Einfluss es auf die Anklage haben wird."

„Gott sei Dank! Nun kommt Lenley heraus! Es war also doch so, wie ich es mir vorgestellt habe! Messer muss sehr betrunken gewesen sein, als er dies schrieb – sein erster Fehler."

Wembury war kein Jurist, aber es konnte kein Einbruch sein. Die Verhaftung erfolgte auf Messers Grundstück, und Lenley war auf Messers Aufforderung dort gewesen.

„Ist ein Schlüssel dabei?"

„Ja, Sir." Carter überreichte den Schlüssel. „Ein Etikett mit Messers Namen hängt daran."

Alan seufzte erlöst auf.

„Und trotzdem bin ich froh, dass Lenley hier ist! Wenn ich je Mordabsichten in den Augen eines Mannes gesehen habe, dann in den seinen!"

Carter stellte eine Frage, die ihm schon den ganzen Abend durch den Kopf ging.

„Lenley ist doch nicht etwa der Hexer?"

Alan lachte.

„Das ist eine alberne Frage! Ausgeschlossen."

Wembury hörte seinen Namen rufen. Lomond kam eilig durch den Gang vom Zellentrakt her gelaufen.

„Was gibt's?", fragte ihn Alan.

„In welche Zelle haben Sie Lenley gesperrt?"

„Nr. 8 – ganz am Ende", erwiderte Carter.

„Die Tür steht weit offen, die Zelle ist leer!"

Carter stürzte aus dem Zimmer. Alan nahm den Hörer vom Pult des Sergeanten auf.

„Zum Teufel, Lomond, er wird hinter Messer her sein!"

Carter kam zurück.

„Er ist tatsächlich ausgerissen. Die Türen zur Zelle und zum Hof sind offen."

„Rufen Sie zwei Leute, Carter!", befahl Wembury. Dann kam seine Verbindung. „Scotland Yard? Verbinden Sie mich … Ja? Hier Inspektor Wembury. Nehmen Sie Folgendes zur Weitergabe an alle Polizeiwachen auf: Es wird um Festnahme von John Lenley ersucht, der heute Nacht von der Flanders-Lane-Polizeiwache entflohen ist. Alter 24, Größe 1,84 Meter, dunkles Haar, bekleidet mit …"

„… blauem Kammgarnanzug", ergänzte Carter.

„Er ist Strafentlassener mit Bewährungsfrist", schloss Wembury. „Wollen Sie das, bitte, weitergeben? Danke!"

Er legte auf und gab dem Kriminalbeamten, der hereingekommen war, Weisung: „Gehen Sie zu den Malpas Mansions! Dort wohnt Lenley bei seiner Schwester. Beunruhigen Sie die junge Dame nicht, aber wenn Sie ihn dort vorfinden, bringen Sie ihn mit!"

Dr. Lomond war im Begriff, wegzugehen, musste aber an der Tür warten, um Sam Hackitt und seine Begleiter vorbeizulassen. Hackitt kam nicht aus freien Stücken, er wurde von einem Kriminalbeamten und einem Polizeibeamten in Uniform flankiert.

„Guten Abend, Mr Wembury! Da sehen Sie selbst, wie man mir dauernd nachstellt!", lamentierte er weinerlich.

„Was ist los?", fragte Alan gereizt.

„Ich traf diesen Mann", meldete der Kriminalbeamte, „und fragte ihn, was er in der Handtasche habe. Er weigerte sich, die Tasche aufzumachen, und versuchte, davonzulaufen. Ich nahm ihn fest."

„Das ist eine Lüge!", fuhr Sam auf. „Reden Sie die Wahrheit und leisten Sie vor Zeugen keinen Meineid! Ich sagte einfach, er soll die Tasche nehmen, wenn er sie haben will, verdammt noch mal!"

„Ruhig, Hackitt!", befahl Wembury. „Was ist in der Tasche?"

„Hören Sie doch!", rief Sam hastig. „Ich will Ihnen alles erzählen … Um Ihnen die Wahrheit zu sagen – ich habe sie gefunden. Sie lag an der Mauer, und ich sagte mir: Was ist wohl drin? – Das ist alles."

„Und was sagt die Tasche dazu?", fragte Carter skeptisch.

Die Tasche „sagte" viele belastende Sachen. Das Erste, was zum Vorschein kam, war die Geldkassette. Der Sergeant öffnete sie und entnahm ihr ein dickes Bündel Banknoten, das er auf den Tisch legte.

„Großer Gott, die Kassette des alten Messer!", schrie Sam erschrocken und maßlos erstaunt auf. „Wie kommt die da hinein?"

„Sonst noch etwas?“, fragte Alan ungeduldig.

Ein Silberstück nach dem anderen kam zum Vorschein.

„Das ist Pech!“, meinte Sam. „Sie haben mir die schönsten Flitterwochen verdorben, die mir je in Aussicht standen!“

„Name?“, fragte Carter förmlich.

„Samuel Cuthbert Hackitt.“

„Wohnung?“

Sam verzog das Gesicht.

„Buckingham-Palast.“

„Keine Adresse? Als was haben Sie zuletzt gearbeitet?“

„Als Zimmermädchen! Wissen Sie, Mr Wembury, was mir Messer für vier Tage bezahlt hat? Es ist eine Gemeinheit! Wenn ich Sie wäre, würde ich nicht mehr in das Haus gehen – es spukt dort.“

„Es spukt ...?“

Das Telefon läutete. Carter hob ab.

„Ja, in Messers Zimmer“, erzählte Sam währendem. „Ich wollte gerade mit dem Zeug fort, als ich fühlte, wie eine kalte Hand sich um mein Gelenk legte. Kalt! Nasskalt wie die Hand eines toten Mannes! Ich stürzte zum Fenster und sprang hinaus!“

Carter hielt den Hörer von sich weg.

„Atkins ist am Telefon, Sir, der Posten vor Messers Haus ...“

Alan ging schnell zum Apparat.

„Hier Wembury. – Sind Sie im Haus? – Sie können nicht hinein? Erhalten keine Antwort? – Ist eins der Fenster erleuchtet? – Ich komme ...“

Alans Gesicht hatte sich verfinstert. Er gab Carter den Hörer zurück.

„Hackitt, ich weiß nicht, ob diese kalte Hand nicht mit Ihren kalten Füßen zusammenhängt. Auf alle Fälle werden Sie mich jetzt zu Messer begleiten. – Bringen Sie ihn mit!“, befahl er dem Kriminalbeamten.

Hackitt widersprach laut, musste sich aber fügen.

41

Das Auto konnten sie nicht benützen, der Nebel lag zu dicht. Sie mussten sich an den Gartenzäunen und Häusern entlangtasten. Unterwegs stießen sie auf Dr. Lomond, und Alan bat ihn, mitzukommen. Der Weg führte durch den schlimmsten Teil der Flanders Lane, durch den auch Polizeileute nur zu zweit gingen.

Vor ihnen leuchtete ein rotes Licht auf. Sie erblickten einen alten, schmutzigen Mann, der sich über ein Koksfeuer bückte. Für einen Augenblick hob er sein hageres Gesicht. Lomond erschrak.

„Wer sind Sie?“, fragte er.

„Ich bin der Nachtwächter. Die Flanders Lane ist eine unheimliche Gegend. Heute Nacht treibt sich die ganze Zeit eine Frau hier herum“, berichtete er.

„Was für eine Frau?“, fragte Wembury.

„Ich dachte, es wäre ein Gespenst ... Man sieht hier Gespenster – und hört sie.“

In einem der Häuser, die man in der Dunkelheit nicht sehen konnte, schrie jemand auf.

„In der Flanders Lane schreien sie immer“, sagte der Nachtwächter. „Sie leben in ihren Kellern wie die Tiere, und einige von ihnen kommen nie heraus. Sie sind dort unten geboren und sterben dort unten.“

Lomond schoss herum. Eine Hand hatte seinen Arm berührt.

„Um Himmels willen – gehen Sie nicht weiter!“, flüsterte es eindringlich.

„Cora Ann!“, rief er erstaunt.

„Gehen Sie nicht, dort ist – der Tod! Ich möchte Sie retten – kehren Sie um, kehren Sie um!“

„Wollen Sie mich einschüchtern, Cora Ann?"
Im nächsten Augenblick war sie verschwunden.
Der Nebel lichtete sich, sie sahen die Straßenlampe vor Messers Haus. Atkins erwartete sie unter dem Glasdach vor dem Eingang.
„Ich wollte seine Zimmertür nicht einschlagen, bevor Sie kämen. Er gibt schon lange keine Antwort mehr. Erst hörte ich noch leises Klavierspiel, ich ging hinters Haus und sah, dass in seinem Zimmer Licht brannte."
„Kein Geräusch?"
„Nein, nur das Klavierspiel."
Alan eilte ins Haus, gefolgt von Atkins, dem Arzt und dem Detektiv mit dem gefesselten Hackitt. Oben klopfte er laut. Es kam keine Antwort. Er schlug mit der Faust gegen die Tür und rief Messers Namen. Drinnen blieb alles still.
„Wo ist die Wirtschafterin?"
„In ihrem Zimmer, Sir. Wenigstens war sie vorhin noch dort. Aber sie ist taub."
„Geben Sie mir irgendeinen Schlüssel, ich kann die Tür öffnen", sagte Hackitt.
Sie warteten schweigend, während er am Schloss hantierte. In wenigen Sekunden gab es nach. Die Tür öffnete sich.
Nur eine Stehlampe brannte und warf einen gespenstischen Schein auf Messers gelbes Gesicht. Er war im Frack und saß vor dem Klavier, die Hände vorgestreckt, der Kopf war auf die Brust gesunken.
„Gott sei Dank!" Es war Sams zittrige Stimme. „Nie hätte ich gedacht, dass ich den Alten nochmals lebend sehen würde!"
„Doktor, versuchen Sie doch, ob Sie ihn nicht zu sich bringen können!" Zum Leuchter aufblickend, befahl Alan: „Schalten Sie das Licht ein! Hackitt, wo standen Sie, als Sie die Hand fühlten?"
Hackitt ging zu einer Stelle, die sich der Tür fast gegenüber befand.

„Ich stand hier“, erklärte Hackitt, „die Hand war dort.“ Er zeigte in der Richtung zu der geheimnisvollen Tür in der Täfelung.

Vor einem schmalen Sofa stand der kleine Tisch, der Alan heute Abend schon einmal aufgefallen war. Gleich beim Eintreten hatte er bemerkt, dass der Tisch gedeckt, aber jetzt nicht mehr mit einem Tuch verhängt war. Mary war also nicht gekommen.

Wembury wandte seine Aufmerksamkeit dem Fenster zu. Die geblümten Vorhänge waren zugezogen. Hackitt versicherte, dass sie vorhin, als er Reißaus genommen hatte, nur halb zugezogen waren, und dass das Gitter offen stand.

„Es ist jemand dagewesen“, beteuerte er. „Ich bin sicher, dass der Alte sich nicht bewegt hat. Ich habe Fenster und Gitter offen gelassen.“

Das Zimmer war sehr staubig und der Teppich wahrscheinlich seit Wochen nicht mehr ausgeklopft worden. Jeder energische Schritt musste eine Staubwolke aufwirbeln.

Atkins bearbeitete auf Anweisung Dr. Lomonds den schlafenden Messer, indem er ihn ständig schüttelte. Alan stand nachdenklich neben dem gedeckten Tisch.

„Abendbrot für zwei!“ Er hob eine Champagnerflasche hoch und las: „Cordon Rouge 1911.“

Dr. Lomond blinzelte verschmitzt.

„Er erwartete Besuch. Eine Dame!“

„Warum eine Dame? Auch Männer trinken Champagner“, sagte Wembury gereizt.

„Aber Sie essen selten Schokolade!“ Lomond zeigte auf eine kleine silberne Schale, die mit Süßigkeiten gefüllt war.

„Sie werden noch ein guter Detektiv …“

Unter der Serviette lag ein kleines Maroquinetui. Lomond öffnete es – auf dunklem Samt lagen funkelnde Diamanten.

„Ist er der Mann, der seinen Freunden – solche Geschenke macht?“, fragte er lächelnd.

„Ich weiß es nicht“, antwortete Wembury verärgert.
„Achtung!“, flüsterte Hackitt.
Messer bewegte sich. Der Kopf zuckte hin und her, die Lider hoben sich.
„Hallo!“, ächzte er. „Gebt mir doch etwas zu trinken!“ Er tastete nach einer unsichtbaren Flasche.
„Sie haben genug getrunken heute Nacht, Messer!“ Alan sprach laut und sehr langsam auf ihn ein. „Raffen Sie sich zusammen, ich habe mit Ihnen zu reden!“ Messer schaute ihn blöde an.
„Wie – spät – ist es?“, lallte er. „Halb eins?“ Er erhob sich wankend und hielt sich am Tisch fest. „Ist sie hier?“
Messer schüttelte den schmerzenden Kopf.
„Sie sagte, dass sie komme“, murmelte er. „Sie hat es fest versprochen – um elf ... Wenn sie es wagt, mich zum Narren ...“
„Wer ist ‚sie‘?“, fuhr ihn Wembury an.
„Niemand, den Sie kennen – geben Sie mir etwas zu trinken!“ Er war noch halb betäubt und wusste nicht, was um ihn herum vorging. Sein Blick blieb an Hackitt hängen. „Sie sind zurückgekommen? Nun – Sie können wieder gehen!“
„Da hören Sie es!“, rief Hackitt schnell. „Er zieht seine Anklage zurück!“
„Vermissen Sie Ihre Geldkassette nicht?“, fragte Wembury.
„Was?“ Messer wankte zum Schreibtisch und zog das Schubfach heraus. „Fort!“, krächzte er. „Gestohlen!“ Er deutete mit zitterndem Finger auf Sam. „Sie elender Dieb!“
„Nur die Ruhe!“ Alan hielt die schwankende Gestalt fest. „Wir haben Hackitt festgenommen, morgen früh können Sie dann die Anklage gegen ihn vorbringen.“
„Er hat meine Kassette gestohlen!“, jammerte Messer trunken. „Er hat die Hand gebissen, die ihn fütterte.“
Sam Hackitt grinste verächtlich.
„Was Sie füttern nennen! Weit her war es damit nicht!“
Messer hörte gar nicht zu.

„Gebt mir etwas zu trinken!“

Wembury fasste ihn am Arm.

„Reißen Sie sich zusammen – vergegenwärtigen Sie sich, dass der Hexer in Deptford ist!“

Aber er hätte mit einem Holzklotz sprechen können.

„Das ist – gut!“, verkündete Messer mit lallender Würde und versuchte, auf die Uhr zu schauen. „Raus mit Ihnen! Ich erwarte Besuch.“

„Ihr Besuch hat nur wenig Möglichkeiten, hereinzukommen. Die Türen sind verschlossen, das Haus wird bewacht.“

Messer stolperte und wäre gefallen, wenn Alan ihn nicht am Arm gefasst und auf einen Stuhl gesetzt hätte. Er stützte den Kopf in die Hände und murmelte vor sich hin.

„Der Hexer ... Er wird mich nicht erwischen! Ich kann nicht denken heute Abend – aber morgen sage ich es Ihnen, Wembury, wo Sie ihn fassen können! Sie sind doch ein tüchtiger Detektiv?“ Er lachte albern. „Kommen Sie, trinken wir einen zusammen!“

Er hatte noch nicht ausgesprochen, als ein paar Birnen im Kronleuchter verlöschten, der jetzt nur noch mit halber Stärke leuchtete.

„Wer war das?“, fragte Wembury und drehte sich schnell um. „Hat jemand den Schalter berührt?“

„Nein, Sir“, antwortete Atkins, der an der Tür stand.

Hackitt deutete kopfschüttelnd auf das Fenster, das ihm keine Ruhe ließ. Besorgt flüsterte er Wembury zu: „Ich kann mir nicht erklären, wer die Vorhänge zugezogen hat, Mr Wembury, ich könnte schwören, dass es nicht der Alte war. Als ich ihn verließ, schlief er ...“

Er schob den Vorhang etwas zurück – dicht vor der Fensterscheibe starrte ihn ein blasses, bärtiges Gesicht an, das aber sofort in der Dunkelheit verschwand.

Auf Hackitts Schreckensruf eilte Alan ans Fenster.

„Was war das?“

„Ich weiß nicht – ein Mann, glaube ich."

„Versuchen Sie, den Mann zu erwischen, Harrap!", befahl Wembury.

Gleich darauf verlöschten alle Lichter im Zimmer.

Leise gab Alan Anweisungen: „Bewegt euch nicht! Bleibt ruhig stehen! – Atkins, haben Sie den Schalter berührt?"

„Nein, Sir."

„Hat einer von den anderen den Schalter berührt?"

„Nein", antworteten alle.

„Atkins, bleiben Sie bei Messer – tasten Sie sich am Tisch entlang, bis Sie ihn finden. Seid alle ruhig!"

Das rote Licht über der Tür leuchtete auf.

Klick! Jemand hatte das Zimmer betreten.

Wer es auch sein mochte, er war jetzt im Zimmer. Alan hörte unruhiges Atmen und die Bewegung eines leisen Schrittes auf dem Teppich. Er wartete. Plötzlich blitzte der Lichtschein einer Taschenlampe auf. Der helle Lichtkreis richtete sich, nur für einen Augenblick, auf die Geldschranktür.

Jemand hantierte am Geldschrank. Alan bewegte sich immer noch nicht. Er lauschte angespannt, dann schlich er langsam vorwärts, beide Arme ausgestreckt. Mit einem Ruck sprang er vor, packte zu, seine Hände ergriffen eine Gestalt, aber vor Schreck und Verwirrung hätte er beinahe wieder losgelassen.

Es war eine Frau! Sie wehrte sich wie wahnsinnig.

„Wer sind Sie?", fragte er unterdrückt.

„Lassen Sie mich los!", flüsterte eine aufgeregte, unkenntliche Stimme.

„Nein!", rief er. Doch er stieß mit dem Knie gegen die scharfe Ecke des Sofas und ließ die Frau einen Augenblick los. Als er wieder zugreifen wollte, fasste er ins Leere.

Auf einmal erhob sich drohend eine tiefe, dröhnende Stimme.

„Messer – ich bin gekommen, um Sie …"

Man hörte Husten – ein langes, würgendes Husten …

„Macht Licht!“, schrie Wembury.

Eine Tür flog zu.

„Zum Teufel, hat denn keiner eine Taschenlampe? Brennt ein Streichholz an!“

Als die Lichtstrahlen aufleuchteten, sahen sich alle erstaunt an. Kein Fremder befand sich im Zimmer, die Türen waren geschlossen.

Alans Blick glitt über die Wände – da zuckte er zurück, mit weit aufgerissenen Augen starrte er gebannt hin. An der Wand, mit seinem eigenen Stockdegen aufgespießt, baumelte – Maurice Messer!

Von irgendwo außerhalb des Zimmers ertönte ein Lachen, lange anhaltendes, höhnisches Lachen. Die Männer lauschten und schauderten. Sogar Dr. Lomonds Gesicht wechselte die Farbe.

42

Eine Stunde war vergangen, seit man Messers Leiche entfernt hatte.

Dr. Lomond machte sich einige Notizen. „Ich will Mr Wembury suchen“, sagte er zum wartenden Wachtmeister, „Meine Tasche lasse ich solange hier.“

„Mr Wembury sagte, dass er zurückkommt, Sir, falls Sie warten wollen“, erwiderte Harrap. „Er durchsucht das Haus.“

Lomond hörte ein Geräusch und ging zur Tür, die zu Messers Schlafzimmer führte, als Wembury die Treppe herabkam.

„Bis jetzt habe ich zwei Zugänge zum Haus gefunden“, berichtete er.

Atkins, der die Räumlichkeiten durchsucht hatte, kam zurück.

„Sind Sie fertig?“, fragte ihn Alan.

„Ja, Sir. Messer scheint wirklich ein Hehler gewesen zu sein.“

„Ich weiß. Ist Ihre Ablösung gekommen?“

„Jawohl, Sir.“

„Gut, Sie können gehen. Gute Nacht, Atkins!“

Dr. Lomond sah Alan forschend an. Er wartete, bis der Mann weg war, dann zog er einen Stuhl an den gedeckten Tisch heran.

„Wembury, mein Junge, Sie haben Sorgen – ist es wegen Miss Lenley?“

„Ja – ich habe sie unterdessen rasch aufgesucht.“

„Selbstverständlich war sie es, die zu dem ungelegenen Zeitpunkt ins Zimmer kam!“

Alan starrte den Polizeiarzt an.

„Lomond, ich will Ihnen etwas sagen – was heute Abend passiert ist, wird wahrscheinlich meine Polizeilaufbahn ruinieren. Aber es kümmert mich nicht. – Ja, es war Mary Lenley!“

„Ich nahm es an."

„Sie kam, um den Scheck an sich zu nehmen, den Lenley nach Aussagen Messers gefälscht haben sollte."

„Wie gelangte sie ins Zimmer?", fragte Lomond.

„Offensichtlich durch einen Geheimgang, den ihr Messer gezeigt hat. Doch sie wollte nicht darüber sprechen, sie ist vollständig zusammengebrochen. Wir haben ihren Bruder festgenommen, und obgleich ich ganz sicher bin, dass er freikommen wird, will sie es nicht glauben."

„Armes Kind! Ihnen, mein Junge, wünsche ich einen glücklichen Ausgang und alles Übrige!"

„Glücklichen Ausgang? Sie sind Optimist, Doktor!"

„Das bin ich. Ich gebe die Hoffnung nie auf. Sie haben also den jungen Lenley festgenommen? Das Lachen, das wir hörten – huh!"

„Das war nicht Lenley. Das Lachen hat sich ganz natürlich aufgeklärt. Es war ein Bewohner der Flanders Lane, der nach Hause ging – betrunken, wie gewöhnlich. Der Polizist vor der Tür sah und hörte ihn."

„Es klang, als ob es im Haus gewesen wäre." Lomond schüttelte sich. „Nun, der Hexer hat seine Arbeit getan, die Gefahr ist vorbei …"

„Wer kann es wissen?" Alan hob lauschend den Kopf.

„Was war das?", fragte Lomond. „Es klang, als wäre jemand oben. Es ist mir vorhin schon einmal aufgefallen."

„Wachtmeister!", rief Alan und stand auf. „Im Haus sind nur unsere Leute …"

Harrap kam herein.

„Ist einer von Ihnen oben?"

„Nicht, dass ich wüsste, Sir."

Wembury ging vor die Tür und rief hinauf: „Ist jemand dort?" Alles blieb still. „Warten Sie hier! Ich will selbst nachsehen."

Er blieb ziemlich lange oben. Als er zurückkam, war sein Gesicht bleich und gespannt.

„Gut, Wachtmeister, Sie können gehen!“, befahl er kurz. „Oben stand ein Fenster offen – vielleicht, dass eine Katze hereingesprungen ist.“

Lomond ließ den Blick nicht von Alans Gesicht.

„Wembury, Sie haben irgendetwas oder jemand gesehen!“

„Ich weiß – Sie sind ja Gedankenleser ...“

„Vielleicht“, antwortete Lomond. „War es Bliss?“

Es klopfte. Der Wachtmeister kam herein.

„Es ist mir eben berichtet worden, dass ein Mann über die Mauer geklettert ist“, meldete er.

Wembury bewegte sich nicht.

„Wie lange ist das her?“

„Ungefähr fünf Minuten.“

„Haben Sie ihn gesehen?“

„Nein, Sir, es geschah, als ich hier oben war. – Entschuldigen Sie, Sir“, begann Harrap zu stottern, „aber – meine Ablösungszeit ist längst vorbei ...“

„Schon gut, schon gut“, fuhr ihn Wembury ungeduldig an. „Verschwinden Sie!“

Der Wachtmeister ging. Es blieb still im Zimmer. Jetzt hörte man wieder deutlich ein Geräusch – schleichende Schritte im oberen Zimmer.

„Wembury, das ist keine Katze!“

Alans Nerven waren zum Zerreißen gespannt.

„Lassen Sie mich in Ruhe, Doktor! Ich weiß nicht, was es ist – ich habe genug von dem verdammten Haus ...“

„Ich auch. Ich gehe nach Hause.“ Lomond stand langsam auf. „Der Nachtdienst wird noch mein Tod sein.“

„Trinken Sie etwas, bevor Sie gehen!“ Alan schenkte mit zitternder Hand Whisky ein.

Keiner von beiden sah das bärtige Gesicht von Inspektor Bliss am Fenster, und sie hörten nicht, wie der Mann von Scotland Yard geräuschlos hereinkam.

„Wissen Sie, Doktor“, sagte Alan, „ich hasse den Hexer nicht so, wie ich müsste.“

Lomond sah ihn mit erhobenem Glas fragend an.

„Ach, wissen Sie, kein Mensch ist so schlecht oder so gut, wie wir manchmal glauben – mit Ausnahme von Messer natürlich!“

„Ich will Ihnen etwas sagen, Lomond –“, begann Alan langsam, „ich kenne den Hexer …“

„Sie kennen ihn – wirklich?“

„Ja, ganz genau – und ich bin verdammt froh, dass er Messer getötet hat. Ich kann Ihnen sagen, wer der Hexer ist!“

Bliss beobachtete die beiden hinter dem Vorhang hervor. Er verließ sein Versteck und schlich, den Revolver in der Hand, näher.

„Sie können mir also sagen, wer der Hexer ist?“, fragte Dr. Lomond.

Eine Hand streckte sich aus und griff nach Lomonds Hut.

„Sie!“, gellte Bliss’ Stimme auf. „Endlich habe ich Sie – Henry Arthur Milton!“

Lomond sprang zurück.

„Was, zum Teufel …“

Er war nicht mehr der grauhaarige Polizeiarzt – ein großer, gut aussehender Mann Mitte Dreißig schälte sich aus der Maske.

Wembury erkannte seine eigene Stimme nicht, als er schrie: „Hände hoch! Keine Bewegung, oder …“

„Durchsuchen Sie ihn!“, befahl Bliss.

Der Hexer lachte.

„Bliss also! Sie sind der Mann, der behauptete, ich hätte Sie vor drei Jahren zu erstechen versucht!“

„Das ist auch der Fall.“

„Eine Lüge! Ich trage nie ein Messer bei mir. Das wissen Sie ganz genau.“

Grinsend zeigte Bliss die Zähne.

„Ich habe Sie erwischt, Hexer – das ist die Hauptsache! Sie kamen also von Bombay und haben in Port Said einen Kranken gepflegt? Damals in Scotland Yard wurde Ihre Frau vor Schreck ohnmächtig, als sie merkte, dass ich Sie verdächtigte."

Henry Arthur Milton lachte.

„Sie schmeicheln sich selbst, Bliss, meine Frau war nicht erschrocken, weil sie Sie sah, sondern weil sie mich erkannte!"

„Diese Port-Said-Geschichte war gut – Sie trafen diesen kranken Dr. Lomond, einen heruntergekommenen Mann, der seit Jahren verschwunden war. Er starb, und Sie bemächtigten sich seiner Papiere."

„Ich habe ihn auch gepflegt – und sogar das Begräbnis bezahlt."

„Sie waren es, der Lenley aus der Zelle herausließ!"

„Stimmt."

„Sehr gerissen! Das muss ich Ihnen lassen. Ihre Stelle als Polizeiarzt haben Sie erhalten, weil Sie einen Minister beschwatzten, dessen Bekanntschaft Sie auf dem Schiff machten."

„Sagen Sie nicht ‚beschwatzen', das ist ein hässliches Wort! Und außerdem – ich habe vier Jahre Medizin studiert – in Edinburgh ..."

„Jedenfalls habe ich Sie jetzt!", rief Bliss triumphierend. „Ich beschuldige Sie des vorsätzlichen Mordes an Maurice Messer."

„Inspektor ...", begann Wembury, doch Bliss schnitt ihm das Wort ab.

„Diese Sache habe ich in Händen, Wembury! Wenn ich Ihren Rat brauche, werde ich Sie fragen. – Wer ist das?"

Sie hörten Schritte auf der Treppe. Im nächsten Augenblick lag Cora Ann in den Armen ihres Mannes.

„Arthur! Arthur!"

„Zurück, Mrs Milton!", schrie Bliss.

„Ich habe es dir gesagt – ich habe es dir gesagt, o Arthur!“, schluchzte sie.

Bliss versuchte sie wegzureißen.

„Zurück! Haben Sie verstanden?“

„Einen Augenblick, bitte!“ Der Hexer wandte sich seiner Frau zu. „Cora Ann, hast du es nicht vergessen? Du hast mir etwas versprochen, erinnerst du dich?“

„Ja – Arthur“, antwortete sie stockend.

Bliss schöpfte Verdacht, er riss die Frau zurück. Ihr bleiches Gesicht schnellte zu ihm herum.

„Sie wollen ihn mitnehmen, ihn einsperren –“, schrie sie wild, „wie ein wildes Tier hinter eiserne Gitter! Wie ein Ungeheuer – nicht wie einen Menschen. Zugrunde richten wollen Sie ihn, sein Leben zerstören – glauben Sie, dass ich das zulasse? Dass ich hier stehe und zusehe, wie Sie …“

„Sie können ihn nicht vor dem Galgen retten!“

„Kann ich es nicht? Ich will Ihnen beweisen, dass ich es kann!“

Bliss sah den Revolver zu spät. Bevor er ihn ihr entreißen konnte, krachte der Schuss. Der Hexer brach zusammen.

„Sie Scheusal! – Wembury!“

Alan kam Bliss zu Hilfe und entwand ihr den Revolver. Im gleichen Moment sprang der Hexer zur Tür und schlug sie hinter sich zu.

„Verflucht – er ist fort!“, brüllte Bliss und starrte fassungslos auf die Trommel des Revolvers. „Platzpatronen! Ihm nach!“

Wembury rüttelte an der Tür, sie war verschlossen.

„Schlagen Sie die Türfüllung ein! Der Schlüssel steckt auf der anderen Seite.“ Bliss drehte sich zu Cora Ann um. „Sie lachen! Das Lachen wird Ihnen noch vergehen!“

Mit einem Krach gab die Tür nach. Wembury rannte hinunter.

„Den Hexer bekommen Sie nicht, Bliss! Er hat Sie dahin gebracht, wo er Sie haben wollte.“

„Das denken Sie!“, knirschte Bliss zwischen den Zähnen. Er rief nach dem Wachtmeister.

„Draußen wartet ein Wagen auf ihn“, höhnte Cora Ann, „und eine neue Verkleidung. Zehn Meilen von hier ein Flugzeug ... Er fürchtet sich nicht, im Nebel aufzusteigen!“

„Sie habe ich, meine Dame! Und wo Sie sind, ist auch er zu finden – ich kenne den Hexer! – Wachtmeister!“

Der Polizeibeamte kam herein.

„Ich bin Inspektor Bliss von Scotland Yard. Lassen Sie diese Frau nicht aus den Augen!“

Er lief hinaus. Cora Ann wollte ihm nachstürzen, aber der Beamte hielt sie zurück. Mutlos ließ sie den Kopf sinken – und dann sah sie, wie der Wachtmeister ein Stück Täfelung an einer Wand beiseiteschob, wie ein schmaler Gang sichtbar wurde. Und dann fielen Helm und Umhang des Wachtmeisters zu Boden, und die Arme ihres Mannes umschlangen sie.

„Schnell, Cora!“, flüsterte er und zeigte nach dem Geheimgang. „Komm Liebste!“

Er küsste sie und schob sie in den Gang. Leise zog er die Täfelung hinter sich zu.

Niemand hat den Hexer wieder gesehen, weder in dieser noch in irgendeiner anderen Nacht.

Nachwort

„Es ist unmöglich, von Edgar Wallace nicht gefesselt zu sein." Dieser Slogan, mit dem jahrelang die Bücher des „Königs des Thrillers" beworben wurden, gilt in gleichem Maße für seine abenteuerliche Biografie. Sein Leben entspricht dem uramerikanischen Traum des Aufstiegs vom Tellerwäscher zum Millionär – in seinem Fall vom mittellosen englischen Zeitungsjungen zum Bestsellerautor mit Millionenauflage.

Richard Horatio Edgar Wallace wurde am 1. April 1875 im englischen Greenwich geboren. Er war der uneheliche Sohn der mittellosen Schauspielerin Mary Jane Richards, genannt Polly, und des Komödianten Richard Horatio Edgar Marriott, der kurz vor der Heirat mit einer anderen Frau stand. Polly machte sich umgehend auf die Suche nach geeigneten Pflegeeltern für ihren Sohn, dem sie den Familiennamen Wallace gegeben hatte, und fand diese in der Familie des Londoner Fischhändlers George Freeman, die Edgar 1878 schließlich adoptierte.

Dem jungen Edgar war der Schulbesuch verhasst, lieber schwänzte er den Unterricht und verkaufte auf den Straßen Londons Zeitungen. Bereits mit zwölf Jahren verließ er die Schule und schlug sich fortan mit Gelegenheitsjobs durch, unter anderem arbeitete er als Küchenjunge auf einem Fischdampfer und als Milchmann. Mit 18 schrieb er sich als Freiwilliger bei der Armee ein und landete als Sanitätssoldat auf einer Syphilisstation. Hier begann er Lieder, kurze Texte und Gedichte zu verfassen, heiterte die Patienten mit Stegreifreimen auf und träumte von einer Karriere als Schriftsteller. 1896 wurde er in Südafrika stationiert, wo er auf einer Sanitätsstation in der Nähe von Kapstadt arbeitete und jede freie Minute damit zubrachte, seinen Wortschatz zu erweitern und an seinem Schreibstil zu feilen. Als 1898 der vor allem durch „Das Dschungelbuch" bekannt gewordene Schriftsteller Rudyard Kipling Kapstadt besuchte, schrieb Wallace ein Gedicht zu dessen Begrüßung, das zu seinem großen Stolz auf Seite eins der lokalen Zeitung veröffentlicht wurde und ihn in seinen schriftstellerischen Ambitionen bestärkte. Er begann nun, für verschiedene Zeitungen zu schreiben. Die erst 18-jährige Ivy Caldecott, Tochter einer mütterlichen Freundin Wallaces, überarbeitete seine oftmals noch holprigen Texte. 1899 kaufte Edgar Wallace sich aus der Armee frei und arbeitete in den folgenden Jahren unter anderem für den Nachrichtendienst Reuters als Kriegsberichterstatter im Zweiten Burenkrieg sowie für die Londoner Daily Mail.

1901 heirateten Edgar und Ivy. Zwei Jahre später verließ das Paar Afrika und kehrte in die englische Heimat zurück – hoch verschuldet, denn Wallace hatte eine verhängnisvolle Leidenschaft für Pferdewetten und Aktienspekulationen entwickelt. In London arbeitete er zunächst weiterhin als Journalist und veröffentlichte 1905 seinen ersten Kriminalroman „Die vier Gerechten" im Eigenverlag. Das Buch verkaufte sich gut, brachte Wallace dennoch erneut in finanzielle Schwierigkeiten: Er hatte aufwendige und kostspielige Werbung für den Roman betrieben, unter anderem hatte er Preisgelder für das Erraten einer speziellen Mordmethode ausgelobt – was mehr Lesern gelang, als er erwartet hatte. Zudem verlor er 1907 aufgrund von wiederholter nachlässiger Recherche seine Anstellung bei der Daily Mail. Er schrieb weitere Romane, um seinen Lebensunterhalt zu sichern, doch erst ab 1909 erzielte er nennenswerte Erfolge mit einer Serie von Romanen und Kurzgeschichten, in denen er seine persönlichen Erlebnisse in Afrika verarbeitete. Besonders populär wurde der 1911 erschienene Roman „Sanders vom Strom". Beflügelt durch den Erfolg, begann er, wie im Akkord zu schreiben. Um das Arbeitspensum bewältigen zu können, stellte er Personal ein, darunter die Sekretärin Ethel Violet King, die 1921 seine zweite Frau werden sollte, nachdem die Ehe mit Ivy 1919 in die Brüche gegangen war.

Der endgültige Durchbruch kam schließlich 1921 durch einen Vertrag mit dem Verlagshaus Hodder and Stoughton, das Wallace in den nächsten Jahren zum Krimi-Superstar aufbaute. Titel wie „Der rote Kreis", „Der grüne Bogenschütze" oder „Die toten Augen von London" erreichten hohe Auflagen und trafen den Nerv des Publikums. Um Nachschub an spannenden Geschichten brauchten sich die Leser dabei keine Sorgen zu machen, Edgar Wallace war bekannt dafür, seine Bücher in Windeseile zu schreiben – oder vielmehr zu diktieren. Manchmal reichten ihm wenige Tage für einen neuen Roman. Jedes vierte Buch, das in den 1920er-Jahren in Großbritannien verkauft wurde – mit Ausnahme der Bibel – soll ein Edgar-Wallace-Titel gewesen sein. Dem Autor selbst war dabei durchaus bewusst, dass er keine anspruchsvolle Weltliteratur schuf: „Ich schreibe keine guten Bücher, ich schreibe Beststeller", erklärte er. Die von Kritikern bemängelten Schwächen wie fehlende Charakterzeichnung, die stark vereinfachte Einteilung der Welt in Gut und Böse oder Fehler im Plot verzieh das Publikum nur zu gern zugunsten atmosphärischer Stimmung, nervenzerreißender Spannung, dem wohligen Schauer, der sich beim Lesen einstellte, und der beruhigenden Sicherheit, dass am Ende eines Edgar-Wallace-Krimis stets das Gute siegte und die Gerechtigkeit wiederhergestellt war.

Wallace schrieb so über 170 Krimis, die zum Teil auch erfolgreich für die Bühne adaptiert wurden – wie auch „Der Hexer", dessen erste Fassung 1925 entstand und das ein Jahr später von Wallace selbst zu einem Theaterstück umgeschrieben wurde. Zudem wurden zahlreiche Wallace-Titel verfilmt – unvergessen sind wohl die 32 zwischen 1959 und 1972 entstandenen Produktionen der Berliner Rialto Film. Auch „Der

Hexer" und „Der schwarze Abt", der 1926 als Roman erschienen war, sorgten im Rahmen dieser Reihe für spannende Fernsehabende in deutschen Wohnzimmern.

Sein hohes Arbeitspensum musste Edgar Wallace auch als Erfolgsautor noch beibehalten, denn er verschleuderte seinen Verdienst für einen extravaganten Lebensstil, zu dem Glücksspiel, teure Autos und ein eigener Rennstall gehörten. Zu andauernden Geldsorgen und Leistungsdruck gesellten sich bald gesundheitliche Probleme: Wallace konsumierte Unmengen an stark gesüßtem Tee, rauchte etwa 80 Zigaretten am Tag, war übergewichtig und litt an unbehandeltem Diabetes. Anfang 1932 ging er in die USA, um dort als Drehbuchautor in Hollywood am Skript zu „King Kong und die weiße Frau" zu arbeiten. Es sollte ein kurzer Aufenthalt werden: Am 10. Februar starb er dort an den Folgen einer Lungenentzündung im Alter von nur 56 Jahren.

Melanie Krötz

Edgar Wallace:
Der schwarze Abt/Der Hexer

Titel der englischen Originalausgaben:
The black abbott (1926); The ringer (1926)

Trotz umfangreicher Bemühungen gelang es uns nicht, den Inhaber der Rechte an der Übersetzungsarbeit von Gregor Müller zu ermitteln. Eventuelle Rechteinhaber bitten wir daher, sich an den Verlag zu wenden.

Meisterwerke der Kriminalliteratur

Printed in Germany
ISBN 978-3-95619-438-2

MEISTERWERKE DER KRIMINALLITERATUR